LOS DUEÑOS DEL VIENTO

LOS DUEÑOS DEL VIENTO

PATXI IRURZUN

Editado por HarperCollins Ibérica, S.A.
Núñez de Balboa, 56
28001 Madrid

Los dueños del viento
© 2016, Francisco Javier Irurzun Ilundain
Autor representado por Silvia Bastos, S.L. Agencia Literaria. www.silviabastos.com
© 2016, para esta edición HarperCollins Ibérica, S.A.

Diseño de cubierta: CalderónStudio

ISBN: 978-84-16502-43-1
Depósito legal: M-19387-2016
Impresión en CPI (Barcelona)

Distribuidor para España: SGEL

1

Así es como me gusta recordarle: de pie sobre el mascarón de proa y arrojando al mar transparente de la isla Tortuga la joya más valiosa obtenida en el último abordaje.

—*Jo ezazu, musikaria!*[1] —me ordenaba en la lengua de nuestros padres el capitán Kuthun.

Y apenas yo obedecía y hacía redoblar el atabal, su voz de trueno amainaba.

—Recibe este presente como prueba de fidelidad —susurraba con dulzura, y dejaba caer al agua un resplandeciente anillo de oro, un collar de delicadas esmeraldas, los hilos de plata desgarrados de la casulla de un obispo... Y siempre, siempre, emergía una lengua de mar que recibía la ofrenda y la arrastraba a lo más profundo, allá donde descansan los corazones de los filibusteros.

La mar era nuestra única amante, la única a la que guardábamos respeto, en la que nos reconocíamos como iguales los Hermanos de la Costa, tal vez porque era tan cruel e indómita como

---

1 «Toca, músico».

nosotros. Con ella nos desposábamos cada vez que regresábamos con un botín a nuestra guarida.

—Tú eres, mar amada, nuestra ley, nuestra patria y nuestra religión.

Así lo hacía saber, en nombre de toda la tripulación, el capitán Kuthun.

Y así es como me gusta recordarle; así, en lugar de enloquecido, destazando con su estoque el pecho de los prisioneros incapaces de satisfacer su codicia; así, en lugar de ordenando colgar a alguno de ellos del mástil mayor con un perro muerto amarrado al tobillo; así, en lugar de colgado él mismo en esta plaza de Armas de La Habana, mientras la mujer que siempre he amado sonríe satisfecha y yo veo morir sin mover un solo dedo al hombre que un día, siendo ambos solo unos niños, salvó por primera vez mi vida.

PRIMERA PARTE: ZUGARRAMURDI

2

Mi nombre es, vuelve a ser después de tantos años, Joanes de Sagarmin. Durante mucho tiempo me llamaron de muchas otras maneras: «el hijo de la bruja», después de que la justicia decidió –en el famoso auto de fe de Logroño de 1610– que mi madre lo era y debía morir por ello; Cornelius, mientras vagabundeé por los puertos y astilleros entre Hendaya y Bayona, huyendo del terrible juez Pierre de Lancre; simplemente «chico», en la selva y las montañas de La Española; y fui también «el músico de los piratas», para los filibusteros indomables de la isla Tortuga.

Nací en un caserío de Zugarramurdi, un pueblito del norte de Navarra, en el año del Señor de 1600. Dolarenea, nuestro caserío, se asentaba en lo alto de una colina, justo sobre la raya que, decían, desgajaba España y Francia. Yo nunca llegué a saber con exactitud por dónde discurría aquella raya. Por el contrario, en los días soleados desde la cima de la colina podía distinguir el mar, la línea que lo separaba de forma abrupta de playas o acantilados, e imaginaba, tras la frontera de agua, países lejanos y seres extraños. El mar ejercía sobre mí un vértigo enfermizo que me hacía tambalearme entre la atracción y el rechazo. Aquel gran charco de cenizas azules inflamaba mi curiosidad por una parte y por otra me transportaba a un mundo repleto de peligros que quemaban mis entrañas y me hacían retroceder y volver la mirada tierra adentro. Me encontraba entonces con una vista que dominaba todo el valle. Laderas verdes y empinadas se sobreponían hasta sumergirse en un oleaje sereno de robledales y hayedos. Los montes se desgarraban en espectaculares cuevas y simas profundas. Desperdigados aquí y allá, aparecían rebaños de ovejas, bordas, otros caseríos y pueblitos...

Zugarramurdi era una tranquila aldea de cincuenta o sesenta fuegos, habitada por pastores, carboneros y labradores. Muchos de ellos solían venir a Dolarenea al llegar el otoño –y con él la época de la sidra– para exprimir sus manzanas en el lagar que ocupaba la segunda planta del caserío. Derramaban las manzanas alrededor de la gran viga de roble, se colocaban descalzos en hileras de cinco, siete, diez hombres y reventaban la fruta con sus pisones, las pesadas mazas que hacían caer al unísono sobre el suelo de madera.

Recuerdo aquellos golpes como el pulso de un gran corazón –el corazón de las montañas– que usurpaba el mío propio y me ensanchaba el pecho, tal vez porque sus palpitaciones demoledoras duraban horas. A pesar de ello, al anochecer, cuando los hombres terminaban su trabajo, todavía tenían fuerzas para colocar una *txalaparta* a la puerta de la casa, que tañían al tiempo que entonaban la *kirikoketa*, una canción que imitaba el ritmo de aquellos pisones y cuyo eco llegaba hasta los rincones más remotos del valle.

En las horas y en los días siguientes, a la llamada de esa canción y del latido de madera de la *txalaparta*, acudían más labradores con sus carros de manzanas. Y así, en Dolarenea todas las noches se escuchaban risas, y había danzas, y desafíos de versos, y, en definitiva, una música continua que se prolongaba los tres o cuatro meses que duraba la época feliz de la sidra.

Fue una de aquellas noches cuando vi por primera vez a Kuthun.

En aquella época Kuthun debía de tener trece o catorce años –cinco o seis más que yo– y ya por entonces se asemejaba a un pequeño sol que todo lo iluminaba y alrededor del cual giraba el mundo. Era un muchacho rubio de mirada soñadora y atormentada. Sus grandes ojos tenían el mismo color que el mar que yo divisaba desde lo alto de la montaña, aquel azul tiznado de una ceniza turbia, y desprendían el último reflejo de un niño atrapado en el cuerpo de un hombre robusto, preparado ya para pelearse con la vida.

Yo nunca lo había visto, a pesar de que llegó con un grupo de Sara, el primer pueblo al otro lado de la muga, a tan solo una hora de camino. Creo, de todos modos, que si tan solo hubiera visto a Kuthun en aquella ocasión habría bastado para no olvidarlo jamás.

Esa tarde, hasta el caserío se había acercado también un hombre de San Juan de Luz al que llamaban Oncededos, que era quien solía comprarnos la sidra y al que mi padre también recurría cuando, una vez acabada la temporada, se dedicaba al contrabando de trigo, ganado o de la plata que solía traer de las ferias de Pamplona. Oncededos era un hombre gordo y de aspecto sucio, a pesar de los paños finos con los que acostumbraba a vestirse y de los grandes anillos que adornaban grotescamente sus dedos, gruesos y blandos como ristras de longanizas. Casi siempre estaba borracho y reía con una carcajada que solía atragantársele en una tos fea, enredada en flemas, y que sonaba fuera de tono, igual que cuando yo tocaba la flauta y me equivocaba en una nota.

Oncededos nunca me gustó. A menudo sentía que me clavaba la mirada y cuando me atrevía a encararle solía encontrarme con unos ojos pequeñitos, del color de un charco de agua sucia, que se detenían en mí con una intención cuyo propósito todavía, a mi corta e inocente edad, no alcanzaba a desenterrar de aquel fango.

Aquel día yo estaba terminando de tallar una *txirula*, una pequeña flauta de madera, sentado al calor de una hoguera que había encendido a la puerta del caserío. Anochecía ya y los golpes de los pisones en el lagar se escuchaban cada vez más cansinos y distanciados. En sus intervalos, desde los montes próximos a Zugarramurdi se oían los cencerros de los bueyes, recogiéndose camino de sus establos. Mi abuelo, que era pastor, pronto volvería a casa y se sentaría junto a aquel fuego, alrededor del cual los campesinos de Sara, satisfechos y liberados tras el duro trabajo, ya habrían empezado la fiesta. Yo entonces me colocaría junto a mi abuelo, lo vería como cada noche unir primero su voz a la de los hombres, después su *txistu* y su atabal, y esperaría el momento en que con un leve codazo me diera la señal para que fuera yo quien me sumara tímidamente a la música con mi pequeña y nueva *txirula*.

Imaginaba, pues, aquella escena, anticipando el placer que me proporcionaba, cuando de repente oí acercarse a alguien:

—Vaya *txirula* más bonita, jovencito —dijo.

La figura tambaleante de Oncededos apareció espectral, deformada por las lenguas de fuego. Solo pude distinguirla con claridad una vez que se colocó a un paso de la hoguera.

—¿Me dejas verla? —preguntó, señalando la pequeña flauta.

—Todavía está sin acabar —alcancé a contestar tímidamente, mientras apretaba con fuerza la *txirula* y con más fuerza todavía, en la otra mano, la navaja con que la tallaba.

El contrabandista estalló en una de sus carcajadas desafinadas. Yo permanecía todavía sentado y desde donde me encontraba veía su gran barriga, agitándose como un odre de vino. Parecía que fuera a reventar en cualquier momento, de no ser por el cinturón de cuero que sujetaba sus calzones y del que colgaban en un extremo una bolsa con monedas y en el otro un machete. Oncededos había introducido los pulgares entre ese cinturón y los calzones y el resto de sus dedos caían sobre su regazo deformados por las piedras preciosas que remataban sus anillos, incrustadas entre pliegues de carne rosada y rebosante.

—¿Estás contándolos, eh? Quieres saber si realmente son once, ¿verdad? —dijo, cuando se dio cuenta de que yo no podía apartar la vista de ellos.

Después desenganchó los pulgares del cinturón, aflojó la hebilla e introdujo las manos por debajo de las calzas hasta juntarlas en su entrepierna, donde se agitaron como una camada de animales extraños y voraces.

—Vamos, adelante, ahora puedes contarlos. Igual es verdad y resulta que tengo once dedos. Vamos, cuéntalos, no tengas miedo —insistía, cada vez con más vehemencia, balanceando su enorme barriga ante mis atónitos ojos.

—No, déjeme —intenté escabullirme, pero él sacó una de sus manos de las calzas e inmovilizó el brazo con el que yo sostenía la navaja.

Sus dedos monstruosos me aferraban como tenazas, pero en realidad no era el dolor lo que más me molestaba sino el sudor que los empapaba y su tacto frío, como el de un muerto.

—¡Suélteme, me hace daño! —me revolví.

Pero Oncededos me atrajo violentamente hacia él. Justo en ese momento a nuestras espaldas terció una voz:

—¡Deja al chico en paz!

Oncededos se volvió sobresaltado. Luego, la silueta avanzó unos pasos y al revelarse como la del joven Kuthun, el contrabandista, envalentonado, soltó otra de sus carcajadas cavernosas.

—Lárgate de aquí, mocoso —dijo.

—Me iré cuando sueltes al chico —contestó Kuthun desafiante.

Oncededos volvió a reír ante el desplante, pero cuando los ecos de su carcajada se extinguieron los grandes ojos azules de Kuthun permanecían todavía fijos en él, en apariencia imperturbables y sin embargo despidiendo una extraña fuerza, que empequeñecía la figura de elefante de su oponente hasta el tamaño de una rata inmunda.

La altivez del muchacho enfureció al de San Juan de Luz.

—¡Maldito hijo de Satanás! —chilló, y echando mano a su machete se abalanzó sobre él. Antes, se deshizo de mí con un empujón, que me hizo rodar por la hierba. No sé qué sucedió en ese breve intervalo, pero al recuperar el equilibrio vi el machete tirado

junto al fuego y a Oncededos tumbado boca arriba, con Kuthun
sentado sobre su pecho. Este le había inmovilizado los brazos con
las rodillas.

—¡Trágatelo, bola de sebo! —gritaba enojado, restregándole
por la cara puñados de barro—. ¡Cómete la hierba, animal! —le
llenaba la boca con matojos que arrancaba del suelo—. ¡Llena tu
gorda panza! —le golpeaba en el estómago...

La respiración de Oncededos cada vez era más entrecortada,
casi agónica. Yo estaba aterrorizado. Kuthun parecía fuera de sí y
pensé que iba a matar al contrabandista, pero no me atreví a pedir-
le que parara. A pesar de su ira el muchacho sonreía de una manera extraña: una mueca cínica se dibujaba como una leve cicatriz
sobre su rostro de niño.

Continuó maltratándole durante un buen rato, sin piedad.
Solo se detuvo cuando en el lagar dejaron de oírse por fin los golpes
de los pisones y se escucharon pasos bajando las escaleras.

Entonces se puso en pie jadeante y ayudó a incorporar el enorme y maltrecho cuerpo de Oncededos, quien se levantó a duras
penas, tambaleándose y tosiendo aparatosamente. Sus ropas elegantes estaban desgarradas y embarradas.

—Vamos, vete de aquí, vuelve a San Juan a ocuparte de tus
sucios negocios —le dijo Kuthun.

Justo en ese momento me di cuenta de que Oncededos, además del machete, había perdido también su bolsa con el dinero.
Estaba tirada sobre la hierba y no pudo evitar que, entre el fango,
la saliva y la sangre que le cubrían la cara, su mirada se abriera paso
en esa dirección, despidiendo un destello delator de codicia.

Kuthun también vio el saquito con las monedas. Avanzó rápidamente hacia él y lo pisó con furia; luego se agachó y recogió el
machete.

—¡Vamos, lárgate de una vez! —amenazó, blandiéndolo.

Oncededos salió corriendo como un animalito hambriento y
aturdido, al que han golpeado en el hocico cuando ha intentando

llevarse al mismo un currusco de pan. Sin embargo, antes de verlo desaparecer en la oscuridad de la noche todavía le oímos ladrar una amenaza.

—¡Me las pagaréis! ¡Volveremos a vernos y juro que me las pagaréis! —gritó.

Y sus palabras, una vez más, se ahogaron en la ciénaga de su carcajada terrible.

Una vez que Oncededos hubo desaparecido Kuthun me entregó la bolsa con las monedas.

—No, no, por favor —intenté rechazarlas, pero él me tapó con delicadeza la boca (sus dedos, al contrario que los gélidos y fúnebres del contrabandista, desprendían un calor placentero que convirtió mis labios en dos ascuas).

—Es mejor que los demás no lo sepan —dijo, señalando al grupo de labradores de Sara que se acercaba hacia nosotros—. Será nuestro pequeño tesoro.

Distinguí también entre los hombres a mi padre y, antes de que me viera, eché a correr hacia la parte trasera del caserío. Aquellas monedas quemaban entre mis manos. Me tumbé sobre la hierba, escarbé nervioso bajo un roble que allá había y las enterré. Estaba muy asustado. ¿Y si mi padre me descubría? ¿Cómo iba a explicarle de dónde había salido aquel dinero? ¿Y si –por otra parte– Oncededos no se había resignado a darlo por perdido y todavía andaba rondando por Dolarenea?...

Mi corazón, pegado a la tierra, la golpeaba con fuerza, como si tratara de abrirse paso a través de ella y buscara refugio en sus entrañas, entre las raíces del árbol y los cimientos del caserío. A la vez, tenía la remota certeza de que algo había cambiado, de que aquello que había sucedido comenzaba a apartarme de todo cuanto hasta entonces había sido mi vida; el presentimiento, en suma, de que en aquel agujero, junto con las monedas, estaba enterrando mi niñez.

Tapé, pues, apresuradamente el hoyo y regresé corriendo hacia la hoguera, atraído por su resplandor como un insecto desorientado. Alrededor del fuego se habían sentado ya mi padre y los labradores de Sara, quienes cantaban los primeros acordes de la *kirikoketa*. Vi también a mi abuelo, acompañándolos con su tamboril y su *txistu*, y me acomodé junto a él, sigiloso y cabizbajo. No me atrevía ni siquiera a levantar la mirada del suelo, por temor a que se cruzara con la de Kuthun y saltara alguna chispa de complicidad que nos delatara. Él, por el contrario, se comportaba como si nada hubiera sucedido. De pie junto al fuego, tañía de forma rítmica la *txalaparta* sin que le temblara el pulso.

Yo continué tallando mi pequeña flauta. De vez en cuando me la llevaba a la boca y la hacía sonar, afinándola al compás de las diferentes canciones que iban sucediéndose. Hasta que sentí la señal de mi abuelo. Entonces, de un modo instintivo –y aunque aquella noche no tenía gana alguna–, comencé a tocar. Para mi sorpresa, la música brotó de una manera que hasta entonces me resultaba desconocida. Parecía que mi abuelo, al hundir su codo en mis costillas, hubiera despertado algo dentro de mí, un pajarito que revoloteaba aturdido primero, después buscando una salida y que cuando por fin la encontraba comprendía que era libre y volaba en dirección al cielo hasta convertirse solo en un punto negro que dejaba tras de sí la estela de su trino, hermoso y natural.

Cerré los ojos y me dejé llevar por aquella sensación agradable y reveladora. La música, por primera vez, era algo más que las canciones alrededor de la hoguera o el repique de campanas en la iglesia o en el vecino monasterio de Urdax; más también que el aire agitando la arboleda o el cucharón de mi madre rebañando el fondo de la olla; la música era, podía ser además, una gatera dentro de mí mismo que me permitía escapar cuando el miedo –como entonces– me atenazaba; un agujero secreto en el que enterrar por un momento la tristeza, el dolor, el desamparo...

No sé cuánto tiempo estuve así, tocando por completo ajeno a lo que sucedía a mi alrededor, pero cuando volví a abrir los ojos me encontré con todas las miradas sorprendidas y fijas en mí.

—¡Bravo, pequeño! —exclamó alguien, y los demás le secundaron con palmas y risas.

Supongo que la visión de un mequetrefe como lo era yo entonces, subyugado por completo por la música de su pequeña *txirula*, debía de resultar asombrosa, incluso cómica; sin duda, fuera de lo común. De hecho, mi intervención interrumpió la fiesta por un momento y los hombres aprovecharon para volver a entrar al caserío a dar cuenta de algunas morcillas y quesos que habían traído y sobre todo de un pellejo de sidra y unos jarros de aguardiente.

Todos menos Kuthun, que permaneció junto a la hoguera.

—¿Cómo te llamas, amigo? —volvió a dirigirse a mí, entonces.

—Joanes. Joanes de Sagarmin. Como mi abuelo.

—Tocas muy bien, Joanes de Sagarmin —dijo, tendiéndome la mano—. Yo me llamo Kuthun.

—¿Kuthun? —repetí extrañado.

Nunca había conocido a nadie con aquel nombre.

—Mi nombre verdadero es Jean-Baptiste Pellot Suhigaraitxipi. Kuthun era como me llamaba mi madre.

Por un momento el azul luminoso de sus ojos se oscureció, cubierto por un nubarrón de tristeza.

—Murió hace algunos meses, en el último brote de peste... Mi padre también me llamaba así, pero él lo hacía de otro modo, como si cada vez que se dirigiera a mí yo le hubiera clavado un cuchillo en las tripas. Tal vez debí hacerlo alguna vez.[2]

—¿Tu padre... también murió? —me atreví a preguntar.

---

2 Kuthun, o *kutun*, en euskera, tiene varias acepciones: es un apelativo cariñoso (querido, favorito, predilecto...); significa también alfiletero y además amuleto.

Al lado de Kuthun (tal vez por la forma en que había estrechado mi mano, como si fuera un hombre –nunca nadie lo había hecho de ese modo–) me sentía repentinamente seguro y confiado.

—No; mi padre está vivo; o eso creo. Hace mucho que no lo veo. En realidad, nunca lo he visto demasiado. Es marinero, y siempre está embarcado, en algún ballenero, o en Terranova, con el bacalao, o con los corsarios... Después, cuando regresa, se pasa el día en las tabernas. Hasta que se le acaba el dinero y vuelve a embarcarse —dijo.

Le escuchaba fascinado, pero su historia en realidad no tenía nada de extraordinario. Yo mismo había visto morir a todos mis hermanos, a mi abuela, a algunos de mis tíos, víctimas de la peste negra, el frío o el hambre. Y recordaba a mi padre, siempre lejos de Dolarenea, robando o matando vacas en los montes, cargando de noche –cuando los soldados no pudieran verle– el macho, o descargando de él vino, libros prohibidos... Moviéndose siempre para que la enfermedad o la muerte no volvieran a sorprendernos desprevenidos.

Kuthun, sin embargo, conseguía que todo cuanto decía entrara en la mente de quienes le escuchaban como un rayo deslumbrante, que dejaba en penumbra todo lo demás. Yo, de hecho, ya había olvidado su sonrisa extraña y desagradable, mientras torturaba a Oncededos, hacía apenas una hora, y para mí ahora no había nada más importante que aquello que me estaba contando.

Kuthun me explicó que desde hacía unos meses vivía en Sara. Antes de morir, en cuanto su madre reconoció la peste en los incipientes bubones de sus ingles, lo había apartado de ella, dejándolo bajo la protección del rector de ese pueblo.

—Tal vez lo conozcas.

Pronunció el nombre del rector despacio, con cierto regodeo, como si sajara uno de aquellos bubones y la sangre infecta fuera a salpicarme.

—Pedro de Axular —dijo.

Y en efecto al oír ese nombre un escalofrío recorrió mi cuerpo. Yo, por supuesto, conocía a Axular. Sabía que había nacido en Urdax, y que de joven había viajado como estudiante a Salamanca, donde, decían, había aprendido nigromancia. Y decían también que había estado a punto de vender su alma al diablo, pero que en el último momento se había arrepentido, de modo que el maligno solo había podido arrebatarle la sombra.

—El hombre sin sombra —murmuré.

—Vaya, veo que tú también crees en todas esas habladurías —se rio Kuthun—. Pero no tienes por qué tener miedo. Lo que cuentan sobre él solo son bulos, patrañas que han hecho correr quienes le disputan el puesto. El rector es un buen hombre, piadoso y sabio. A mí me enseña gramática, poesía... También me anima a componer versos, y a que lo haga de la forma en que me resulte más sencilla: en nuestra lengua. Y dicen que no lo hago mal; por eso me han traído con ellos —señaló a los campesinos, que volvían hacia nosotros entre risas en las que despuntaban ya los primeros efectos del aguardiente.

—¡Eh, muchacho, toma unos tragos! —se dirigió a Kuthun uno de ellos, mostrándole un jarro—. Te ayudará a soltar la lengua.

Kuthun le contestó con un gesto afirmativo y se volvió hacia mí:

—Ha sido un placer conocerte, Joanes de Sagarmin. Seguro que serás un buen músico. Como tu abuelo.

Estrechó mi mano, pero esta vez ese gesto, la firmeza de su mano apretando la mía, pequeña y delicada todavía, me empequeñeció, me hizo sentir de nuevo un niño, al que apartaba de un mundo –el mundo de los adultos– al que se había asomado unos instantes, casi por accidente. Poco después, de hecho, reconocí en el calor de otra mano que me acariciaba el pelo a mi madre, quien me dijo:

—Vamos, Joanes, es hora de acostarse.

Miré una vez más a Kuthun. Bebía del jarro de aguardiente un trago largo, al cabo del cual en su boca volvió a dibujarse aquella sonrisa que más bien parecía una dolorosa herida y que me provocaba cierta repugnancia, pues no reconocía en ella al muchacho encantador y sensible del que me acababa de despedir.

Fue la última vez que lo vi en mucho tiempo.

Esa noche, sin embargo, todavía pude oír su voz desde mi dormitorio, hasta donde llegaban entrecortados los versos de los hombres y en los cuales las réplicas más ingeniosas debían de ser las suyas, pues culminaban siempre entre aplausos y risas. De aquellos versos a menudo solo reconocía el eco de las palabras prohibidas —sangre, semen, excrementos...—, pero al final de aquella noche, cuando la euforia y la desinhibición del aguardiente fue evaporándose hasta destilarse en una plácida melancolía y ya solo se escuchaban los crujidos de la gran viga en el lagar, desentumeciendo su musculatura de roble, pude oír con total nitidez a Kuthun entonar aquellos otros versos que todavía hoy, tantos años después, soy capaz de recordar, tal vez porque me dormí repitiéndolos una y otra vez, tratando de fijar en mi memoria eso que otra persona había dicho pero me pertenecía a mí:

Ez eman hautatzeko
Itsasoa eta Lehorraren artean.
Gustura bizi naiz itsaslabarrean,
Haizeak mugitzen duen zinta beltz honetan,
Gizandi erratu bati eroritako ile luze honetan

Itsasoarena maite dut batez ere bihotza.
Inozoa, haur handi batena bezain.
Orain temoso, orain ezinezko paisaiak
marrazten.
Lehorrarena berriz
Esku handi horiek ditut gogokoen

Ez eman hautatzeko

Itsasoa eta Lehorraren artean
Badakit hari fin bat dela nire bizilekua,
Baina Itsasoarekin bakarrik galduko nintzateke,
Lehorrarekin ito.

Ez eman hautatzeko. Hemen geratuko naiz.
Olatu berde eta mendi urdinen artean.[3]

---

3 No me des a elegir / entre el Mar y la Tierra. / Vivo feliz en la línea que las une. / En esa cinta negra que mueve el viento. / En este largo cabello de un gigante desorientado. / Del Mar me gusta sobre todo su corazón de niño grande. / A veces rabioso, a veces capaz de dibujar / paisajes imposibles. / De la Tierra, sus manos. / No puedo elegir/entre el Mar y la Tierra. / Sé que mi lugar es un hilo fino, / pero en el Mar me perdería / y en la Tierra me ahogo. / No puedo elegir. / Me quedo aquí. / Entre olas verdes y montañas azules. *(Ver nota final).*

3

No todos los recuerdos de aquellos años de mi vida se mantienen con la misma claridad que el primer encuentro con Kuthun, ni llegan hasta mí con la jovialidad de la música de *txistu* y atabal. Mi infancia es, por el contrario, una niebla densa que ahoga los pulmones de mi memoria y a través de la cual esos recuerdos se abren paso en la mayoría de las ocasiones con golpes secos y violentos.

Recuerdo, por ejemplo, las peleas de carneros, el sonido de sus cráneos al estrellarse y el crujido estremecedor de sus cuernos rotos.

Buena parte de mi niñez la pasé junto a mi abuelo, aprendiendo el oficio de pastor; o tal vez debería decir el de apostador –o incluso el de músico–. El nuestro era un rebaño pequeño, suficiente para que el Txato, nuestro carnero de pelea, se sintiera arropado y tuviera algún otro contrincante y varias hembras con que desfogarse. El Txato era famoso en todo el Baztán e incluso en otros valles de Navarra, Guipúzcoa y hasta Vizcaya. Algunos de sus combates habían sido legendarios, soportando más de trescientas embestidas antes de ver desplomarse a su contrincante. No era, sin embargo, un carnero robusto, la mayoría de los animales contra los que se enfrentaba lo superaban en talla, pero él los ganaba en valentía y tenacidad y, sobre todo, sus cuernos parecían de piedra.

—El secreto es la sidra —solía decir mi padre, quien cada noche le ofrecía un generoso cuenco, que el Txato esperaba con ansiedad y que, una vez apurado, le hacía caer redondo, sumido en un sueño al parecer milagrosamente reparador. El Txato, al contrario que el resto del rebaño, dormía todo el año a cubierto, en el establo de Dolarenea, sobre una tarima de madera en la que sus patas no se ablandaran, y su dieta se basaba, además de en la sidra, en alubias negras.

—Vive mejor que nosotros —se solía lamentar mi madre, pero lo cierto era que las apuestas ganadas por el Txato contribuían en una gran medida a la manutención de la casa.

Mi padre era quien solía concertar esas apuestas y llevar el carnero a competir a otros pueblos, pero el abuelo se ocupaba de cuidarlo cada día. Y yo le acompañaba al monte la mayoría de las mañanas: hacía correr al animal a paso ligero, esquilaba a otros machos para que el Txato no los reconociera y arremetiera contra ellos... Aquello no me agradaba. Algunas veces mi padre me llevaba con él a las peleas y el espectáculo, ver golpearse, sangrar, tambalearse, sufrir, en definitiva, a aquel animal que yo mimaba casi como a un hijo, me resultaba insoportable. Cada una de las embestidas resonaba como si algo se quebrara en mi interior. Y, sin embargo, esperaba la siguiente, el latido de una fuerza mórbida e insana, que podía ver reflejada en los rostros embrutecidos del público, en sus desaforados gritos y aquella sonrisa poseída que les desencajaba el gesto y que me hacía pensar que en realidad eran ellos mismos, en lugar de los carneros, quienes reculaban unos pasos, tomaban carrerilla y saltaban trazando una espectacular parábola para propinar de arriba abajo un testarazo a su contrincante, y después otro y otro, así hasta conseguir que en el interior de sus cabezas todo se desvaneciera, se convirtiera en una hipnótica marea de sangre, en un magma primitivo que les evitaba el esfuerzo de pensar, y sentir piedad, de cargar en suma con la responsabilidad de sentirse humanos.

Después, a lo largo de mi vida, he visto muchas veces a los

hombres arremeter unos contra otros, sin motivo aparente, romperse los cráneos, arrancarse los corazones, y me he preguntado si esa fuerza enfermiza y destructora forma parte de nuestra naturaleza. Todavía hoy no sé la respuesta; o, tal vez, prefiero no saberla.

De todos modos, me gustaba acompañar a mi abuelo al monte con el Txato y las ovejas, porque era allá arriba donde él, como si se tratara de un secreto que solo podía transmitirme en mitad de esa apabullante soledad, me enseñaba a tocar el *txistu* y a acompañarme con el atabal, de modo que fuera el eco de las montañas quien me dijera si el redoble se había ejecutado a destiempo.

Mi abuelo, Joanes de Sagarmin, además de pastor era un músico conocido en todo el valle. Le llamaban para celebrar bodas y bautizos, venían a escucharle a las famosas fiestas en las cuevas de Zugarramurdi, o a Dolarenea por las noches en la época feliz de la sidra...

—Yo solo soy un humilde *txuntxunero*[4] —solía decir él.

Pero lo cierto era que tenía la música calada hasta el tuétano y todo en él la revelaba, sus movimientos, su voz, su forma despreocupada y alegre de ver la vida, en la que la melodía siempre volvía a su cauce, a pesar de ser vapuleada por la ventisca o silenciada por la tormenta.

Fue él quien me enseñó a tallar mis *txirulas* hasta que la madera convirtiera sus heridas en música, y a arrebatarle al viento escarchado un silbido con una piedra afilada amarrada al borde de un cordel. Fue también mi abuelo quien me enseñó a tocar la *alboka*, aquella *alboka* que habría de acompañarme como única posesión además de mis recuerdos durante toda mi vida.

La trajo un día mi padre, después de una de sus peleas con el Txato por tierras de Vizcaya. Debía de haber renunciado a buena parte de

---

4 Músico popular que toca a la vez el *txistu* y el tamboril en fiestas, romerías, etc.

la bolsa de la apuesta a cambio de aquel extraño y hermoso artefacto, dos cuernos de vaca ensamblados sobre una empuñadura de madera, en la que aparecían talladas algunas escenas cotidianas: un hombre cortando leña, una mujer amasando una torta de maíz, un pastor acariciando a su perro...

—Es para ti, hijo —me dijo.

Yo no sabía qué era, para qué valía una *alboka*, y mi padre se apercibió de ello, y creo que también de que en cierto modo había decepcionado al abuelo, quien había creído que la *alboka* era un regalo para él.

—Es un instrumento musical, el abuelo te enseñará a tocar. Seguro que en sus tiempos mozos hizo sonar más de una.

El abuelo cogió la *alboka* con delicadeza, casi con devoción, la miró y la remiró boquiabierto e incluso la acarició. Después se llevó el cuerno más pequeño a la boca y estuvo tanteando con su lengua en la pequeña espita que había dentro, soplando con suavidad, como si a través de aquel instrumento fuera capaz de reanimar, de insuflar aliento a su juventud –cuando recorría las fiestas y romerías de los pueblos– hasta que, de repente, brotó un sonido desconocido hasta entonces para mí, enérgico y vibrante, que estremeció todo mi cuerpo y lo convirtió en un remolino de hojarasca y arena.

Más tarde, no obstante, cuando el abuelo puso entre mis manos la *alboka* e intenté tañerla, esta enmudeció repentinamente y yo me avergoncé y me sentí indigno de ella.

—No te preocupes, Joanes, yo te enseñaré, claro que sí —me dijo.

En los días sucesivos aprendí que para hacer sonar la *alboka* había que aprender a respirar de nuevo. Mi abuelo solía traerme un pequeño cuenco con agua y dos pajitas de trigo. Por una de ellas debía soplar y por la otra aspirar el agua, de modo que siempre emergiera en el agua una columna de burbujitas.

—¿Ves las burbujitas? Que no paren nunca. Las burbujitas son la música, lo que le da vida —me decía, pero a veces en la melodía de la risa con que acompañaba sus palabras yo era capaz de distinguir una cadencia distinta, algo más triste y a la vez más serena, como si el abuelo hubiera comprendido, cuando mi padre me regaló a mí en lugar de a él la *alboka*, que la música, en efecto, continuaría siempre escuchándose y siendo transmitida, pero ahora había comenzado a fluir en otra dirección.

Recuerdo también el sonido del cuchillo hundiéndose en el pescuezo de las *betizu*, las vacas salvajes que cazaba mi padre. ¡Zas! Igual que un escupitajo en mitad de una noche oscura. Y después un tímido estertor, tras el que la vida expiraba reducida a nada, solo el chapoteo de la sangre, que borraba la lluvia o se disolvía en la nieve. Años más tarde, en los abordajes y las luchas cuerpo a cuerpo de los filibusteros, reconocería aquel mismo chasquido del acero penetrando en la carne, y la boqueada fatal de los hombres muriendo estúpidamente sobre cubierta, como si nuestra existencia, tan retorcida, tan complicada, tuviera en realidad el mismo valor que la de una vaca degollada.

La primera vez que acompañé a mi padre a matar *betizu* fue el año en que María de Ximildegi regresó a Zugarramurdi y consigo trajo de la mano la desgracia y la muerte a nuestra aldea.

Aquel invierno hizo un frío descarnado. Nevó como no recordaban los más viejos y el ganado hubo de pasar semanas enteras en los establos. Hubo también abundantes heladas, que echaron a perder las manzanas y los huertos. El hambre se paseaba como un espectro por el pueblo y su presencia continua volvió a los vecinos desconfiados, irritables y crédulos.

—Es cosa de brujas —solía decir la joven María de Ximildegi, y para muchos sus palabras comenzaron a forjar el único alimento con el que combatir los retortijones de sus estómagos.

Mi padre, por el contrario, como hacía siempre que el frío o el hambre acechaban, se echó al monte, a cazar aquellas vacas salvajes que sobrevivían en las laderas más escarpadas, allá donde solo pudiera encontrarlas quien fuera tan bravo y asilvestrado como ellas y supiera que la única manera de arrebatarle la libertad a una *betizu* era arrebatándole también la vida.

Yo hasta entonces nunca había acompañado a mi padre en ninguna cacería. Mi madre consentía a regañadientes que de vez en cuando viajara con él a San Juan de Luz, para vender la sidra, o a Pamplona, para comprar la plata, y solo porque sabía que durante las largas horas de caminata mi padre me enseñaba a leer y a sumar y porque de ese modo mi oído se acostumbraba al francés o el castellano de los peregrinos y los mercaderes. Pero cuando se trataba del contrabando o de la caza de ganado salvaje se negaba en redondo. En aquella ocasión, sin embargo, mi madre no puso ninguna objeción, como si comprendiera que entonces el peligro se emboscaba más próximo.

Partimos una fría madrugada. Las pezuñas del macho rompían la escarcha, igual que un espejo, y el trineo de madera del cual tiraba esparcía sus esquirlas, que golpeaban en las contraventanas de las casas junto a las que pasábamos y tras las cuales me pareció distinguir ojos que nos espiaban. Fue la última presencia humana que percibí durante varios días.

Al principio no hicimos otra cosa que caminar, siempre monte arriba, abriendo surcos entre la nieve, en los cuales Beltza,[5] el perrillo que nos acompañaba, olisqueaba, en tanto que mi padre buscaba huellas, excrementos que delataran el paso de alguna pequeña manada. Por las noches dormíamos acurrucados dentro del trineo, envueltos en una piel de vaca y en la cálida respiración del macho. Por fin, al cuarto o quinto día, se dibujaron sobre un claro entre la nieve, a lo lejos, media docena de puntitos que conforme nos fuimos acercando se revelaron como *betizu,* pastando de manera dis-

---

5 Negro.

traída, concentradas en derretir con su aliento el hielo que cubría la hierba.

—Es importante que las sorprendamos, que no nos vean, porque si lo hacen antes de que matemos a una de ellas, embestirán —dijo mi padre.

Yo observé las vacas. No eran especialmente corpulentas, pero su piel tenía un tono rojizo, de una intensidad casi sobrenatural, y, sobre todo, sus cuernos nacarados dibujaban una media luna que parecían haber ensartado con ellos en una de sus acometidas letales.

—Quédate aquí —me ordenó mi padre.

Después se colocó el cuchillo entre los dientes y se acercó sigiloso a la manada, con Beltza, pegado a sus talones, ejerciendo de fiel escudero. Por un momento los perdí de vista y solo los volví a ver emergiendo de un remolino de nieve y sangre, cuando el perrillo salió despedido por los aires, en una serie de aullidos estremecedores y volteretas que iban desplegando la ristra de sus intestinos. Según me contaría más tarde, mi padre había resbalado sobre una placa de hielo y una de las vacas se había revuelto súbitamente, embistiéndolo. Beltza entonces se había interpuesto y eso le había permitido evitar la cuchillada, que había recibido en su lugar el valiente perrito.

Vi cómo una vez que la vaca se deshizo de Beltza, cabeceó buscando a mi padre, pero él ya había tenido tiempo de refugiarse tras un roble y consiguió esquivar la primera cornada, la más peligrosa. Después la *betizu* arremetió varias veces, furiosa, arrimando las astas de tal modo que, con sus embestidas, levantaba astillas en la corteza del árbol. Cada vez que lo hacía mi padre rodeaba el roble y por unos instantes quedaba colocado tras los cuartos traseros del animal. Ahora mi padre ya no llevaba el cuchillo entre los dientes, sino en una de sus manos, pero a pesar de su –por un brevísimo momento– posición ventajosa, no intentaba hundirlo en el pescuezo de la vaca. Esperaba a que esta se revolviera de nuevo, le clavara primero sus grandes ojos y tras unos instantes en que los dos se observaban, tratara de hacer lo mismo con su imponente cornamenta. Cada nueva embestida reiniciaba aquella danza ridícula e interminable, cuyo siniestro ritmo lo marcaban los estertores de Beltza, agonizando entre los matorrales, y los silencios: el silencio de mi respiración contenida y el silencio de las miradas enfrentadas de la *betizu* y de mi padre; silencios, estos últimos, cada vez más prolongados.

Por fin, Beltza, nuestro perrito, exhaló su último aliento y con él fue como si se elevara un velo negro sobre los ojos y la frágil memoria de la vaca, que dejó de ver a solo un palmo de su testuz el rostro de su enemigo, se giró y regresó tranquila junto al resto de la manada, como si nada hubiera ocurrido. Corrí entonces junto a mi padre y los dos rodeamos las matas en las que había caído Beltza. Su cuerpo despedazado e inmóvil yacía sobre un lecho de nieve roja.

—Era un buen perro —dijo, casi entre dientes, y después señaló a las *betizu*, monte arriba—. Lo intentaremos más tarde otra vez. Ahora es mejor dejarlas tranquilas. No hay nada más peligroso que un animal herido o que se sienta amenazado.

Miré las vacas, convertidas de nuevo en lunares sobre la pálida piel de la montaña. La que había matado a Beltza se incorporó al grupo y el resto no le prestó atención, ninguna se interesó por sus cuernos astillados y sucios de sangre. Pensé que no parecían en realidad peligrosas, ni tampoco conscientes de que la muerte las rondaba.

—Los hombres a veces también somos como animales —añadió mi padre.

Y recuerdo que después comenzamos a cubrir el cuerpo de Beltza con montoncitos de nieve limpia, como lágrimas congeladas.

4

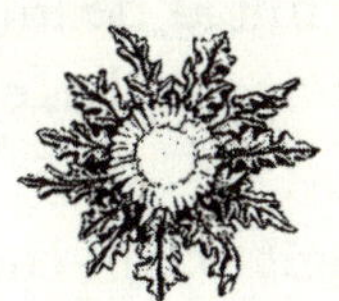

Regresamos a Zugarramurdi unos días después, a mediados del mes de enero. El aliento del macho parecía una más de las chimeneas del pueblo. En el trineo que a duras penas arrastraba llevábamos cuatro pieles desolladas de *betizu* y la carne de estas despiezada y salada. Era carne más que suficiente para que pasáramos lo que quedaba de invierno en Dolarenea, así que tal vez pudiéramos vender varias piezas a algunos de nuestros hambrientos vecinos. Yo me había imaginado una entrada triunfal en Zugarramurdi, y que los ojos de quienes salieran a recibirnos ya no me verían como a un niño, sino como a un hombre; como a un cazador. Pero, extrañamente, nadie se acercó a nosotros. Sobre el pueblo se cernía un silencio parecido al que por las noches, en el monte, llenaba mi cabeza, mientras trataba de dormir acurrucado junto a mi padre y a lo lejos se escuchaban los aullidos de los lobos. Tuve la impresión de que los ojos que nos espiaban cuando partimos de cacería todavía permanecían ahí emboscados y también aullaban detrás de las ventanas.

Atravesamos las calles sin cruzarnos con un alma. Solo, cuando ya comenzamos a subir hacia el caserío, la puerta de una casa se abrió y a ella se asomó una anciana embozada en una manta negra que, tras escupir con fuerza en el suelo, se santiguó con una mano y con otra tocó la *eguzki-lore*,[6] y volvió a entrar.

Mi padre entonces arreó al macho y aceleramos el paso en dirección a Dolarenea. Nuestro caserío apareció tras la colina con el tejado hundido, agujereado por lo que parecían impactos de piedras, la huerta con tierra removida, pisoteada, las ramas de los manzanos quebradas... En mitad de un prado vimos el cuerpo sin vida del Txato, el carnero, boca arriba, con una horca clavada en las tripas.

Sentí un temblor que agitaba mi cuerpo y que traté de sacudirme echando a correr hacia la casa.

—*Amatxo!*[7] —grité.

Al principio no la reconocí. Cuando mi madre se asomó a la puerta me pareció otra anciana, como la que acabábamos de ver abajo, en Zugarramurdi, en lugar de una mujer guapa y alegre de poco más de treinta años. En solo unos días en su cabellera negra se habían dibujado varias canas y varias arrugas alrededor de sus ojos. Y se movía despacio, insegura, encogida debajo de ropas oscuras, como si el frío o una enfermedad consumieran poco a poco sus fuerzas, que, sin embargo, pareció recuperar al reconocerme ella también.

—¡Joanes, hijo!

Mi madre corrió a mi encuentro y nos abrazamos. Nunca me había abrazado como aquel día, con tal ímpetu que dolía, aunque no se trataba de un dolor físico, sino del terror que transmitía aquel gesto desesperado, los latidos de su corazón en un puño.

—*Maitia!*[8] —me golpearon sus gritos.

---

6 Flor de cardo que se coloca a la puerta de los caseríos vascos para ahuyentar a las brujas.
7 Madre.
8 Mi amor.

Y yo también tuve miedo, me olvidé de las vacas salvajes que habíamos degollado en el monte (a una de ellas, ¡zas!, le había clavado yo mismo el cuchillo) y volví a sentirme un niño pequeño y asustado. Deseé que mi padre llegara cuanto antes junto a nosotros.

—¿Qué ha pasado? —escuché su voz, protectora y firme.

Mi padre nos apretó contra su pecho a los dos. Sus pulmones se agitaban como árboles doblados por un aire furioso, pero al mismo tiempo su respiración arrastraba consigo el miedo. Mi madre estuvo llorando en su regazo durante unos minutos. Después, cuando se calmó, se separó de nosotros y tras señalar con desprecio hacia los caseríos de Zugarramurdi, dijo:

—Han sido ellos. Dicen que somos brujos.

Dentro del caserío, el abuelo permanecía sentado junto al fuego, ausente e inmóvil. Sus ojos eran dos rescoldos que se consumían poco a poco, pero que todavía quemaban al mirarlos, porque no lo reconocíamos en ellos.

—Lleva así desde que ellos vinieron —dijo mi madre.

El viejo tamborilero sostenía un *txistu* entre sus manos paralizadas, como si fuera uno más de sus dedos largos y huesudos. La música se había callado en su interior y él había dejado de hablar, de moverse, incluso de comer.

—Es por lo del Txato —intentó explicar mi madre.

Pero sabía que no se trataba solo de eso y que ella debía hablar, contarlo todo, por mucho daño que nos hiciera o pudiera provocar a los demás la reacción furibunda de mi padre.

Yo mismo, cuando mi madre nombró al carnero, sentí el latido caliente de la ira en las sienes y la impresión de que estas iban a reventar. Cerré los ojos y no pude dejar de ver el cadáver del Txato tirado fuera, en el prado; la sangre seca y negra sobre las guedejas apelmazadas de lana; los ojos en blanco, como cuando alzaba las patas delanteras en los combates, antes de embestir; y la horca, sobre todo eso, la horca clavada con saña en el estómago de aquel animal al que tanto queríamos... Me dolió como si el propio Txato me hubiera golpeado con uno de sus violentos testarazos, pero me pareció que el daño de su pérdida no llenaba todo el hueco que de forma inconsciente, al llegar a Dolarenea, había abierto dentro de mí para alojar el dolor. Como si intuyera que aún llegarían más golpes y más fuertes.

—Vinieron de madrugada, hace dos noches —empezó su relato mi madre—. Eran diez o doce. Iban tapados, pero yo los reconocí: todos eran de Zugarramurdi o de Urdax, excepto un monje alto y flaco, el único que llevaba el rostro descubierto. A ese no lo había visto nunca, no era de los de la abadía. María de Ximildegi no se despegaba de él. Me la tenía guardada desde que discutimos en la plaza, hacía unos días, poco después de que vosotros os fuerais, primero cuando ella nos llamó *sorginak*[9] a mí y a otras, y después cuando yo me negué a confesarme y a acusarme en la iglesia, como hicieron todas las demás. «Vendrán a buscarte y será peor», me amenazó entonces. No supe a quién se refería, y no la creí, pero tenía razón, vinieron, hace dos noches, aquel misterioso monje, y ella, repitiendo en voz alta las órdenes que él le susurraba al oído: «¡Buscad los sapos! ¡Arrancad las hierbas! ¡Desenterrad los cuerpos de los recién nacidos!». Los demás intercambiaron miradas extrañados, ellos tampoco entendían de qué hablaba aquel fraile, pero empezaron a recorrer el caserío, y el establo, y a ponerlo todo patas arriba. La mayoría estaban tan asustados como nosotros, como el abuelo y yo. Algunos, tiene gracia, eran los maridos de las mujeres que María de Ximildegi acusó en la plaza, y parecían estar allí a la fuerza. Otros, los que rompieron los manzanos y mataron al Txato, era como si hubieran esperado durante mucho tiempo aque-

---

9 Brujas.

lla oportunidad, como si también nos la tuvieran guardada... Yo sabía que tarde o temprano pasaría algo así. Nunca han soportado que las cosas nos vayan bien, que vengan a por nuestra sidra desde lejos, o que el Txato ganara todos los combates a sus animales. Pero esa chiquita, María de Ximildegi, me costaba entender por qué se comportaba así. Creo que, en el fondo, también estaba asustada. Dicen que mientras estuvo sirviendo fuera, en Ziburu, la detuvieron y le dieron tormento, y que ella misma confesó ser una bruja. Al otro lado, en Bayona, en San Juan de Luz, han detenido y han quemado a muchos, todos lo sabemos, todos vemos pasar huyendo a esa pobre gente, y cuando María volvió a Zugarramurdi los vecinos empezaron a hablar, contaron que ella también venía escapando. Supongo que María tuvo miedo de que volvieran a señalarla con el dedo, y pensó que la única manera de librarse de la hoguera era convertirse ahora en quien acusaba, en lugar de en la acusada. Y por eso habló de las fiestas en la cueva, dijo que en ellas adorábamos al demonio. Y que el abuelo era uno de los reyes de la secta, porque era quien nos hacía bailar con su música... Lo que no sé es en qué momento María fue con ese cuento al abad de Urdax, si fue antes de discutir con nosotras o después. Ni siquiera si fue ella quien le avisó o el abad se enteró por culpa de las demás mujeres, que corrieron al monasterio a quejarse de las acusaciones de la chica. Fray León les dijo entonces que todo se solucionaría si confesaban en público sus pecados. «¿Pero qué tenéis que confesar? ¡No hemos hecho nada malo!», les decía yo. Y ellas me contestaban que en el monasterio las habían amenazado, asegurándoles que si no confesaban el asunto pasaría a manos del Santo Oficio, y que estos les darían tormento y se quedarían con sus casas, sus huertos, sus animales... Así que un domingo, en la iglesia, fueron levantándose de una en una y diciendo barbaridades, como que se habían acostado con el demonio, o que habían volado hasta las nubes y arrastrado tormentas de hielo hasta el pueblo... Y que estaban arrepentidas de sus actos y nunca volverían a obrar de ese modo. Yo fui la única que no habló. Nunca había hecho nada de lo que contaban las mujeres, así que no estaba dispuesta a acusarme ni tampoco a recibir perdón por pecados que no había cometido. Entonces creía que hacía lo que debía, pero ahora tengo miedo, no sé quién es ese monje, ni si nuestros vecinos se han vuelto locos, o si vendrán otra noche. Y, sobre todo, tampoco sé qué le pasa al abuelo, si volverá a hablar, o a comer, ni si Joanes está seguro aquí, en Dolarenea...

Mi madre ya no pudo contenerse más y rompió a llorar. Hasta entonces levantaba de vez en cuando su brazo y contenía con un gesto a mi padre, que se agitaba y movía los brazos enfurecido mientras ella hablaba. Sabía que si no contaba todo de un tirón le resultaría imposible acabar. Pero al nombrarnos al abuelo y a mí, aquel dique que había levantado con sus manos se vino abajo.

Mi padre volvió a abrazarla. Le acariciaba el pelo y me pareció incluso que conseguía borrar con sus manos las canas que habían aparecido sobre sus cabellos y que al reflejo del fuego estos volvían a ser por completo negros, casi azules. Poco a poco el llanto de mi madre se fue apaciguando.

—¿Encontraron los libros? —preguntó mi padre, cuando ya solo se oían los chisporroteos de la leña ardiendo.

Mi madre negó con la cabeza.

Él volvió a acariciarla y clavó su mirada en la chimenea. Yo también lo hice y sentí que el fuego me tranquilizaba. Al cabo de un rato, los dos pudimos ver una llama que se elevaba por encima de las demás y oír el chasquido de una rama que ardía y se partía en dos. Las manos del abuelo, sentado junto al fuego, estaban ahora vacías.

En los días siguientes fui recogiendo los trozos del espejo roto en el que mi madre, al contar todo aquello, convirtió mis recuerdos. Había muchas cosas que no entendí en su relato, pero sí me daba cuenta de que el terror y la tristeza se habían instalado en

Dolarenea y de que algo en nuestra familia se había hecho, lo habían hecho añicos para siempre. Mirando en esos pedazos de espejo, veía algunas escenas de mi vida desde otros ángulos, y así comencé a atar cabos.

Mi padre, contra lo que todos pensamos, se refugió en sus libros, en lugar de vengarse de los que habían asaltado el caserío. Debajo del camastro, en la habitación que compartía con mi madre, había un hueco tapado por varios tablones en el que guardaba como un tesoro algunos de los libros que compraba en Bayona para venderlos después en Pamplona a coleccionistas y hombres de letras.

—Estarán prohibidos, pero los que más me compran son frailes —solía decir a menudo.

—Algún día te vas a meter en un lío —le reñía mi madre—. Y si no, tú mismo te vas a volver loco, leyéndolos.

—¿Qué daño puede hacerte un libro? —replicaba entonces él y a continuación comenzaba a leer en voz alta un cuento del *Decamerón*, o un capítulo del *Lazarillo de Tormes*, que nosotros –mi madre también– escuchábamos muertos de risa.

Pero la mayoría de las veces mi padre leía los libros prohibidos en silencio junto al fuego. Desde mi habitación yo solía dormirme arrullado por el ruido de las páginas que pasaba, como las alas de un pájaro alzando el vuelo.

Ahora, sin embargo, las hojas parecían filos de espada cortando el aire. El carácter de mi padre se volvió irascible. Como si él también intentara recomponer el espejo y al recoger cada trocito del suelo solo consiguiera cortarse. Maldecía, impotente. Buscaba en aquellos libros respuestas y no las encontraba. Una noche, incluso, los arrojó contra el suelo y discutió a gritos con mi madre.

—Es él, fray León, el abad. Es él quien me la tiene jurada desde que dejé de llevarles sidra al monasterio. Pero no tengo ninguna obligación de hacerlo. En Zugarramurdi somos hombres libres, no sus siervos, como los de Urdax. Y además de eso, ahora todo el mundo sabe que fray León ha pedido un puesto en el Santo Oficio. Y para conseguirlo quiere ofrecerles mi cabeza en una bandeja, decirles: «Este hombre introduce libros prohibidos por la muga con Francia» —engoló la voz, imitando la del abad—. «Alguien tiene que controlar esa zona. Son libros perniciosos, biblias heréticas, manuales de brujería, ¡todos en la familia de este hereje son brujos!».

—¡Pero eso es falso! —le interrumpió mi madre—. Iré a hablar con él y se lo explicaré todo. Antes de que quemen el caserío.

—¡Ni se te ocurra! Si vas, te pasará como a las demás, te harán confesar en la iglesia delante de todos. Tú misma admitirás que eres una *sorgina*, y entonces será a ti a quien quemen. ¡Eso es lo que les va a pasar a todas esas desgraciadas, ya lo verás!

—¿Y entonces qué tenemos que hacer? ¿Esperar a que vuelvan otra vez? ¿O irnos del pueblo, huir como mendigos, como esa pobre gente? —mi madre señaló hacia el norte, en dirección a Sara.

Al oír aquello, recordé esa imagen, otro trozo de espejo roto: familias enteras atravesando el pueblo, subidas en carromatos, con todo lo que habían podido salvar antes de salir huyendo: algunas gallinas, candelabros, jergones... Solían ocultar sus rostros bajo las capuchas de sus *kapusai*, las gruesas mantas de lana negra con las que se abrigaban, y rehuían la mirada, avergonzados, permanecían inmóviles bajo la lluvia, como animales moribundos... Solo en una ocasión vi a una anciana, en la parte trasera del carromato, vestida elegantemente con un vestido rojo, en el que brillaban algunos hilos de plata, y el tocado de su cabeza, en forma de cono, de un blanco resplandeciente y anudado con fuerza, de tal modo que mantenía su rostro erguido y le daba un aire de dignidad. Recuerdo que ese día fui yo quien sintió vergüenza al mirarla. Y recuerdo también que aquella mujer aferraba entre sus manos una llave, tal vez la de la casa que había dejado atrás, en algún pueblo de Lapurdi.

A veces, me preguntaba si todas aquellas personas no serían fantasmas, a los que nadie excepto yo mismo veía. Cuando cruzaban el pueblo, todos callaban y las conversaciones solo se reanudaban una vez que los fugitivos se perdían a lo lejos entre los prados y las revueltas del camino. Nadie decía nada sobre ellos, ni se acercaba a ayudarlos u ofrecerles comida. Su desgracia, al parecer, era más contagiosa que la lepra y el antídoto para la misma consistía en ignorarla, en mirar para otro lado mientras a solo unas horas de camino del pueblo decenas de personas estaban siendo interrogadas, sometidas a tormento y quemadas en la hoguera, por un juez terrible cuyo nombre –Pierre de Lancre– estaba en boca de todos pero nadie pronunciaba, como si él en realidad fuera el mismísimo diablo y no quien había llegado a Lapurdi a librar a sus gentes, como decía, de las sectas satánicas.

—No lo sé. No sé qué es lo que debemos hacer —dijo por fin mi padre, resignado.

Ya no gritaba. Su voz era ahora una llama que se extinguía. Sentada junto a él, al lado de la chimenea, mi madre sollozaba. El abuelo, en silencio, desgranaba el maíz. Y yo, en mi cama, apretaba la cara contra la almohada. No quería llorar. Me negaba a reconocer a aquellos desconocidos. Yo también miraba para otro lado, y seguía buscando algún trozo del espejo que me devolviera el reflejo de mi familia, la familia que yo recordaba, en lugar de a mi padre, aquel hombre rendido, al abuelo, arrojando su *txistu* al fuego, a mi madre, asustada y envejecida... Cerraba los ojos, y los veía, todavía hoy los veo, bailando, riéndose a carcajadas, bebiendo sidra junto al resto de los vecinos de Zugarramurdi en las fiestas de la cueva.

5

Mi abuelo me contaba que su abuelo le contaba que hace miles de años todo el valle estuvo cubierto por el mar. Fueron sus olas embravecidas las que horadaron las montañas de Zugarramurdi de esa manera, mordiéndolas hasta abrir el hueco gigantesco, la gran bóveda de piedra. Después, el mar replegó sus fauces y solo dejó un hilo de saliva, el pequeño arroyo que cruzaba la cueva. A mí me gusta pensar que esa es también la veta de mi corazón que unió mi vida con el océano, que mezcló dentro de mis venas la sangre y la sal y tiró de mí hasta enrolarme años después con los Hermanos de la Costa.

Con ellos, con los bucaneros y filibusteros de la isla Tortuga, surqué innumerables mares, sufrí temporales y naufragios, conocí tierras extrañas, pero nunca vi una gruta de las dimensiones de la de Zugarramurdi, a la cual, al atardecer, podía asomarse el sol introduciendo toda su cabeza e inundando las entrañas de la montaña de luz y calor.

Al atardecer también daban comienzo las fiestas en la cueva, una o dos veces cada mes, y, al llegar el verano o las primeras nieves, las grandes celebraciones a las que acudían gentes de los pueblos y caseríos de los alrededores.

Las fiestas duraban toda la noche y terminaban al alba, cuando el sol volvía a asomarse al hueco en la montaña exhalando un aliento cálido de manzanas frescas. Durante aquellas noches todo olía a jugo de manzana y hierbas, dentro de la cueva. Un olor que se iba volviendo agrio y pegajoso conforme el suelo y los estómagos se empapaban en sidra: eran los olores de la orina de quienes se desahogaban en el arroyo, donde los niños solíamos jugar con los sapos que en él chapoteaban; el del sudor de quienes danzaban alrededor del fuego; o el de las parejas que se apartaban de él y retozaban en el prado vecino de Berroskoberro...

La música de mi abuelo también olía a manzana. Las notas que salían de su *txistu* se encadenaban como una procesión de orugas, arrastrándose despacio, casi imperceptibles, a medida que la cueva se iba llenando y se formaban corros de gente que hablaba animadamente y que solo se rompían con alguna carcajada o si alguien se acercaba para ofrecer los primeros tragos. Entonces, los grupos se mezclaban y alguien empezaba a sentir la caricia de una de aquellas orugas trepando por sus piernas, que sacudían de forma rítmica, contagiando a los que le rodeaban, y al final todos bailaban, mientras mi abuelo, subido en un promontorio, una especie de altar en la parte más elevada de la cueva, seguía tocando, incansable, ofreciendo su música como una manzana envenenada.

Yo solía acompañarle a veces allá arriba, marcando el ritmo con el tamboril, o haciendo sonar mis *txirulas* o la *alboka* que mi padre me trajo de tierras de Vizcaya. Cuando tañía esta última, el vello de mis brazos se erizaba, pues escuchaba cómo el sonido vigoroso del instrumento hacía temblar las paredes de la cueva, que devolvían redobladas sus notas largas y vibrantes en un eco que introducía dentro de mi pecho la respiración de un millón de hormigas. De reojo, veía que también les sucedía algo parecido a quienes danzaban a mis pies, pues agitaban sus cuerpos, retorciéndolos en extrañas posturas delante de las hogueras, las cuales agigantaban sus movimientos en descomunales sombras. Me gustaba pensar que era yo quien con un soplido de mi aliento en un pequeño cuerno de vaca daba vida a aquellas siluetas monstruosas y quien controlaba la voluntad de los danzantes, y aquello me proporcionaba una grandeza y un placer extraños en los que se mezclaban la satisfacción con la responsabilidad y la culpa. Entendía entonces por qué mi abuelo se ponía tan nervioso cada vez que se aproximaba una de aquellas fiestas, y también el agotamiento, una especie de vaciamiento que se apoderaba de él en los días siguientes y en el que se regodeaba, con el que parecía disfrutar, como si los pinchazos de sus músculos doloridos reavivaran las sensaciones de la noche y la felicidad que él sentía haciendo bailar a los demás.

La mayor parte del tiempo durante aquellas noches, sin embargo, yo la pasaba con el resto de los niños de mi edad, jugando y correteando por la gran cueva y otras galerías más pequeñas que la rodeaban. A lo largo de algunas horas éramos libres de la disciplina y los trabajos del caserío (alimentar a las bestias, acarrear leña y agua...) y de la autoridad de nuestros padres, a los que solo nos encontrábamos durante esas madrugadas de vez en cuando y de forma casual. Sus miradas eran entonces siempre cómplices, indulgentes... Parecía que eran ellos los que buscaban nuestra aprobación. Recuerdo a mi madre, bailando alrededor del fuego, con el rostro y el pecho perlados de sudor, el cabello negro suelto, los pies descalzos, y una sonrisa que en aquellos momentos parecía que nada ni nadie podían arrebatarle. A ella le encantaba bailar. Solía quedarse en las fiestas hasta que se extinguía la última nota y volvía al caserío al amanecer, junto con el abuelo, los dos exhaustos. Por el contrario mi padre, más retraído, solía retirarse temprano. Acostumbrado a pasar semanas enteras solo en el monte sin hablar con nadie, o ensimismado en sus libros, se sentía incómodo con tanta gente alrededor, sobre todo cuando la sidra los volvía locuaces, afectuosos... A menudo regresaba a Dolarenea con él, o era yo mismo quien se lo pedía, cansado, muerto de sueño o incluso asustado, si, deambulando por la cueva, en alguno de sus recovecos encontraba a pequeños grupos de personas alrededor de una olla con agua caliente en la que algunas mujeres, como Graciana de Barrenetxea, hervían hierbas cuyo vapor respiraban profundamente; o a otros quemando hojas y aspirando el humo negro y espeso de aquella planta que llamaban tabaco y que decían que habían traído del otro lado del océano, hasta donde también parecían transportarles cada una de sus inhalaciones.

—¡Fuera de aquí, esto no es para los niños! —solían ahuyentarnos, tirándonos piedras o persiguiéndonos, cuando advertían nuestra presencia.

Otras veces, eran ellos mismos quienes se acercaban hasta el lugar en el que solíamos jugar, junto al pequeño arroyo, para orinar o para rellenar sus ollas, y sus miradas alunadas, brumosas, las pupilas brillantes, o su comportamiento extraño, su modo de caminar errático, nos aterrorizaban. Tenían la misma apariencia física de personas a las que veíamos todos los días, pero a la vez no se parecían, eran otras, o incluso se diría que su cuerpo estaba allá pero su mente volaba muy lejos, por encima de los montes, atravesando los mares... De hecho, no era raro que alguno de ellos tropezara, o cayera al arroyo, lo cual nos desagradaba porque ahuyentaba a los sapos, que eran nuestro principal divertimento. Con ellos hacíamos carreras, o medíamos cuál saltaba más lejos. Muchos de esos sapos los cazábamos allí mismo, en la cueva, pero algunos niños solían llevar otros de casa, a los que habían adiestrado, e incluso algunas niñas los vestían con sombreritos o pequeños trajes de terciopelo que sus madres cosían.

Pasábamos horas jugando con los pobres animales, pero por lo general, al llegar la medianoche, la mayoría de los niños ya nos habíamos retirado de la cueva. En alguna de las grandes fiestas, sin embargo, como en la de la noche de San Juan, nos permitían quedarnos hasta que amanecía, para pisar con los pies descalzos el primer rocío del verano, pues decían que purificaba los cuerpos. Y debía de ser cierto, porque en Berroskoberro (el pequeño prado junto a las cuevas hasta el que los más pequeños solíamos escaparnos varias veces durante la noche, pese a que nos lo tenían prohibido —o precisamente por ello—) no era raro encontrarse con parejas que se abrazaban desnudas y rodaban entre risas y suspiros sobre la hierba húmeda, y a las que yo observaba boquiabierto y confuso, con las hormigas que antes habían respirado dentro de mis pulmones correteando estómago abajo, entre mis piernas.

Siempre, en definitiva, vi con inocencia todo cuanto sucedía en aquellas fiestas en la cueva, y nunca, hasta que María de Ximildegi comenzó a acusar a quienes a ellas acudían, oí a nadie en el pueblo decir nada en su contra; al contrario, todos los vecinos las esperábamos nerviosos y participábamos en ellas. Nunca tampoco, hasta entonces, oí esa palabra con la que empezaron a llamarlas; nunca, hasta que aquel monje alto y delgado del que había hablado mi madre volvió al pueblo y la pronunció en voz alta: *akelarre*.

—¡Los papagayos! ¡Los papagayos!

La voz recorrió las calles del pueblo como un perro asustado y después subió al monte, donde se escabulló entre la maleza.

Apenas habían pasado dos semanas desde que algunos vecinos asaltaron nuestro caserío y, después de muchos días con aquel cielo de plomo sobre nuestras cabezas, brillaba un sol luminoso, pleno de promesas...

Un sol traidor e hiriente.

Yo me encontraba merodeando alrededor del roble bajo en el que tiempo atrás enterré la bolsa con monedas que me entregó Kuthun, aquel extraño muchacho, también rubio como el sol de enero. Siempre me acercaba a aquel árbol con el corazón en la boca, temeroso de encontrar la tierra removida y a Oncededos, el siniestro contrabandista de San Juan de Luz, esperándome; o bien pensando en que tarde o temprano —quizás más temprano que tarde— yo mismo debería escarbar en ella y ofrecer el dinero a mi padre y con él explicaciones. Por eso, aquellos gritos como ladridos que se elevaban desde Zugarramurdi me sobresaltaron.

—¡Los papagayos! ¡Que vienen los papagayos!

Abajo, en el pueblo, vi a un muchacho que corría, haciendo aspavientos con las manos, y cómo a su paso los vecinos se encerraban en sus casas. Algo más lejos, un grupo de jinetes cabalgaba hacia Zugarramurdi. Eran ocho, montados sobre caballos resplandecientes. Seis de ellos iban armados y con yelmos que coronaban plumas de colores, igual que papagayos, como llamábamos a los soldados castellanos. Pero pronto pude comprobar que no eran soldados. Los distinguían sus ropas nuevas y ostentosas, cubiertas con levedad por el polvo y el barro de un solo viaje: las capas al aire, las lustrosas botas de ante, las camisas de lienzo de un blanco cegador...

Los otros dos no llevaban espadas, ni capa. Uno portaba colgado del cuello un estuche cilíndrico de cuero, que se balanceaba a ambos lados de su pecho. Y el otro, el que encabezaba el grupo, era un monje, alto y flaco, bajo cuyo cuerpo el caballo se iba empequeñeciendo a medida que se acercaba, en tanto que la figura del hombre se alargaba y parecía que fuera a tapar el sol.

Eché a correr aterrorizado hacia el caserío. Mi padre estaba en el lagar. En los últimos días se pasaba horas allí, frotando las vigas, masajeando los músculos de estas, limpiando las lágrimas de alcohol viejo que destilaban las *kupelas*...[10] Haciendo, en suma, comprender a aquel organismo de madera, acostumbrado a desentumecerse cada año por esas fechas, que en este la cosecha se había perdido y que quizás nadie traería a moler a Dolarenea las manzanas que habían salvado en otros caseríos.

Cuando llegué estaba introduciéndose a través del hueco para

---

10 Toneles de sidra.

el *txotx*[11] en uno de los barriles, y solo asomaban la mitad de su tronco y su cabeza, que giraba con cuidadosos empujones, para entrar por el estrecho agujero y frotar con un cepillo las tripas del tonel.

—¡El Santo Oficio! —interrumpí, entre jadeos, sus meticulosas maniobras—. ¡Los inquisidores! ¡Vienen hacia el pueblo!

Mi padre volteó la mirada hacia mí, lentamente, sin alterar el gesto de su rostro. Sabía que tarde o temprano –más temprano que tarde– llegaría aquel momento.

—Son ocho hombres. Seis familiares,[12] armados, un monje, que debe de ser el comisario... el hombre del que habló la *amatxo*... ¡el que vino la otra vez con María de Ximildegi! —hablé a borbotones, expulsando por la boca todo lo que me bullía en la cabeza, tratando de salpicar y escaldar también a mi padre, cuya pasividad me enervaba—. Hay otro más, parece un notario, lleva un estuche en el cuello, de esos para guardar papeles y títulos... Y traen también cuerdas y correas. Ahora empezarán a interrogar y a detener a la gente, ¿verdad? —dije.

Entonces, por fin, lo vi tragar saliva y ahogar un gesto de dolor, como si fuera una pequeña espina lo que en realidad le atravesaba la garganta.

—Nosotros no tenemos nada que ocultar —contestó—. ¿Tu madre y el abuelo están en casa?

—Sí.

—Pues no salgáis fuera —añadió, e introdujo el resto de su cuerpo dentro del gran barril de sidra, aunque yo tuve la impresión de que era este el que en realidad se lo tragaba, contra su voluntad.

—Pero entonces... ¿Qué vamos a hacer? ¿Esperar a que vengan?

---

11 Espita de los toneles de sidra. Al grito de *Txotx!*, se abren estos en las sidrerías.
12 Miembros de menor nivel de la Inquisición.

—Haz lo que te digo, Joanes —escuché su voz extraña, ahogada dentro de la *kupela* vacía.

Bajé las escaleras, aturdido. Cuando entré al lagar había imaginado que mi padre daría un salto e iría a buscar su cuchillo de degollar *betizu*, o que prepararía de manera apresurada algunos víveres y pertrechos y nos ordenaría a todos seguirle, echarnos al monte...

En la cocina, encontré al abuelo y a mi madre. Habían escuchado la conversación y sus miradas me atravesaban, suplicándome comprensión. Pasé a su lado enojado, ignorándolos, y salí fuera, desobedeciendo a todos ellos. Corrí hasta el viejo roble. Allí al menos sabía que el miedo y el modo en que debía hacerle frente me pertenecían a mí solo. Me senté en la hierba, con la cabeza entre las piernas. A través del hueco entre las rodillas vi que, abajo, el grupo de jinetes entraba ya al pueblo. Esperé, no sabía muy bien a qué. Lo único que sabía era que cuando ellos llegaran, yo no me quedaría ahí, quieto.

El grupo se detuvo frente a la iglesia. Fray Felipe de Zabaleta, el párroco, los recibió con grandes reverencias. Permanecieron allí dentro varias horas. Durante todo ese tiempo, nadie salió de sus casas. Solo se escuchaba ladrar a los perros y el tintineo de cencerros en el monte. Los jinetes abandonaron un momento la iglesia y pasearon por el pueblo hablando alto y andando despacio. A media tarde algunos pastores comenzaron a regresar a los caseríos. Una mujer salió a sacar agua al pozo. Después cayó la noche, una noche larga y silenciosa.

Entré, por fin, a Dolarenea. En la habitación de mis padres se escuchaba el rumor inquieto de mantas, mi madre cambiando de postura en la cama cada poco tiempo. Yo cerraba los ojos y veía a mi padre con los suyos abiertos, clavados en el techo, tumbado inmóvil y alerta al lado de ella. Después, el sueño me venció con todo el peso de la culpa que me proporcionaba poder dormir a pesar de la incertidumbre y el terror.

Mucho tiempo más tarde, amaneció. Lucía otra vez el sol y la vida en Zugarramurdi se reanudó. Como si solo la noche fuera el territorio del miedo. Se escucharon risas y gritos de niños en las calles. El murmullo de las mujeres conversando en el lavadero. Los golpes de hacha y el aire rasgado por su filo y por los jadeos de hombres que cortaban leña...

Parecía una mañana como cualquier otra, hasta que al mediodía llegó, acompañado de varios frailes del monasterio, fray León de Araníbar, abad y señor de Urdax, y se encerró en la iglesia con los forasteros. Poco después, salió acompañado del párroco y llamó a las puertas de varias casas. Algunos hombres, los vecinos que mi madre nombró y acusó días atrás, acompañaron a los frailes.

Durante los días siguientes, esos hombres estuvieron entrando y saliendo de la iglesia, y también algunas de las mujeres que confesaron en público ser brujas. Mientras tanto, los familiares del Santo Oficio zanganeaban por el pueblo, ociosos, con el veneno del aburrimiento en la sangre. Una noche, oímos cascos de caballos y gritos y risas de borrachos en los alrededores de Dolarenea. Pero para entonces ya nos habíamos acostumbrado a sus bravuconadas, a sus miradas por encima del hombro y a las voces gruesas y orgullosas, hablando a duras penas en un castellano que apenas dominaban (habían venido desde Arano, en la muga con Guipúzcoa) pero que utilizaban como signo de distinción ante nosotros. Yo, de vez en cuando, me escapaba al pueblo, a jugar con otros niños, y cuando veía a aquellos hombres simulaba no entender sus ruidosas conversaciones, a pesar de que había aprendido el idioma en los viajes con mi padre y en los libros que él nos leía.

—¿Cuánto tiempo vamos a quedarnos en este pueblo de mala muerte? ¿Qué más necesita saber el comisario? Esas mujeres ya han confesado. Sin necesidad de tormento. Ni siquiera sé qué hacemos nosotros aquí, entre todos estos palurdos —les oía quejarse y maldecir.

—Esas locas están muertas de miedo, hablan hasta por los codos. El abad está disfrutando viendo al notario escribir y escribir. Son todos esos papeles los que le importan, lo que quiere llevarse de aquí y poner sobre la mesa en Logroño... Es él quien va a sacar más tajada de todo esto.

—Pero nosotros tampoco nos vamos a ir con las manos vacías. El comisario ha dicho que nos ordenará detener a alguna de esas brujas —se daban aires de importancia, atildándose las gorgueras con que adornaban su cuello o sus barbas perfectamente recortadas, mientras bebían vino, o jugaban a los naipes, y a veces hasta se quedaban dormidos, roncando a la puerta de la iglesia sus sueños en forma de escalera; una escalera a través de la que pretendían medrar, limpiar su sangre a costa de la de los demás, convertirse en hidalgos con títulos y escudos...

Yo me preguntaba qué era aquello tan importante que las mujeres a las que custodiaban contaban y si alguna de ellas habría implicado a mi familia, y en una de las ocasiones en que los familiares relajaron la vigilancia, me encaramé hasta una de las ventanas traseras de la iglesia para averiguarlo.

Juan de Manterola, el comisario, aquel monje alto y flaco del que había hablado mi madre, estaba sentado junto al altar. Su figura desgarbada se agigantaba por la luz de varios candelabros, y a su lado el notario, encorvado sobre un montón de papeles, empuñaba una pluma, que untaba de forma cansina en el tintero y hacía correr sobre el último de un abultado montón de papeles. En el otro extremo del altar, fray Felipe de Zabaleta, párroco de Zugarramurdi, servía sidra al abad, gordo y adormilado tras varios platos con restos de comida.

Y frente a todos ellos, Estefanía de Navarcorena, de pie, aunque encorvada –diríase que a punto de desmoronarse en cualquier momento–, vestida con un camisón blanco, entretejía con las babas que colgaban de su boca una especie de letanía, en un monótono y fino hilo de voz, cuyas palabras yo no conseguía desensartar... Pero no fue eso lo que me sorprendió. Estefanía era una mujer mayor, de más de setenta años. A menudo se la veía pasear por Zugarramurdi, medio desnuda o hablando sola, diciendo incoherencias, braceando y riñendo con enemigos invisibles... En ocasiones, entraba en casas ajenas y robaba comida, alguna gallina... Probablemente ni siquiera se daba cuenta de que no estaba en su propia casa, pero algunos vecinos se enojaban con ella y decían que se aprovechaba de su edad y fingía aquellos trastornos... Por lo demás, desde que María de Ximildegi había vuelto, la animadversión hacia la anciana había aumentado: todos los pequeños hurtos o pérdidas —si por ejemplo algún animal abortaba o enfermaba— se le atribuían a ella, o a sus hijas, hasta tal punto que también habían apedreado su caserío en dos ocasiones, acusándola de *sorgina*.

No, no fue el discurso disparatado de Estefanía (en el que comencé a distinguir palabras sueltas y escandalosas, como *alua* o *zakila*)[13] lo que me llamó la atención sino verla tan indefensa, tan frágil y sin embargo flanqueada, como si fuera un animal peligroso, por dos de aquellos agentes del Santo Oficio, fuertemente armados; y sobre todo el hecho de que sus palabras fueran tomadas en serio, rebatidas con preguntas también sin sentido pero pronunciadas con tal solemnidad que provocaban pavor. Fue ese día cuando oí por primera vez aquella palabra terrible:

—¿Admites entonces que mantuviste contacto carnal con el diablo en el *akelarre*?

La voz de Juan de Manterola era cavernosa, casi de ultratumba. Hablaba sin apenas separar los labios, pero los movimientos de sus manos delante de los candelabros proyectaban sombras gigantescas que envolvían a Estefanía como las alas de pájaros negros y descomunales. Se dirigía a Estefanía en vasco, y después al notario en castellano repitiendo las confesiones de ella, a menudo adornándolas con detalles escabrosos que ni siquiera el caletre destartalado de aquella pobre mujer era capaz de imaginar.

---

13 Vagina y pene.

—La acusada dice que el diablo, con forma de macho cabrío, la obligaba a besar su trasero y que después hacía lo propio con su miembro sexual; que el mismo tenía un tacto frío como el hielo y su semen un sabor agrio...

Continuaron así durante mucho rato, relatando actos repulsivos e increíbles. A veces Estefanía reía como una loca y otras prorrumpía en llantos como una niña o gritaba que quería irse... Cuando eso sucedía yo me preguntaba por qué no salía volando, como aseguraba desplazarse al *akelarre*, y si necesitaba para ello frotarse el cuerpo con los ungüentos, confeccionados con manteca de recién nacidos y pieles de sapo, por los que le preguntaban casi con obsesión los inquisidores y que ella admitía elaborar.

Sentí ganas de vomitar, y salté de la ventana. De regreso a casa, creí entender la actitud de mi padre, su prudencia y su pasividad. Él era un cazador y sabía que esta vez no se enfrentaba a un animal cualquiera, sino a un monstruo inabarcable e irracional.

Aquel mismo día, unas horas más tarde, algunos de los familiares partieron al galope del pueblo. Regresaron a la mañana siguiente con un carro tirado por dos caballos de carga. En él montaron a Estefanía de Navarcorena y otras tres mujeres, a las que —decían algunos— se llevaban a la cárcel de Logroño. También decían que no tardarían mucho en regresar, que el Santo Oficio sería benevolente con ellas, por su colaboración y por haber reconocido sus delitos.

Nadie salió a despedirlas, ni lloró por aquellas mujeres, al menos en público. Los inquisidores se fueron como habían venido, atravesando las calles vacías del pueblo, montados en sus caballos resplandecientes, con sus yelmos adornados con plumas de papagayo y sus espadas brillantes, mientras, a sus espaldas, en Zugarramurdi el sol se ocultaba tras nubes negras de tormenta.

—Iré yo.
El abuelo volvió a hablar, de repente, muchos meses después,

cuando acabó aquel invierno descarnado, sin música ni sidra —el último que yo pasaría en Dolarenea—, aquel invierno de grandes nieves y un silencio glacial, en el que nadie se detenía a conversar con nadie en las calles del pueblo, pues eran las miradas las que hablaban, herían, o suplicaban desesperadas ayuda.

Las mujeres que apresó el Santo Oficio no regresaron, y a pesar de ello varios grupos de personas viajaron a pie hacia Logroño para presentarse por su propia voluntad ante el tribunal de la Inquisición. La mayoría lo hizo por puro miedo, más que de los inquisidores, de sus propios vecinos.

Una tarde, cuando ya se ponía el sol, algunos hombres ataron a Graciana de Barrenetxea, una mujer de ochenta años, a un árbol, y la golpearon hasta darla por muerta. La acusaban de haber asesinado a un niño que resbaló días atrás y se golpeó la cabeza contra el suelo. Graciana le colocó una cataplasma con hierbas, para aliviar los dolores, y apenas unos minutos más tarde el niño dejó de respirar. Pero la anciana no hizo nada distinto a lo que llevaba haciendo toda la vida: preparar brebajes y pócimas con hierbas para curar los dolores de muelas, para bajar la fiebre o alegrar los corazones durante las fiestas en la cueva...

—¡Es la reina del *akelarre*! —la acusaban, sin embargo, ahora, y muchos de los que lo hacían, de los que la azotaban con saña, eran quienes recurrían con más frecuencia a sus remedios.

Graciana se retorcía de dolor y lloraba, y sus gritos llenaban el cielo de sangre. Mi padre, al escucharlos, salió del tonel de sidra en el que estaba encerrado y corrió hasta el pueblo, furioso, y yo, horrorizado e inmóvil, pues había presenciado toda la escena desde lo alto de la colina, tras él.

—¡Dejadla! —se abrió paso entre un resplandor de velas encendidas.

Los golpes se detuvieron por un momento, pero después algunas voces emboscadas se alzaron entre el tumulto y volvieron a azuzar al grupo:

—¡Es una *sorgina*! ¡Ella misma lo confesó en la iglesia, delante de todos nosotros! —decían.

—¡Y ahora lo niega, dice que la amenazaron, la muy sinvergüenza!

—¡Sí, que se entregue al Santo Oficio y que nos deje vivir a los demás!...

Algunos hombres volvieron a acercarse envalentonados a Graciana, cortando esquirlas de aire helado con las varas de avellano con las que la habían golpeado, pero mi padre les hizo frente:

—Sois muy valientes con una anciana, pero a ver si os atrevéis conmigo —dijo, blandiendo el cuchillo, aunque eran sus ojos los que de verdad cortaban y herían—. Al que dé un paso más le saco las tripas, igual que hicisteis con el Txato.

Miró uno a uno a aquellos hombres, y todos agacharon la cabeza y retrocedieron.

—No importa, la bruja ya está muerta. Ojo por ojo —se escuchó, al cabo de un rato, la voz de una mujer.

Graciana de Barrenetxea, a espaldas de mi padre, dejó caer la cabeza sobre su hombro, exhalando un largo suspiro.

Y justo cuando lo hizo, se levantó una racha de aire que ahogó el fuego de los cirios y trajo desde el bosque el olor a hierba húmeda, las lágrimas del beleño y del endrino, del fresno y la mandrágora.

Después, desde la oscuridad emergió un grito desgarrado.

Eran las hijas de Graciana y sus nietos, que habían permanecido ocultos en el bosque, y ahora corrían hasta el árbol en el que ella permanecía atada, desplomada sobre sí misma. Lloraban y se tiraban de los pelos, lamentando su muerte, pero de repente, cuando desataron a la anciana, sucedió algo inesperado.

—¡Está viva! —gritó una de sus hijas.

Graciana abrió los ojos y de uno de ellos brotó una lágrima, redonda y brillante, una pequeña luna llena que serpenteó por las arrugas sobre arrugas de su rostro hasta introducirse en su boca y hacerla recuperar el habla.

—Árnica, hierba de San Juan... —murmuró.

Entre los vecinos hubo gritos de sorpresa y pánico, algunas mujeres echaron a correr despavoridas...

—¡Un conjuro, ha hecho un conjuro! —dijo alguien.

Una chica muy joven gritó que junto a Graciana veía a un hombre negro, una nube de humo que cambiaba de formas y se transformaba en macho cabrío, o en demonio...

En medio de aquel desconcierto, mi padre levantó a la anciana en brazos y echó a andar, acompañado de sus nietos y sus hijas, hacia Dolarenea. A nuestras espaldas, mientras subíamos la colina, oíamos los gritos, los insultos y amenazas de los vecinos:

—¡Brujos, arderéis todos en la hoguera! —clamaban.

Ya en el caserío, acostamos a Graciana y una vez que en el pueblo todos se hubieron retirado a sus casas, los nietos de la curandera trajeron las hierbas que ella había pedido, y las colocaron sobre su piel apaleada y desgarrada.

—Árnica, hierba de San Juan... —repitió Graciana—. Corta las hemorragias... cicatriza las heridas...

En los días siguientes, todo estuvo en calma. El dolor se adormeció mientras se cerraban aquellas heridas que, sin embargo, tarde o temprano todos sabíamos que volverían a abrirse, como puertas a un abismo al que estábamos abocados si no poníamos remedio.

Por las noches, a escondidas, algunas mujeres subían a Dolarenea, hablaban con mis padres en voz baja, siempre en voz baja, y decían que lo que estaba pasando no era justo, no estaba bien, y que había que hacer algo. Fue así como supimos que un pequeño grupo de vecinos preparaba en secreto un nuevo viaje a Logroño para presentarse ante el tribunal de la Inquisición:

—Pero no iremos a declararnos culpables, sino a demostrar nuestra inocencia —aseguraban.

Mi madre se comportó durante algún tiempo de un modo taciturno, en tanto que mi padre se mostraba receloso, ambos sumidos también en aquella calma frágil y doméstica que sabían que cualquier día uno de ellos rompería.

—Creo que yo también iré a Logroño —dijo por fin mi madre, una tarde.

—No deberías hacerlo —contestó mi padre.

Mientras hablaba observé que apretaba los puños, clavando con fuerza las uñas en las palmas.

—No tengo miedo, yo no he hecho nada.

—Pero ellos ya te han juzgado, para ellos eres culpable, una *sorgina*...

—Y entonces, ¿qué? ¿Esperamos a que nos aten a un árbol y nos muelan a palos?

—Por favor, ¡no lo hagas! —suplicó mi padre, y después se volvió hacia mí, que estaba sentado junto al fuego con el abuelo y, señalándome, susurró algo—: Hazlo por él, si te vas, no volverás nunca a ver a Joanes —pude leer en sus labios (o al menos eso es lo que después de tantos años y de lo que ocurriría algunos meses después, sé ahora que dijo).

Mi madre entonces rompió a llorar lágrimas que parecían piedras arrojadas contra nuestros corazones.

Fue entonces cuando, después de varios meses, el abuelo volvió a hablar.

Su voz sonó grave, firme, perfectamente afinada. Como si hubiera estado ensayando aquellas palabras durante todo ese tiempo de silencio.

—Dicen que yo soy el rey del *akelarre*. El músico de los brujos. Si me entrego, os dejarán de una vez en paz. Yo ya no tengo nada que perder ni miedo a lo que me puedan hacer. A mí ya no me quedan ganas de vivir... Iré yo —dijo, y entonces fuimos todos los demás quienes guardamos silencio.

Partieron de madrugada, desde el prado de Berroskoberro. Fue al principio del verano, la noche de San Juan. Una noche corta y estrellada, en la que nunca llegó a oscurecer del todo, ni el sol se asomó a la cueva, al amanecer. Eran cinco o seis e iban guiados por un *lasterkari*.[14] Antes de echar a andar se descalzaron y caminaron con los pies desnudos sobre la hierba húmeda. El único que no lo hizo fue el guía, que los observó con cierto desdén. Él solo creía en sus pantorrillas musculosas, que frotaba una y otra vez, y en las abarcas de cuero con las que cubría sus pies, capaces de llevarle corriendo hasta Pamplona en un día y en cinco hasta Madrid.

El abuelo se despidió de mí con un abrazo. No me dijo nada, pero cuando me rodeó con su cuerpo oí la música, que todavía no se había apagado dentro de él: el latido de un tamboril en su corazón, su respiración rítmica como la melodía de un *txistu*, el eco vibrante de la *alboka*, resonando en sus huesos cansados... El abuelo había hecho tañer una última y sola vez para mí aquella *alboka*, días atrás, en el monte, cuando llevamos a pastar las ovejas, y esa fue su auténtica despedida.

—No lo olvides nunca, Joanes. Que no se detenga la música, si lo hace, es que tú has dejado de respirar —me dijo.

Luego hizo sonar el cuerno y cuando la música brotó corrió una brisa suave y la hierba se erizó, las ovejas se quedaron quietas, estremecidas, y a lo lejos se escucharon los *irrintzis*[15] de otros pastores, despidiéndose de mi abuelo.

Vi que una lágrima surcaba su mejilla y cómo a través de ella él miraba y decía adiós al que había sido su mundo, su tierra, el valle verde y el cielo azul, como el mar que en un tiempo cubrió todo aquello; y comprendí por qué había dejado de hablar durante todos esos meses y por qué no le importaba morir. Él sabía que todo lo que le

---

14 Mensajeros que recorrían corriendo grandes distancias en poco tiempo.
15 Grito sonoro y prolongado que emitían los pastores para comunicarse en las montañas. También se emplea espontáneamente para mostrar alegría, o rabia, o durante algunas canciones u homenajes.

rodeaba se había perdido para siempre, que quizás ese mundo nunca fue real. Mi abuelo no quería, no podía vivir en un lugar en el que la música era cosa del diablo, ni entre personas que habían perdido la alegría.

Aquella noche de San Juan fue la última vez que lo vi.

—Es hora de irse —dijo el *lasterkari*.

Yo besé y volví a abrazar a mi abuelo. Todavía hoy, tantos años después, siento su respiración dentro de mí.

6

Fue durante aquel verano de cielos ensangrentados cuando conocí a Yanga, el cimarrón. Por entonces él tenía aún marcadas a fuego en sus mejillas aquellas letras: una S en un carrillo y en el otro una I, las iniciales de *Sine Iure* (sin derechos), que muchos años después aquel negro valiente y orgulloso borraría con su propio cuchillo, desfigurándose el rostro.

Yanga era un joven esclavo guineano, al que había desembarcado en el puerto de San Juan de Luz una nave corsaria. En Francia estaba prohibido el tráfico de esclavos, pero los corsarios de Lapurdi asaltaban en ocasiones barcos negreros y tomaban a los esclavos como botín, así que no era raro ver atravesando la frontera a traficantes y grupos de africanos encadenados para ser vendidos en España; y al contrario, esclavos negros que huían monte a través hacia Francia y a los que algunos cazadores de recompensas perseguían y abatían como animales salvajes.

El más famoso de aquellos traficantes de esclavos era un viejo conocido en Dolarenea, que reapareció una noche de tormenta buscando refugio en nuestro caserío junto con Yanga y otro esclavo.

Yo mismo abrí la puerta, que golpeaban con violencia tratando de sobreponer el ruido a los truenos que rompían en pedazos el

61

cielo. Un relámpago refulgió como el filo de una navaja y sobrecogido pude ver aquella cara repulsiva y la sonrisa que la cruzaba semejante a una herida sin cerrar: los labios despellejados, las encías hinchadas y sanguinolentas...

—Hola, jovencito, veo que te acuerdas de mí —dijo, al reconocer el pánico en mis ojos.

Y se rio con una de sus carcajadas turbias, pantanosas, de cuyo fondo emergía a la superficie un cadáver: aquella amenaza que profirió la última vez que lo vi y cuyo eco yo nunca había dejado de oír.

«Volveremos a vernos y juro que me las pagaréis», recordé.

Intenté retroceder un paso hacia el interior de la casa, pero él me atrajo hacia sí agarrándome por la pechera de la camisa, mientras sus pequeños ojos vigilaban por encima de mi cabeza.

—Yo tampoco me he olvidado de ti, ni del dinero que tu amiguito me robó —susurró Oncededos.

Su boca olía a vino y a enfermedad y colgado de su árbol pulmonar parecía mecerse en el vacío, entre estertores, un ahorcado.

—*Aita!*[16] —llamé asustado a mi padre.

Oncededos apretó con más fuerza mi camisa y antes de soltarme, cuando ya se oían los pasos de mi padre bajando por las escaleras, dijo:

—Después tú y yo, miserable ratón, hablaremos a solas.

En ese instante la tormenta volvió a rasgar el cielo con otro rayo y fue entonces cuando vi a los dos esclavos, a espaldas del contrabandista.

Sus rostros azules y marcados a fuego se confundían con la noche y sus ojos amarillos me miraban impasibles, sin brillo, acostumbrados al sufrimiento y la humillación. No parecieron sorprenderse por la manera en que Oncededos me había hablado y tratado.

Cuando mi padre hizo pasar al caserío al contrabandista y a

---

16 Padre.

aquellos dos hombres, vi que estos permanecían encadenados por los tobillos y que, aunque habían aprendido a acompasar sus movimientos, caminaban con dificultad y dolor. Alrededor de los hierros que los aprisionaban había sangre seca y una rebaba de pus blanco que resaltaba sobre sus pieles oscuras. Yanga tendría unos dieciséis años y todo en él transmitía fuerza: su cuerpo musculoso y el gesto altivo en su cara, el ceño fruncido, la boca apretada... El otro esclavo, que, a juzgar por su cabello cubierto de ceniza, rondaría los cuarenta, por el contrario, sonreía e incluso nos dio las buenas noches con una pequeña reverencia, que hizo también inclinarse de mala gana a su compañero.

—Sentaos ahí —mi padre señaló la chimenea—. Encenderé el fuego.

La noche era fría y los tres venían empapados por el aguacero.

Yo acompañé a mi padre a por la leña. No quería quedarme de nuevo a solas con Oncededos. Noté que a mi padre también le incomodaba su presencia. Mientras amontonaba malhumorado entre sus brazos los trozos de madera, le oí resoplar y maldecir por lo bajo. Después pidió a mi madre que preparara algo de comer y le susurró rápidamente algunas palabras:

—Es Oncededos, lleva dos esclavos, le ha pillado la tormenta, harán noche aquí, lo siento.

Regresamos junto al fuego.

—La gente pregunta allá arriba por tu sidra —intentó comenzar una conversación el de San Juan de Luz.

—Este ha sido un mal año —contestó mi padre.

—Sí, lo ha sido para todos. Por fortuna hay otras mercancías —Oncededos cabeceó en dirección a los dos esclavos—. Por el más joven me darán ochocientos reales. Todavía es algo insolente y no recibe de buen grado las órdenes, pero acabará acostumbrándose, ¿verdad, Esteban? —se dirigió después al esclavo mayor.

—Sí, al menos si quiere seguir vivo, como yo —contestó el esclavo.

—Esteban ha conocido ya muchos amos en su vida, a uno y a otro lado de la frontera, y no le ha ido tan mal. Ahora a él y a Melchor —el traficante señaló al joven, quien al oír ese nombre dio un respingo— los comprarán los monjes de un monasterio, en Pamplona. No creo que les espere mala vida, tendrán que acarrear piedras, o labrar la tierra... Otros negros no tienen tanta suerte. No hace mucho vendí uno a la justicia. Lo adiestrarán para ser verdugo. Nadie quiere hacer últimamente ese trabajo.

Oncededos estalló en otra de sus carcajadas, pero súbitamente fue abortada por el vozarrón del joven esclavo, tan grave e imponente como los truenos que se oían en el exterior. Yanga habló en una lengua desconocida, que sonaba como un tambor de guerra, mientras simulaba con sus manos cortarse con un cuchillo el cuello.

—¿Qué ha dicho? —preguntó malhumorado y desconfiado Oncededos a Esteban, cuando acabó.

—Ha dicho que no se llama Melchor, sino Yanga, y también que él trabajaría con gusto como verdugo de los hombres blancos.

Oncededos, por un momento, se quedó paralizado, pálido, pero después su carcajada salió de nuevo a flote, desde la ciénaga de su garganta.

—Creo que por este joven en realidad debería pedir más de ochocientos reales. Es fuerte y es listo, entiende perfectamente lo que hablamos, aunque se empecine en usar su lengua de bárbaros...

Yanga guardó silencio. No volvió a abrir la boca en toda la noche. Sus ojos se cruzaron en alguna ocasión con los míos. Yo deseé que fueran capaces de hablarle, de transmitirle complicidad, pero él no quiso verme: tenía un cuchillo en la mirada que se lo impedía. Para Yanga yo era un enemigo más, alguien que daba cobijo al hombre que lo iba a vender.

Observé que a veces también clavaba aquellos ojos afilados en el cuello del traficante, durante varios minutos, mientras este hablaba y hablaba y que Oncededos de vez en cuando se frotaba molesto la nuez, como si Yanga fuera capaz de abrir de manera imperceptible una incisión, de degollarlo poco a poco con su mirada.

A pesar de ello el contrabandista aguantó despierto hasta la madrugada, no importaba que mi padre mantuviera su conversación solo con monosílabos y no pudiera disimular algún que otro bostezo. También bebió y comió en abundancia. Se aprovechaba, en suma, de nuestra hospitalidad solo porque en invierno quizás volviera para comprar la sidra, con su bolsa repleta de dinero.

Pensé en ello y, una vez más, en las monedas enterradas bajo el roble. Pero Oncededos ahora parecía haberse olvidado de mí, no me miraba, me ignoraba como si, en efecto, yo fuera solo un miserable ratón, buscando calor y protección en el regazo de mi padre, y al que él pudiera pisar y aplastar en cualquier momento.

—En fin, habrá que dormir un poco —se rindió por fin, poniéndose en pie con cierta dificultad, mareado por el vino y con los huesos todavía entumecidos por la humedad—. Mañana nos espera un día duro. Tenemos que seguir camino y, además, antes debo solucionar algunos negocios.

Fue entonces cuando volvió a salpicarme con el agua sucia de sus ojos como charcos. Muerto de miedo, mientras mi padre acomodaba al traficante y a los dos esclavos en el establo, me retiré a mi jergón. Bajo la almohada, escondí un cuchillo y esperé a Oncededos. Oía su respiración enredada recorriendo a oscuras el caserío. No sé cuánto tiempo permanecí despierto, ni tampoco si lo hice toda la noche. Me había acostumbrado a dormir poco y mal, siempre al acecho. Durante aquellos últimos meses había dejado de ser un niño. El miedo había entrado en mi vida. Un miedo distinto, que permanecía, que no se desvanecía, borrado por el sol o por los juegos, por los besos y caricias de mis padres; el miedo a la muerte y a los corazones negros de los hombres.

Por la mañana, apenas salió el sol, escuché algunos ruidos, los animales moviéndose inquietos en la cuadra y la voz nerviosa de mi padre:

—¡Vamos, despierta!

Entré al establo.

De rodillas sobre el montón de paja en que Oncededos había dormido, mi padre zarandeaba el cuerpo de este, le propinaba pequeñas bofetadas en la cara, mojaba su frente con agua... Pero el otro no reaccionaba. Sus ojos estaban en blanco, tenía los brazos rígidos y la piel pálida, como cuando la noche anterior Yanga interrumpió una de sus carcajadas, rebanándose el cuello.

Unos pasos a su derecha, vi a los dos esclavos, sentados entre el heno, bajo el cual permanecía oculta la cadena que unía sus tobillos. Yanga mantenía su gesto serio y orgulloso, impasible. Esteban parecía asustado.

—¿Está muerto? —pregunté, y al hacerlo también sentí miedo de mí mismo, porque eso era lo que deseaba.

—No, respira, muy lentamente, pero respira. No sé qué le pasa, pero no podemos dejarlo aquí. En cuanto se enteren en el pueblo dirán que es cosa de brujas. Voy a llevarlo a su casa, en San Juan de Luz —dijo mi padre, dejando a Oncededos tumbado, mientras comenzaba a preparar la montura para el macho.

Yo me acerqué al traficante, me arrodillé junto a él y arrimé mi cabeza a su boca entreabierta. Olía a perro muerto, pero desde lo más profundo llegaba un pequeño soplo, un silbido, un hilo de vida desgarrado de la soga que parecía anudar su cuello. Acerqué mis dedos tratando de buscarle el pulso, y entonces recordé la manera en que la noche anterior Yanga clavaba su mirada en la garganta del traficante. Giré por instinto la cabeza hacia el joven esclavo y volví a encontrarme sus ojos desafiantes, en los que ahora además se distinguía la sangre roja recorriendo una maraña de pequeñas y palpitantes venas.

—¿Y qué haremos con ellos? —señalé a los dos africanos.

Mi padre se encogió de hombros.

—Yo no puedo llevarlos conmigo. Al otro lado no está permitido el tráfico de esclavos y no voy a arriesgarme por él —cabeceó hacia Oncededos.

—Yo continuaré hasta Pamplona. Conozco el camino, y el monasterio— le interrumpió Esteban.

—¿Y qué pasa con él? —señaló mi padre al joven.

—No creo que quiera acompañarme.

Los dos esclavos intercambiaron algunas frases en su idioma. Yanga, enojado, gritaba con su voz de trueno y señalaba la cadena que unía sus tobillos.

—Él no está dispuesto a venir conmigo —tradujo Esteban—. Dice que desea que el amo muera, que él mismo lo habría matado con sus manos, y que no lo ha hecho solo porque yo se lo impedía. Que yo era su cadena. Quiere separarse de mí y no volver a verme nunca. Dice que él es un hombre libre.

Mi padre se acercó a Oncededos y tras revolver en su ropa, encontró una llave. Después abrió la cerradura que mantenía prisioneros a los dos hombres. Los dos estaban marcados con aquellas letras en sus mejillas, *Sine Iure*, pero eso no era lo que los unía, sino aquella cadena, que mi padre acababa de soltar. Ahora cada uno podía seguir su propio camino.

Esteban permaneció sentado, examinando las heridas en sus tobillos, cabizbajo, silencioso, tal vez avergonzado. Era un hombre rendido, que había dejado de luchar hacía tiempo, pero era también un hombre que no quería morir. Yanga se puso en pie de un salto. Nos miró fijamente durante unos segundos. Por un momento temí que fuera a golpearnos. Pero solo se acercó hasta Oncededos y le escupió en el rostro. Después salió del establo y se alejó del caserío. Yanga, al contrario que Esteban, no temía a la muerte. Lo vimos correr monte arriba, cojeando, como un animal salvaje y herido, que se había zafado de su cepo; corriendo como, en efecto, un hombre libre.

7

Mi padre regresó a Zugarramurdi esa misma noche, tras dejar a Oncededos en su casa de San Juan de Luz. Según nos contó, durante el camino este no había vuelto en sí, aunque su corazón seguía latiendo, muy lentamente, como una campana tocando a muerto.

Yo deseé con toda mi alma que lo estuviera, que hubiera muerto y desapareciera para siempre de mi vida. Pero no lo sabía con certeza, y ello me angustiaba. Con todo, durante buena parte de aquel verano conseguí olvidarme de él.

El miedo era ahora un animal hibernando dentro de un ataúd.

En el pueblo, además, todo parecía tranquilo. A veces pensábamos que tal vez el abuelo había conseguido interceder por nosotros ante el Santo Oficio. Pero en el fondo sabíamos que no, que solo nos estábamos engañando. Habían pasado ya varias semanas desde que partió y no teníamos noticias suyas. Ninguna familia, en realidad, sabía nada de los suyos, así que lo más probable fuera que estuvieran presos en las cárceles secretas de la Inquisición.

A mediados de agosto se organizó un nuevo grupo para viajar hasta Logroño y recabar noticias. Y esta vez mi madre se mantuvo firme.

—Tengo que ir —dijo.

Mi padre la escuchó con los puños apretados, clavando otra vez las uñas en su piel, hasta hacerse sangre. Se estrangulaba a sí mismo con sus propias manos, quebraba la garganta del hombre libre y salvaje que también –como a Yanga, el cimarrón– lo habitaba y que no entendía que alguien pudiera entregarse a sus perseguidores, llegar hasta el mismo borde de la trampa e introducirse en ella, en lugar de huir o hacerles frente. Por otra parte, sentía el remordimiento de haber abandonado a su suerte al abuelo, su propio padre. Y sabía que tampoco podía hacer nada por doblegar la voluntad de mi madre. Necesitaba creer, en suma, en el frágil hilo de esperanza y de luz que ella lanzaba al interior de aquel agujero oscuro.

—Haz lo que tu corazón te mande —aceptó.

—Mi corazón está con vosotros, pero para que nos mantengamos unidos, tengo que irme —repitió mi madre.

Unos días más tarde, un domingo, ella se marchó. Como el abuelo, lo hizo de madrugada, pero esta vez yo no salí a despedirla. No me permitieron levantarme de mi jergón, aunque yo tampoco tenía fuerzas para ello, ni tampoco para abrir los ojos. No quería verla llorar, ni apartarse de mí. No entendía por qué para permanecer juntos tenía que separarse de nosotros.

Mi madre se acercó hasta mí y, creyendo que dormía, me besó.

—Hasta pronto, *maitia* —la oí decir, con la voz rota, y después salir de la habitación sollozando, entre los brazos de mi padre.

Me sentí solo y asustado y me pregunté quién me reconfortaría a mí, quién recogería y recompondría los trocitos en los que yo también me rompía por dentro.

Antes de que mis padres abandonaran Dolarenea y el silencio fuera quien me diera las respuestas, el suelo de madera del caserío crujió. Supe que la que había sido mi vida hasta entonces comenzaba a hundirse de forma definitiva y en el polvo que se levantaba reconocí un presagio de los acontecimientos que durante los días siguientes nos envolverían en un remolino vertiginoso y voraz.

Una bandada de pájaros negros cubrió el cielo al caer la tarde y su estela arrastró un redoble de campanas, a lo lejos. Estuvieron repicando hasta que el sol se deshizo en un polvo oscuro, detrás de las montañas. Alguien importante había llegado a la abadía, en Urdax.

—Valle —repetían su nombre esa misma noche los vecinos, susurrándolo con una mezcla de respeto y temor.

Juan Valle de Alvarado era uno de los tres inquisidores del Tribunal de Logroño, y había venido —decían— acompañado de un secretario, Miguel de Narvarte, notario de Arraioz, un pueblito a varias leguas de Zugarramurdi, y de un séquito de criados y familiares del Santo Oficio. Todo parecía indicar que su visita se prolongaría durante varios días, quizás semanas.

—Mal asunto —murmuraba preocupado mi padre, una y otra vez.

Habían pasado tan solo tres días desde que mi madre salió de viaje. Puede incluso que aquella comitiva se hubiera cruzado con ella por el camino.

—Mal asunto.

Hasta el sábado siguiente, sin embargo, no supimos con certeza para qué habían venido aquellos hombres.

—¡Se hace saber! —la voz del pregonero fue esta vez la que, al mediodía, sobrevoló un cielo desde el que caía fuego—. ¡Que todos los vecinos de este municipio, en compañía de sus hijos varones mayores de catorce años e hijas mayores de doce y de todos los demás miembros de la casa, deberán acudir mañana a la misa mayor y solemne, en la que se leerá el edicto de fe, proclamado por el Tribunal del Santo Oficio de Logroño, y atenerse a lo que en el mismo se promulgue, bajo pena de excomunión y acción legal de la Inquisición!

El pregonero lo repitió varias veces y después se alejó, monte adentro, en busca de los caseríos más alejados, dejando suspendidas en el aire aquellas palabras extrañas y amenazantes.

Durante los últimos días, las palabras sobrevolaban sobre nuestras cabezas como pájaros de mal agüero. Palabras que yo no comprendía: edicto de fe, excomunión, o las que repetían en el pueblo los vecinos: anatema, herejía...; y otras que ya había oído cientos de veces en las últimas semanas: *sorgina*, *akelarre*, inquisición, cárcel, pero a las que no me acostumbraba y que seguían provocándome pavor e inquietud.

—¡Se hace saber...! —se escuchaba todavía a lo lejos la voz del pregonero.

Y, más cerca, la de mi padre replicándole una y otra vez, como una pequeña golondrina revoloteando alrededor de un halcón:

—Mal asunto.

Yo tenía por entonces nueve años y no estaba obligado, por tanto, a ir a la iglesia para escuchar el edicto de fe. Eso fue además lo que mi padre me ordenó, al día siguiente:

—Quédate en casa, todavía eres solo un niño.

—¡Pero sí soy mayor para ir al monte solo con las ovejas, ahora que el abuelo ya no está, ¿verdad?! —grité.

Mi padre me miró sorprendido. Nunca hasta entonces le había levantado la voz. A mí mismo me extrañó aquella reacción y, sin embargo, no podía contenerme: un torrente de rabia, tristeza, confusión, brotaba de mi interior, una riada que arrastraba todo lo que había estado acumulando en las orillas y al fondo de mi alma durante los últimos meses.

—Y también soy lo suficientemente mayor para que la *amatxo* se vaya y me deje solo, ¿eh? —rompí a llorar.

Mi padre entonces se acercó hasta mí.

—Está bien —aceptó resignado, abrazándome.

Aquel, efectivamente, era un mal asunto, él no paraba de repetirlo, y ya no podía ocultármelo, no podían ocultármelo sus palabras ni los hechos. Yo ya no era un niño, mi corazón estaba sucio de tierra removida y de rasguños de sangre negra. Tenía derecho a saber qué pasaría ahora, qué nos aguardaba.

Bajamos, pues, juntos al pueblo, poco antes del mediodía. Por el camino vimos a varios vecinos que se encaminaban en filas, silenciosos y apresurados, hacia la iglesia, y alrededor de la misma grupos que cuchicheaban y que no podían disimular su nerviosismo ni su miedo, como hormigas portando sobre sus cabezas gigantescas y delatoras migas de pan.

Mi padre se abrió paso entre ellos, sin detenerse a hablar con nadie. Los demás lo observaban de reojo. No era muy frecuente verlo por allí. Yo caminaba de su mano y notaba cómo él apretaba la mía con fuerza.

Entramos a la iglesia. Un silencio que oprimía mis sienes llenaba el pequeño templo, aún casi vacío. Nos sentamos en uno de los últimos bancos. Miré hacia el techo y vi varios sambenitos balanceados por el aire que entraba junto con quienes poco a poco fueron tomando asiento o colocándose de rodillas, muy despacio, como si temieran que aquel silencio doloroso se desplomara sobre ellos. Me pregunté si eran los viejos bancos de madera o sus huesos los que crujían. Y también si quienes movían los sambenitos (aquellas casullas descoloridas que colgaban del techo, con una cruz en aspa que atravesaba sus pechos) eran en realidad los espíritus de los que los portaron como escarnio, de todos aquellos desgraciados quemados en las hogueras, que se agitaban ansiosos, sabiendo que muy pronto alguien alimentaría de nuevo las llamas del infierno.

Cuando comenzó la misa ya no cabía un alma en la iglesia. Al principio nada parecía diferenciar la ceremonia de la de cualquier otro domingo, si acaso el murmullo monótono con el que los feligreses respondían habitualmente al párroco, que se había transformado ahora en una voz clara y rotunda, compuesta por muchas voces que pugnaban por hacerse notar. Y las sombras inquietantes y alargadas que, desde la sacristía, se proyectaban sobre el altar. Después, cuando fray Felipe de Zabaleta finalizó la lectura del Evangelio, desde ese lugar aparecieron de repente media docena de religiosos.

—Valle —susurraban aterrorizados los feligreses, y sus miradas se dirigían al que estaba en el centro de todos ellos, un hombre de unos cincuenta o sesenta años, con el pelo y la piel de color blanco, que se acercaba despacio hasta el púlpito, moviéndose como si fuera algo más que un hombre, un dios hecho hombre, o al menos convertido en su emisario, capaz de decidir a su antojo el destino de los que allí estábamos.

Yo también sentí un escalofrío, pero no fue al ver al inquisidor, sino al fraile alto y delgado que se encontraba a su derecha. Reconocí al comisario Juan de Manterola, aquel que llegó a caballo hacía meses a Zugarramurdi e interrogó a varios vecinos, aquel extraño que –según contó mi madre– acompañaba a algunos de nuestros vecinos cuando asaltaron Dolarenea. A la izquierda de Valle, estaba además el abad de Urdax, con las manos cruzadas sobre su gran barriga y una sonrisa repulsiva en su rostro, y, flanqueando a ambos, varios monjes del monasterio, alguno de ellos natural del pueblo, como Pedro de Arburu, que permanecía cabizbajo y rehuía la mirada de sus amigos y parientes, tal vez porque su propia madre era una de las mujeres que habían sido interrogadas por el Santo Oficio.

Valle, el inquisidor, comenzó a leer el edicto de fe:

—Nosotros los inquisidores apostólicos, contra la herética pravedad y apostasía, en todo el Reino de Navarra...

Su voz grave, retumbando contra las paredes y dentro de los pechos, era lo único capaz de atravesar y romper aquel silencio de piedra.

—... hacemos saber que de algún tiempo a esta parte no se había hecho Inquisición ni visita general en muchas ciudades y lugares de este distrito, por lo cual no había llegado a nuestros oídos noticia de los muchos delitos que se han cometido...

Sus palabras eran espadas que cortaban el aire, a solo unos dedos de nuestra piel erizada.

—Y por ello —continuó— ordenamos a todos los cristianos fieles, así hombres como mujeres, capellanes, frailes y sacerdotes de toda condición, calidad y grado, comparecer ante los reverendos inquisidores, durante el periodo de una semana y declarar, y manifestar las cosas que hayan visto, sabido y oído decir o hacer a cualquier persona o personas, ya estuvieran vivas o muertas, contra la Santa Fe Católica...

Quise en aquel momento girar mi cabeza, comprobar si las miradas de los demás se clavaban acusadoras en nosotros, pero mi cuerpo permaneció inmóvil. Solo conseguí relajarme un poco cuando Valle comenzó a enumerar algunos de los pecados que debíamos denunciar y que, en lugar de *sorginak* y *akelarres*, hablaban de la Ley de Mahoma y de la de Moisés... Tuve incluso que contener la risa, cuando preguntó si alguien había observado hábitos propios de los judíos en algún vecino, como ponerse ropa interior limpia los sábados. Recordé que el abuelo solía mudarse los sábados. ¿Debía denunciarlo al Santo Oficio por ello?

El silencio era sepulcral y yo notaba la risa, una risa nerviosa, inoportuna, una risa hereje e irreverente, subiendo desde mi estómago como una piedra arrojada contra la vidriera de la iglesia. Por suerte, o por desgracia, se me atravesó en la garganta cuando Valle añadió:

—... o si conocéis a algunas personas que tengan o hayan tenido familiares invocando demonios, o posean espíritus familiares como sapos u otros, o hayan sido brujas o brujos y tenido pacto con el demonio...

Cerré entonces los ojos y esperé a que alguien se acercara, nos sacara a empujones al centro de la iglesia y nos arrojara después a los pies del inquisidor. Pero no sucedió nada de eso. Volví a abrir los ojos y, para mi sorpresa, vi que todos los demás vecinos miraban al suelo, petrificados. Tan solo en los bancos de las mujeres, María de Ximildegi, la muchacha que había desatado toda aquella locura, mantenía la cabeza erguida, la única entre los demás, como un barco desarbolado, el resto de un naufragio, flotando sobre una ola negra. Nuestras miradas se cruzaron brevemente. Pero ni siquiera ella me miraba de modo acusador, al contrario, me pareció distinguir en sus ojos un brillo de compasión y de arrepentimiento. Yo, sin embargo, la rehuí, volví a bajar la cabeza.

—... o si sabéis, o habéis oído decir que algunas personas hayan tenido o tengan libros de la secta de Martín Lutero y otros herejes, o el Corán u otros libros de la Secta de Mahoma, o biblias en romance u otros libros de los reprobados o prohibidos por las Censuras y Catálogos del Santo Oficio de la Inquisición —añadió el inquisidor.

La respiración se me detuvo en el pecho y empecé a temblar. Sentía que el filo de la espada acariciaba ahora mi piel. Recordé las noches junto al fuego, y a mi padre leyendo en voz alta.

Contuve el aliento. Pensaba que incluso este podía delatar a mi padre si llegaba a rozarlo. Pero no podía detener mis temblores y sentía que las lágrimas se agolpaban en mis ojos. Hasta que mi padre volvió a cogerme de la mano, apretando fuerte, igual que había hecho hacía unos instantes, cuando se abrió paso entre los demás con la cabeza alta y firme, y me transmitió su calma y su orgullo.

El inquisidor terminó su lectura convocándonos en ese mismo lugar al cabo de una semana, para leer el anatema, el castigo impuesto a los herejes denunciados. Después, se retiró a la sacristía, junto con el abad, el terrible comisario Juan de Manterola y el resto de monjes, y fray Felipe continuó con la eucaristía, como cualquier otro domingo. Cuando terminó, sin embargo, al contrario que otros días tras la misa mayor, no se formaron grupos fuera, no hubo risas, ni chismes, ni tímidos coqueteos entre los jóvenes... Todos regresamos rápidamente a encerrarnos en nuestras casas, callados, sin mirarnos, llevando sobre nuestras cabezas aquella carga terrible, mientras las campanas de la iglesia con sus tañidos removían en el cielo de agosto una brisa infernal.

Las campanas siguieron repicando durante todas las noches de esa semana. Yo me levantaba de mi jergón, me asomaba a la ventana y entonces aparecía aquel gran macho cabrío apostado en lo más alto de la torre de la iglesia. Era su esquila en realidad la que se escuchaba, y a su llamada comenzaban a acudir, como moscas atraídas por una luz, brujos y *sorginak*. Los veía cruzar el cielo, montados a lomos de sapos alados. Algunos de ellos llevaban en sus manos, a modo de antorchas, brazos de recién nacidos, que iluminaban de manera fugaz el cielo y esparcían sangre y fuego sobre los tejados de Zugarramurdi. Salían de las ventanas de los caseríos, en el pueblo, pero también de las grietas de la tierra y de los árboles muertos, en el monte. Reconocí a Graciana de Barrenetxea, cabalgando sobre un sapo gigantesco, que vomitaba una sustancia verde y apestosa, con la que ella se untaba el cuerpo, las ingles, las axilas, su sexo... Cuando hacía esto último, de su vagina brotaban hierbas, arbustos, flores que otras brujas recogían y ponían a hervir en grandes calderos voladores y que volcaban luego sobre las huertas y las cuadras, envenenando cosechas y animales. Vi también a Estefanía de Navarcorena, volando sobre un sambenito en llamas. Y a Oncededos, haciéndolo sobre un ataúd, del que tiraba un caballo salvaje con el rostro de Yanga, el cimarrón. Vi a María de Ximildegi, que se posaba en el campanario, junto al macho cabrío y acariciaba su pene, y lo besaba, y después escupía con asco su semen congelado al suelo. De las esquirlas de hielo surgían entonces las figuras de Valle, el inquisidor, que tenía una decena de brazos, cada uno con cinco dedos índices acusadores, y la de Juan de Manterola, que se alargaba hasta tapar la luna y dejar el caserío en tinieblas, y la de fray León de Araníbar, bebiéndose la sidra de mi padre y arrancando las hojas de sus libros, entre grandes carcajadas... Vi, por fin, a mi abuelo, que venía volando desde muy lejos, con cadenas rotas en sus pies, tañendo la *alboka*, y que se colocaba a la derecha del demonio; y a mi madre, a su izquierda, con su pelo azul, cubierto de escarcha de la mañana y de polvo de los caminos, bailando una danza diabólica. Los vi a los dos llamarme por mi nombre, «¡Joanes! ¡Joanes!», e invitarme a volar con ellos hasta el *akelarre*, en la cueva y en los prados de Berroskoberro. «¡Joanes, *maitia*!», suplicaban. Pero yo me resistía, incluso cuando ellos se acercaban hasta mi ventana y tiraban de mí, «¡Vosotros no sois ellos!», les gritaba, e intentaba zafarme, luchaba, pero los brujos seguían forcejeando, incansables... y siempre, cuando creía que ya no podría resistir más, aparecía mi padre, que tiraba con más fuerza de mí, desde dentro del caserío, y volvía a llevarme a mi jergón.

—¡Tranquilo, hijo! —me decía entonces, refrescándome la frente con un paño húmedo—. Tranquilo, Joanes, pronto nos iremos de aquí...

Fue aquella una semana calurosa, extraña, de fiebre y pesadillas, cuyos recuerdos me llegan confusos. Mi padre aparecía y desaparecía constantemente. A veces subía al lagar y se pasaba tardes enteras allí, sin hacer nada, sentado, mirando a los ojos húmedos de las *kupelas* y escuchando los crujidos como lamentos de la gran viga de madera; o salía al prado, delante del caserío, se protegía del sol con una mano sobre la frente y clavaba la mirada en dirección a la abadía, sin mover un músculo durante horas, como un animal al acecho. Otras veces, por el contrario, parecía lleno de energía y preparaba zurrones con víveres, pieles... Una mañana mató una oveja y después estuvo desollándola y salando la carne. Otro día me acompañó al monte, con el rebaño, y al caer la tarde llevamos las ovejas a una borda al otro lado de la muga, en la parte francesa. Allí, mi padre habló con algunos pastores y al despedirse estrecharon las manos con fuerza.

Por las noches velaba mi sueño. Sentía su respiración a mi lado, cada vez que me despertaba sudando. Le miraba de reojo y veía sus ojos clavados en el techo. Oía los latidos de su corazón y me parecía que su pecho se desgarraba lentamente, como si también fuera un roble cortado.

Así fueron pasando los días y llegó el domingo. Poco antes del mediodía el cielo se cubrió y las campanas volvieron a repicar más furiosas que nunca, convocando a la lectura del anatema.

Estaba asustado, pero decidí acompañar otra vez a mi padre a la iglesia. De camino, vimos cómo algunos vecinos se dirigían hacia allá andando deprisa, y cómo en la puerta de la iglesia formaban grupos y amontonaban su miedo. Se sentían valientes y protegidos sobre toda aquella inmundicia, y nos miraban con desprecio e incluso algunos hablaban en voz alta, para que los oyéramos:

—Solo han confesado dos niñas —oí a alguno de ellos, y pensé que lo decía reprochándonos que no hubiéramos obrado del mismo modo.

Las confesiones al Santo Oficio eran secretas, pero en el pueblo todo se sabía.

Tuve ganas de gritarles:

—Nosotros no hemos hecho nada.

Pero mi padre apretó mi mano y entramos en la iglesia, ignorándolos, despreciándolos, dejando que les reconcomieran las lombrices de la cobardía y la infamia. En el pueblo, era cierto, todo se sabía, y más aún en el corazón de cada cual, cuando se quedaba a solas.

Nos sentamos en el mismo banco del domingo anterior, bajo aquellos sambenitos de almas en pena que se mecían colgadas del techo y en medio del silencio ensordecedor de la piedra dormida. Por un momento tuve la sensación de que en realidad no nos habíamos movido de aquel lugar, de que todo lo que había sucedido esa semana había transcurrido entre dos parpadeos, en uno de esos momentos en que el tiempo se rompe y la mente quiebra su hilo con el mundo exterior. En cierto modo había sido así, la lectura del edicto de fe solo había sido un ensayo general, y ahora la ceremonia del miedo se interpretaba en todo su apogeo.

Esta vez los monjes aparecieron con la cabeza cubierta por caperuzas y vestidos con sobrepellices blancos, de una luminosidad casi hiriente, como sábanas mortuorias. Portaban velas encendidas y entonaban un *kyrie eleison* estremecedor. Eran muchos más que la vez anterior. Algunos fueron colocándose en los pasillos laterales, mientras que por el centro avanzaba ceremoniosamente una pequeña procesión, tras una gran cruz envuelta en paño negro, al final de la cual se colocaron el abad, fray León de Araníbar, el comisario Juan de Manterola y el inquisidor Juan Valle de Alvarado.

—*Deus laudem mean, ne tacueris* —cantaban los monjes.

Sus voces eran terribles y bellas. La belleza era la única manera de racionalizar el miedo, de ser temerosos de Dios sin rebelarse.

Entonaron dos o tres salmos más y, en mitad de uno de ellos, se alzó la voz como una espada del inquisidor, leyendo el anatema:

—Que la indignación de Dios todopoderoso y su maldición, y de la gloriosa Virgen Santa María, y de los bienaventurados apóstoles san Pedro y san Pablo, y de todos los santos del cielo, venga sobre vosotros. Que malditos sean el pan, el vino y la carne que coméis y bebéis, y la ropa que vestís, las camas en que dormís. Que sea maldito vuestro velar, dormir, levantar, andar, vivir y morir. Que vuestros días sean cortos y penosos. Que todos los frutos de vuestras tierras sean malditos, que vuestros animales mueran. Que vuestros bienes caigan en manos de extraños que los puedan gozar...

Mientras profería las terribles amenazas, Valle lanzaba con su hisopo gotas de agua bendita sobre todos los feligreses, entre los que se suponía que estaban los herejes y rebeldes que se habían negado a declarar ante el Santo Oficio y a quienes iba dirigida la excomunión. Algunas de las gotas cayeron sobre mi brazo y sentí que abrasaban mi piel. Las veía abrir un surco sobre ella, culebreando lentamente. Quería sacudirlas, limpiarme, pero no me atrevía, estaba paralizado.

Mientras tanto, fuera, había comenzado a llover con violencia y el viento ululaba herido por los relámpagos.

—Que Dios envíe contra vosotros el hambre, la peste y la muerte —continuó el inquisidor—. Que seáis perseguidos por el aire corrompido y por vuestros enemigos. Que vuestros hijos sean huérfanos y caigan en la necesidad, expulsados de vuestras casas quemadas, que sean pobres y mendigos. Que toda la gente os deteste, sin piedad de vosotros y vuestros negocios. Que estéis siempre exiliados y avergonzados, siempre tristes. Que deseéis la propia muerte. Que vuestra maldad permanezca en la memoria de todos. Que seáis malditos con todas las maldiciones del Antiguo y el Nuevo Testamento, malditos con Lucifer, Judas y todos los diablos de los infiernos, que ellos sean vuestros señores y vuestra compañía.

—¡Amén! —contestaron los monjes al unísono, cuando acabó.

Después, fueron acercándose uno a uno hasta el altar y apagando sus velas en la pila de agua bendita.

—Así como mueren estas candelas, mueran las ánimas de los rebeldes y contumaces y sean sepultadas para siempre en los infiernos —decían.

Yo estaba sobrecogido. Pensaba que en cualquier momento el suelo se abriría bajo mis pies y caería en brazos del demonio. Podía sentir sus garras, tirando de mis brazos, sus uñas afiladas arañando mi piel, justo sobre el mismo surco que abrían las gotas de agua bendita...

—Podéis ir en paz —dijo fray Felipe, sin embargo, unos instantes más tarde.

Y apenas hubo pronunciado la última palabra volvieron a redoblar las campanas, en la torre de la iglesia, y dentro de esta las campanillas de monjes y monaguillos. Pensé que iba a volverme loco. ¿Cómo podíamos irnos en paz después de todas aquellas maldiciones? Quería salir cuanto antes de la iglesia y tiré del brazo de mi padre hacia la puerta. Pero la tormenta agolpaba en ella a los feligreses. Parecían un rebaño de ovejas asustadas. Recordé una canción que mi abuelo entonaba, cuando estábamos en el monte, alejados de oídos indiscretos:

Jaungoikoa nire artzaina bada
Nor ote da nire txakurra?[17]

Y rápidamente me volví asustado hacia el altar, como si alguno de los religiosos pudiera entrar en mi cabeza y oír aquel estribillo blasfemo. Sorprendido, vi que mi padre también miraba hacia aquel lugar, arrostrando al comisario y al abad, quienes en ese momento susurraban algo al oído de Valle, y cabeceaban de modo acusador hacia nosotros.

—Vámonos —dijo mi padre.

Se abrió paso entre los vecinos que taponaban la entrada y que no se atrevían a desafiar aquel diluvio apocalíptico. El suelo del cielo se había hundido y caía en millones de diminutos pedazos sobre nuestras cabezas. Mi padre, a pesar de ello, echó a andar decidido. Apenas dimos unos pasos, nuestras ropas y cabellos se empaparon. El agua corría por nuestras caras. Era una sensación agradable, purificadora. Sentí que la lluvia se llevaba consigo el miedo, que limpiaba el agua bendita que quemaba mis brazos... Solo cuando estuvimos lejos de la iglesia, en lo alto de la colina, mi padre lanzó un alarido de rabia, un *irrintzi* liberador y desafiante. Grité con él, uniendo mi voz a la de la tormenta.

Esa noche fue la última que dormí en Dolarenea. El anatema concedía un periodo de gracia de tres días para que los pecadores

---

17 Si el señor es mi pastor / ¿Quién es mi perro? *(Ver nota final).*

reflexionaran y se presentaran ante el Santo Oficio, antes de que este comenzara a practicar detenciones. Pero a la mañana siguiente, cuando todavía no había amanecido, mi padre me despertó:

—Joanes, hijo, tenemos que irnos.

Yo no hice preguntas. Sabía que ese momento llegaría, tarde o temprano. Me vestí y me colgué la *alboka* al cuello. Era todo cuanto necesitaba. Con ella podía dar aliento, insuflar vida a todo mi mundo, que ahora dejaba atrás.

Al salir del caserío, abajo, en el pueblo, vi el resplandor de fuego y columnas de humo junto a algunas casas, como la de Estefanía de Navarcorena o la de Graciana de Barrenetxea, y alrededor del fuego las pieles sudorosas de caballos y los cascos brillantes con plumas de colores de varios familiares de la Inquisición, que debían de haber llegado de madrugada.

—No podemos quedarnos más —dijo mi padre, subiéndome al macho y tirando de las bridas.

Después, echamos a andar monte arriba, hacia el otro lado de la muga, y no dejamos de hacerlo durante semanas, meses, moviéndonos como fantasmas entre la niebla, siempre sin alejarnos demasiado de aquella raya invisible sobre las olas verdes y las montañas azules, por tierras de Navarra, Lapurdi o Guipúzcoa.

Dormíamos al raso, en bordas o dentro del trineo. Cazábamos *betizu*, las vacas salvajes del Pirineo, o de vez en cuando mi padre sacrificaba una de las ovejas que dejó al cuidado de los pastores. A veces nos acercábamos a los pueblos y vendíamos carne o pieles. Los vecinos nos miraban con desconfianza, del mismo modo que nosotros hacíamos antes cuando algún buhonero llamaba a la puerta del caserío. Por nuestra parte, también tomábamos precauciones. Las campanas seguían repicando en casi todos los pueblos por los que pasábamos. Juan Valle de Alvarado, el inquisidor, continuaba con su misión por el norte de Navarra y vimos su comitiva, a lo lejos, varias veces. También nos topamos con frailes que recorrían en solitario los caminos, predicando contra los brujos y propagando el pánico. En algunos pueblos los niños nos recibían a pedradas, aterrorizados. A muchos de ellos, sus padres los obligaban a dormir por las noches en las iglesias, temiendo que el demonio entrara en sus habitaciones y los llevara al *akelarre*.

De vez en cuando, también volvíamos a Zugarramurdi, y nos acercábamos a nuestro propio caserío como si fuéramos ladrones. La primera vez que lo hicimos encontramos la huerta cubierta de malas hierbas y los manzanos heridos de muerte. Dentro de la casa, los cajones de los muebles habían sido removidos, las cazuelas abolladas, la chimenea cegada... Olía a humedad. En el techo había varias goteras. Arriba, en el lagar, algunas de las *kupelas* aparecieron acuchilladas con saña... Pero la gran viga permanecía allí. Su corazón de madera latía desgarrado, aún vivo, y continuó haciéndolo cada vez que volvimos a Dolarenea.

Mi padre, en esas ocasiones, solía acercarse sigiloso al pueblo y llamaba a casa de algunos vecinos, con los que tenía amistad y quienes le permitían entrar. Así supimos que el Santo Oficio había detenido y enviado a Logroño a unas veinte personas en el pueblo e incluso, en el monasterio, a los monjes naturales de Urdax o Zugarramurdi, como Pedro de Arburu, cuando protestaron ante el abad por ello. Pero no todo eran malas noticias: el mismísimo obispo de Pamplona había visitado Zugarramurdi y, al parecer, se había mostrado algo escéptico con aquellas historias de brujas y demonios...

Mientras mi padre se informaba de los últimos acontecimientos, yo me quedaba escondido en el caserío, y aprovechaba para acercarme al roble bajo el cual había enterrado la bolsa de monedas de Oncededos y comprobar si seguía allí. Siempre tenía remordimientos cuando escarbaba en la tierra. Pensaba que estaba ocultando algo grave a mi padre, que aquel dinero no me pertenecía y a la vez que no podía dejarlo allí, que alguna vez debería desenterrarlo. Y siempre decidía que sería más adelante.

«Alguna vez necesitaremos de verdad ese dinero», me decía.

Luego, me sentaba a la puerta de Dolarenea y esperaba a ver la figura de mi padre apareciendo entre la niebla.

La niebla... Así es como recuerdo todos esos días que pasamos escondidos en el monte: envueltos en una niebla densa, en la que flotaba suspendido un sentimiento extraño de aplazamiento y de culpabilidad, que también afectaba a mi padre, quien apenas hablaba ya de mi madre o del abuelo o que, cuando lo hacía yo, se malhumoraba. A pesar de ello, también me sentía a gusto y a salvo entre aquella indefinición, protegido, libre, me agradaba ser un fantasma al que nada ni nadie podía atrapar ni hacer daño.

No sé cuánto tiempo estuvimos ocultos: semanas, meses... El tiempo también se difuminó en la bruma. Hasta que un día, uno de aquellos en que regresábamos como fugitivos a Zugarramurdi, mi padre, tras volver de su incursión en la casa del algún vecino, dijo:

—Se rumorea que dentro de unos días juzgarán a los detenidos, en un gran auto de fe, allá en Logroño.

Fue entonces cuando echamos a andar hacia el sur, dejando atrás, quién sabía si para siempre, la frontera.

Atravesando, por fin, la niebla.

8

—Joanes de Sagarmin.

Pronunció mi nombre con una voz que parecía venir de entre los muertos y yo sentí que uno de ellos se removía en mi interior.

No me había quitado ojo desde que nos detuvimos en un bodegón, uno de tantos que se improvisaban de forma clandestina por las calles de Logroño para dar de comer a las miles de personas que habían acudido a presenciar el auto de fe.

A aquellos bodegones los llamaban «de puntapié» porque la comida —pasteles de carne, albóndigas, piernas de cordero picadas...— se ofrecía sobre unos tablones que podían desmontarse de una patada si aparecían los alguaciles. La mayoría de ellos estaban abarrotados. Nos habíamos detenido en ese precisamente porque se veía algún hueco. Pronto comprendimos por qué. Un par de pies a la derecha un grupo de hombres se arremolinaba en cuclillas alrededor de una baraja de naipes. Bebían vino y tiraban las cartas como si fueran cuchillos, desafiándose con voces fuertes y altivas y amagando en más de una ocasión con echar mano a la espada. Alrededor de los jugadores había otros hombres de pie, vagabundos, estudiantes, soldados... Esperaban a que quien ganara la partida invitara a vino o a una ración de empanadillas. Uno de ellos, un joven con aspecto de pícaro, sostenía un orinal entre sus manos y en una ocasión se lo acercó a alguno de los que tiraban las cartas, que se desahogó sin dejar de jugar; después, el muchacho salió corriendo, vació el orinal al otro lado de la calle sobre un charco, y volvió junto al grupo de tahúres, por si alguno volvía a necesitarle.

Entre todos esos rufianes y buscavidas el tipo que pronunció mi nombre me llamó la atención desde el principio, porque, aunque parecía tan borracho como los demás, se distinguía por su aspecto más refinado. Vestía una capa de buen paño, bastante nueva, sobre su pecho caía una gorguera con chorreras, y hurgaba entre sus dientes con un escarbador de plata. Fui yo, de hecho, quien fijé primero mi mirada en él, creo que de una forma un tanto descarada, pues el hombre sintió el aguijón de mis pupilas y se revolvió hacia mí.

Su rostro enrojecido por el alcohol se tornó entonces pálido, se frotó los ojos, y después los clavó en mí. Como si se le hubiera aparecido un resucitado. Asustado, retiré la mirada y busqué la protección de mi padre, que no se había percatado de nada y hablaba animadamente con el bodegonero.

El hombre dio dos pasos hacia mí, tambaleándose. Lo oía escarbar, nervioso, en su boca y escupir al suelo, como si tratara de expulsar desde dentro de sí mismo el veneno de las dudas y los fantasmas que yo parecía haber despertado en él.

—Joanes de Sagarmin —repitió.

—No, no... yo me llamo Cornelius —dije, como me había enseñado mi padre. —Cornelius Beaumont —añadí, forzando el acento francés.

El hombre comenzó a bracear de manera violenta y me agarró por uno de los brazos.

—Dime que no has vuelto del infierno a por mí.

—¡Déjeme! —grité, zafándome de él, y corrí hacia mi padre.

—¡Yo nunca olvido una cara, no puedo olvidarlas! —gritaba el hombre, que se apartó del grupo de tahúres y hampones para colocarse en mitad de la calle y dejarse arrastrar por la riada de gente que vagaba, desocupada y nerviosa, hambrienta de humo y sangre.

—¡Ellos están vivos en mi mente, maldita sea! ¡Estefanía de Navarcorena! ¡Graciana de Barrenetxea!... —clamaba su voz de ultratumba.

—¿Quién es ese hombre? —preguntó mi padre, con el rostro demudado, tras escuchar esos nombres.

—No... no lo sé —balbuceé.

—Es Cosme de Arellano —terció el bodegonero, mientras colocaba en las manos temblorosas de mi padre unos pasteles de carne que chorreaban sangre—. El artista que ha hecho las figuras que representarán en el auto de fe a los brujos fallecidos en las mazmorras del Santo Oficio. Le han pagado un buen dinero, pero dicen que copia del natural y que ese trabajo, con los muertos, lo ha vuelto loco. No le hagan demasiado caso.

Pero, ¿cómo podíamos no hacerle caso?

—¡Joanes de Sagarmin! —repitió el tal Cosme de Arellano, y entonces yo lo comprendí: no era mi nombre el que escupían sus labios, sino el del abuelo.

—¡Rey del *akelarre*! —gritó.

Y antes de desaparecer por completo tragado por la marea humana, vimos sus dedos largos y huesudos cincelando en el aire una amenaza; aquellos dedos y aquellas palabras que golpeaban con violencia las aristas, duras como la piedra, de la sangre súbitamente congelada.

Habíamos llegado a Logroño dos días antes haciéndonos pasar por peregrinos franceses. Mi padre vendió el macho apenas abandonamos el valle de Baztán y con el dinero obtenido continuamos nuestro camino. Comíamos en ventas y dormíamos al raso o en las iglesias que nos acogían. Cerca de Pamplona comenzamos a oír hablar del auto de fe. Todo el mundo conocía a alguien que había viajado hasta Logroño para presenciar un acontecimiento que –decían– no se repetiría en muchos años.

Después, conforme nos acercábamos a la ciudad, cada vez eran más los caminantes que encontrábamos y cada cual tenía una historia que contar más fascinante o terrible que la anterior sobre algunos de los acusados.

—Dicen que pagó a unos pelaires para que lo hicieran picadillo, y que mezcló el mondongo con lengua de serpiente, rabo de perro negro y sangre de murciélago y de su propio dedo anular derecho —contaban sobre una tal Androgoto, una anciana de Viana, ciega y con fama de bruja, a la que cierto día un conde acudió reclamándole la fórmula de la eterna juventud—. «Revivirás al amanecer, cuando cante el gallo, y serás por siempre joven» —dicen que le prometió Androgoto, antes de destriparlo, pero también que esa mañana el gallo no cantó y que nunca más se supo del conde.

—Dicen que los domingos, cuando cantaba la misa, siempre entraba en la iglesia con copos de nieve deshaciéndose sobre su cabeza, incluso en pleno verano —contaban sobre otro de los reos que serían juzgados, un clérigo llamado Joanes de Bargota, que había estudiado nigromancia en las cuevas de Salamanca, a donde todavía viajaba volando por los aires al finalizar cada semana, entre nubes heladas.

—Dicen que tiene una capa que lo hace invisible, y que perdió su sombra huyendo de su maestro, el diablo...

Al principio yo escuchaba aquellas historias boquiabierto, con el corazón golpeándome en el pecho, pero pronto dejé de creer en ellas e incluso comencé a aborrecer a quienes las contaban. Había oído antes, por ejemplo, aquella leyenda del hombre sin sombra, referida al rector de Sara, Pedro de Axular, y recordaba lo que me dijo sobre ella Kuthun, aquel muchacho rubio como el sol que apartó de mí al contrabandista Oncededos y le arrebató después la bolsa del dinero que enterré bajo el roble:

—Patrañas, habladurías...

Kuthun sabía lo que decía: vivía bajo el mismo techo que Axular y tenía la certeza de que todo aquello era falso, fruto de la ignorancia y el miedo, como lo supe bien pronto yo mismo, en cuanto comprobé que los caminantes también contaban espeluznantes historias de las brujas de Zugarramurdi, las cuales —decían que decían— comían fetos y corazones humanos, fornicaban con el diablo, arrastraban nubes de tormenta en las enaguas durante sus vuelos nocturnos...

Por eso, cada vez que alguien se acercaba a nosotros con uno de aquellos cuentos, yo simulaba no entenderle:

—*Je ne comprends pas*[18] —contestaba en francés y me apartaba, tratando de disimular la rabia, el odio que despertaban en mí.

De ese modo, ocultos bajo nuestras capuchas, llegamos por fin a Logroño. La ciudad era una olla hirviendo. Las posadas estaban completas y muchos de los visitantes dormían debajo de los puentes o refugiados en los porches de las iglesias y plazas. Miles de personas abarrotaban las calles: buhoneros franceses pregonando en alto su mercancía, manjarblanqueros que ofrecían sus dulces, mendigos que pedían limosna sin disimulo, sin ocultar en sus rostros las marcas a fuego que los proscribían, ciegos que cantaban sus coplas en cada esquina, pícaros, ladrones de todo tipo y condición que se movían como peces en el agua entre el tumulto, y robaban capas, o recortaban con sus navajas las bolsas del dinero... Y, sobre todo, religiosos, frailes, cientos de monjes, con diferentes hábitos, que se abrían paso sin dificultad entre el gentío con una extraña mueca de superioridad y alegría en el rostro.

En toda la ciudad se respiraba un aire festivo, que a mí, sin embargo, me llenaba los pulmones de fuego, de ira y desprecio por el ser humano. Al llegar a Logroño, en un descampado de las afue-

---

18 No entiendo.

ras, habíamos visto las grandes piras de madera, preparadas para quemar a algunos de los reos, y a cientos de personas curioseando alrededor de ellas, como carroñeros que olían la sangre y la muerte.

Yo, entonces, no lo comprendía. Tardé algunos años en saber que la crueldad era en muchas ocasiones una manera de ocultar el miedo, y que en realidad aquellos miles de personas que habían acudido a Logroño lo habían hecho porque el humo negro que se elevaría hacia el cielo también se llevaría una parte de ellos. Por eso celebraban la muerte, para aplazar la suya, porque tenían miedo, porque sabían que no eran tan diferentes a todos aquellos herejes y brujas a los que acusaban y esa era la única manera de diferenciarse: señalarlos con el dedo, sacrificarlos, arrojarlos a la hoguera y calentarse al fuego antes de que la muerte enfriara sus corazones igualmente condenados.

La noche anterior a que comenzaran los fastos del auto de fe nos guarecimos de la lluvia bajo un soportal, junto a una pequeña y estrecha calle, en una de cuyas esquinas un carruaje llevaba detenido, según contaban, desde el día anterior, esperando en el otro extremo de la callejuela que otro carruaje retrocediera para cederle el paso.

—¡Un real a que da marcha atrás el del jubón amarillo! —hacían apuestas algunos de los viajeros que se habían refugiado para pasar la noche en aquel mismo lugar.

—¡Subo a dos por el de las calzas verdes!

El nerviosismo los mantenía despiertos y se entretenían de ese modo, apostando, jugando a las cartas o charlando, pero sus conversaciones arborescentes y circulares siempre acababan retornando a las historias de los terribles crímenes de los que culpaban a los presos del Santo Oficio (a los vivos y a los muertos, daba lo mismo, puesto que ninguno de ellos podía ya defenderse).

Yo cerraba los ojos y tapaba con las manos mis oídos, pero no conseguía abstraerme. En mi interior oía las voces de aquellos que, desde que habíamos llegado a Logroño, repetían que varios de los presos de Zugarramurdi, los más ancianos, habían muerto en las cárceles de la Inquisición durante dos epidemias de peste, y que serían quemados en efigie. Una y otra vez, regresaban a mí los gritos de Cosme de Arellano, el escultor que había tallado esas efigies, las figuras de madera que representaban a los prisioneros muertos.

«¡Joanes de Sagarmin!». Escuchaba el eco de mi nombre, y el vértigo se apoderaba de mí cuando recordaba que ese era también el nombre de mi abuelo.

No, no quería admitir que él hubiera muerto, aunque al fondo de aquel precipicio en mi interior tenía la convicción de que ya nunca más lo vería, una convicción que en realidad no era nueva, sino algo que supe el día que se despidió de mí en el prado de Berroskoberro. Del mismo modo, estaba casi seguro de que mi madre, a la que no había querido decir adiós, continuaba viva, a pesar de que a lo largo de los días que llevábamos en Logroño, mi padre no había averiguado nada sobre su paradero.

Todas aquellas dudas me atormentaban, de modo que de vez en cuando volvía a abrir los ojos y a escuchar las conversaciones que bullían a mi alrededor, en una de las cuales oí por primera vez el nombre de aquel lugar: Eldorado.

—Dicen que en el Nuevo Mundo hay pájaros que hablan y peces que vuelan —contó uno de los hombres que se calentaban unos pies a nuestra derecha, alrededor de una pequeña fogata—. Y que hasta las casas de los más pobres están construidas allá con oro...

—¡Ja, ja, ja! —le interrumpió la carcajada de quien parecía un soldado veterano, un hombre viejo y flaco, con la cara y la ropa picadas de viruelas—. ¿Sabéis quién dice eso? Los que nunca han estado allí. ¡Eldorado! ¡Tonterías! Promesas falsas con las que contentar a los muertos de hambre. Para los pobres no hay un nuevo mundo. Yo sí he estado allá y juro que he pasado más desventuras y más calamidades que en ninguna otra parte. Mosquitos que acribillan y hieren más profundo que una espada. Fiebres que te hacen desear la muerte como a la mujer más hermosa. Y hambre, un hambre peor que una hiena mordiéndote las tripas.

—¡Eldorado existe! —terció otro soldado, todavía más flaco, envejecido y desastrado que el anterior—. ¡Lo digo yo! ¡Yo también he estado en el Nuevo Mundo y juro que existe! ¡Lo he visto con mis propios ojos! Las calles empedradas de oro, los árboles en los que florecen piedras preciosas...

—Frutas que no se pueden comer. Ni tampoco esos adoquines. ¿Y cómo es, por cierto, que no trajiste ninguno en tu zurrón, abuelo? En Eldorado, si existiera tal lugar, este sería el auténtico oro para los pobres —replicó el primer soldado, agitando un pedazo de pan duro.

—¡Existe! Y mataré a quien diga lo contrario —el viejo soldado se levantó, furioso y tambaleante.

Estaba borracho y sus piernas eran solo dos palitos que en cualquier momento parecía que fueran a quebrarse. Sus ojos brillaban alunados. No aparentaba estar en sus cabales. De hecho, cuando echó mano a su espada solo extrajo una empuñadura herrumbrosa, desprendida del filo. Los demás reían, pero él no parecía darse cuenta, repartiendo mandobles al aire.

—¡Un doblón de oro por el de la capa invisible! —bromeó alguien.

El soldado se cubría con una capa harapienta y desgastada, casi transparente.

—¡Sí, como la del brujo ese de Bargota! ¡Cuidado que igual echa a volar! —dijo otro, y empujó al pobre loco, que cayó al suelo, donde continuó batiéndose con enemigos imaginarios, mientras los demás reían.

Después sus carcajadas se fueron extinguiendo, y con sus rescoldos se elevó la llamarada de una nueva conversación que los ayudara a acortar la noche.

—Dicen que el tal Joanes de Bargota para dormir desenrosca su propia cabeza y la deja en la mesilla, junto a la cama...

Al oír aquello me cubrí con la manta, encogido sobre mí mismo, cerré de nuevo ojos y oídos, e intenté imaginar yo también un nuevo mundo, muy lejos de allí.

Al día siguiente llegaron todavía muchos más visitantes a Logroño, que desbordaron aquella olla hirviendo en que se habían convertido sus abigarradas calles. En ellas se amontonaban los desperdicios: huesos roídos, sangre seca, verduras podridas, excrementos... Algunos vecinos habían pintado en las paredes y puertas de sus casas cruces para que nadie las ensuciara, pero los improvisados altares eran profanados una y otra vez. Miles de pies chapoteaban en charcos de orina y un olor hediondo flotaba sobre una ciudad en la que parecía que ya no cabía un alma más.

A pesar de ello, hacia las dos de la tarde, casi de forma milagrosa, a través de aquel muro de basura y carne se fue abriendo paso una procesión, una larga serpiente verde y negra que paralizó a su paso a la inquieta multitud.

Abría la comitiva un gran estandarte de damasco carmesí, con una flor de lis bordada en sedas blancas y negras e hilos de plata y oro. Lo portaba el fiscal del Santo Oficio, que caminaba ceremonioso, marcando el paso a media docena de autoridades aferradas a los cordones dorados del pendón como si les fuera en ello la vida o —tal vez se tratara de lo mismo— como si esperaran que el abanderado cayera para ocupar su lugar. Tras ellos no menos de mil familiares del Santo Oficio vestidos con túnicas negras, con la misma flor de lis cosida en el corazón, desfilaban orgullosos, mirando con desprecio a quienes nos agolpábamos a los lados, como a miembros de una casta inferior o animales a los que dominaban y amansaban con sus miradas de cristianos viejos.

—¡Joanes! —señaló de repente mi padre a lo lejos la figura espigada de uno de ellos, al tiempo que tiraba de una de las mangas de mi camisa, obligándome a ocultarme entre el gentío.

—¡Juan de Manterola! —reconocí al comisario de Arano.

Se me cortó la respiración. Recordé los gritos de nuestros vecinos, mientras mi padre subía la colina hacia Dolarenea con la anciana Graciana de Barrenetxea en brazos:

—¡Brujos, arderéis todos en la hoguera! —clamaban.

Y recordé también a mi madre, envejecida y asustada, cuando regresamos del monte y encontramos el caserío asaltado. Y al abuelo, vencido, arrojando su *txistu* al fuego... Sabía que si el comisario nos descubría entre la multitud, si nos señalaba con el acero acusador de su mirada, quienes nos rodeaban se arrojarían también sobre nosotros como una jauría de perros rabiosos.

Agachado, a través de los huecos que se abrían entre los cuerpos tras los que nos ocultábamos, distinguí alrededor del comisario a los familiares de la Inquisición, aquellos jinetes resplandecientes que habían llegado con él a Zugarramurdi. Me pregunté cuántos corazones habrían arrojado ellos a los perros solo para estar allí, para sentirse durante unas horas importantes, imprescindibles, respetados...

Poco a poco, los vimos alejarse, con cierto alivio, pero a partir de aquel momento la sensación de peligro que hasta entonces había sido solo un gusano recorriéndome las tripas rompió la crisálida y comenzó a golpearme con sus alas las entrañas.

La procesión siguió avanzando. La serpiente negra mostraba ahora motas de diferentes colores. Cientos de frailes de todas las órdenes religiosas –franciscanos, mercedarios, dominicos...– seguían a los familiares de la Inquisición, como un ejército. Después, se escucharon trompetas y la voz estremecedora y unísona de cantores y apareció al fin la gran Cruz Verde, el símbolo del Santo Oficio. Y tras ella los inquisidores. Vi a Juan Valle de Alvarado, montado a lomos de un caballo blanco y a su lado a otro de los inquisidores, Alonso Becerra Holguín, con el que intercambiaba de vez en cuando algunas palabras. Los dos cabalgaban majestuosamente, como generales de aquel invencible ejército. El ejército de Dios. Algo más retrasado, también a caballo, venía el tercer inquisidor, Alonso de Salazar. Era más joven que los otros y a diferencia de ellos, y de todos los que habían desfilado antes, parecía incómodo o avergonzado. Su mirada permanecía clavada en el suelo y solo la apartaba de vez en cuando, al sacudir su cabeza, en un gesto que mostraba desacuerdo con algo. En una de esas ocasiones, sus ojos se dirigieron hacia el lugar en que nosotros nos encontrábamos y, por un instante, me pareció que se posaban en mí.

Recordé entonces otra mirada cruzándose con la mía: la de María de Ximildegi en la iglesia de Zugarramurdi. Y, como en ella, en la de Alonso de Salazar creí distinguir los ojos de otra persona, intentando huir de su interior, zafarse de sí misma... Me sentí confuso, me rebelé contra mis pensamientos: ellos eran culpables, quienes me habían arrebatado a mi madre y a mi abuelo, ¿por qué debía compadecerlos o intentar comprenderlos? Espanté, pues, como a una mosca, a aquellos ojos y observé a quienes venían a espaldas de los inquisidores.

La procesión la cerraba un alguacil, con su traje de gala, empuñando un cetro dorado. Apenas pasó junto a nosotros, una riada humana nos arrastró de nuevo al centro de la calle, y nos condujo con lentitud en dirección a la plaza donde se celebraría al día siguiente el auto de fe.

En ella habían levantado un enorme cadalso de madera, de unos veinticinco pies de altura, y a ambos lados del mismo varias gradas, con espacio para cientos de personas, que ahora permanecían vacías. Solo la Cruz Verde ondeaba en lo más alto de una de ellas, imponente, amenazando con caer en cualquier momento desde allá arriba y aplastarnos.

La multitud observaba el escenario boquiabierta, agolpada en las diferentes entradas a la plaza, que varios grupos de familiares de la inquisición custodiaban, impidiendo el paso.

Poco a poco fue oscureciendo y una niebla densa se adueñó de las calles. Encendieron faroles y antorchas y la plaza se iluminó con una luz espectral que proyectaba sobre el cadalso las sombras agigantadas de varios cofrades de la hermandad del Santo Oficio, velando la cruz. Al cabo de un rato, comenzaron a rezar. Solo entonces la multitud se dispersó, en busca de un lugar donde dormir, o al menos donde pasar la noche.

—Mañana será el gran día —decían algunos sin poder contener los nervios, todavía asombrados e impacientes porque el espectáculo se reanudase.

Y sus palabras se elevaban, junto con el murmullo monótono de los rezos —el ronroneo de una fiera dormida–, hacia un cielo negro que hedía a sangre y heces.

Esa noche fue la última en que recé. Le pedí a Dios que salvara a mi madre del fuego, que mi abuelo estuviera vivo, que regresáramos juntos a casa y todo volviera a ser como antes... No entendía por qué estaba sucediendo todo aquello. ¿Qué habíamos hecho nosotros, por qué debíamos ocultarnos como fugitivos?...

—¿Qué pecado hemos cometido? —preguntaba desesperado a aquel Dios que al día siguiente descendería de los cielos para hacer justicia.

Pero solo escuchaba las risas de borrachos a nuestro alrededor. Temía que esa fuera su respuesta. Necesitaba escuchar otra voz.

—*Aita?*

—Duerme un poco, hijo.

Nos habíamos acostado en el soportal, los dos abrazados bajo la misma manta, para darnos calor. Yo no podía dormirme. No quería que la noche y la niebla dejaran de protegerme, despertar al día siguiente y que mi padre me apartara de su regazo.

—¿Y si no están vivos? —dije.

Sentí cómo su corazón daba un brinco y abombaba su pecho, sobre el que reposaba mi cabeza.

—No pienses eso, Joanes.

—Pero ese hombre, Cosme de Arellano, y las epidemias de peste de las que todos hablan... Puede que tengan razón.

Mi padre se quedó un rato en silencio, pero yo escuché cómo todo se derrumbaba en su interior, cómo la coraza de sus pulmones se agrietaba, cómo su corazón reventaba las suturas y todo se convertía en polvo.

—Puede... —dijo, soltando un largo suspiro, y después tomó mi cabeza entre sus manos, la acercó a la suya y me miró a los ojos—: Joanes, mañana seguramente veamos cosas que nos harán daño. Mucho daño. Sí, puede que tengan razón, puede que el abuelo o tu madre estén muertos, o vayan a morir. Será doloroso, pero pase lo que pase tenemos que aguantar ese dolor sin que los demás lo noten. Un animal herido se convierte en peligroso, pero eso no cura sus heridas, a veces solo hace que los demás las descubran y se abalancen sobre él e intenten rematarlo. Toda esta gente nos hará daño también a nosotros si descubren quiénes somos. Eres ya un hombre, Joanes, y tienes que ser fuerte. Y si ellos están muertos, piensa siempre que nadie muere del todo mientras hay quien lo recuerda; piensa siempre en todos los buenos momentos que viviste a su lado. Solo de ese modo ellos, y nosotros, seguiremos vivos.

Nunca había oído hilar a mi padre tantas frases seguidas. Parecía exhausto. Respiraba de forma entrecortada, pero todavía tuvo fuerzas para agarrarme por los hombros —sus manos se aferraron dolorosamente a mí— y añadir:

—Recuérdalo, es importante, Joanes, ¿harás lo que te digo?

—Sí, *aita* —contesté aturdido.

Pero en aquel momento no estaba muy seguro de haber entendido sus palabras. Para mí la muerte era un agujero oscuro y profundo. Una cicatriz negra que al final terminaba borrándose, o quizás ocultándose, siendo engullida por la carne. Pensé en mis hermanos pequeños fallecidos, en mi abuela... Quizás yo tenía muy pocos años cuando murieron, pero eso era lo único que recordaba ya de ellos: su muerte, o ni siquiera eso, solo el hecho de saber que habían muerto. Sus rostros, sus voces, habían desaparecido de mi memoria, y en ella solo quedaba una raya, un pequeño arañazo... Me aterrorizaba pensar que un día pudiera ocurrir eso con mi madre y mi abuelo.

Y sin embargo, a pesar de todo, las palabras de mi padre me tranquilizaron, más que el silencio de aquel dios ensordecido por los gritos de los borrachos. Me dormí acariciando la *alboka*, que desde que habíamos salido de Zugarramurdi llevaba colgando del cuello, oculta bajo la ropa.

—¡Los presos, los presos! —me despertaron varios gritos.

Todavía era de noche, pero las risas y las conversaciones alrededor de las fogatas se habían extinguido y ya solo quedaban rescoldos ahogándose en cenizas. Acurrucados junto a las paredes, los borrachos dormían ahora profundamente y aquellos gritos, aunque anunciaban el acontecimiento que los había mantenido varias horas en vela, solo consiguieron que se removieran perezosos bajo las mantas.

Mi padre, por el contrario, dio un brinco y se levantó de inmediato, arrastrándome con él. Recogimos nuestros enseres y echamos a andar apresurados, siguiendo la estela de las voces:

—¡Los presos! ¡Ya traen a los presos!

No fue difícil dar con la comitiva: todas las callejuelas escupían hacia una plaza a decenas de personas que a su vez arrastraban a otras aún adormecidas, en un sumidero en el que se amontonaban el aturdimiento y la expectación, el fuego de las antorchas y la niebla de la madrugada...

En la plaza, la serpiente zigzagueaba, como el día anterior, en una macabra procesión: escoltados por cofrades del Santo Oficio, varios hombres y mujeres caminaban penosamente, descalzos, portando grandes cirios de llamas temblorosas y ataviados con sambenitos y capirotes. En ellos estaban escritos los pecados de los que se los acusaba: blasfemia, bigamia, herejía... Algunos, además, enroscaban alrededor de su cuello un látigo, con el que serían azotados. Todos avanzaban cabizbajos y algunos lloraban.

Busqué entre ellos a mi madre o al abuelo, sin saber si deseaba encontrarlos o no. Un gran peso me oprimía dolorosamente el pecho, como si mi corazón estuviera a punto de reventar.

—¡Brujo, de qué te sirven ahora tus conjuros y tu capa mágica! —oí que chillaba alguien, dirigiéndose a otro preso, unos pasos más atrás, y desatando un pequeño revuelo. Varios alguaciles a caballo se interpusieron entre la comitiva y quienes esperaban a su paso a los lados de la calle.

—¡Asesina! —se oyeron más gritos.

Vi a un hombre vestido bajo el sambenito con unas pieles de lobo, que protegía a una anciana. Ella parecía asustada, temblaba y de sus ojos sin pupilas brotaban gruesas lágrimas. Comprendí que eran el clérigo de Bargota, Joanes, y la ciega de Viana, Androgoto, de quienes había oído hablar tanto los últimos días. No creía ninguna de las historias que contaban sobre ellos, pero a la vez los había imaginado de otra manera, revestidos a pesar de todo por una especie de aura mágica. Por el contrario, me parecieron terriblemente humanos en su desvalimiento y el apego a la vida que mostraban con sus temblores y lamentos. Tan solo los distinguía, los elevaba la dignidad con la que el brujo de Bargota parecía caminar unos dedos por encima del suelo, rodeando con sus brazos a la anciana y manteniendo una mirada dura de ojos negros, impenetrables, que escondían algún pequeño tesoro, quizás la certeza de saber que él nunca se dejaría envolver por el tumulto para humillar a una pobre vieja, ciega y aterrorizada, como Androgoto.

Más atrás venía otro grupo de prisioneros, en cuyos sambenitos aparecían dibujadas varias llamas de color amarillo, un fuego vacilante que amenazaba con apagarse.

—Esos se han librado de la hoguera. Son los reconciliados —oí decir a alguien.

—Pues a alguno el arrepentimiento le llega tarde —replicó otro, y señaló por encima de las cabezas del grupo de presos un gran muñeco de cartón de tamaño natural que un cofrade portaba, ensartado en un palo, y que, al igual que al resto de condenados, no le faltaba su sambenito ni su coraza en llamas. Contuve la respiración y sentí que mis pulmones se llenaban de fuego. Era, sin duda, una de las efigies que había construido el tal Cosme de Arellano, y, en efecto, los rasgos de su cara resultaban increíblemente reales: parecía que en cualquier momento la figura fuera a romper a llorar o a rezar con grandes muestras de arrepentimiento, como algunos de sus compañeros de carne y hueso.

Unos pasos por detrás de la efigie caminaba un hombre, con un ataúd sobre la cabeza, en el que reposaban los restos del reo fallecido. Y algo más atrás otra media docena de figuras y ataúdes.

Empecé a temblar.

—¡Es Graciana! —reconocí el rostro de la curandera en una de las figuras.

—¡Y esa, Estefanía de Navarcorena!...

Distinguí a algunos vecinos más de Zugarramurdi, pero ni mi madre ni mi abuelo estaban entre aquel grupo de prisioneros. Ni vivos ni muertos. Mi padre me rodeó el hombro con fuerza. Noté su brazo tenso, con una dureza distinta a la de otras veces. Parecía que en cualquier momento los músculos fueran a romperse, como una cuerda que ya no soporta más peso.

A lo lejos se oyeron gritos, cada vez más fuertes y más llenos de odio. Un odio igual que la peste, que se propagaba con rapidez y enloquecía a la muchedumbre.

—¡Demonios! ¡Brujas! ¡Malditos! —gritaban fuera de sí, y ahora también arrojaban verduras podridas a un nuevo grupo de prisioneros, les escupían, intentaban acercarse para golpearlos, forcejeando con los alguaciles...

Un miedo cerval comenzó a apoderarse de mí.

Entre los presos que se acercaban también se distinguían varias efigies. Sus sambenitos estaban pintados con demonios y llamas ondulantes. Eran los condenados a la hoguera, aquellos que no habían confesado ni se habían arrepentido. Los que no habían admitido los crímenes de los que los acusaban. Supe de inmediato que mi madre y mi abuelo estarían entre ellos. Lo supe porque eran inocentes y nunca admitirían lo contrario. Al pensar en eso, sorprendentemente, el terror comenzó a disiparse, a transformarse en algo distinto, me sentí mejor, diferente, extraño, orgulloso... Y cuando, al fin, vi la efigie con el rostro de mi abuelo, el peso que oprimía mi corazón se liberó y las llamas que incendiaban mis pulmones comenzaron a irradiar un extraño calor al resto del cuerpo. Recordé aquello que me había dicho mi padre la noche anterior: «Piensa en los buenos momentos que has vivido junto a ellos». Y acaricié la *alboka* bajo mis ropas. Pude oír incluso su sonido, vibrante y poderoso, imponiéndose sobre los gritos de la multitud, ignorándolos con su belleza, magnificando con ella la ruindad, la vileza de aquella turba...

Los despreciaba. Comprendía que aquel calor que me recorría por dentro era solo ira, rabia, odio... Sí, yo también los odiaba a ellos, pero aquel odio me pertenecía solo a mí, yo no era un cobarde, no necesitaba refugiarme entre el gentío, no les tenía miedo, así que cuando, unos pasos por detrás del ataúd del abuelo, la vi a ella, a mi madre, no pude contenerme.

Me costó reconocerla. Estaba muy delgada y sus cabellos se habían vuelto por completo blancos. Pero sus ojos no me engañaban. Los ojos de una madre tienen la imagen de sus hijos grabada al fondo de las pupilas y estos se reconocen en su mirada como en un espejo que les devuelve la mejor imagen de sí mismos. Era ella, sí, a pesar de su aspecto demacrado, enfermizo. Parecía muy débil. Caminaba con dificultad, debía pararse a tomar aire a cada paso, y entonces alguno de los cofrades le daba un empellón. Cada vez que lo hacía quienes se agolpaban a los lados de la plaza, como animales, se reían, la insultaban con saña...

—¡Marrana! ¡Bruja!

Un hombre consiguió adelantarse hasta quedar a solo un palmo de su cara y escupió en ella con fuerza.

Rompí a llorar.

—*Amatxo!* —grité después, y aparté de mi hombro el brazo de mi padre.

Él intentó retenerme, pero la cuerda se rompió, ya no le quedaban fuerzas. Logré zafarme también de los alguaciles que custodiaban a los presos y empujar al hombre que había escupido a mi madre. Lo tumbé en el suelo, a pesar de que era alto y corpulento. En aquel momento yo hubiera sido capaz de derribar un castillo. La rabia me cegaba, mi mente era una nube de sangre, y era eso lo que me guiaba y daba fuerza. Después, corrí hasta mi madre y la abracé.

Ella, al principio, se asustó, pero fue solo un momento, enseguida reconoció mi voz, mi olor, el tacto de mi piel y de mis cabellos...

—¡Joanes, *maitia*! —cayó de rodillas al suelo—. ¡Lo sabía, sabía que aún te vería, que te tendría entre mis brazos antes de irme! ¡Hijo mío, ahora mismo soy la mujer más feliz del mundo! —dijo.

Hablaba en vasco, pero todos cuantos nos rodeaban entendieron sus palabras. A nuestro alrededor se hizo un silencio sepulcral, los insultos cesaron, el hombre al que yo había derribado, que primero hizo amago de levantarse y golpearme, se quedó paralizado, y también los alguaciles, la multitud sedienta de sangre y humo... Los primeros rayos de sol del día iluminaron el rostro de mi madre. Como si un ángel rebelde, un desertor del ejército de aquel dios cruel y vengativo, hubiera descendido del cielo y, abriéndose paso entre miles de personas, hubiera elegido a mi madre, a la que todos escupían y humillaban, a ella, que ardería en la hoguera, y la hubiera redimido con un beso luminoso. Por un momento, aquella muchedumbre apestada por el odio y la ignorancia comprendió las palabras de mi madre, palabras incomprensibles, en una lengua extraña, que sin embargo los avergonzaban, los reducían al tamaño de insectos insignificantes, y les hacían ver que había algo que nunca podrían arrebatarle, ni ellos ni el fuego.

—Yo no he hecho nada malo, nada de lo que tengas que arrepentirte, recuérdalo, Joanes. *Maite zaitut. Zu zara ene bizipoza!*[19] —dijo mi madre, y justo en ese momento sentí que algo se desvanecía, se apagaba dentro de su cuerpo y entre mis brazos. Acaricié su rostro, y después, una vez más, la *alboka*, que reposaba junto a mi corazón, y volví a oír su música. Supe que era mi abuelo quien la tañía y que a su lado mi madre danzaba con los pies descalzos sobre la hierba húmeda, muy lejos de aquel lugar. Antes de marcharse las últimas palabras que ella escuchó fueron las que yo susurré en su oído:

—*Nik ere maite zaitut, amatxo. Nire bihotzean izango zara betirako.*[20]

Hoy, tanto tiempo después, sé que conseguí, en el último momento, liberar a mi madre del fuego, arrebatársela a aquel dios cruel y vengador, tan parecido a quienes lo adoraban. Y me siento orgulloso de ello. He comprendido también por qué ella se apartó de mí y se negó a salvarse, a pedir perdón, a cargar sobre sus espaldas con otro cadáver que no fuera el suyo. Sé que lo hizo por nosotros. Por mí. Hoy sé que el principio que me ha guiado durante todos estos años, por el que he sufrido prisión y he luchado junto a otros hombres heridos y desesperados, junto a otros renegados, ha sido la búsqueda de la libertad, a cualquier precio, incluso el de la propia vida, y que es a ella a quien se lo debo. Sé que si mi madre se hubiera humillado, si hubiera aceptado las mentiras, tal vez se

---

19 Te quiero, tú eres mi alegría de vivir.
20 Yo también te quiero, mamá. Siempre estarás en mi corazón.

habría salvado de las llamas, pero su vida y la mía habrían sido insoportables; que me habría avergonzado de ambas y deseado morir una y otra vez; que nunca más habríamos estado unidos, como lo estamos todavía. Hoy sé todo eso, pero entonces en mi mente y mi corazón de niño solo había espacio para el desamparo y el dolor.

Sentí tanto dolor cuando arrancaron a mi madre de mis brazos (cuando arrancaron su cuerpo, porque ella entonces ya estaba muy lejos de allí) que caí desfallecido... Debí de perder el conocimiento, pues solo recuerdo que desperté abrazado a mi padre, en el soportal en el que habíamos dormido las últimas noches. En los dos extremos de la callejuela los conductores de los carruajes que se negaban a ceder el paso permanecían desafiantes, clavados en el mismo lugar, todavía dos días después. Eran las únicas personas que había a nuestro alrededor. La ciudad desierta permanecía en silencio.

—Se te acusa de renegar de Dios, de la Virgen Santa María, de todos los santos y santas, de la fe y de todos los cristianos, y de recibir por dios y señor al demonio —era lo único que se oía, una letanía que llegaba desde la plaza, en la que el resto de vecinos y visitantes debían de escuchar sobrecogidos la sentencia del auto de fe —. De recibir al diablo por dios y señor, y adorarlo besándole la mano izquierda, en la boca y en los pechos, encima del corazón y en las partes vergonzosas, y de levantarle la cola, y descubrir aquellas partes, que tiene siempre sucias y muy hediondas, y de besarlo también en ellas...

Continuaron así durante horas. Las frases recorrían las calles y plazas como interminables mechas, que iban prendiendo las hogueras. Y nosotros sabíamos que no podíamos hacer nada por detenerlas. De mis ojos brotaban torrenteras de lágrimas, pero no servían para mojar la pólvora de la infamia y el terror, solo para arrastrar los cuerpos de mi madre y mi abuelo, para que el dolor por su pérdida no encallara en mi corazón.

Mientras yo lloraba mi padre permanecía en silencio, inmóvil... Parecía trastornado.

—Es hora de irnos, Joanes —reaccionó, por fin, cuando llegó la noche y se oyó rugir a la muchedumbre como una manada de fieras, tras interrumpirse la lectura de la sentencia. Vimos pasar a varios de aquellos lobos hambrientos, con las fauces abiertas, escupiendo al cielo el vaho de su respiración envenenada por el odio.

—¡Es el hijo de la bruja! —me pareció que aullaban algunos, señalándonos a lo lejos.

Echamos a andar hacia las afueras de la ciudad y, poco a poco, nos alejamos de Logroño, rodeando el descampado en el que iban a sacrificar a los condenados. Poco más tarde, a nuestras espaldas, el cielo oscuro se iluminó con el resplandor naranja del fuego y el viento arrastró el olor de la carne quemada y una lluvia de cenizas negras, que se deshacían entre las manos y volaban hacia las montañas, regresaban a la tierra, sin que nada ni nadie pudieran retenerlas.

9

Llegamos a Pamplona dos días después, al caer la noche, cuando los nuncios ya hacían sonar las campanillas que advertían del cierre de los portales y el toque de queda. Mi padre tuvo que hablar con uno de aquellos alguaciles para que nos permitiera entrar y dormir en alguna posada, y esa fue la primera vez que escuché su voz desde que salimos de Logroño. Las palabras brotaron de su garganta quebradas, como sarmientos que el fuego partía por la mitad, y eso era lo mismo que había sentido yo cada vez que a lo largo del camino había intentado romper aquel silencio: un sabor a madera quemada, que me ahogaba y me impedía hablar.

—A estas horas solo les darán cama por el barrio del hospital —dijo el nuncio, quien nos acompañó durante un trecho, haciendo sonar aquellas campanillas a las que llamaban «de las ánimas» y convirtiendo a sus espaldas la ciudad en una tumba. Cerca del palacio del Condestable, sin embargo, todavía permanecían abiertas algunas tabernas y casas de mancebía. Atravesamos varias callejuelas hasta desembocar en un pasadizo cubierto, que olía a vómitos y *txakoli* derramado, y por el que deambulaban varios soldados borrachos y algunas cantoneras, cubiertas con mantillas negras. Mi padre se detuvo delante de un portal y habló con una de ellas. La mujer nos hizo pasar y, tras subir por unas escaleras estrechas y oscuras, entramos en un cuarto. Era pequeño, lo justo para albergar un jergón y una mesita con un barreño, y sin ventanas, con un aire cargado que hedía a sudor y a respiraciones mezcladas, pero después de tantos días durmiendo al raso o sobre el suelo de piedra de iglesias y soportales, a mí aquella habitación me parecía un palacio que no tenía nada que envidiar a aquel del condestable, solo unas calles más arriba, en el cual se alojaba algunas veces el mismísimo duque de Alba.

Me dormí apenas caí sobre la cama, y lo hice abrazado a mi padre, pero de madrugada desperté sobresaltado. Desde la calle subían y atravesaban las paredes gritos y risas, pero no fue eso lo que me desveló, sino el llanto desgarrado de alguien, un hombre, en otro de los cuartuchos de la casa. Extendí el brazo sobre el jergón y me di cuenta entonces de que mi padre no estaba junto a mí. Supe de inmediato que era él quien lloraba, aunque nunca le hubiera visto ni oído hacerlo. Su corazón partiéndose en dos era un árbol que caía en mitad del bosque, el mugido de una *betizu* desangrándose, un caserío que se derrumbaba herido por un rayo... Me encogí sobre mí mismo y sentí que un humo negro recorría mi interior, se elevaba desde mi garganta calcinada e irritaba y cubría mis ojos de lágrimas.

Al rato, escuché la voz de una mujer. No llegaba a entender qué decía, pero hablaba con dulzura, consiguiendo apaciguar a mi padre. La oí también entonar una vieja canción, y yo también me calmé.

Nere maitea, ez egon triste
ez egon sustoz
biziko gera munduan gustoz,

palazio bat eginen dugu
zekalez edo lastoz.[21]

Una o dos horas antes de que amaneciera, oí la puerta de la habitación abrirse, y a mi padre entrar sigilosamente y acostarse a mi lado. Su cuerpo estaba frío, pero me abrazó con fuerza, hasta que los dos dejamos de temblar. Y solo entonces, él consiguió descansar un poco. Yo, por el contrario, no pude volver a dormirme, como si presintiera que dentro de poco mi padre ya no estaría, quizás ya no estaba a mi lado, protegiéndome y velando mis sueños.

A la mañana siguiente continuamos camino, con el peso a la espalda de aquel silencio aplastante, aquella carga insoportable de dolor y malos presagios. Llegamos a la cuesta de Almandoz, el primer pueblo de Baztán, al caer la tarde. Siempre que viajaba con mi padre, al alcanzar ese lugar experimentaba cierto alivio, me sentía protegido, pensaba que en cierto modo ya estaba en casa, y nada malo podía ocurrirme. Esta vez, sin embargo, no fue así. Mi padre decidió no entrar en el pueblo, rodearlo y adentrarnos en el bosque para hacer noche. No quería hablar con nadie y yo creo que temía también que los demás reconocieran en nuestras miradas el reflejo del fuego y que este prendiera, se propagara, lo envolviera todo... Nos habíamos convertido en apestados que debían apartarse de los caminos. Todo a nuestro paso nos delataba, incluso los nombres de las ventas que íbamos dejando atrás: Venta Quemada, Venta de Humo, Venta de la Sangre... Todo se sumía en aquel silencio espe-

---

21 Mi amor, no estés triste / ni asustado / viviremos a gusto en este mundo, / levantaremos un palacio / de paja o de cebada.

so y tenso, que también parecía haberse adueñado de los caseríos, desde los que a lo lejos no se escuchaba ruido de pucheros, ni ladrar a los perros. Tampoco veíamos humo en las chimeneas o luz tras las ventanas.

A pesar de todas esas señales inquietantes, esa noche dormí en el bosque como un tronco, agotado, hasta que antes de que amaneciera, mi padre me despertó, zarandeándome con una dulce contundencia, al tiempo que tapaba mi boca con una mano.

—¡Escucha! —susurró.

Permanecí inmóvil, agucé el oído, y reconocí algo extraño, sonidos apenas perceptibles, pequeñas señales de alerta que había aprendido a distinguir durante los meses que habíamos permanecido ocultos en el monte: la respiración contenida del bosque, los pequeños crujidos de su esqueleto, alguna leve rama que se partía a cientos de pies, quebrada por las pisadas de alguien que huía o perseguía a alguien que huía...

Al cabo de unos minutos los vimos bajar en dirección al río. Eran cuatro, jóvenes, y parecían cansados, sedientos... Debían de llevar ya varias horas, quizás días, huyendo.

—Tranquilo —mi padre los reconoció—. *Aizue!*[22] —los llamó, convirtiendo su voz en una culebra que se movía entre la hojarasca.

Ellos, tras el sobresalto inicial, también reconocieron a mi padre y se acercaron confiados a nosotros. La culebra no era venenosa. Nos explicaron que se habían echado al monte escapando de una leva que desde hacía unos días llevaba a cabo un destacamento de soldados.

—Anteayer los papagayos clavaron el banderín de enganche ahí abajo —señalaron hacia Almandoz—, pero nadie se arrimó, y eso los puso furiosos. Mataron algunos cerdos y gallinas, se embo-

---

22 ¡Vosotros, escuchad!

rracharon, entraron en algunas casas... Después siguieron camino hacia el norte.

—Pues nosotros vamos hacia allá— dijo mi padre—. A casa.

—El chico es demasiado pequeño, no creo que se lo lleven —me señaló uno de ellos, intentando calmarnos, aunque luego añadió—: Pero nunca se sabe...

Nunca se sabía. Los soldados llegaban de vez en cuando a los pueblos para reclutar hombres, a pesar de que los navarros estábamos exentos de las milicias y de que nadie se presentaba nunca voluntario, así que a menudo amenazaban a las familias, o permanecían en las aldeas ocupando las casas, maltratando a los vecinos, hasta que alguien se alistaba.

—Tendremos cuidado —dijo mi padre.

Tras despedirnos, reemprendimos el viaje, de nuevo monte a través.

«Quizás el monte sea ahora nuestra casa y nunca podamos regresar a Dolarenea», pensé.

Y lejos de inquietarme aquella idea, me sentí de nuevo a salvo, seguro, no me asustó la perspectiva de ser un fugitivo, un proscrito, de vivir alejado para siempre de los hombres, de sus leyes y sus dioses, que en tan poco tiempo me habían arrebatado tanto.

Durante varias horas el bosque no volvió a darnos ninguna señal. Todo parecía tranquilo. Pero al mediodía oímos a los lejos las campanas de un pueblo, redoblando furiosas. Su tañido avisaba a los vecinos de la llegada de los soldados, que debían de llevarnos algunas leguas de adelanto.

Estuvimos escuchando el latido de aquel corazón de metal, agitado y tembloroso, durante un par de horas más de caminata. Su pulso se fue acelerando poco a poco, convirtiendo la tierra bajo nuestros pies en cristal, pero fue finalmente el cielo el que se resquebrajó, cuando escuchamos un grito sobrecogedor.

Mi padre entonces echó a correr, ladera abajo. Durante unos momentos, lo perdí de vista, y todo se llenó con aquel grito, el aullido de una mujer que se partía en dos y después, con el de mi padre, un alarido que salió de su garganta desgarrándola, pues arrastraba con él todo el silencio contenido y la ira que había tragado como si fueran puñales en los últimos meses.

—¡Déjala! ¡Déjala, hijoputa!

Y después, hojas y ramas pisoteadas, pequeños huesos de vegetación muerta que se convertían en polvo, y el olor a sudor y a pólvora, y también el del cuero, el acero desenfundado del cuchillo de mi padre... Y el disparo, sobre todo aquel disparo, cuyo eco todavía hoy retumba en mi interior.

Al oírlo, comencé a correr yo también, asustado, sin saber muy bien hacia dónde, tropezando en varias ocasiones. Rodé por la ladera, y caí por un corte en esta hasta un camino, golpeándome las costillas y sintiendo que perdía la respiración durante un instante. Cuando la recuperé, entre jadeos, fue cuando vi a la muchacha, tumbada en el suelo, con un fardo de leña desparramado a su alrededor, las enaguas levantadas, sus piernas blancas, su mirada negra, ausente... aquella mirada que me atravesaba sin verme... y al soldado, un par de pasos más allá, con un arcabuz todavía humeante entre sus manos... su boca abierta ya sin aliento... un tajo certero y mortal de lado a lado de la garganta, de la que se descolgaba una gusanera de sangre... y a mi padre, a horcajadas sobre él, sobre aquel soldado ya muerto, acuchillándolo sin embargo con saña una y otra vez, ¡zas!, una y otra vez...

—*Aita!* —quise gritar, pero no pude, una punzada en mis costillas ahogó mi voz, como si esta se negara a reconocer a mi padre en aquel hombre fuera de sí, enloquecido, ávido de sangre, como si fuera yo quien, ¡zas!, recibiera una de sus cuchilladas.

Mi padre en realidad no estaba acuchillando a aquel soldado, ya no quedaba nada de aquel soldado, solo su cuerpo ensangrentado, convertido en un guiñapo: mi padre descargaba sobre él todas las puñaladas que había retenido durante los últimos meses, se defendía y se vengaba con ellas de todos los que durante todo ese tiempo le habían robado su vida, su casa, su familia... Pero, y eso era lo que yo no soportaba, mi padre se acuchillaba también a sí mismo, asesinaba al hombre cobarde y prudente en que creía haberse convertido durante los últimos meses, contra los deseos de su propio corazón...

—*Aita!* —conseguí por fin gritar, y también levantarme del suelo, acercarme hasta donde él se encontraba, intentar detener sus puñaladas, cada vez más frenéticas... Justo en ese momento, mi padre cayó hacia un lado, quedó tendido boca arriba, mirando al cielo, y pude ver su vientre herido, agujereado, aquel amasijo de carne, una flor de sangre reventada... Su mirada se volvió hacia mí, aterrorizada, avergonzada de sí misma. Yo no debía de estar allí, no debía ver reflejado, grabado todavía en sus ojos, cómo había sucedido todo, cómo él corría gritando hacia aquel soldado, al que el peso del veneno acumulado en su alma y en sus testículos había rezagado de sus compañeros, aquella bestia que no merecía ni siquiera que la muchacha de la que estaba abusando le mirara, pero a quien mi padre daba una oportunidad, le permitía hurgar en su bolsa de pólvora, cargar el arcabuz, disparar, solo un instante antes de abalanzarse sobre él y, ¡zas!, cortarle el cuello...

—¡No, *aita*, no! —susurré en su oído, arrodillándome.

Quise que supiera que esa no sería la imagen que yo me llevaría de él, que no borraría, no podría borrar nunca de mi memoria el terror último de su mirada, su arrepentimiento ya inútil, la estupidez de aquella inmolación que, en el momento final de su vida, lo convertía de manera injusta en un hombre cruel, sanguinario... No, por encima de todo eso —quise decirle— yo recordaría todo lo demás, todo lo que me había enseñado y todo lo que había aprendido de él, las noches que había permanecido en vela y las que había dormido abrazado a mí, su dulzura, su serenidad, la pureza salvaje de su corazón indómito, libre y que hacía libres a los demás...

—¡No, *aita*, no! —repetí, pero ya era demasiado tarde, mi padre también se había ido, sus ojos miraban de nuevo al cielo, y este caía hecho pedazos sobre mi cabeza.

Sobre mi cabeza el cielo ardía y esta vez era yo quien había prendido el fuego. Desde lo alto de la montaña, de la raya que, decían, separaba España y Francia, veía elevarse las llamas de Dolarenea, nuestro caserío, e iluminar con un resplandor naranja la noche oscura. El olor a madera quemada se extendía por todo el valle. Probablemente, en Zugarramurdi, en Urdax, en el resto de caseríos desperdigados por el monte, habría en ese mismo momento muchas más miradas clavadas en Dolarenea. Miradas perdidas, melancólicas, subyugadas por el fuego. Miradas como la de Kattalin, la muchacha que permanecía a mi lado, con sus grandes ojos negros y abiertos, que apenas parpadeaban, y que todavía miraban todo atravesándolo, sin ver nada, o viendo mucho más allá de lo que alcanzaba la vista, igual que el día anterior, cuando la había encontrado tendida en el camino.

Kattalin, sin embargo, había sido quien me levantara a mí del suelo, quien me apartara de mi padre, quien me salvara, cuando a lo lejos se oyeron las voces de los soldados, volviendo sobre sus pasos, después de escuchar el disparo. Ella me había llevado hasta una borda cercana, donde habíamos permanecido ocultos y en silencio, entre un montón de leña, durante varias horas, hasta que anocheció.

Dormimos allí mismo, acurrucados uno junto al otro, y a la mañana siguiente, cuando yo decidí continuar andando, ella me siguió temblorosa, sin decir nada. Yo tampoco lo hice, como si nuestras heridas estuvieran fatal e irremediablemente encadenadas.

Llegamos a Zugarramurdi al mediodía, siempre andando por el monte, apartados de los caminos, y desde lejos observamos que los soldados se habían acantonado en el pueblo y clavado el banderín de enganche en mitad de la plaza. Algunos grupos se dirigían a caballo a los caseríos y regresaban al atardecer sin ningún hombre, pero llevaban consigo gallinas, cerdos, corderos, y pude ver cómo era en Dolarenea donde dejaban su botín y a varios hombres custodiándolo.

Al anochecer, prendí el fuego, descendí con cautela hasta la casa, y arrojé varias teas al techo agujereado, dentro de los grandes barriles de sidra, en el establo...

No sentí pena, ni remordimientos, ni tampoco miedo al hacerlo, ni dejé más tarde, observando las grandes llamas desde lo alto de la montaña, que el fuego ni los gritos de los soldados me paralizaran. Me habían arrebatado todo lo que tenía. En muy poco tiempo había visto morir a mi abuelo y también a mis padres, los había visto morir entre mis brazos, y también antes, cuando todavía estaban vivos; había visto languidecer la época feliz de la sidra y de las fiestas en la cueva; había visto a mis vecinos volverse desconfiados y ruines, matar nuestros carneros y apedrear nuestra casa... Había dejado de ser, definitivamente, un niño. Ahora tenía las pupilas quemadas por el resplandor del fuego y las uñas y el corazón sucios de sangre negra y tierra removida.

Antes de dar la espalda por última vez al valle, me llevé a los labios la *alboka*, la *alboka* que me enseñó a tocar mi abuelo, la cual volvía a colgar de mi cuello, y soplé con fuerza. Su sonido atravesó la lluvia fina e interminable y el fuego e hizo vibrar el cuchillo de degollar *betizu* en la cintura y también, a lo lejos, las ramas de hayedos y robledales, que devolvieron la despedida agitando sus alas de pájaros amarrados profundamente a la tierra.

Después, me giré, y eché a andar, en dirección al mar.

SEGUNDA PARTE: LAPURDI

10

La frase estaba escrita bajo el reloj de sol de la iglesia de Sara, a donde habíamos llegado cuando todavía era de noche.

Kattalin dormía acurrucada a mi lado mientras yo repetía una y otra vez aquella oración que me mantenía despierto:

—Todas las horas golpean al hombre, la última lo arroja a la tumba.

No sabía muy bien por qué nos habíamos dirigido a aquel lugar, a solo unas leguas de Zugarramurdi. Las personas a las que iba a pedir ayuda, el rector de Sara, Pedro de Axular, y el joven Kuthun, en el fondo eran dos desconocidos, pero tenía el presentimiento de que junto a ellos estaríamos seguros.

Kattalin, de hecho, ya no tiritaba igual que un animal asustado. Su cabeza, rapada en la parte superior, descansaba bajo mi barbilla, y largos mechones negros del cabello que le crecía desde las

---

23 Todas las horas golpean al hombre, la última lo arroja a la tumba.

sienes y en la nuca se extendían sobre mi pecho, iluminados por los primeros rayos de un sol que apagaba el resplandor del fuego a nuestras espaldas.

Todavía esperé una o dos horas apacibles y extrañas, que me golpeaban con el primer calor del día el rostro e iban calmando también el leve temblor de mi cuerpo, dolorido y cansado. Después, desperté a Kattalin.

—Buenos días —susurró.

Su aliento exhaló un olor a tierra mojada, cuarteada por una sonrisa, una grieta en su rostro que se abría para que yo ocultara en ella el miedo.

—Vamos —me dirigí decidido hacia una de las puertas laterales de la iglesia, bajo la torre en la que se encontraba la casa del párroco.

Golpeé dos veces con el aldabón y esperamos.

—No sé si deberíamos confiar en un muchacho rubio como el sol y en un hombre a su lado que, sin embargo, no tiene sombra —bromeó, nerviosa, Kattalin, a quien le había hablado de ambos. Sus palabras rompieron el silencio tenso que se hizo tras los golpes y que se extendió por las calles del pueblo, en las que no se veía un alma.

Al cabo de un rato, escuchamos el crujido de unas escaleras de madera y pasos de alguien que se acercaba. La puerta se abrió de par en par y reconocí a Axular: era un hombre de unos cincuenta años, alto y enjuto, con un rostro afilado en el que resplandecían dos ojos amables, del color de la hierba. Llevaba la tonsura cubierta por un pequeño gorro negro, bajo el cual asomaban varias guedejas onduladas de pelo blanco.

—¿En qué puedo ayudaros, hijos? —preguntó, con una voz grave y dulce.

—Busco a un chico al que llaman Kuthun —contesté, de forma atropellada.

Al oír aquello una mueca casi imperceptible se esbozó en su

rostro, como si un pellizco en su interior le obligara a replegarse sobre sí mismo.

—Lo siento, Kuthun ya no vive aquí —contestó rápida, casi inconscientemente.

Pero de inmediato pareció arrepentirse de su brusquedad.

—Parecéis cansados. Pasad. Voy a pedir que os preparen algo para comer —dijo.

Entramos a la casa y el párroco nos hizo subir por las escaleras. Dos o tres teas iluminaban la estancia y pude ver cómo, por delante de nosotros, la figura espigada de Pedro de Axular proyectaba sobre las paredes blancas varias sombras que se entrecruzaban y confundían.

El ama del párroco calentó una sopa de berzas, sobre la que Kattalin y yo nos abalanzamos sin poder disimular el hambre ni el cansancio. Cuando nos saciamos, cerré durante un momento los ojos, satisfecho, mientras una sensación de placidez se iba extendiendo desde mi estómago al resto del cuerpo. Todavía recordaba el último plato caliente que comí, en Pamplona, junto a mi padre, pero había olvidado por completo la última vez que alguien cocinó pensando en mí. Podía sentir las miradas del ama y del rector reposadas con dulzura y preocupación sobre mis párpados, como una mano protectora que me impedía volver a abrirlos, sin haber descansado primero. Comprendí entonces que estaba allí por eso, que ese era el motivo por el que estaba buscando a Kuthun. Durante los dos últimos y terribles años, aquel muchacho había sido la única persona, además de mis padres o mi abuelo, que me había protegido o me había mostrado algo parecido al afecto.

Después, me quedé dormido.

—Buenos días, Joanes —volví a oír la voz de Kattalin, unas horas después, cuando desperté tumbado sobre un escaño, al lado de la chimenea.

Kattalin y Axular estaban sentados junto a una mesa, uno frente al otro, y supe de inmediato, por la expresión relajada de sus rostros y la forma compasiva en que me miraban, sobre todo él, que mientras yo dormía ellos habían estado hablando.

—Kattalin me ha contado vuestras desventuras —dijo Axular—. Sois muy jóvenes todavía y espero que podáis rehacer vuestras vidas. Me gustaría ayudaros, pero creo que no va a ser fácil. Podéis quedaros unos días y descansar, pero pronto yo partiré de viaje. Será un largo viaje y me temo que aquí no estaréis seguros. Hay mucha gente que está huyendo hacia el otro lado de la muga, hacia el lugar de donde vosotros venís. El juez Lancre y el señor de Urtubie han ordenado detener y quemar a cientos de personas, y muchas de ellas son solo jóvenes o niños, como vosotros. O como Kuthun...

Tras pronunciar su nombre, Axular quedó un rato pensativo.

—¿Kuthun está muerto? —pregunté.

—Espero que no. Y confío en que tampoco esté en prisión. Pero no lo sé. Hace ya algunos meses que se fue de aquí, antes de que vinieran a buscarlo. Quizás lo encontréis, pero a su lado tampoco estaréis seguros.

—¿Qué hizo Kuthun? —preguntó Kattalin.

—Nada —murmuró Axular—. Nada malo. Su madre lo trajo aquí poco antes de morir. Estaba muy enferma. Me suplicó que me hiciera cargo de él. El padre del muchacho es marinero y pasa muchos meses fuera. Ella dijo que el chico tenía un don y que había oído hablar de mí, de mi interés por la poesía y por nuestra lengua... Enseguida me di cuenta de que Kuthun componía versos con una facilidad pasmosa. Pronto se corrió la voz, lo llamaban para ir aquí y allá, a fiestas, romerías... —explicó.

Al oír aquello, recordé los versos que Kuthun cantó después de nuestro encontronazo con Oncededos, en el caserío, su voz atravesando la ventana de mi habitación y resonando en mi interior como si fueran mis propias palabras.

—Pero su fama llegó también a oídos del inquisidor Lancre —continuó el párroco—. Y dijo, así me lo hizo saber, que aquello no era nada propio de la edad del muchacho, que aquel don se debía sin duda alguna a la intervención del diablo. Su advertencia me heló el corazón. Había llegado a apreciar a Kuthun como a un hijo, pero, sobre todo, nunca había visto a nadie tan dotado, con un talento tan natural. Me temí lo peor, que Lancre acabara con él como quien arranca una planta de raíz, y una noche se lo conté al propio Kuthun, le dije que tuviera cuidado... A la mañana siguiente, Kuthun había desaparecido. Han pasado ya varios meses desde entonces y no he vuelto a saber de él, aunque a veces cuentan que lo han visto en San Juan de Luz, o que lo han oído cantar en Bayona... —concluyó Axular.

Sus ojos del color de la hierba brillaban con una escarcha de lágrimas. Al mirarlos, sentí en mi pecho el rumor de las olas verdes y el aire de las montañas azules, las mismas a las que había cantado Kuthun aquella noche tan lejana en Dolarenea.

Estuvimos descansando en Sara, bajo la protección de Axular, dos o tres semanas. Apenas salíamos de la parroquia, convertida en un gran vientre materno que nos alimentaba y nos aislaba del mundo, aunque a través de sus paredes llegaba el zumbido sordo y amenazante del exterior, y a menudo también desde dentro el rumor de la sangre circulando inquieta. Sabíamos que tarde o temprano deberíamos marcharnos, e intuíamos con cierta ansiedad que sería más temprano que tarde: Axular recibía a menudo visitas, con las que hablaba en voz baja, hombres que se movían con la cautela de quien se sentía perseguido o intuía la inminencia de algún peligro.

Kattalin apenas abandonaba su habitación. A veces, entreabría la puerta y la encontraba dormida, encogida sobre sí misma, abrazándose las rodillas; otras, permanecía tumbada en la cama boca arriba, con sus grandes ojos negros atravesando el techo. Yo, a diferencia de ella, prefería no quedarme demasiado tiempo a solas con mis recuerdos, y deambulaba por el laberinto de escaleras, pasillos, cuartos, que componían la iglesia y la casa parroquial. Entre todas las dependencias había una que me atraía con fuerza: la biblioteca. El día que la vi por vez primera me sorprendió descubrir todos aquellos libros ordenados en estanterías interminables, que como los ojos de Kattalin también subían hasta el techo y parecían atravesarlo e incluso el cielo por encima de este, como una escalera invisible hacia un mundo extraño y lejano. Pero, sobre todo, me llamó la atención la forma en que aquellos libros se exhibían, mostrando impúdicos sus lomos, dejándose acariciar por todo aquel que quisiera alargar hasta ellos la mano. Recordé, por el contrario, los libros de mi padre, ocultos bajo un hueco en el suelo de madera del caserío, y la sensación de clandestinidad que sentía cada vez que sacábamos uno del escondrijo.

—¿Te interesan los libros? —me sorprendió una tarde Axular ojeando uno de ellos.

—Sí —contesté, no muy seguro de que aquella fuera la respuesta más conveniente.

—¿Y sabes leer? —preguntó extrañado.

—Me enseñó mi padre —dije.

Axular se acercó a una de las estanterías, extrajo un libro y lo colocó entre mis manos. Asombrado, vi que se trataba del *Lazarillo de Tormes*, el libro con el que mi padre me había iniciado en la lectura, y uno de los que más nos divertía cuando lo leíamos por las noches, junto al fuego. Así se lo hice saber a Axular, y entonces él me condujo hasta una estantería en la que reposaban otras novelas de pícaros, como las llamó: el *Guzmán de Alfarache*, *El sopista de Egüés*, *La pícara Justina*...

—Puedes leerlos, si quieres.

Algo avergonzado, abrí las páginas de las novelas, y simulé ojear algunos párrafos, aunque en realidad no llegué a concentrarme en ellos. Pensaba más bien en lo extraño que era que un cura me animara a leer aquellos libros que mi padre introducía como contrabando al otro lado de la frontera, donde eran perseguidos por otros curas.

Axular era, ciertamente, un hombre, un sacerdote extraño, aunque yo no sabía si la inquietud que me provocaba se debía a todo lo que había oído contar sobre él, por mucho que hubiera podido comprobar que, en efecto, fueran patrañas. Era falso, por ejemplo, todo lo referido a su sombra, y en general se comportaba de un modo amable, pero también percibía en él cierta frialdad y distancia, como si ocultara algo o hubiera un poso turbio detrás de su aparente dulzura. No parecía, en fin, que fuera un hombre sin sombra, sino más bien que su figura tuviera la capacidad de proyectar varias, como había podido ver el día que llegamos a Sara.

Sea como fuere, durante aquellas semanas pasé varias horas al día ensimismado en la lectura de aquellas novelas y en el ambiente ceremonial y silencioso de la biblioteca. Encontré también, junto a la estantería con las novelas de pícaros, otros libros —tal vez Axular los había dejado allí para ello, para que yo los encontrara— escritos en un idioma que al principio me pareció extraño, pero que cuando los leí en voz alta, reconocí como el mío propio. Nunca había visto un libro impreso en nuestra lengua, y además en aquellos textos se mezclaban expresiones de diferentes variantes del vasco. Uno de ellos era el Nuevo Testamento, traducido por un sacerdote llamado Joanes de Leizarraga; otro, unas coplas escritas por un tal Bernat de Etxepare, en las que se lamentaba de su encarcelamiento por culpa de una falsa acusación, y que leí con el placer un tanto insano que me provocaba compartir con otra persona el sufrimiento y las injusticias que yo había padecido.

Algunas tardes, los hombres sigilosos que visitaban a Axular se reunían en aquella biblioteca. Al principio, me miraban con cierto recelo, y hablaban en susurros, escondidos tras los libros que manoseaban y se pasaban unos a otros. Después, se acostumbraron a mi presencia y permitieron que escuchara sus conversaciones. Descubrí así que se dedicaban a traducir al vasco otros libros, en unas ocasiones; en otras, les oía recitar sus propios poemas o discutir sobre filosofía o teología, con términos que yo desconocía y no alcanzaba a comprender. Supe, eso sí, que la mayoría de ellos eran también sacerdotes, como Axular, y que uno de sus empeños era llevar la palabra de Dios a sus fieles en la lengua que estos hablaban. Ello, al parecer, les había granjeado más de un enemigo, según pude comprobar.

Una tarde, mientras me encontraba enfrascado en una de las novelas, escuché varios gritos e insultos que profanaban el silencio sepulcral de la biblioteca, así como violentos golpes contra la puerta de entrada de la parroquia:

—¡Axular, usurpador, sal de ahí! ¡Sal de mi iglesia, extranjero!

Me acerqué a una de las ventanas y vi a un clérigo de unos cincuenta años, robusto y con el rostro arrebolado por la furia, amenazando con los puños cerrados.

—¿Dónde está ese farsante? —redobló él sus gritos al verme.

Me aparté de la ventana, asustado.

Al rato, oí los postigos de una ventana abrirse y reconocí la voz serena de Axular:

—¡Márchate, Harostegui, sabes que no conseguirás nada! ¡Vete, antes de que sea peor para ti!

Las palabras del rector se escuchaban arropadas por un rumor de otras voces, que iba creciendo y acercándose.

Volví a asomarme y vi que desde las calles próximas a la iglesia se acercaban algunos vecinos que increpaban al alborotador.

—¡Os tiene engañados con sus malas artes, pero tarde o temprano se os caerá la venda de los ojos, y yo recuperaré lo que me pertenece! —el airado clérigo comenzó a retirarse, antes de verse rodeado, y sus gritos fueron perdiendo fuerza, al tiempo que su figura se empequeñecía a lo lejos, engullida por un horizonte de prados verdes y cielos grises.

Después, oí las contraventanas de madera replegarse, y el rumor de voces se fue también apagando, mientras las calles de Sara quedaban de nuevo desiertas y en paz. Retornó entonces a la biblioteca un silencio extraño de ecos agazapados en las frases del libro que tenía entre mis manos y en cuya lectura no conseguí volver a concentrarme.

Lo cerré, nervioso, y salí fuera, intentando buscar alguna explicación a aquello que había sucedido. No tardé en encontrarme con Axular, paseando pensativo por uno de los pasillos de la casa.

—¿Quién era ese hombre? —me atreví a preguntarle.

Axular no parecía alterado, solo un tanto cansado, como si ese tipo de escenas se repitieran con una frecuencia que rozaba ya el hartazgo.

—Se llama Jean de Harostegui. Reclama esta parroquia, en su condición de francés. Dice que no tengo derecho a ella, puesto que soy extranjero —pronunció esta palabra de modo que sonara igualmente extraña en boca de un hombre que había nacido a solo unas leguas de aquel lugar, en Urdax—. Harostegui viene pleiteando conmigo desde hace más de una década. El rey me dio la razón hace años, y él me dejó en paz durante una temporada, pero ahora que Enrique IV ha sido asesinado, Harostegui ha vuelto a las andadas, y de vez en cuando, como hoy, me amenaza. Pero pronto todo esto se acabará —al decir esto último, los ojos verdes de Axular, que hasta entonces habían revoloteado por encima de mi cabeza, se posaron en los míos—. En unos días viajaré a pie hasta París. Iré hasta allí para reunirme con la reina. Harostegui es súbdito suyo, pero yo también, puesto que soy navarro, y los reyes de Francia lo son también de Navarra. La reina me autorizará de nuevo por escrito como rector de la parroquia de Sara, no me cabe ninguna duda.

Comprendí entonces que Axular me contaba aquello no porque pudiera interesarme ni entenderlo, sino para que supiera que, cuando él iniciara su viaje, Kattalin y yo también deberíamos abandonar la casa.

—Es probable que durante mi ausencia Harostegui intente entrar por la fuerza en mi parroquia —dijo—. Es un hombre violento, ya lo has visto, y cuenta con la protección del señor de Urtubie. Es mejor tener cuidado con él.

Yo asentí con la cabeza y volví sobre mis pasos, a refugiarme en la paz de la biblioteca y en aquella tregua que ya tocaba a su fin. Me pregunté con incertidumbre si la ira y la violencia me perseguirían allá donde fuera, o si acaso era imposible huir de ellas y se encontraban en cualquier lugar que habitaran los seres humanos.

11

Axular desapareció entre la niebla la mañana de noviembre en que dejamos atrás Sara. Nos despedimos en un cruce de caminos, a la salida del pueblo.

—Que Dios os acompañe, muchachos —nos bendijo.

Tuve la impresión de que quiso añadir algo más, pero su voz no obedecía a su corazón. Estuve a punto de prometerle que si encontrábamos a Kuthun se lo haría saber, pero no me atreví. Sus ojos de color hierba permanecían congelados por la escarcha de la madrugada. Estrechamos con frialdad las manos y después cada cual continuó su camino: él, hacia París, a través de aquella niebla espesa, en la que resultaba difícil discernir la senda y las sombras; Kattalin y yo, sin rumbo fijo, con la única certeza de que no emprendíamos un viaje, sino de que reanudábamos una huida.

La niebla, poco a poco, se fue disipando y al mediodía, desde lo alto de una loma, apareció ante nuestros ojos un mar de color verde y luminoso. La costa parecía una herida abierta en la tierra, curada por la sal y la espuma blanquísima de las olas. Las montañas descendían suavemente hacia las playas y acantilados, y desde estos el viento traía un olor a piedra mojada y algas. Observé que Kattalin abría la boca y se llenaba con aquella brisa los pulmones.

131

—Es la primera vez que veo el mar —dijo.

Clavó sonriendo su mirada en mí, y por primera vez no me pareció que sus ojos negros me traspasaban. Pensé que estaba a mi lado desde hacía días y yo no sabía nada sobre ella. A la vez, tenía también la impresión de que una parte muy importante de Kattalin permanecía en mi interior, desde el día que la encontré tendida en aquel camino, junto al soldado que mató mi padre. Quizás por ello, Kattalin había decidido acompañarme: para custodiar aquel secreto. Del resto de su vida solo conocía lo que me había contado de un modo muy impreciso: que no tenía familia, que trabajaba como criada en un caserío de Arizkun y que no deseaba volver de ninguna manera a él. Pero yo tampoco necesitaba, al menos de momento, saber mucho más. Los silencios que compartíamos me reconfortaban, eran un refugio, un rincón en el que me sentía a salvo. Creo que a ella le sucedía lo mismo.

Aquel día, de todos modos, desde que nos separamos de Axular, Kattalin se mostró menos encerrada en sí misma, más locuaz y risueña.

—¡Vamos! —exclamó, echando a andar, colina abajo.

Yo, contagiado por su alegría, seguí, casi al trote, la estela de la luz que parecía guiarla.

A media tarde, sin embargo, decidimos detenernos y hacer noche en un bosque de hayas, con ramas que se entrelazaban sobre nuestras cabezas formando una pequeña bóveda que nos mantenía ocultos frente al castillo que súbitamente apareció ante nuestros ojos. Alrededor de la muralla de piedra gris y húmeda que lo rodeaba se veían varios jardines, con los setos cortados con esmero y flores de colores, como si pretendieran dar un aspecto más amable a la fortificación, pero al pronunciar el nombre de esta se levantó ante ella una segunda muralla, invisible y aún más siniestra:

—Es el castillo del señor de Urtubie —dije.

En el rostro de Kattalin descubrí la misma expresión que demudaba el rostro de los vecinos de Lapurdi cuando escuchaban aquel nombre, y que yo había podido observar en alguno de los viajes en que acompañaba a mi padre a San Juan de Luz. De vez en cuando, según había oído contar entonces, algunos hombres armados, a las órdenes de Urtubie, entraban al pueblo para reclamar la propiedad del puente que separaba este de Ziburu, o parte de la pesca o de los botines que conseguían marineros y corsarios, golpeando e hiriendo a quienes encontraban en su camino.

Ahora algunos de aquellos hombres estaban a solo unos pasos de nosotros, vigilando la muralla. Hacían rondas a caballo, con antorchas a cuya luz brillaban sus espadas. En la espesura del bosque distinguimos también otros puntos de luz, y voces que se elevaban al cielo junto con el humo de pequeñas hogueras. Tintinearon, además, varios cascabeles, y comprendimos que eran algunos leprosos, obligados a advertir de su presencia con campanillas y a acampar a las afueras de las poblaciones, apartados de estas, rodeados también por una muralla, invisible pero igualmente aterradora e infranqueable.

La niebla y la noche, poco a poco, fueron cayendo sobre nosotros otra vez y Kattalin y yo dejamos que fueran ellas quienes nos tragaran, antes de que lo hiciera cualquiera de los nuevos peligros e injusticias que, al parecer, acechaban. Nada nos hacía sospechar que aquellos que venían, en realidad, serían los meses más luminosos y felices de nuestras vidas.

Al día siguiente, el pueblo de San Juan de Luz nos recibió vestido de fiesta. La flota pesquera acababa de regresar de Terranova y los barcos aguardaban amarrados en el puerto, de donde ya no se moverían durante todo el invierno. Sus vientres de madera permanecían repletos de bacalao, carne, pieles de ballena... Un suculento botín que, antes de cobrarlo, los marineros habían empezado a gastar con alegría por calles y tabernas.

Kattalin y yo, después de pasar la noche ocultos en el bosque, en un duermevela en el que se alternaba la oscuridad con el fuego y los latidos de nuestros corazones con los cascos de los caballos, nos dirigimos a San Juan de Luz, entumecidos, avanzando lentamente y de nuevo alejados de los caminos, evitando los caseríos, las fauces de sus ventanas y balcones de madera pintados de rojo que amenazaban con abrirse y devorarnos.

El aire arrastraba un olor penetrante, que atravesaba la garganta como una sopa espesa y salada, y que, sin embargo, en cuanto llegamos a las primeras calles del pueblo, pudimos comprobar que embriagaba con dulzura a los que lo respiraban, pues se trataba del olor del saín, la grasa de ballena almacenada en barriles en los barcos y que los vecinos de San Juan de Luz identificaban con abundancia y fiesta. Quienes se cruzaban con nosotros nos saludaban sonrientes. El cebo del saín en el aire los arrastraba, y a nosotros con ellos, en dirección al puerto, donde los marineros cantaban, bailaban a las puertas de las tabernas, y dentro de ellas bebían y comían e invitaban a hacerlo a todo el que se acercara. Nos confundimos con la multitud, al principio recelosos, pero pronto nos dimos cuenta de que aquella algarabía diluía e igualaba a todos, y de que arrastraba la pesadumbre y el dolor del mismo modo que desaguaban en el mar riachuelos de sidra y orina.

—¡Eh, chico, toca algo! —dijo un marinero señalando mi *alboka*, colgada del cuello.

Era un hombre alto, con los brazos largos y musculosos, y en una de sus manos portaba un arpón, brillante y afilado.

Yo sentí que el estómago se me encogía. Hacía mucho tiempo que no había tañido la *alboka*, que no había sentido en mi pecho la fuerza necesaria. Hubiera deseado desaparecer, pero los ojos de aquel arponero se clavaban en mí como si fuera una de sus presas.

Con las manos temblorosas, sujeté el cuerno, y me lo lleve a la boca. Cogí aire y soplé. Las primeras notas se ahogaron en mi garganta, pero de repente, con una energía que me sorprendió a mí mismo, brotó, como el chorro de agua de una ballena en el mar, el tañido melancólico y agudo del instrumento. Vi que varias cabezas se giraban en mi dirección, y que en el rostro curtido por el sol y el salitre del marinero, que hasta entonces me había observado entre curioso y amenazador, se desplegaba una sonrisa. Varios pescadores comenzaron a bailar a mi alrededor, y pronto fueron más, decenas de personas que me arrastraban con ellos de taberna en taberna. Cada vez que dejaba de tocar, sin apenas darme un respiro, me obligaban a hacerlo de nuevo. Yo, complacido, cerraba los ojos y pensaba que, a pesar de todo, la música todavía permanecía dentro de mí.

12

—¡El *Andra Mari*, llega el *Andra Mari*! —se escucharon los gritos de una mujer en la calle.

En apenas un momento, la taberna quedó vacía, cesaron la música y los bailes, y todo el mundo salió corriendo en dirección al puerto.

Exhausto, dejé la *alboka* sobre una mesa. Llevaba casi tres días tocando sin cesar, parando solo para comer una sopa de pescado a la que llamaban *ttoro* o los platos de mejillones a los que me invitaban los marineros, o para dormir unas horas, en los cuartos que nos cedían en posadas o que pagábamos con las monedas con que recompensaban nuestra música –Kattalin, a quien hacía pasar por mi hermana, me había sorprendido uniéndose a mí en una de las tabernas con un pandero que tocaba airosamente–.

—Sí, descansad, chavales. Descansad porque ahora sí que va a empezar la fiesta de verdad —se dirigió a nosotros el tabernero.

En el exterior se escucharon varios pistoletazos y la brisa del mar trajo consigo el olor de la pólvora.

Salimos nosotros también a la calle y nos unimos a las riadas de personas que se dirigían al muelle y que desembocaban en él componiendo un dique de cuerpos que se amontonaban inquietos. A lo lejos, emergiendo de la raya que separaba en el horizonte el cielo y el mar, vimos acercarse un barco. Navegaba con una destreza inusual, como si el agua se abriera a su paso y los tripulantes fueran los dueños del viento, que hinchaba sus velas blancas y hacía ondear en lo alto del mástil mayor una bandera roja y negra. En el mascarón de proa una sirena cortaba el agua con sus cabellos del color del fuego, encabezando una nave que parecía un gigantesco animal marino, con las cuadernas, las costillas del barco, hinchándose y deshinchándose y escupiendo grandes chorros de agua. Sobre la cubierta varios cañones se mostraban desafiantes y tras ellos no tardé en distinguir a algunos hombres, que saludaban disparando de nuevo sus pistolas o entonando gritos salvajes e *irrintzis*, al tiempo que mostraban sus sables y mosquetones... La mayoría de ellos iban vestidos con abrigos de piel de oveja, encostados de cuero, en los que el sol hacía reflejar brillos aceitosos y que les tapaban todo el cuerpo; otros se ataviaban con casacas militares, cada una diferente de las demás... Cubrían sus cabezas con pañuelos de colores vivos, sombreros de plumas... Sus cabellos ondeaban al viento, y en sus barbas se apreciaban nudos, trenzas o estrafalarios adornos.

Yo, boquiabierto, observaba a aquellos hombres que no parecían respetar ni temer a nadie. Fue la primera vez que vi a los terribles corsarios vascos y nunca olvidaré la extraña mezcla de temor y orgullo que provocaban entre quienes los esperábamos en tierra.

Por la noche, en las tabernas del puerto, la música y los cantos se escucharon aún más altos, pero también hubo peleas y disparos, así que Kattalin y yo decidimos retirarnos y dormir en la playa. A la mañana siguiente, al levantarnos, todavía se oían gritos y ruido de cristales rotos. Por el contrario, las calles más alejadas del malecón, hacia las que nos alejamos, se mostraban desiertas y silenciosas. Solo, de vez en cuando, algunas personas se cruzaban con nosotros, caminando con prisa y pegadas a las paredes, mientras sobre sus cabezas las campanas repicaban llamando a misa. Parecía como si se ocultaran de alguien y, de hecho, no tardamos en escuchar algunas carcajadas y mofas: en la mismísima puerta de la iglesia de San Juan Bautista cinco o seis corsarios bailaban un vals e incordiaban tambaleantes a los fieles que intentaban entrar al templo. Algunos de estos se santiguaban al pasar a su lado, pero solo una anciana se atrevió a recriminarles su atrevimiento.

—¡Vergüenza debería daros! ¡Tendríais que dar gracias a Dios por haber vuelto sanos y salvos a tierra, en lugar de burlaros de él!

—Al diablo es a quien damos gracias. Dios solo nos quiere pobres como ratas —replicó uno de ellos, que comenzó a danzar alrededor de la mujer, mientras ella intentaba zafarse, braceando y golpeándole con el rosario que llevaba entre las manos—. ¡Eh, *txo*,[24] canta algo para esta señora! —se dirigió después a otro de los corsarios, en el que yo no había reparado hasta entonces.

Se encontraba algo apartado del grupo, hecho un ovillo bajo su abrigo de piel de oveja, protegiéndose del relente de la mañana, o quizás ya durmiendo la feroz borrachera. Al principio, de hecho, no pareció reaccionar.

—Vamos, chico, canta algo, ya tendrás tiempo de dormir cuando seas viejo y temeroso de Dios —insistió el marinero.

Y entonces, desde aquel bulto emergió una voz rota y curada con dulzura por el alcohol, como si aquel misterioso marinero se hubiera embriagado con vino de consagrar y fuera capaz de entonar un salmo que parecía venir a un tiempo desde lo más alto del cielo y lo más profundo del averno:

Infernua eta mina.
Denok, zeruarekin batera ere
infernua eta mina

---

24 Así se llamaba en los barcos de marineros vascos a los grumetes.

Contuve la respiración: creí reconocer aquella voz y una vez más pensé que se dirigía solo a mí, pero me di cuenta de que todos los que la habían escuchado se habían quedado también paralizados, pues aquellos versos podían aplicarse tanto a los terribles corsarios como a los más piadosos creyentes.

Después, tras unos instantes de silencio, el marinero se descubrió teatralmente, haciendo un remolino en el aire con su capote de cuero engrasado, que brilló con los primeros reflejos del sol.

Y apareció la figura luminosa de Kuthun.

Lo reconocí de inmediato. Su rostro, curtido por el viento y el mar, había enmascarado ya casi por completo al muchacho que todavía era y su cuerpo se había convertido en un amenazante manojo de músculos, pero sus cabellos se habían tornado todavía más dorados y en sus ojos, a pesar del poso del alcohol y el sueño, todavía brillaba un océano de cenizas que deslumbraba y que atraía a la vez a quienes eran capaces de mantener la mirada; aquella mirada que él fue paseando entre quienes le rodeaban, lentamente pero ignorando, despreciando a todos ellos, hasta encontrarse con la mía:

—¡Vaya, volvemos a vernos! —exclamó entonces.

Pero antes de que hubiera acabado de pronunciar la frase, sus ojos se clavaron en los de Kattalin y se fundieron con ellos, con aquellos ojos negros e igualmente soñadores, atormentados y misteriosos de la muchacha, en cuya oscuridad la luz de los de Kuthun encontró su reflejo.

—Joanes de Sagarmin —recordó mi nombre Kuthun.

---

25 Infierno y dolor / todos, junto al propio cielo / llevamos también dentro / el infierno y el dolor *(Ver nota final)*.

Habíamos vuelto a la playa. A mí me sorprendió que él prefiriera acompañarnos a nosotros, dos muchachos que no teníamos donde caernos muertos, a seguir sus correrías junto a aquellos desafiantes corsarios, que parecían los amos y señores ya no solo del mar, sino también de la tierra firme. Al mismo tiempo, sentía cierto orgullo e importancia, caminando a su lado, viendo cómo quienes con él se cruzaban lo miraban con respeto y temor.

—Ahora me hago llamar Cornelius. Cornelius Beaumont —dije, recostándome sobre la arena.

Kuthun hizo lo mismo, colocándose al lado de Kattalin.

—Vaya, al parecer te has convertido en un fugitivo.

—Así es. Pero veo que no soy el único —contesté.

Él se rio. Supongo que le hizo gracia mi curiosidad, algo insolente.

—Venimos huyendo de la Inquisición española y de los soldados —le expliqué—, pero según nos han contado aquí las cosas no están mucho mejor. Tu maestro, Axular, nos alojó unos días en su casa de Sara. Fue él quien nos explicó que tú también habías tenido que escapar.

Me di cuenta de que al oír el nombre del rector por un momento su mirada se ensombrecía.

—Así es. Por eso me embarqué. A los corsarios no les importa que cante mis versos. Al contrario, me piden una y otra vez que lo haga, como habéis visto. Bueno, casi todos ellos... —dijo.

Después, como si quisiera despejar cuanto antes aquel último nubarrón, se puso en pie y sus palabras volvieron a resonar luminosas, repletas de energía.

—Joanes, Cornelius... Me da igual cómo te llames ahora, lo único que me importa saber es si sigues siendo un buen músico —dijo—. Vamos a ver cómo haces sonar ese trasto —señaló mi *alboka*.

Lo hizo de tal modo que fue como si él mismo colocara el instrumento en mis manos, y casi sin darme tiempo a pensarlo me sorprendí a mí mismo tocando un aire melancólico, distinto a las melodías festivas que durante los últimos días había interpretado en las tabernas. Después, algo, no sabía qué, hizo que me detuviera de forma brusca, y antes de que el silencio y la brisa del mar deshicieran las notas vibrantes de la *alboka*, me di cuenta de que Kuthun las recogía, hilando con ellas una canción improvisada, que entonó con un gesto de extrañeza en el rostro, como si él también tuviera la sensación de que una fuerza misteriosa guiaba sus palabras:

Urrunetik itsasertzeraino
oinez etorri
eta harean,
olatuak desegiten diren lekuan bertan,
nire izena
idazten duena
nire hiltzailea
izango da.[26]

Cuando acabó todos nos quedamos callados y sobrecogidos, escuchando las boqueadas intermitentes del océano muriendo en la playa, sintiendo que las mareas del destino nos habían arrastrado a los tres hasta la orilla y enmarañado nuestras vidas para siempre.

---

26 Mi asesino / ha de ser aquel / que camine / desde lejos hasta la orilla / del mar / y escriba / mi nombre / en la arena / justo en el sitio / en el que / rompen / las olas. *(Ver nota final).*

13

Nos convertimos en huérfanos y hermanos. Kuthun no hablaba nunca de su padre. Para él estaba muerto, aunque se lo cruzara de vez en cuando por las calles o en el puerto de San Juan de Luz. Cuando eso sucedía, los ojos de ambos brillaban con una luz hiriente, en la que titilaba el odio, ese odio cerval y peligroso que solo puede crecer entre dos personas que alguna vez se han querido o a las que la sangre mantiene encadenadas contra su voluntad. Kuthun no dormía en la casa familiar, sino con nosotros, en la playa o, cuando llegó el invierno, en caseríos en ruinas, alejados del pueblo.

Evitaba también encontrarse y hablar con los otros corsarios. Había decidido no volver a embarcarse, todo con tal de alejarse de su padre. El mar parecía desde la orilla inabarcable, pero se convertía en un lugar muy pequeño al zarpar. Los barcos acababan siempre haciendo escalas en los mismos puertos, donde las calles eran más estrechas y en las tabernas el ron se servía más caliente.

El ron y la sidra también fueron calentándose y escaseando, al cabo de algunos días, en las tabernas de Lapurdi y cuando el último de los corsarios hubo gastado su última moneda ya nadie quiso pagar por nuestra música y nuestros versos.

Comenzaron, entonces, a vaciarse las tripas de los barcos, e hicieron falta esportilleros y mozos de carga. Cada mañana, mientras Kuthun descargaba los toneles de saín, Kattalin y yo recorríamos el puerto y los mercados con varios costales, en los que acarreábamos pescado, carne, fruta o pan hasta las casas de quienes nos contrataban, a veces a cambio de unas monedas, otras de algunos de aquellos alimentos.

Por las noches, encendíamos hogueras en la playa o entre las paredes derruidas de alguna casa, y a su luz y su calor cocinábamos, cantábamos, contábamos historias, a veces hasta que salía el sol, sin preocuparnos demasiado por el trabajo. Cuando este escaseaba caminábamos hasta los muelles de Fuenterrabía o Bayona, donde de vez en cuando atracaban barcos procedentes de Hamburgo, Dublín, Ámsterdam, cargados con fardeles de cera, calderas de cobre, toda clase de telas y paños, holandillas y fustanes, que a menudo descuidábamos y revendíamos...

Nunca nos faltaba con qué vestirnos, ni qué llevarnos a la boca. La vida, por primera vez desde hacía mucho tiempo, en lugar de perseguirnos y acorralarnos, caminaba al compás de nuestra juventud.

Fue por aquella época cuando vi por primera vez a Morguy, sin saber todavía quién era, ni conocer aún su nombre impronunciable en los muelles y las playas de Lapurdi. Fue ella también la primera mujer que vi desnuda y la primera, y la última, de la que me enamoré.

Sucedió en Bayona. Desde hacía algunos días se rumoreaba que los corsarios de esta ciudad habían apresado un barco español, cargado de mercancías procedentes del Nuevo Mundo y que atracaría en breve en el puerto, de modo que hasta este se había desplazado un enjambre de comerciantes, contrabandistas, ganapanes...

Cuando llegamos nosotros, el barco ya se veía embocando el

Adur, y en el muelle había un tumulto de gente que se arremolinaba nerviosa, gritaba, empujaba, tratando de buscar la primera fila, desde la que regatear con los corsarios. Algunos, incluso, saltaban a sus chalupas y remaban remontando el río, en dirección a la nave.

—Demasiado pastor para tan poca oveja —dijo Kuthun.

Más atrás, algunos grupos de muchachos, buscavidas como nosotros, holgazaneaban con sus espuertas de esparto vacías, resignados, esperando tan solo ya algún golpe de suerte. Al verlos, estuvimos tentados de volver sobre nuestros pasos hacia San Juan de Luz, pero confiamos en que la casualidad nos reservara alguna migaja del banquete, al que habíamos acudido más por capricho que por necesidad, atraídos por el exotismo de aquellos nombres: añil, especias, cacao, azúcar...

Decidimos separarnos, creyendo que así tendríamos el triple de oportunidades, y reunirnos al caer la tarde. A mí no me hizo mucha gracia. Al lado de Kuthun me sentía protegido, capaz de soportar aquella mezcla de algarabía e incertidumbre que flotaba en el aire. Solo, este se me hacía irrespirable. El aliento agitado de las calles me recordaba aquel otro de las de Logroño y volvía a sentir al fondo del pecho el olor casi sólido de las heces y la sangre.

Estuve callejeando, solo y esquivo, durante toda la mañana. Decenas y decenas de personas bajaban animadamente en dirección al puerto desde el cerro en el que se alzaba la catedral de Saint-Marie, hacia la que a mí, sin embargo, acababan por llevarme siempre mis erráticos pasos. A las puertas del templo, vi a varios mendigos, sentados en el suelo. Un muchacho, apenas un niño, caminaba apoyándose sobre un grueso bastón, retorcido y lleno de nudos, y un anciano gateaba y babeaba igual que un niño pequeño. Un hedor como el aliento de un dios enfermo envolvía al grupo, los aislaba, y ellos parecían sentirse a gusto dentro de aquella burbuja, ajenos al pulso de la ciudad, a los acontecimientos que alteraban su rutina, como la llegada de aquel barco de corsarios.

Pensé, por un momento, que se habían rendido ante la vida,

que esta les había arrebatado sus armas, que, impedidos y enfermos, ciegos, tullidos, ninguno de ellos era capaz de bajar hasta el muelle y colgarse un costal a los hombros, de abrirse paso a empellones; o que quizás se habían cansado de todo y que lo único que podían hacer ya era dejarse morir sin preocupaciones, en paz. Sentí, primero, un pequeño pellizco de rabia por todo ello, por aquella existencia tan cruel que se ensañaba con los más débiles, pero cuando el dolor se alivió sentí también un calor que se extendía como un bálsamo en mi interior y me decía que quizás esos hombres y mujeres eran o se creían de ese modo libres.

Apenas fue un momento de consuelo, casi de inmediato otro pellizco por dentro, más fuerte que el anterior, más próximo a mi propio corazón, me hizo brincar, pues por un momento me pareció que mis pasos quizás no fueran tan erráticos y me conducían irremediablemente hacia aquel grupo; que tal vez era yo el que había vivido en una burbuja durante las últimas semanas y esta se acababa de romper; que mi destino era, tarde o temprano, el mismo que el de esos vagabundos: la soledad, la intemperie, la muerte acompañándome allá donde fuera...

—Kuthun —busqué auxilio, murmurando el nombre de mi amigo.

Quería volver de nuevo junto a él y junto a Kattalin, y de hecho eché a andar cuesta abajo por una de las callejuelas, pero de pronto escuché que alguien me chistaba:

—¡Eh, muchacho, espera!

Al volverme divisé apenas un bulto, un revoltijo de ropa negra y arrugas, bajo el que no tardé en distinguir a una anciana, encorvada y con una nariz aguileña que husmeaba en mi dirección e intentaba retenerme como si fuera un gancho que se clavaba en mi espalda. En un principio, ni siquiera me detuve, creyendo que formaba parte del grupo de pedigüeños, pero ella insistió:

—¡Espera! ¿No quieres ganarte unas monedas?

La vi entonces agitar una bolsa y el tintineo del dinero detuvo mis pasos. La anciana se acercó a mí. Contuve la respiración, tratando de evitar el olor que supuse propagaría su ropa sucia, las distintas enaguas que asomaban bajo su abrigo de lana, el *kapusai*, y se frotaban ruidosamente unas con otras al caminar, pero cuando ella ya estuvo a mi lado y me faltó el aire descubrí, por el contrario, que exhalaba un agradable aroma a hierbas.

—No pareces un esportillero muy vivo —me dijo—, pero me da en la nariz que eres buen muchacho, y discreto. Ven conmigo —acabó de convencerme dejando caer dos de aquellas monedas en uno de mis costales vacíos.

La vieja después me dio la espalda y comenzó a caminar con un vigor que parecía impropio de su edad, sin volver la cabeza hacia mí, convencida de que la seguiría. Y, aunque sentí cierta repugnancia por ello, por aquella fe ciega en el dinero, lo hice, la acompañé, unos pasos por detrás en un recorrido laberíntico de calles que cada vez fueron haciéndose más vericuetas, hasta desembocar, ya en las afueras de Bayona, en una cuesta que descendía hasta el Errobi, el otro río de la ciudad. Allí, pegada a la ladera, se levantaba, a duras penas, una casucha, ante cuya puerta la vieja se detuvo.

—¡Vamos! —se volvió por fin en mi dirección.

Por un momento dudé, estuve a punto de girarme y regresar al puerto, pero había algo, una fuerza desconocida que me retenía.

—¡Venga, no te quedes ahí pasmado, que la suerte pasa volando!

Bajé, pues, hasta la chabola y entré. Al hacerlo percibí que el olor a hierbas se multiplicaba y me envolvía, se pegaba a mi ropa y a mi piel. Del techo de la casa colgaban diferentes raíces y enredaderas, romero, manzanilla, malvavisco... A un lado había un fuego, sobre cuyas brasas borboteaban un pequeño alambique y algunos calderos con agua o aceite, en los que se disolvían pétalos de jazmín, tréboles, azahar... Las paredes estaban cubiertas por estanterías, en las que reposaban decenas de botes de barro o vidrio y pequeños sacos con polvos de diferentes colores y texturas.

—¿Quieres comer algo? Después nos espera una buena caminata, con los sacos llenos —dijo la anciana, ofreciéndome queso, nueces y sidra.

Acepté, y mientras daba buena cuenta del almuerzo, la anciana comenzó a trastear con sus hierbas y vasijas, pero de vez en cuando sus ojos, cubiertos por una telaraña amarilla, se posaban como moscas sobre mi cabeza, mis labios o mis manos, apenas un momento, y después reemprendían el vuelo. La anciana regresaba entonces a sus tareas, con una sonrisa de aprobación que se abría paso entre las arrugas de su rostro y por un momento las borraba.

En una de esas ocasiones, frunció de repente la nariz y, tras apuntar con ella hacia la puerta, dijo:

—Ya está aquí.

Yo no había escuchado nada, pero en la entrada de la chabola apareció un joven con aspecto de estudiante, con la cabeza coronada con un gorro, tan grande como raído y lleno de agujeros, y envuelto en una capa no menos harapienta, que descubrió haciendo una aparatosa reverencia.

—*Eh, voilà!* —exclamó, y mostró entre sus manos un manojo de pequeños saquitos que llevaba amarrados con un cordel y que comenzó a señalar y nombrar—: Vainilla, palo santo, acíbar...

—¡Ay, mi capigorrón, tú nunca me fallas! Si dedicaras el mismo empeño a tus estudios serías ya por lo menos doctor —dijo la vieja, abrazando efusiva al muchacho y recogiendo después los saquitos, que se llevó de uno en uno a su nariz ganchuda y olisqueó extasiada, con los ojos cerrados y ronroneando como un gran gato negro.

—Yo soy doctor en las ciencias de la vida y licenciado en hambre —replicó el estudiante, y buscó entre el maremágnum de tinajas, tarros, vasijas, algo que llevarse a la boca, hasta que encontró unos restos de lo que parecía el desayuno de la anciana, un cuenco con algunas cáscaras de naranja confitadas con miel, que engulló junto con un vaso de aguardiente que ella se apresuró en servirle, al tiempo que dejaba entre sus manos varias monedas.

—¿Te vas ya? —preguntó después, al ver que él volvía a embozarse en su capa.

—Sí, tengo cosas que hacer: hay que trabajar mucho para ser un desocupado, que Dios me perdone —dijo, y mientras se retiraba hacia la puerta comenzó a rezar una extraña oración—: Padre cruel y feroz, que no nos das el pan nuestro de cada día, ojalá el hambre sea tu reino y el dinero que nos niegas se troque en carbón en tu cofre, amén.

La anciana rio a carcajadas y una vez que el muchacho hubo desaparecido se precipitó sobre sus potingues, que comenzó a mezclar y a hervir. Estuvo trabajando durante una, quizás dos horas, no lo sé muy bien porque los humos aromáticos que comenzaron a flotar en la chabola me adormilaron. Cuando desperté ella tenía preparados varios ungüentos, en pequeños frascos de barro, que tapó y me hizo cargar en mis costales y la cesta de esparto.

—Es hora de irse —dijo entonces.

Al salir a la calle se cubrió la cabeza con la capucha de su *kapusai* y echó a andar pegada a las paredes, como si quisiera ocultarse. Yo la seguí unos pasos por detrás y, a pesar de sus precauciones, me pareció que cuantos se cruzaban con ella la miraban y la señalaban, que todos a su paso pronunciaban aquella palabra, bruja, que los perros le ladraban, bruja, bruja, que los martillos de los caldereros, de los carpinteros y herreros la lanzaban al aire, al pasar delante de sus talleres: bruja, bruja, bruja...

Sentía un pánico terrible, un fuego que me quemaba el corazón, pero no podía dejar de seguirla. No se trataba del tintineo de las monedas de su bolsa, me arrastraba una fuerza contra la que no podía luchar, todavía no sabía si estirando desde atrás, desde un pasado que me condenaba, al que nunca podría escapar, o hacia delante, hacia una puerta, una gatera, un resquicio por el que huir, por donde entrara una ráfaga de aire que borrara mi destino escrito con el humo negro de las hogueras.

Me tranquilicé cuando llegamos a una casa, de aspecto señorial, y salió a recibirnos una criada, a la que la anciana entregó algunos de los frascos que yo portaba, explicándole qué contenía cada uno de ellos: lejía para aclarar el pelo, agua de rosas, afeites para la cara... Después, visitamos varias casas y palacios más, en algunos de los cuales fueron las propias damas las que recibieron a la anciana, quien explicaba las virtudes y propiedades de cada una de sus cremas y perfumes, vertiendo unas gotas sobre las muñecas o el cuello de aquellas mujeres, que cerraban los ojos y sonreían, evocando los lugares exóticos de los que procedía la fresa, el benjuí, la lima, o imaginando aquellos otros a los que podrían llevarlas, los suspiros y palpitaciones que evocarían en quien los oliera sobre su piel.

Así pasamos la tarde entera, recorriendo la ciudad de punta a punta, y fue ya casi al anochecer cuando, cerca de nuevo de la catedral, la anciana golpeó el postigo de una casona alta y estrecha que se elevaba entre las demás orgullosa y desafiante, con sus paredes más blancas y las ventanas pintadas de un rojo que parecía sangre brotando de una herida fresca.

—¡Pasad, pasad! —nos recibió una criada, que nos condujo a través de unas escaleras hasta una sala, en la que me hizo esperar, mientras acompañaba hasta la habitación contigua a la herbolera—. La señora vendrá enseguida —oí que le decía.

Después, la muchacha volvió junto a mí y me preguntó si deseaba una taza de chocolate.

—Sí, gracias.

Aguardé de pie, quieto, mirando las lamas de madera resplandeciente del suelo, como un cristal oscuro, que pensé que se romperían si daba un paso, y los muebles inmaculados, sobre los que no parecía haber caído jamás una sola mota de polvo o que si cayera fuera a dejar sobre ella una cicatriz. En la pared había varios retratos. Desde uno de ellos, justo enfrente de donde me encontraba, un hombre de rostro afilado clavaba sus ojos negros y alunados en mí. Una sonrisa apenas esbozada recorría su boca, pero aquel mínimo gesto parecía transmitir al resto de los músculos de su rostro un dolor y un asco infinitos. Tuve la sensación de que si me movía saltaría desde donde se encontraba y me golpearía.

—Aquí tienes —regresó la criada con el chocolate, que colocó en una mesita, junto a una jarra de agua.

Me senté y volvió a dejarme a solas. Sorbí de la taza y me olvidé del cuadro. Nunca había probado un chocolate tan sabroso como aquel. Cerré los ojos y dejé que descendiera a través de mi cuerpo cálida, dulcemente. Una sola lágrima corrió por mi mejilla, como un pequeño y nuevo planeta. A lo lejos, muy lejos, escuchaba el rumor de ropas que caían al suelo y risas de mujeres. Cuando volví a abrir los ojos, vi a través de la puerta entreabierta de la habitación contigua, en un espejo, a la anciana, bebiendo de uno de los frascos que había cogido de mi cesta, e inflando sus carrillos. Después, una sombra rosácea pasó ante ella y se detuvo. Volví a cerrar los ojos, avergonzado e incrédulo, pero cuando los abrí de nuevo, pude comprobar que era cierto: en el espejo se reflejaba la figura de una joven completamente desnuda. Tendría unos veinte años y su piel blanquísima era un lienzo sobre el que se dibujaba una maraña de venas azules. Su cabello de color rojo caía en llamaradas sobre los hombros y se convertía en un fuego hipnótico y ardiente en su pubis. Mantenía los brazos extendidos, en cruz, y sus pechos se alzaban rotundos, me apuntaban con unos pezones hirientes y rojos. Sentí que el sudor dibujaba en mis sienes y mi espalda el mapa de un territorio desconocido para mí y que las rutas y cartografías que conducían a él se desplegaban entre mis piernas.

De pronto, se escuchó un bramido y una fina lluvia de saliva cubrió el cuerpo desnudo de la muchacha, sus párpados rosados, la boca como dos gajos de fruta... Frente a ella, vi a la anciana beber otro trago del frasco, inflar de nuevo sus carrillos y escupir el perfume, soplando sobre sus labios relajados, de tal modo que se pulverizara en una pequeña nube que, al entrar en contacto con la piel translúcida de la muchacha, extendió un revoloteo de mariposas con las alas empapadas en licor, la sangre de un helecho cortado, un olor desconocido y embriagante que convirtió la raíz de cada pelo de mi cuerpo en un pequeño cráter, a través del cual la tierra y la sangre temblaron.

—Gírate, Morguy —ordenó la vieja a continuación.

La muchacha entonces se puso de espaldas y apareció una loma cubierta de nieve sin hollar, de la que solo sobresalían los huesos de su columna, y sobre la que volvió a caer un sirimiri de saliva, que hizo estremecerse a Morguy. Sus nalgas se contrajeron y al relajarlas se mecieron levemente. La nieve y el fuego se removieron entonces en mi interior. Alcé mi mirada, azorado, y en el reflejo del cristal mi rostro se encontró con el de Morguy, con sus ojos azules. Deseé que el suelo, aquel suelo de cristal, acabara por hacerse añicos, arrastrándome con él, que las llamas que incendiaban mis mejillas consumieran todo mi cuerpo y mi corazón, que lo redujeran a cenizas y ella pudiera soplarlas con desprecio. Pero Morguy, sorprendentemente, no se enojó, ni cubrió su cuerpo, sino que me dirigió una sonrisa; una sonrisa que me aprisionaba y me redimía a un tiempo, que se convertía en un salvoconducto, que disipaba el humo y se posaba dentro de mí como un animal recién nacido, secreto y extraño.

14

Esa noche no pude dormir y la madrugada blanca e interminable me reveló algunos de sus secretos. Tendidos a mi lado, escuché a Kuthun y Kattalin abrazarse y hablarse al oído con dulzura. No era la primera vez, pero también yo me había despertado durante otras noches llorando, después de haber soñado con mis padres, y Kattalin me había acogido en su regazo y había acariciado mis cabellos hasta desenredar la pesadilla entre sus dedos.

Esta vez, sin embargo, el recuerdo de la desnudez de Morguy frente al espejo me desasosegaba, traía a mi mente la visión de pieles que se estremecían al rozarse, el sonido de respiraciones que se agitaban, el olor de semillas y flores cortadas sobre los muslos...

La sensación de extrañeza se redoblaba al ver a Kattalin ataviada con calzas y jubón y con los mechones negros de su pelo recogidos bajo un sombrero. Solía hacerlo a veces, cuando deambulábamos por los muelles buscando trabajo.

Turbado ante aquella imagen —Kattalin vestida como si fuera un muchacho y Kuthun estrechándola entre sus brazos y besándola en los labios— cerraba los ojos, pero la sonrisa de la misteriosa muchacha pelirroja batía con sus alas mis párpados una y otra vez, desvelándome.

—Morguy, Morguy —repetía entonces, como si fuera un rezo.

Y era curioso, porque nunca hasta entonces había escuchado su nombre, pero pronto me daría cuenta de que estaba en los labios de todos, aunque solo a los míos venía con aquella devoción, pues el resto se deshacían de él tragándolo como si fuera bilis o escupiéndolo con desprecio.

Volví a verla al llegar la primavera, cuando los balleneros y las naves corsarias zarparon en dirección a un nuevo mundo —hacia el que ellos llevaban siglos navegando— y Lapurdi se convirtió en un país de mujeres solas y fuertes, de viejos lobos de mar que aullaban melancólicos mirando al horizonte y de niños que campaban a sus anchas, libres y ávidos de aventuras.

Sin marineros, el trabajo en los muelles y en las tabernas comenzó a escasear. A veces, se botaba un nuevo barco en algún astillero, como el de Bayona, en donde se construían las naos de la armada real, y subíamos a bordo, todavía en tierra, corríamos de punta a punta, trepábamos por las cuerdas y nos dejábamos caer por ellas, logrando que el gran esqueleto de madera se balanceara a un lado y a otro, para ir atravesando las esclusas. Pero la mayoría de los días no había nada que hacer y teníamos todo el tiempo del mundo para pescar o entrar a hurtadillas en algún huerto, para tumbarnos sobre la arena, zanganear, comer, jugar a los naipes, echar una siesta...

Cualquier pequeño acontecimiento se convertía en el centro de nuestras vidas y recorríamos la costa en busca de algo que las sacudiera, que acelerara nuestros corazones llenos de sangre.

Sin duda, entre todos ellos el que lo hizo con más fuerza fue uno sobre el que empezó a correrse la voz a mediados de mayo:

—Van a colgar a un corsario español en Bayona —decían.

Y también que había sido apresado durante el invierno, cuando intentaba abordar un navío con bandera francesa. Según contaban, en la refriega murió el capitán del mismo. Todo había sucedido algo más al norte, cerca de las costas de La Rochelle, donde el corsario había sido encarcelado, juzgado y condenado a muerte, pero la ejecución tendría lugar en Bayona, a los pies de la catedral, nadie sabía muy bien por qué.

—Es un premio para la ciudad —aventuraban algunos.

Y otros, por el contrario:

—Es un escarmiento: un corsario ahorcado en un país de corsarios.

Sea como fuere, el día del ajusticiamiento, al que acudimos religiosamente, en la plaza no cabía un alma. Nosotros conseguimos trepar a través de la escalera de un edificio cercano hasta un tejado desde el que se divisaba el patíbulo. Cientos de personas se agolpaban expectantes, elevando al cielo un murmullo en el que todos gritaban pero no se distinguía ninguna voz. Era la respiración de un monstruo con innumerables cabezas, entre las que, no obstante, circulaba una sangre común, negra y espesa que los hermanaba, y a cuyas palpitaciones al parecer yo no podía escapar.

«¿Qué demonios hago aquí?», me preguntaba.

No deseaba alimentar a esa criatura voraz y cruel, que me había arrebatado a quienes más quería, pero tampoco hacía nada por evitar que me arrastrara la corriente sanguínea, aquella marea humana que dejaba en la arena nuestros peores instintos.

Un rugido recorrió la plaza. Por uno de sus extremos apareció una comitiva, encabezada por varios soldados, que custodiaban al verdugo y al reo. El primero era un hombre alto, cuya cabeza, cubierta por una caperuza, sobresalía por encima de todas las demás, quizás porque tenía la facultad de quebrarlas, aunque él caminaba encogido, tratando de ocultar su rostro y su cuerpo como una montaña. A su lado, el corsario, bajito y escuchimizado, con los costillares que se pegaban a su camisa agitada por el viento, mantenía por el contrario la cabeza erguida y miraba desafiante a la multitud que lo abucheaba e insultaba.

Cuando lo subieron al patíbulo, mientras un alguacil con un pomposo sombrero, adornado con una pluma de pavo real, leía la sentencia de muerte, el verdugo trataba de anudar la soga en el cuello del preso, pero este se resistía, negándose a inclinarse, en un gesto que pretendía ser orgulloso, pero que resultaba obstinado y cómico, terriblemente triste, y que desataba las carcajadas de la muchedumbre.

Una náusea revolvió mi estómago. Me pareció que ya había vivido antes todo eso. Las casas vomitaban por sus chimeneas un humo que nublaba mi mente. Las vidrieras de la catedral reflejaban los rayos del sol, que se mezclaban en mis ojos como alfileres de colores. Tuve miedo y vértigo: por un momento pensé que mi cuerpo se convertía en una gárgola que escupía sangre con tal fuerza que se desprendía de la pared...

Pero de repente, la caída se detuvo, las carcajadas se interrumpieron, el monstruo dejó escapar un breve murmullo de sorpresa, al que siguió un silencio temeroso y reverencial, y sus miles de ojos, y con ellos los míos, se clavaron en un pequeño grupo de personas que se asomó a uno de los balcones de la plaza, justo encima del cadalso.

—¡Morguy! —exclamé, sin poder contenerme.

Después, me llevé la mano a la boca, como si pudiera tragarme mis palabras, devolverlas al lugar secreto de donde habían salido. Estaba avergonzado, pues no había contado a mis compañeros mi encuentro con ella. Sin embargo, pronto pude darme cuenta de que nadie me había oído, o si lo habían hecho habían confundido mi voz con el eco de las suyas:

—¡Morguy! ¡Morguy! —corría de boca en boca en un murmullo que era una mecha ardiendo, una mecha en la que también crepitaban, como briznas que ardían partiéndose por la mitad, otros dos nombres:

—¡Lancre! ¡Urtubie! —señalaban a hurtadillas a los dos acompañantes de la muchacha –uno de los cuales me resultaba molestamente familiar–.

—¿Quién... quién es esa mujer, esa tal Morguy? —me aventuré a susurrar a Kuthun, sentado junto a mí en el tejado.

Al oír su nombre, una mueca de asco se adueñó de su rostro y escupió con fuerza.

—Es la ayudante de Lancre, y dicen que quien le calienta la cama. Una vidente. Siempre acompaña al inquisidor cuando sale de cacería, porque es capaz de descubrir a los brujos solo por el color de su piel y de encontrar la marca del diablo en los lugares más escondidos: un lunar detrás de la oreja o la figura de un pequeño sapo al fondo de las pupilas. Son solo invenciones, pero cuando Morguy te mira a los ojos, puedes darte por muerto. Huye de ella cuando la veas: esa perra del infierno ha enviado a la hoguera a cientos de personas. ¡Maldito sea su nombre! —exclamó, y volvió a escupir.

Observé que varias personas entre las que nos rodeaban se giraban horrorizadas hacia Kuthun, que había hablado en voz alta y desafiante. Él les devolvió una sonrisa altiva. No tenía miedo, al contrario que el resto; o que yo, que no podía evitar ahora recordar los ojos azules de Morguy clavándose en los míos a través del espejo.

Volví a mirarla, ahora, allí en el balcón: su cabello rojizo resplandecía, iluminado por un sol que parecía hacerle una reverencia. La palidez de su piel absorbía toda la luz, era un témpano de hielo que deshacía poco a poco sus bordes, afilados como los de una espada cortando mi corazón.

—¡Pero a mí me sonrió! —ahogué un grito en mi garganta.

Sí, ella me había sonreído, mirándome fijamente a los ojos, pero su indulgencia —aquella fue la primera vez que lo comprendí— era también un modo de matarme, pues me convertía en un traidor entre los míos y, sobre todo, llenaba mi alma de contradicciones, de cuchillos que se cruzaban en el aire, arrojados desde diferentes rincones.

A los pies de Morguy, la multitud, tras la sorpresa inicial, fue convirtiéndose en una ola negra, en una sola cabeza, la cabeza de un monstruo domesticado, que se agachaba sumisa. Recordé entonces mi mirada sobrevolando los bancos de la iglesia de Zugarramurdi y encontrándose con la de María de Ximildegi, a quien todos despreciaban y temían. Del mismo modo, ahora no podía apartar la vista de aquella muchacha, mientras abajo el verdugo conseguía por fin anudar la soga al cuello del condenado y ambos volvían a convertirse en el centro de atención.

La muchedumbre rugió de nuevo, y observé cómo uno de los dos hombres que acompañaban a la vidente henchía orgulloso el pecho y se dirigía, ejerciendo de anfitrión, al otro, sacando medio cuerpo del balcón y señalando la horca, casi tocándola con las manos, como si le perteneciera. Era el señor de Urtubie, un hombre gordinflón y con rostro de niño, que trataba de ocultar tras unas lentes que sujetaba sobre su nariz, arrugando esta en un gesto que le daba un aspecto porcino, muy apropiado para su insaciable apetito de poder. A pesar de ser un reconocido hugonote, su fe protestante no le impedía contar entre sus aliados más fieles con inquisidores católicos, como el temible Pierre de Lancre. Lo había hecho llamar tiempo atrás, para castigar una revuelta en San Juan de Luz, después de que Urtubie hubiera intentado adueñarse de uno de los puentes de entrada a la ciudad y con él de todas las pechas e impuestos que se recaudaban al cruzarlo. Fue entonces cuando el vengativo y servil Lancre comenzó a perseguir a hombres y mujeres, ancianos y niños, y a quemarlos en la hoguera acusándolos de brujería. Ahora, el inquisidor estaba otra vez en Lapurdi, en el mismo balcón que Urtubie (que, no tardé en darme cuenta, pertenecía a la casa que yo había visitado tiempo atrás con la vieja herbolera y en la que había visto desnuda a Morguy, ni tampoco de que el retrato en la pared de aquel hombre de rostro amenazante no era otro que el del propio Lancre). Todo hacía presagiar, en definitiva, lo peor y explicaba también el porqué de aquel ahorcamiento en Bayona, con el que el señor de Urtubie agasajaba a Lancre y que servía de advertencia para las díscolas gentes del país de Lapurdi.

A pesar de ello, la turba que se amontonaba en la plaza comenzó a jalear la ejecución. Sus gritos me sacaron del aturdimiento con que contemplaba a Morguy y sus acompañantes, y lo que pude ver al bajar la vista hacia el patíbulo fue aún más horroroso.

El gigantesco verdugo se había abrazado a las rodillas del corsario, balanceándose ambos en el vacío. El cuerpo del ahorcado se agitaba sacudido por espasmos y de su boca colgaba una lengua azul y palpitante. Entre sus piernas, una humillante mancha de humedad se extendía por los calzones.

—¡Vamos, vamos, acaba con él! —oí gritar a Kuthun.

Se había puesto en pie y agitaba, fuera de sí, sus brazos, mientras una mueca de satisfacción y crueldad cruzaba su rostro.

A su lado, Kattalin permanecía acuclillada, con sus manos, aquellas manos con las que otras veces conseguía desenredar mis pesadillas, ocultando su rostro.

Tambaleándome, conseguí ponerme en pie y volver hasta el edificio por cuyas escaleras habíamos trepado hasta el tejado. Vomité en un rincón, un vómito negro y ardiente como las lágrimas que corrían por mi rostro. Después, me encogí sobre mí mismo y comencé a temblar, asustado, confuso e infinitamente solo, sintiendo la presión de la soga invisible que cada uno de nosotros llevábamos amarrada al cuello desde que nacíamos y que nadie podía desanudar.

Y a pesar de todo éramos muy jóvenes y eso nos convertía en inmortales. Todas las horas nos herían con dulzura, eran la caricia de un cuchillo y un temblor de la piel, y vivíamos cada una de ellas plenamente, como si la última, la que nos mataría, fuera la siguiente, con esa certeza inconsciente que nos hacía creernos invencibles.

Al llegar el verano solíamos pasar largas horas, a veces días enteros, en la desembocadura del río que separaba Ziburu y San Juan de Luz. Al encontrarse con el océano la corriente chocaba formando grandes cúmulos y nos gustaba nadar sobre su espuma blanca, escuchar el estruendo de las olas, dejarnos voltear por ellas como pececillos, sin saber hasta dónde nos arrastrarían, ni si las columnas de agua negra sobre nuestras cabezas se resquebrajarían dejando entrar la claridad de la luz y el milagro del aire.

Otras veces, aguardábamos en el puente, esperando a que alguien lo cruzara y arrojara una moneda a lo lejos. Entonces, nos lanzábamos de cabeza al río y nos sumergíamos hasta que nos estallaban los pulmones. Éramos, en ocasiones, casi medio centenar de muchachos, y entre todos ellos Kuthun mostraba una destreza especial, siempre era el que más tiempo aguantaba bajo el agua y a veces, cuando todos ya habíamos desistido, lo veíamos aparecer, quinientos pasos más allá del puente, con el sol resplandeciendo sobre sus cabellos dorados y haciendo brillar entre los dientes la moneda, como un argonauta con su vellón de oro.

En muchas de esas ocasiones, cuando tardaba más de lo acostumbrado, los demás todavía seguíamos conteniendo la respiración fuera del agua, pero él siempre acababa por volver a la superficie, y después de beberse el aire a borbotones, reía con fuerza, con la misma intensidad que lloraban los recién nacidos, y nos contagiaba a los demás, que también reíamos, aplaudíamos, provocábamos a los viandantes para que arrojaran otra moneda y todo volviera a empezar.

A mí, y supongo que a Kattalin, que lo observaba con el alma en vilo desde el pretil del puente, vestida con sus ropas de muchacho pero sin poder desnudarse y bañarse con los demás, nos costaba imaginar que aquel Kuthun fuera el mismo que días atrás había jaleado al verdugo; yo, a veces, trataba de engañarme a mí mismo e imaginaba que aquel día lo que en realidad Kuthun había hecho era lo mismo que cuando permanecía durante esos interminables momentos bajo el agua: desafiar a la muerte, burlarse de ella. Él, a fin de cuentas, había sido un corsario, como el ahorcado, y podía haber corrido su misma suerte.

Trataba también, durante esos días llenos de luz, de alejar a Morguy de mi mente, y lo cierto es que durante algún tiempo la mantuve enterrada bajo la arena y la sal que se pegaban a mi piel, allí en la playa.

Algunas noches, sin embargo, sentía que su nombre se removía bajo mi cuerpo, cuando en torno al fuego se contaba que en los pueblos de los alrededores había desaparecido misteriosamente algún muchacho. Fue también por aquella época cuando oí hablar por primera vez de «los espíritus», traficantes de hombres que con engaños o por la fuerza reclutaban a muchachos en los muelles y los embarcaban en dirección al Nuevo Mundo, donde durante varios años eran empleados como esclavos o *engagés*, así los llamaban, en haciendas o plantaciones de tabaco.

Entonces, cuando alguien los mencionaba, a ellos o a Morguy, se hacía un silencio, en medio del cual nos quedábamos mirando al fuego, viendo las llamas retorcerse, esperando a que las caprichosas figuras que formaban consumieran nuestros temores, o que lo hiciera un sueño que nos adormilaba hasta el día siguiente, cuando de nuevo volvía a lucir un sol resplandeciente.

15

—¡Se han llevado a Maddi, la hija de Sopite!

La noticia corrió de boca en boca igual que el fuego en la rastrojera. Fue al finalizar el verano, poco antes de que los marineros regresaran a tierra. Sopite era un pescador famoso y querido en Lapurdi por sus ocurrencias y sus inventos, como un pequeño horno gracias al cual era posible ir fundiendo y almacenando en barriles la grasa de las ballenas en los barcos, antes de volver a puerto.

Maddi, su hija, un rabo de lagartija de cuatro pies de altura, había heredado de él su inquietud y su aspecto despistado, el pelo pajizo y revuelto, las piernas como palitos, que no podían parar quietas, como si fuera el viento quien las moviera. No resultaba raro encontrársela nadando en el puente, pululando por muelles y calles y, a veces, las noches calurosas, durmiendo en la playa, junto a nosotros, pero en esta ocasión llevaba ya varios días sin regresar a casa y sin que nadie la viera. Fue su propia madre quien dio la voz de alerta:

—¡Se han llevado a Maddi! —gritaba.

Sus aullidos de animal herido recorrieron la costa primero y después el viento los empujó mar adentro, hasta que fueron oídos en las naves corsarias y los balleneros, donde los marineros escupieron furiosos al cielo, para que los dioses del océano hincharan con sus bufidos las velas.

—¡Han sido Urtubie y Lancre! —bramaban las tripulaciones.

Y sus gritos de venganza recorrían el camino de vuelta, hasta tierra firme.

—¡Morguy, ella fue quien la denunció! —se susurraban unos a otros los vecinos de Lapurdi.

De repente, todo el mundo había visto a la pequeña Maddi hablando en algún callejón con la vidente y a esta agarrándola por la cabeza y asomándose a sus ojos, buscando la marca del diablo al fondo de sus pupilas.

Durante las noches siguientes se desataron varias tormentas y las mujeres subieron hasta la torre de Bordagain, en lo alto de Ziburu. Lo hacían descalzas, como si el contacto de sus pies desnudos sobre la hierba mojada las convirtiera a ellas en parte del temporal y pudieran guiar los rayos y domesticar la lluvia. Cobijadas bajo las paredes de la fortaleza, encendían fuegos que sirvieran de guía a los barcos.

El temporal duró siete días y en el séptimo el último relámpago desveló encaramada sobre una ola blanca y resplandeciente una flota de barcos, procedentes de diferentes lugares –Terranova, los mares del norte de Europa, el Nuevo Mundo– a los que las borrascas habían reunido y protegido entre sus brazos, arrastrándolos hasta la costa.

Las mujeres, al verlos, prorrumpieron en gritos de algarabía e *irrintzis* que atravesaban la oscuridad y el corazón de la tormenta. Casi de inmediato se escuchó a lo lejos la respuesta, más gritos, desgarradores, llenos de rabia y de promesas de venganza, y salvas de disparos que despedazaban las nubes. Poco antes del amanecer escampó y los barcos fueron embocando el puerto, donde los recibió una multitud enardecida. Los marineros bajaron de sus barcos empuñando sus arpones, los mosquetones, los cuchillos todavía sucios de sangre, y entre abrazos y lágrimas, a ellos se unieron los cuchillos de cortar el pan de sus mujeres e hijos, las hoces de siega, los pisones para reventar manzanas...

—¡Han sido ellos! ¡Urtubie, Lancre, Morguy! —atronaban sus voces.

Eran cientos y todos juntos echaron a andar en dirección a Urruña, hacia el castillo del señor de Urtubie, en una especie de borrachera común que los envalentonaba, y a la que se iban sumando las gentes de los caseríos frente a los que pasaban, o las de los que quedaban en lo alto de las montañas, a quienes se veía descender por las laderas de los montes enarbolando más cuchillos, cuchillos para esquilar, cuchillos para abrir nueces, y también layas para destripar terrones de tierra, y jarros de sidra que pasaban de mano en mano...

La revuelta y la borrachera nos engulló también a nosotros, que nos unimos a ella, al principio, heridos por la curiosidad y la aventura, casi como un juego. Pero después Kuthun, señalando mi *alboka*, me gritó:

—*Jo ezazu, musikaria!*

Y en cuanto hice sonar el instrumento, la música que despidió fue como si una vez más escapara de mí, se convirtiera en algo sobre lo que yo no tenía autoridad, un manto invisible que cubría a quienes oían sus notas y los hacía creerse inexpugnables, una armadura que repelía el miedo, tal vez porque era yo quien lo absorbía todo, quien sentía el pecho vibrar por la culpa y el remordimiento, del mismo modo que me sucedería tantas veces años después, cuando mi música se convirtió en la señal de aviso, el ritual que precedía a los abordajes de los Hermanos de la Costa y a mí me resultaba imposible discernir si con ella libraba a los hombres de la muerte o los enviaba sin remedio a su encuentro.

Siempre, en todo caso, esa música iba acompañada de la voz de Kuthun:

Morguy,
hozka egin,
zaunka egin,

bete zure jabearen aginduak.
Hori guztia,
botatzen dizun hezurra
trukean jasotzeko,
infernuko txakurreme gorri hori![27]

Eso era lo que cantaba ahora, mientras la multitud se acercaba a Urruña. Y cada vez que lo hacía, cientos de voces se unían a la suya, repitiendo el último verso, en un clamor de venganza y odio:

Infernuko txakurreme gorri hori!

Una niebla espesa nos envolvió al llegar a un hayedo, en las inmediaciones del castillo. Las canciones y los gritos cesaron entonces y se oyeron tintinear cascabeles, que deshacían la niebla en jirones y dejaban ver pequeños campamentos. Reconocí en ellos a los grupos de leprosos que nos habíamos encontrado meses atrás en aquel mismo lugar, sus miradas huidizas, temblando tras las antorchas, sus cuerpos devastados por la enfermedad. Por un momento, el arrojo que guiaba a la marabunta pareció esfumarse, el manto invisible y común comenzó a deshilacharse, como carne en descomposición, y el miedo se apoderó de todos los corazones, que volvían a latir en solitario.

A mi lado, Kuthun respiraba con fuerza, sus pulmones se henchían de rabia, y supe que estaba recordando a su madre, abandonada en un bosque como aquel, junto con otros moribundos afectados por la peste.

De repente, un grito estremecedor brotó de su garganta. Luego desenvainó su cuchillo y echó a correr, sin importarle si alguien le

---

27 Morguy / Muerde / Ladra / Obedece a tu amo / Todo eso / para recibir a cambio / el hueso que él te arroja / perra roja / del infierno.

seguía o no. Sorprendentemente, tras unos segundos de indecisión, la multitud se unió a él, con las armas desnudas y lanzando alaridos salvajes, encaminándose hacia la fortaleza del señor de Urtubie. Fue como si tras una parada para tomar aire, la borrachera volviera con fuerza redoblada.

A través de la niebla vi a Sopite, el padre de la niña desaparecida, junto a Kuthun, encabezando aquel ejército de hombres y mujeres desesperados, lo vi desgarrarse la camisa y ofrecer su corazón desnudo y herido a cambio del de su hija; vi tras él a otros hombres cuyos rostros se transformaban en el del propio Sopite; vi junto a ellos a sus mujeres y todas eran ahora las madres de Maddi, mujeres a las que habían arrancado una parte de sí mismas; vi a la propia Maddi, entre los leprosos, protegida por ellos, y a estos avanzando también, entrando al castillo y haciendo sonar sus campanillas en las habitaciones, tocando con las flores carnívoras de sus manos los muebles, los retratos, los vestidos, los platos de porcelana y las jarras de oro con vino; vi a su lado a Kattalin, despojándose de sus ropas de muchacho y mostrando orgullosa su cuerpo desnudo y ultrajado; vi a los mendigos de la catedral de Bayona, que por fin se habían levantado, los vi con sus muletas en alto, y arrojando como si fueran puñales las monedas que habían caído en sus sombreros; vi a Axular, el rector de Sara, y a todos los clérigos de su escuela, recitando en nuestra lengua versos con la convicción de que con ellos podían derrumbar las murallas; vi a Yanga, el esclavo negro y huido, haciendo arder los campos con su mirada y sus pies descalzos, que corrían en busca de la libertad; vi a Graciana de Barrenetxea, y a Estefanía de Navarcorena, danzando alrededor de hogueras que las rejuvenecían y les devolvían la vida, mientras mi abuelo tocaba el *txistu;* vi, en fin, a mis padres, a través de mis ojos arrasados por las lágrimas, los vi bailando, abrazándose, y vi la sonrisa marcada en sus rostros como el signo más mortífero de la revancha... A todos los vi allí: a los muertos que todavía permanecían vivos, a los vivos que estaban muertos para todos, a los desahuciados, los huidos, los proscritos, los malditos, los condenados... todos avanzábamos juntos y unidos, dispuestos a reclamar justicia. Y durante un instante, en mitad de aquella niebla, pensé que era posible, que seríamos reparados, no sabía cómo. No tardé en darme cuenta de que solo había sido una alucinación, una quimera mordiéndome en la frente y ocultándose después entre la bruma, pues cuando los primeros hombres, los corsarios más valientes, llegaron hasta los muros del castillo de Urtubie, se escucharon, procedentes de la fortaleza, disparos de cañón, silbidos de flechas, galope de caballos...

El instinto me hizo arrojarme al suelo. Mi corazón golpeaba la hierba y con el rostro pegado a ella pude ver tendido, a solo unos pasos de mí, el cuerpo inerte de Sopite, con varias flechas que le atravesaban el pecho, como a un mártir.

Asustado, cerré los ojos y me hice el muerto, con las uñas clavadas en la tierra, aferrado con desesperación a ella, mientras a mi alrededor soplaban con fuerza los huracanes de la muerte. Escuché los relinchos aterrorizados de los caballos, las espadas cortando el aire y la carne, los gritos a lo lejos de las mujeres y los niños, los jadeos de los hombres y sus estertores...

No sé cuánto tiempo estuve así. Por fin, reuní el valor y la fuerza necesarios para ponerme en pie y huir, para dejar de ser un muerto. Corrí sin saber hacia dónde, lejos de allí, hasta desfallecer, hasta que mis piernas se doblaron y volví a caer al suelo, tumbado por un silencio colosal que me hizo sentirme infinitamente solo. Me pregunté qué había sido de aquella multitud que me acompañaba hacía solo unos momentos y que me convertía en parte de algo invencible, y al hacerlo fue como si convocara de nuevo los sonidos de la guerra. Oí los cascos de un caballo que se acercaba, y el sonido metálico de una armadura. Después el bufido del animal, que se detenía a solo unos pies de donde me encontraba. Podía casi tocar sus patas humeantes y temblorosas, salpicadas de barro, a las que rozaba el filo de una espada, por la que se deslizaba, como un pequeño insecto, una gota de sangre, pero no me atreví a elevar la mirada hacia al jinete, para evitar que cualquier mínimo movimiento pudiera agitar alguna hoja, alguna brizna de hierba que me delatara. El silencio volvió a convertirse en una lápida que me hundía en la tierra y cortaba mi respiración. Pero de pronto los músculos del caballo se tensaron y, antes de que pudiera escapar, se oyó un grito espeluznante, al tiempo que un cuchillo cortaba con un golpe certero los tendones de sus patas traseras. El animal se derrumbó, trazando un escorzo en el aire que descabalgó al sorprendido jinete, sobre el que se abalanzó un hombre, un demonio, que buscó la pequeña hendidura que quedaba entre el casco que cubría la cara del soldado y la malla que protegía su pecho, para clavarle con precisión su cuchillo. ¡Zas!

Un chorro de sangre saltó hasta la cara de aquel hombre, que estalló a continuación en una carcajada estremecedoramente familiar, a la que parecía alimentar esa sangre resbalando por sus mejillas y mojándole los labios. Era Kuthun. Lo reconocí, mientras apretaba con fuerza el cuchillo en la garganta del soldado: su sonrisa como una cicatriz, la tormenta de odio en el mar de sus ojos, aquellos gestos que aterrorizado ya había presenciado en otras ocasiones, como cuando golpeó con saña a Oncededos, el traficante de hombres, el día que nos conocimos, o cuando jaleó excitado al verdugo, mientras colgaban al corsario en Bayona. Tal vez la única justicia que existía para los pobres, para los malditos, para los condenados, era la venganza, la violencia, pero ni siquiera eso, ni el miedo a la muerte, justificaban la crueldad de Kuthun. Y, sin embargo, yo debería aprender a soportarla, a vivir con ella, a ser leal con él. Mi vida parecía irremediablemente unida a la suya. Kuthun me protegía, me salvaba una y otra vez, aunque lo hiciera sin ni siquiera darse cuenta, como en ese momento.

Cuando el cuerpo del soldado dejó de sacudirse y expiró su último aliento, Kuthun extrajo el cuchillo de su cuello, lo limpió sobre la hierba, y se alejó corriendo, entre carcajadas. No me vio, ni yo tampoco hice nada para que lo hiciera.

Permanecí tumbado durante horas. Después, aparté a duras

penas aquella losa que me aplastaba, me puse en pie, y yo también eché a correr, atravesando una vez más la niebla. Mientras lo hacía, el vapor de la sangre que todavía flotaba en el aire humedecía mi piel, traspasándola.

Las escaramuzas duraron varios días. Alejados del mar, en el monte o en campo abierto, los corsarios se mostraban inseguros, de modo que se hicieron fuertes en San Juan de Luz y Ziburu, desde donde repelían las incursiones de los soldados del señor de Urtubie.

Yo estuve deambulando y escondiéndome durante dos o tres días por las playas de Lapurdi, hasta que encontré a Kattalin, junto a otros cuantos muchachos, en una de las grutas próximas a la costa de Anglet. Era uno de los refugios secretos que únicamente conocían vagabundos y buscavidas como nosotros y al que solo se podía acceder a pie con la marea baja. Cuando esta subía el mar introducía su lengua en la cueva, pero sin llegar hasta sus profundidades, donde nos reuníamos alrededor del fuego y siempre alguien acababa por contar la historia de la pareja de amantes que solían ocultarse en aquel mismo lugar y a los que una noche de tormenta las olas enterraron juntos.

Al oír esa leyenda, el viento ululando y la respiración agitada del océano en la boca de la cueva nos sobrecogían, pero a la vez nos hacían sentirnos a salvo, convencidos de que a nadie se le ocurriría buscarnos en un lugar tan abrupto.

Kattalin me abrazó igual que a un hijo perdido cuando me vio y yo lloré en su regazo. Nunca nos habíamos separado, desde que nos encontráramos en aquel camino en el que un soldado la violó a ella y mató a mi padre.

—Tenía miedo de no volver a verte nunca —susurró a mi oído—. Kuthun y tú sois lo único que tengo en este mundo.

Yo traté de responderle, pero a mi boca solo acudió, primero, su nombre:

—Kattalin —dije.

Y después el de Kuthun:

—No sé nada de él, pero seguro que sabrá cuidarse.

Ellos eran también todo cuanto tenía en este mundo. Ellos, mi memoria y mi música.

Juntos en aquella cueva, Kattalin y yo pasábamos horas mirando la entrada, esperando que un día Kuthun apareciera por ella. Los vaivenes de la marea traían y se llevaban recuerdos. A veces, me parecía que hacía apenas unos días había estado sentado junto a mi abuelo, en Dolarenea, tocando la *txirula*, al final de uno de los días felices de la época de la sidra. Otras, creía que habían transcurrido años desde que me arrojaba al agua junto a Kuthun, desde el puente de Ziburu. Teníamos la convicción, en todo caso, de que los días luminosos tocaban a su fin y eso nos volvía melancólicos.

Fue allí, en la cueva, donde Kattalin me reveló su secreto. Un día, de un modo en apariencia casual se descalzó y en la planta de uno de sus pies observé una cicatriz.

—¿Cómo te hiciste eso? —pregunté.

—Fueron ellos. Me marcaron a fuego, con un hierro candente, como a ganado. Solo por mostrar mi pie desnudo. Dijeron que nuestra piel está maldita, que nosotros no podemos beber en sus vasos ni comer en sus platos, que nuestra sangre envenenada arruga las manzanas y que nuestros pies queman la hierba.

—Ellos... vosotros... No te entiendo —balbuceé, desconcertado.

Kattalin, entonces, rebuscó en un hatillo en el que llevaba oculta su ropa de mujer y extrajo un pequeño trozo de tela. Parecía el desgarrón de una falda. Sobre él se veía cosido un pequeño dibujo que representaba un pie de pato de color rojo. Lo reconocí de inmediato. Era la marca que estaban obligados a coser sobre su ropa los agotes de Bozate, el barrio maldito de Arizkun. Recordé las ocasiones en que camino de Pamplona pasábamos por allí, los extraños hombres y mujeres que nos miraban desde los bordes del camino, con una mezcla de ensoñación y orgullo, como si desearan subir a nuestro carro y marcharse muy lejos de aquel lugar, pero algo los mantuviera confinados, aferrados a la única tierra que sus pies podían pisar.

—Agotes —cabeceaba mi padre hacia ellos, y después se quedaba en silencio, sin pronunciar las frases de desprecio que se oían a menudo entre los vecinos del valle («Al agote, golpe en el cogote», «*Belarri motzak*»,[28] «Perros agotes»... los insultaban); sin embargo, solo el modo en que mi padre los nombraba bastaba para comprender que los consideraba distintos a nosotros y que había algo, una especie de maldición divina que condenaba a su raza, y también al que tuviera trato con ella. Los agotes, de hecho, tenían sus propios bancos en la iglesia, sus propias fuentes, sus propios oficios (eran carpinteros, sepultureros, toneleros...). En un juicio la palabra de seis agotes valía lo mismo que la de una sola persona que no lo fuera. Tampoco podían llevar armas. Ni casarse con nadie que no perteneciera a su raza. Ni siquiera caminar descalzos sobre las tierras de otros. Así había sido durante siglos y eso, solo eso, lo convertía en ley.

—Cuando yo tenía diez años —comenzó a contarme Kattalin—, mis padres murieron durante una epidemia de peste. Yo era su única hija. Vivíamos en Bozate. Recuerdo que a veces les decía que me gustaría tener algún hermanito, pero ellos contestaban que no querían traer más esclavos a este mundo. Solo comprendí a qué se referían entonces cuando me quedé huérfana. Los señores de una casa de Arizkun se hicieron cargo de mí, acogiéndome como criada: tenía que acarrear la leña, cuidar y alimentar el ganado, limpiar el establo... Era allí mismo donde dormía, en

---

28 Orejas cortas.

el establo, como una bestia. En la casa no me permitían entrar, ni tampoco cocinar, porque decían que podía infectar la comida. Si protestaba me contestaban que mi opinión valía menos que la de un perro. Fueron ellos los que me marcaron el pie, una tarde en la que me tumbé sobre la hierba a dormir un momento y me quité los zapatos, después de haber estado todo el día caminando por el monte. Ni siquiera entonces me permitieron descansar: con la piel aún en carne viva me obligaron a trabajar, a llevar los animales al monte... Todavía hoy noto a veces el dolor, recorriéndome el cuerpo, igual que un cuchillo que lo atraviesa desde abajo, hasta llegar al corazón —Kattalin hizo una pausa.

Antes de reanudar su historia, tomó aire, lo expulsó lenta y temblorosamente y su respiración se mezcló con la mía:

—El día en que aquel soldado me atacó, ese dolor se hizo aún más grande: cuando me tumbó en el suelo y me forzó creí que me mataría, que no sería capaz de soportar algo así. Al principio, traté de resistirme, y durante el forcejeo, me di cuenta de que él había desgarrado esto —volvió a mostrarme la marca del pie de pato dibujada sobre el trozo de tela—. Y sé que es difícil de explicar, y supongo que de creer, pero entonces, de algún modo, noté cierto alivio, fue como si aquel hombre me liberara, como si me matara pero solo muriera una parte de mí; como si la niña a la que estuviera violando, aquella niña que valía menos que una bestia, que un perro, se quedara allí y la que permanecía viva ya nunca más fuera a ser humillada ni a vivir como una esclava. Lo único que conservo, que no he podido borrar de esa vida anterior es la ira. Trato de retenerla dentro de mí, pero en ocasiones noto que me desborda, o la reconozco como propia en quienes me rodean, en Kuthun, sobre todo, y sé que ella no es quien me debe guiar, pero también sé que la necesito, porque es una parte de lo que me hace libre —concluyó.

Kattalin clavó con fijeza sus ojos negros en los míos. Comprendí que buscaba mi aprobación, que no admitiría que la rechazase, que todo cuanto habíamos vivido juntos no tendría ningún valor si yo también la marcaba con mi desprecio. Si lo hacía, ella se apartaría para siempre de mí.

Aturdido, quise decir algo pero de nuevo las palabras se ahogaron en mi garganta. Solo conseguí agarrar su mano, la mano en la que llevaba el estigma de los agotes, abrazarla a ella como lo habría hecho a mi propia madre y volver a pronunciar su nombre:

—Kattalin.

Y eso fue suficiente.

Dos o tres días más tarde, el mar dejó sobre la playa el cuerpo de la pequeña Maddi, la hija de Sopite. Su estómago y sus piernas como sarmientos aparecieron monstruosamente hinchados y sus cabellos rubios se asemejaban a una planta marina, que había muerto tratando de ocultar el rostro de la niña devorado por los peces. Un silencio sepulcral y culpable se cernió sobre todo Lapurdi, donde cesaron los disparos y las cuchilladas.

Después, llegó el otoño y sus remolinos de hojas muertas.

16

Durante las semanas siguientes la sidra se convirtió en plomo en las cabezas de los marineros, que caminaban tambaleándose por los bares del muelle, chocando unos con otros y peleándose, deseando cuanto antes volver a embarcarse y olvidarse de aquel invierno sin música ni carcajadas.

Kuthun regresó a nuestro lado, sano y salvo, aunque taciturno e intranquilo. Volvimos a dormir en caseríos en ruinas, a las afueras de San Juan de Luz, en los claustros de sus iglesias o bajo los vientres de las chalupas varadas en la playa. Nunca dos noches seguidas en el mismo lugar. Al llegar la primavera, cuando los barcos corsarios y los balleneros partieron, volvieron «los espíritus» y de vez en cuando escuchábamos historias de niños que desaparecían o mujeres que eran detenidas, acusadas de brujería y llevadas al castillo de Senpere, donde el inquisidor Pierre de Lancre pasaba largas temporadas.

Algunas noches, a mí me costaba dormir y si lo conseguía tenía pesadillas. A veces, soñaba con Maddi, con su pequeño cuerpo tendido sobre la arena, sacudiéndose como un rabo de lagartija o como los pececillos que brotaban de sus ojos, de sus oídos, de su boca, cuando llamaba a gritos a su padre; otras veces, era a este, Sopite, a quien veía, y las flechas atravesaban su cuerpo, que se contraía, vomitando pequeñas y extrañas máquinas, relojes que detenían el tiempo, cuchillos que cerraban las heridas, todos los inventos que habían muerto con él.

Morguy también volvió a aparecer, en una de esas noches blancas. Yo apenas había pegado ojo y poco antes de que amaneciera me levanté y salí de una pequeña chabola oculta en el bosque, uno de nuestros refugios, cerca de Anglet y de sus playas largas, en las que la vista se perdía entre las dunas. A mí me tranquilizaba caminar por la arena, sobre todo a esas horas de la madrugada, cuando no se veía a nadie y los primeros rayos del sol se sumergían en el mar, arrastrando con ellos los pensamientos y temores que me habían torturado durante la noche.

Estuve casi una hora andando, antes de distinguir a lo lejos un grupo a caballo que se acercaba persiguiendo el rastro de las olas sobre la arena y dejando sobre ella las huellas de sus herraduras. No tardé en darme cuenta de que eran hombres armados, pero no reaccioné a tiempo: ellos también me habían visto —yo era la única persona que había en aquel momento en la playa— y pensé que resultaría demasiado sospechoso que corriera hacia el bosque y me internara en él, y también que de ese modo tal vez solo consiguiera conducirlos hasta nuestro escondite. Pero, sobre todo, vi que al frente del grupo cabalgaba una mujer: distinguí sus cabellos rojos agitados por el viento, como llamas de fuego que atraían mi mirada y paralizaban mis músculos.

—Morguy —susurré su nombre.

Poco antes de llegar hasta donde me encontraba, ella alzó el brazo, hizo detener al grupo y desmontó de su caballo, acercándose a pie hasta mí.

—No la mires a los ojos, no la mires a los ojos —me repetía, recordando la advertencia de Kuthun, pero al mismo tiempo lo deseaba con todas mis fuerzas.

Cuando levanté la cabeza, descubrí un gesto de intriga y curiosidad en su rostro que, sin embargo, desapareció de manera repentina, borrado por una sonrisa, al reconocerme. La miré a los ojos. Por un momento, imaginé que se acercaba hacia mí mostrando su cuerpo desnudo y blanquísimo, como la espuma de las olas, y sentí que la arena pegada a mi piel se desprendía grano a grano de cada uno de sus poros, en mis muslos, mi nuca, mis axilas...

—Tú y yo ya nos conocemos, pero todavía no sé cómo te llamas, chico —dijo ella.

Observé a los soldados, tras Morguy, sus sonrisas de superioridad en las bocas entreabiertas y voraces; sus músculos tensos, esperando una orden para abalanzarse sobre mí... Era Morguy, sin embargo, quien debía darla y junto a ella me sentía extrañamente protegido.

—Cornelius —mentí, no obstante—. Cornelius Beaumont.

Mi respiración se convirtió en un bloque de piedra dentro del pecho. Si Morguy era una vidente no le resultaría demasiado difícil descubrir que no decía la verdad, pero a la vez, mientras ella hurgaba en la arena con la fusta que llevaba en una de sus manos, en mi mente se arremolinaban nuevas mentiras. Pensé en explicarle –tal vez incluso lo hice– que todavía seguía trabajando para la vieja herbolera de Bayona, que por eso estaba en aquel lugar a esas horas de la mañana y que la anciana me había encargado recoger las aguas del océano tocadas por la primera luz del amanecer, o determinadas algas...

—Cornelius —me interrumpió ella—. Es un nombre bonito.

Morguy dio un paso más hacia mí. Podía notar su aliento, que olía como las primeras gotas de una tormenta, posándose sobre mi piel. Después, su cuerpo rozó levemente el mío y me estremecí.

—No tengas miedo, Cornelius —me tranquilizó ella.

Sus ojos azules buscaron el fondo de mis pupilas, y al hacerlo, los soldados se removieron inquietos, echando mano a sus espadas.

—No es a ti a quien busco —añadió, y luego cabeceó hacia la arena, donde había escrito un nombre con la fusta—. ¿Sabes leer?

Asentí con la cabeza

—¿Lo conoces?

—No —volví a mentir.

Al fondo de mis pupilas Morguy también se había visto a sí misma desnuda frente al espejo. Ese era nuestro secreto, la parte íntima de ella que yo le había robado, mi salvoconducto.

—Está bien. Si alguna vez te encuentras con él, o con alguien que lo conozca, hazle saber que lo estamos buscando —dijo.

Después, Morguy se giró y alzando el brazo dio la orden de retirada a los soldados:

—¡Vámonos!

Ellos me miraron decepcionados, sin cerrar sus fauces hambrientas, pero cuando la muchacha montó en su caballo, la siguieron como perros fieles, y se alejaron hasta desaparecer entre las dunas, dejando como único rastro aquel nombre escrito sobre la arena:

—Kuthun —volví a leer, justo antes de que una ola lo borrara.

Cuando regresé a la cabaña en el bosque Kattalin y Kuthun todavía dormían, abrazados, ajenos a todo. Me tumbé a su lado, cerré los ojos e imaginé que lo que había sucedido en la playa había sido otra de mis pesadillas y que la marea del sueño también podía arrastrarla y borrarla de mi mente. Pero la imagen de Morguy regresaba de manera obsesiva a mí. Cada vez que lo hacía mi cuerpo volvía a temblar. Me sentía culpable por eso y también porque ella no me hubiera arrancado el corazón y lo hubiera arrojado a los perros. La maldije. Hubiera preferido que me entregara a los hombres de Urtubie, en lugar de permitirme regresar junto a mis compañeros, sin ser ya realmente uno de ellos. La maldije por haberme convertido en su cómplice.

A pesar de todo, cuando Kattalin y Kuthun se despertaron, les conté mi encuentro con Morguy y con los soldados.

—Andan buscándote —advertí a Kuthun.

No dije nada, sin embargo, acerca de su nombre escrito en la arena, ni del aliento tormentoso de Morguy sobre mi piel.

Kuthun me escuchó cabizbajo, con el mismo gesto meditabundo y abatido de los últimos días.

—A veces me gustaría desaparecer, irme de este maldito país y no volver nunca —dijo, cuando acabé de contar mi relato, exhalando después un largo suspiro.

—¿Y por qué no lo haces? ¿Por qué no nos vamos los tres muy lejos de aquí? —le inquirió Kattalin.

Su cara se iluminó, se convirtió en la de una niña. Por un momento, la imaginé viendo pasar con ojos soñadores los carros, al borde del camino, en Bozate, el barrio de los agotes.

—¿Por qué no subimos a uno de esos barcos y probamos suerte en ese Nuevo Mundo del que todos hablan?

A Kuthun pareció sorprenderle oírla hablar de ese modo.

—¿Harías algo así? —preguntó.

—Claro que sí. Estoy cansada de huir y de esconderme, como si fuera un ratón. Debe de haber un lugar en el mundo en el que podamos vivir en paz.

—No lo sé —volvió a suspirar Kuthun, escéptico.

Yo comprendí que esos suspiros eran nuestras respiraciones, la mía y la de Kattalin, a quienes Kuthun albergaba y protegía dentro de su corazón. Él, después de todo, podía volver a embarcarse cuando quisiera en un barco corsario. Tuve ganas de llorar y de abrazarlo.

—Pero no es tan fácil. No podemos pagar los pasajes —añadió.

—Tal vez sí podamos hacerlo —tercié.

Kattalin y Kuthun levantaron sorprendidos la cabeza. Antes de hablar removí la tierra negra de mis recuerdos y palpé bajo ella el tesoro que pudiera liberarnos.

—¿Recuerdas el día que nos conocimos? —me dirigí a Kuthun, con apenas un hilo de voz.

Tuve miedo de no saber explicarme o de que no entendieran mi comportamiento, por qué había mantenido durante tanto tiempo aquella bolsa enterrada.

—Claro que sí. Eras un renacuajo.

—Supongo que no se te habrá olvidado tampoco que aquel día yo me quedé con el dinero de Oncededos.

—Sí, lo recuerdo.

—Pues aquella misma noche lo enterré bajo un roble, junto a nuestro caserío. Todavía debe de seguir ahí.

Kuthun me miró incrédulo. Yo continué explicándome:

—Pensé que a mi padre no le gustaría saber lo que había sucedido, y que no aceptaría aquel dinero. Cuando él murió y salimos huyendo —le hablé esta vez a Kattalin—, no tuve oportunidad de desenterrarlo: los soldados estaban acampados en Dolarenea, algunos de ellos alrededor del roble. Y, la verdad, yo solo pensaba en cómo vengarme, fue de lo único que me preocupé, de quemar el caserío, no me importaba nada más, ni siquiera recordé aquella bolsa con el dinero. Después, durante todo este tiempo, tampoco la he echado de menos, he sido feliz con vosotros y nunca me ha parecido que necesitáramos nada más. Ahora es distinto —concluí.

Avergonzado, agaché la cabeza.

Kuthun y Kattalin permanecieron callados. Al cabo de un rato, él volvió a suspirar.

—En estos dos años te has convertido en todo un hombre, Joanes —dijo, por fin.

Después, se acercó a mí y me abrazó. Era la primera vez que lo hacía desde que nos conocíamos. Recosté la cabeza en su regazo, sin poder contener ya las lágrimas. Bajo su pecho, el corazón de Kuthun era un velero que se abría paso entre las olas furiosas.

Los últimos días en Lapurdi los pasamos enclaustrados en Nuestra Señora de la Paz, el convento que los padres recoletos tenían en la isla que se encontraba entre Ziburu y San Juan de Luz. Había sido construido hacía apenas un año, en un intento por apaciguar las constantes disputas entre los vecinos de las dos localidades; y al menos entre los rateros, vagabundos y otros perseguidos por la justicia de ambas era cierto que reinaba la paz, pues allí solían refugiarse juntos muchos de ellos. Los retraídos, como los llamaban, manejaban desde aquel lugar los hilos de sus turbios negocios o daban rienda suelta a vicios que fuera del convento eran perseguidos. En el claustro de los recoletos se jugaba a las cartas, se ponía a resguardo el dinero obtenido con malas artes por ladronzuelos y pedigüeños en calles y callejones, se fumaba tabaco, se bebía vino hasta caer redondo e incluso algunas prostitutas recibían a sus clientes sobre aquel suelo sagrado e inviolable que no podían pisar los alguaciles ni los soldados. Allí, la gente de mala vida se sentía protegida y a sus anchas.

En cuanto a nosotros, en el patio del convento estábamos a salvo de los hombres de Urtubie y al tanto de lo que se cocía en los muelles: los barcos que llegarían pronto, con qué mercancías, los que se irían, cuál era su destino...

Así fue como al cabo de unos días supimos que a finales de octubre zarparía en dirección a La Española una nave con pasajeros.

—Piden veinte mil maravedíes por cabeza. Y las provisiones aparte —nos hizo saber Kuthun, cabeceando en dirección a un hombre bajo y robusto, embozado en una capa, al que oíamos hablar con un grupo de rufianes mientras esperaba nuestra respuesta.

—Es un robo. Y él no parece muy de fiar —dijo Kattalin.

—Es un armador español. Fleta un barco con pasajeros a los que no hace preguntas. A muchos de ellos en España no les permiten embarcarse: judíos, moros, gitanos, reconciliados o quienes hayan llevado sambenitos; eso incluye también a sus hijos y nietos... —me hizo saber Kuthun—. Probablemente sea nuestra única oportunidad, el último viaje al Nuevo Mundo antes de que empiecen a soplar los vientos del sur y los huracanes.

—Tal vez en la bolsa no haya tanto dinero —susurré.

—Yo podría enrolarme como marinero, sin pagar pasaje ni provisiones — dijo Kuthun—. Pero hoy mismo deberíamos largarnos de aquí, desenterrar las monedas y contarlas.

Al otro lado del patio, los ojos de los rufianes que rodeaban al armador se posaban sobre nosotros como moscardones en cuyas alas refulgía la codicia.

—Está bien —dije.

Kattalin también asintió, de mala gana.

Kuthun volvió junto al hombre de la capa. Se apartaron del grupo y hablaron durante un rato. Luego, estrecharon sus manos. Mientras nosotros recogíamos nuestros hatillos el armador todavía charló un rato con los retraídos, rio en voz alta y blasfemó, cerró algún otro trato, bebió varios tragos de vino... Cuando abandonábamos el claustro, lo vi despedirse y entrar a la iglesia. Era la hora de la misa mayor, las doce del mediodía. Calculé que llegaríamos a Dolarenea al anochecer.

Pensé que solo yo podía oír los gemidos agonizantes de la gran viga del lagar, lo único que permanecía todavía reconocible entre las ruinas del caserío. Aquel enorme trozo de madera negra, consumido por el fuego, parecía haber conservado su aliento final para cuando llegara ese momento en el que el último miembro de la familia regresara a Dolarenea. Como si supiera que tarde o temprano acabaría por hacerlo y antes de que todo se convirtiera en ceniza tuviera que revelarme algo, o recordarme que allá también vivimos días felices y que nunca debía olvidarlos.

La bolsa con el dinero seguía todavía intacta en el mismo lugar, bajo el roble. Era ya noche cerrada cuando la desenterramos, pero pudimos contar las monedas. El dinero siempre brillaba en la oscuridad.

-—Hay suficiente —dijo Kuthun.

Y fue justo en ese momento, al abrazarnos y saltar un océano con nuestra imaginación, cuando la viga crujió. Me volví sobresaltado, pero de inmediato comprendí que Kuthun y Kattalin no se habían percatado.

—¿Qué pasa?

—Nada —intenté tranquilizarlos, pero a partir de ese momento Kuthun permaneció tenso, como un animal al acecho, hasta que sus ojos capturaron una presa, a apenas unos pies de distancia de nosotros.

—¿Quién es? —hundió su codo en mis costillas—. ¿La conoces?

Me dio un vuelco el corazón. Apoyada en un árbol, distinguí la figura encorvada de una anciana. No podía ser ella: Graciana de Barrenetxea. Yo mismo había visto su ataúd y la efigie de madera que representaba su cadáver, en el auto de fe de Logroño.

—Joanes de Sagarmin, ¿eres tú? —dijo la mujer, dando un paso hacia nosotros.

Comprendí entonces que ella también había oído el estertor de la viga, su último latido, y había acudido a su llamada.

Avanzó un paso más y entonces la reconocí, aliviado: no era Graciana, sino una de sus hijas, pero en aquellos dos años había envejecido hasta convertirse en el vivo retrato de su madre. Sus cabellos se habían cubierto de canas y su piel la surcaban decenas de arrugas profundas como cicatrices.

—Sí, soy yo, Joanes, y tú... ¿tú eres Catalina, la hija de Graciana, verdad?

—Sí, la única que queda viva —contestó ella, emitiendo una carcajada rota e inquietante—. Todas mis hermanas y mi madre murieron en las cárceles de la Inquisición de Logroño. Yo salí de allí hace unas semanas. Ahora soy libre —volvió a reírse, al pronunciar la última palabra—. Ahora, que dicen que ya no somos brujas, que todo eran patrañas. Ahora que todos, menos tú y yo, están muertos...

—¿De qué estás hablando? —la interrumpí, confundido.

—¿No lo habéis visto? Habéis tenido que cruzaros con él.

—¿Con quién?

—Con Alonso de Salazar, el inquisidor. Anda recorriendo el valle, proclamando un edicto de gracia, pidiendo a quienes se acusaron que se retracten de lo que confesaron. Antes nos obligaban a decir que éramos brujos y fornicábamos con el demonio, o que preparábamos pócimas que nos transportaban por los aires, y nos castigaban por eso. Ahora, para perdonarnos, nos obligan a decir que nosotros mismos inventamos todo...

Cada vez escuchaba la voz de Catalina más lejana. Como si se tratara de una aparición, un fantasma. No quería oír sus palabras, pero me arrastraban al centro de un remolino. Mi cabeza comenzó a dar vueltas. Estaba mareado y tenía náuseas.

—Tu madre no hizo nada malo, Joanes, nada por lo que tengas que avergonzarte. Supongo que siempre lo has sabido, pero yo tenía que decírtelo. He esperado durante mucho tiempo este momento para contártelo: tu madre era inocente, y siempre lo mantuvo. Por eso la mataron. Su inocencia era también su libertad. Ella era más libre en aquel calabozo, incluso ardiendo en la hoguera, que yo ahora aquí fuera...

Fue lo último que recuerdo oírle decir. Después, el torbellino acabó por tragarme definitivamente.

Cuando desperté, estaba tumbado sobre la hierba, en el bosque, arropado por varias mantas. Kattalin y Kuthun dormían a mi lado. Era todavía de noche, pero el cielo resplandecía con un fulgor naranja. Me levanté sin hacer ruido y me alejé unos pasos. No tardé en reconocer el lugar, aquel monte por el que tantas veces había jugado siendo un niño. Caminé en dirección a una de las sendas que conducía hasta Zugarramurdi. A lo lejos, vi subiendo desde el pueblo a varios hombres a caballo, y tras ellos otros a pie, portando antorchas, y también a una mujer con la cruz verde de la Inquisición, que cerraba la comitiva. Esperé a que llegaran, de pie a un lado del camino, sin ocultarme. El jinete que encabezaba el grupo era un hombre de unos cuarenta años, que cabalgaba erguido y pensativo. Fue, sin embargo, el primero que me vio. Sus ojos me buscaron desde lejos. No era la primera vez que eso sucedía. Era Alonso de Salazar, el inquisidor, con quien ya me había cruzado tiempo atrás, en las calles de Logroño. En esta ocasión, al contrario que entonces, le mantuve la mirada. Pasó a mi lado sin detenerse, inclinando leve y respetuosamente la cabeza, al igual que el resto de hombres que lo acompañaban. La última en hacerlo fue la mujer con la gran cruz verde, que portaba a duras penas, como si fuera una penitente. Reconocí a María de Ximildegi, la muchacha que había traído la desgracia y la muerte a nuestra aldea. Y, a pesar de ello, no sentí rabia, ni deseos de venganza hacia ella, por el contrario, mantener mi mirada posada sobre la suya y sonreír, sin miedo ni ira, me proporcionó una paz infinita e inesperada.

Después, regresé al bosque, volví a tumbarme entre Kuthun y Kattalin y cerré los ojos. La pesadilla había terminado.

Horas después, apenas amaneció, emprendimos el viaje de regreso hacia Lapurdi. Puesto que Sara nos quedaba de paso, Kattalin propuso hacer una visita al rector, Pedro de Axular, a quien, supusimos, le alegraría volver a saber de Kuthun.

—Id vosotros, yo me adelantaré hasta San Juan. Hay que cerrar el trato cuanto antes —se excusó este, sin embargo—. Y así Joanes podrá descansar un poco.

—¿Pero no te gustaría despedirte de él? —insistió Kattalin—. Axular es casi como tu padre.

—¡Él no es mi padre! —contestó a gritos Kuthun—. ¡Yo nunca le importé! ¡A él solo le importan sus libros! ¡Para Axular yo solo era una rareza, un perrillo amaestrado! ¡Id vosotros! —repitió, adelantándose unos pasos, malhumorado. Kattalin y yo permanecimos quietos, sorprendidos y asustados, mientras Kuthun se alejaba, monte a través, con la bolsa del dinero.

—Es demasiado orgulloso para dar las gracias —murmuró Kattalin—. Y cree que si deja su corazón al descubierto le harán daño. ¡Pero nosotros sí iremos a ver al rector, claro que iremos! —exclamó, a continuación, despechada, tomando el camino que dirigía a Sara.

Llegamos al pueblo poco después y fue el propio Axular quien salió a recibirnos, cuando llamamos a la puerta de la casa parroquial.

—¡Qué alegría, chicos, pasad, pasad!

La hierba aún crecía verde al fondo de sus ojos. Me sorprendió encontrarlo con el mismo aspecto que hacía dos años. Me había acostumbrado a ver cómo la vida vapuleaba a quienes me rodeaban, envejeciéndolos o matándolos cuando todavía eran demasiado jóvenes. En aquella parroquia, por el contrario, el tiempo parecía haberse detenido y los días transcurrían lenta y plácidamente.

—Harostegui ya ha dejado de molestarnos —contó Axular, mientras su ama nos servía una sopa caliente—. Tiene gracia, porque el señor de Urtubie lo nombró rector en Bera, al otro lado de la frontera, ¡él que me acusaba a mí de extranjero!

Mientras hablaba y yo sentía el caldo posarse en mi estómago, como un gato ronroneando, pensé en María de Ximildegi, unas horas antes, acompañando al inquisidor, ayudándole en sus pesquisas, buscando a quienes se retractaran de sus confesiones con el mismo ahínco y el mismo servilismo que antes los había empujado a hacerlas. Miré hacia la ventana: las cumbres de varios montes despuntaban entre la niebla. Iba a echar de menos aquellos paisajes, pero detestaba con toda mi alma a la mayoría de las gentes que los habitaban.

—Dentro de unos días nos embarcamos hacia el Nuevo Mundo —dijo Kattalin, cuando Axular preguntó por nosotros y nuestros planes—. Tal vez allí tengamos más oportunidades.

El párroco se quedó durante un rato pensativo, mirando al suelo. En las arrugas de su frente casi se podían leer sus pensamientos, tristes y melancólicos.

—Este es un país demasiado cruel para los jóvenes como vosotros —se lamentó.

Estuvimos charlando toda la mañana, y también nos invitó a almorzar. Cuando acabamos de comer, Axular nos condujo hasta la biblioteca.

—Llévatelos —me ofreció algunos libros.

Eran novelas de caballerías, las aventuras de Pantagruel y Gargantúa de Rabelais, pero, sobre todo, depositó con especial cuidado entre mis manos una obra que yo ya había leído durante las semanas que nos alojó en su casa: *Linguae Vasconum Primitiae*, de Bernat de Etxepare.

—Este será siempre vuestro único territorio libre —dijo, enigmático, señalando algunos de los versos escritos en nuestra lengua.

Nos despedimos de él a media tarde. Justo antes de partir, su voz grave y dulce se quebró:

—¿Encontrasteis por fin a Kuthun? ¿Sabéis algo de él? —preguntó, mientras su barbilla temblaba y el rostro se arrebolaba con el color de su corazón—. Estoy preocupado: he oído que fue uno de los cabecillas de la última revuelta contra Urtubie y que andan buscándolo para ahorcarlo.

—Tranquilo, Kuthun está a salvo, lejos de aquí —oí contestar a Kattalin—. Se embarcó hacia el Nuevo Mundo hace algunas semanas. Fue él quien nos pidió que viniéramos a despedirnos.

El rector estaba de pie junto a la puerta de la casa. Los últimos rayos de sol se proyectaban sobre sus ojos verdes y brillantes y sobre su rostro enjuto, en el que se dibujó media sonrisa.

—Gracias, chicos. Que Dios os bendiga —se despidió, dándonos un abrazo.

Tras él, su sombra se alargaba y se perdía en los pasillos de la casa, que conducían hasta la biblioteca, las salas de estudio en las que recibía a otros clérigos y escritores, todo aquel mundo que Axular ya nunca abandonaría.

—Hasta siempre —nos despedimos nosotros también, antes de reemprender el viaje.

Apenas habíamos andado un trecho, cuando en lo alto de la primera loma encontramos a Kuthun sentado sobre una piedra.

—¿Qué haces ahí? —le preguntó Kattalin.

—No iba a dejaros solos —contestó él, uniéndose a nosotros. Caminamos un trecho en silencio.

—Nuestro barco parte dentro de una semana. El trato ya está cerrado —añadió, unos pasos más adelante.

Soplaba una brisa suave que, a través de los montes, traía hasta nuestros rostros el olor del mar. A nuestras espaldas se oían los cencerros de los animales recogiéndose en los caseríos, el rumor de los árboles agitados por aquel viento del sur... Las campanas de la iglesia de Sara redoblaron sobre aquella vieja leyenda escrita en su torre: *Todas las horas golpean al hombre, la última lo arroja a la tumba*, pero nosotros continuamos andando hacia la costa, sin volver la vista atrás.

TERCERA PARTE: LA ESPAÑOLA

17

Zarpamos hacia el Nuevo Mundo una mañana azul de finales de octubre a bordo de un pequeño y destartalado galeón llamado *Nuestra Señora de la Esperanza*. En su mascarón de proa aparecía tallada la imagen de una virgen que se hundía en el mar, tragando agua y escupiéndola cada vez que remontaba una ola. El barco transportaba en sus bodegas, además del matalotaje de tripulantes y pasajeros (solo nosotros ya habíamos cargado veinte arrobas de agua y sidra, y cuatrocientas libras de bizcocho y bacalao), cientos de toneles de vino, sobre todo, pero también trigo, algunos animales, tinajas de aceite... No tardaríamos en darnos cuenta de que los pasajeros, que éramos unas veinte personas, también formábamos parte de la carga. Además de nosotros, había un pequeño grupo de damas, a las que apenas vimos al embarcar, escondidas bajo unos parasoles blancos, y que se alojaban en el castillo de popa, junto al camarote del capitán; el resto eran media docena de estrambóticos y orondos frailes y algunos hombres no menos extraños y huidizos, junto a los cuales Kattalin y yo nos acomodábamos donde podíamos: sobre la primera cubierta, entre cordajes y velas, o en las atestadas y hediondas bodegas cuando había temporal.

—¡Frailes a babor! ¡Frailes a estribor! —escuchábamos rugir en esas ocasiones a través de la tormenta al piloto, un hombre con el cabello largo y grasiento y un rostro feroz, salpicado de verrugas que asomaban entre la barba que lo cubría, excepto en el rectángulo de la barbilla, donde la piel desnuda mostraba el brillo inquietante de una quemadura.

Lemmy, así se llamaba, era un protestante galés al que le complacía torturar de ese modo a los clérigos católicos, pero en realidad cuando su voz atronaba sabíamos que se dirigía a todos los pasajeros, que nos convertíamos de ese modo en el lastre que equilibraba la nave. Todos, de hecho, obedecíamos las órdenes con diligencia, pues no tardamos en darnos cuenta de que nuestro destino estaba en manos de aquel hombre y de que si el galeón no se iba a pique se debía a su destreza como navegante, más incluso que a la propia providencia, algo que hasta los propios frailes reconocían, pues eran los primeros en interrumpir sus rezos para colocarse donde el piloto ordenara.

—Lemmy cuidará de nosotros —dijo Kuthun, ya el primer día a bordo, apenas el práctico del puerto de San Juan de Luz que había guiado el barco para atravesar la bahía giró su chalupa, dejándonos entre los dos cuernos de tierra de Sokoa y Sainte-Barbe, frente a frente con el océano. Viajábamos solos, sin formar parte de ninguna flota, algo ciertamente extraño entre los barcos que hacían la travesía a Indias y que debían sortear a lo largo de esta toda clase de peligros, como tempestades o abordajes piratas.

El propio Lemmy, según nos hizo saber Kuthun, había pilotado en otras ocasiones naves corsarias, en las que también navegaban otros tripulantes del *Nuestra Señora de la Esperanza*. Kuthun conocía a varios de ellos, y eso nos otorgaba ciertos privilegios, así como el hecho de que él estuviera enrolado como marinero en el galeón. Kattalin y yo apenas veíamos a nuestro amigo, si no era trepando por los mástiles o trasteando con los aparejos, pero sabíamos que Kuthun estaba pendiente de nosotros, por ejemplo, guardándole a Kattalin las espaldas —y allí donde estas acababan— cuando ella necesitaba ir al «jardín», que era como llamaban a una tabla agujereada en la popa, a la vista de todos, que servía como letrina (Kattalin se había cortado el pelo y continuaba haciéndose pasar por un muchacho, pues el armador no admitía mujeres entre los pasajeros que viajaban mezclados con la tripulación).

Kuthun intercedió asimismo para que el cocinero, un vasco de Rentería llamado Ostolaza, nos reservara siempre un gancho en el que colgar nuestra olla sobre el fogón de cubierta, a la hora de comer:

—*Kuthunen lagunak nire lagunak dira*[29] —decía.

Durante los primeros días, no obstante, yo apenas probé bocado, y si lo hacía no tardaba en vomitarlo.

—Esto te ayudará a pasar el mareo. Pronto te acostumbrarás —me recomendó Kuthun, haciéndome tumbar en un tablón y colocando un papel de azafrán sobre mi pecho.

Pero yo sabía que no se trataba solo del balanceo del barco. Cuando los mareos y las náuseas finalizaron, todavía se mantuvo la extraña sensación de desdoblamiento. Mi cuerpo se encontraba en mitad del océano, gobernado por las mareas, pero mi cabeza aún permanecía en tierra, en lo alto de las montañas azules, mirando desde ellas el mar arbolado, viendo cómo aquel barco se alejaba conmigo a bordo, sin saber a dónde me llevaría. Todo había ocurrido demasiado deprisa, y aún no acababa de creerme que, como le había sucedido a mi abuelo tiempo atrás, mi casa, el valle verde y el cielo resplandeciente desaparecieran para siempre. Pensaba a menudo, además, en las palabras de la hija de Graciana de Barrenetxea, la última noche en Dolarenea, en la inocencia de mi madre, que ahora hasta sus propios verdugos reconocían, en lo absurdo de la muerte de mi padre... Y lo que en principio había sido solo una

---

29 «Los amigos de Kuthun son mis amigos». En euskera hay un juego de palabras entre Kuthun y *kutunak*, favoritos, queridos, protegidos.

grieta —la sonrisa indulgente con la que había visto pasar ante mis ojos al inquisidor y a María de Ximildegi— se abría poco a poco en mi interior hasta convertirse en un abismo en el que anidaban a un tiempo el furor y la desesperanza, el vértigo y la certeza de que allá donde fuera los hombres volverían a regirse por la injusticia, la violencia y el miedo, y yo no podría hacer nada frente a ello. No sabía, en efecto, a dónde me llevaría aquel barco, ni tampoco qué sería de mi vida, ni si realmente era yo quien la guiaba o las mareas y los caprichos del viento la arrastraban en una derrota incierta.

A pesar de todo, poco a poco fui acostumbrándome a la inmensidad del mar y a la vida a bordo, a sus rutinas y su música, a los coros de los marineros cuando izaban las velas, a los juegos y las canciones, antes de acostarnos, a las cantinelas de los grumetes anunciando las horas durante las madrugadas, incluso a los gritos y los silbidos del terrible contramaestre, nada más amanecer.

Era este contramaestre un extremeño de cejas tupidas y fruncidas que portaba siempre consigo un silbato de plata y una pistola en el cinturón, a la que echaba mano cada vez que daba una orden. Los marineros lo temían y lo respetaban.

—Es la ley del mar —se resignaban, cuando él les imponía alguno de sus castigos, como achicar el agua podrida de la sentina o incluso cuando los mandaba azotar.

A los pocos días de embarcarnos, el grumete más joven fue perseguido por la cubierta por unos cuantos marineros, hasta que consiguieron reducirlo y atarlo a uno de los mástiles. Después, el cocinero Ostolaza se acercó hasta él con una gran sartén y golpeó violentamente con ella las nalgas del muchacho, un gesto que repitió entre grandes carcajadas toda la tripulación, incluido Kuthun, mientras el joven, un chico de mi misma edad, aullaba de dolor.

Los pasajeros parecíamos los únicos horrorizados por los golpes, pero de nada servían nuestras quejas y súplicas: desde el puente de mando el contramaestre observaba impasible aquel ritual de iniciación, sin hacer sonar su silbato de plata. Era la ley del mar, que nosotros no comprendíamos. Los pasajeros éramos solo un estorbo y nuestra misión en el barco consistía en molestar lo menos posible.

Al atardecer, sin embargo, la disciplina se relajaba, y tripulación y pasajeros nos reuníamos alrededor de las últimas brasas del fogón, para jugar a los naipes, cantar, escuchar historias o novelas, que alguien contaba en voz alta... Yo mismo leí algunas noches varias páginas de los libros que Axular me había regalado. Pero por lo general el tema de conversación acababa siendo siempre el mismo: el Nuevo Mundo, sus ciudades de oro y sus mujeres con la piel de bronce, que nunca se cansaban de amar; sus animales prodigiosos y sus tierras infinitas en las que aguardaban tesoros inabarcables y deslumbrantes, que cegaban a los hombres y los hacían enloquecer de codicia; Eldorado y las fuentes de la eterna juventud...

Durante aquellas veladas, los ojos de quienes las escuchaban brillaban en la oscuridad y de sus bocas entreabiertas ascendía al cielo un vaho que se retorcía en formas tan extraordinarias como aquellas historias, que la mayoría creía a pies juntillas. Y quienes no las creían dejaban volar su fantasía, para espantar el tedio y atraer el sueño. Tal vez por eso, a nadie le pareció un disparate la noche que uno de los pasajeros, un hombre alto y delgadísimo, con el pelo revuelto y una barbilla de chivo loco, que hasta entonces no había abierto la boca, se puso en pie y comenzó a hablar:

—En el Nuevo Mundo los mares se pueden secar con esponjas —dijo—. Yo llevo en mi equipaje cientos de ellas. El mismísimo rey de España, a quien presenté un tratado contándoselo todo, me ha enviado a las Indias para comenzar a chupar el océano desde aquella orilla y dejar despejado el camino. Así será mucho más sencillo y menos arriesgado transportar el oro, la plata, el chocolate, el palo santo... Después, esas esponjas se podrán usar como armas de guerra, para inundar países enemigos. Está todo perfectamente pensado —señaló su cabeza, llena de pájaros, y después se volvió de manera airosa y, al hacerlo, la capa con la que siempre se cubría trazó un remolino.

Todos pudimos ver entonces que llevaba la espalda e incluso el trasero desnudos y que era con los trozos de tela que en esos lugares faltaban con lo que había apañado aquella capa. Nadie se rio, tal vez por piedad, cuando aquel hombre –al que hasta entonces todos habían considerado un avaro, pues a pesar de su aparatoso equipaje, nadie le había visto probar bocado– volvió a sentarse en un rincón y a alimentarse exclusivamente con sus desatinos.

Pero por raro que pueda parecer no era este el personaje más extravagante de cuantos viajaban en el *Nuestra Señora de la Esperanza*.

Los frailes a los que el piloto Lemmy solía fustigar con sus gritos raramente se mezclaban con el resto. La mayor parte del tiempo lo pasaban en la bodega, sin apenas moverse, a pesar del aire irrespirable que formaban allí abajo las emanaciones de la sentina, los excrementos y los vómitos de los animales o las propias y reconcentradas flatulencias de los rechonchos clérigos, que soltaban con estruendo sin ningún tipo de pudor y sin interrumpir el zumbido de sus rezos.

Celebraban unas extrañas misas varias veces al día, que se prolongaban horas, y fue durante una de ellas, que duró casi un día, cuando supimos que pertenecían a una desconocida orden religiosa:

—Entregado sea el libre albedrío a Dios, y en sus manos puestas el cuidado y el pensamiento de todas nuestras cosas, dejando que su divina voluntad obre en nosotros, los quietistas —escuchábamos la voz del oficiante, un fraile, a diferencia de todos los demás, delgado y nervioso, que se movía con vehemencia y a veces parecía entrar en trance, soltando todo tipo de bramidos y exabruptos.

«¡Cordero de Dios!», proclamaba, cuando llegaba la eucaristía, y en lugar de una hostia levantaba un tasajo de carne, unas veces; otras decía: «¡Bacalao de Dios!», y de mano en mano de sus fieles pasaba un trozo de pescado, que mordisqueaban con avidez; y también había ocasiones en que comulgaban con bizcocho, o con gachas, y siempre con abundante vino, varias veces en cada misa.

Sin duda la vida contemplativa y entregada a la oración había engrandecido sus almas, pero sobre todo sus cuerpos, y esa desmesura era algo que no siempre lograban entender los doctores de la iglesia, que habían perseguido y tachado de heréticos en España a estos quietistas, a quienes no les había quedado otra salida que la del ancho mar, desde San Juan de Luz hacia el Nuevo Mundo, allí donde las casas eran de azúcar y los ríos de moscatel, y donde esperarían la llegada de un nuevo profeta, que anunciaría la destrucción del mundo y la salvación de aquellos elegidos que se hubieran alimentado como Dios mandaba.

—Esto parece una nave de locos —solía susurrarme en ocasiones Kattalin.

Y era cierto, pero lo más preocupante de todo era que había, además, algo misterioso e inquietante también en muchos de los miembros de la tripulación y la forma en que se comportaban. Por ejemplo, estuvimos navegando durante varios días, a veces algo erráticamente, alejándonos de todas las embarcaciones que avistábamos. Y así, por fin, llegamos a la isla de La Gomera, donde el pequeño galeón haría aguada antes de enfilar rumbo a La Española.

Entramos al puerto pasada la medianoche, sigilosamente, atravesando la oscuridad. Como un barco fantasma.

Había transcurrido un mes desde que zarpamos. Era 30 de noviembre de 1612 y yo acababa de cumplir doce años.

—¡Intentad dormir un poco! ¡Y si no, quietos y en silencio! —nos ordenó a los pasajeros el contramaestre, cuando el barco atracó y los hombres empezaron a cargar y descargar toneles.

Cerré los ojos y durante unos instantes, a pesar del ruido, conseguí conciliar el sueño, pero enseguida desperté, zarandeado por alguien, como si yo también fuera uno de aquellos barriles que hacían rodar a empujones.

—¡Joanes, despierta!

Era Kuthun. Tenía el rostro bañado en sudor y estaba pálido. Parecía que hubiera visto una aparición.

—¡Es Oncededos! —dijo, señalando hacia el muelle.

—¿Oncededos? ¿Aquí? No puede ser.

—Ven a verlo tú mismo, está ahí abajo.

Kuthun me arrastró del brazo, sacándome del rincón en que me acurrucaba y del estado de somnolencia que me resistía a abandonar, después de escuchar aquella noticia. Nos escondimos tras unos barriles apilados en cubierta. Todavía era de noche y en el aire flotaban jirones de niebla. Yo deseé que esta no se disipara, pero mis ojos se fueron abriendo paso poco a poco entre la bruma, y la figura del contrabandista se definió inconfundible: su enorme tripa, como un odre de vino; las manos regordetas, con varios anillos brillando deslucidos en los dedos grasientos; la sima de su boca, de la que brotaba aquella carcajada terrible, que de nuevo volvía a oír, ahora dirigida al contramaestre y a nuestro capitán.

Oncededos solo interrumpía la animada conversación que mantenía con ambos para dar órdenes a los marineros que acarreaban las pipas con agua:

—¡Vamos, si fueran barriles de ron ya haría un rato que los habríais cargado!

—¡Vamos, vamos, gandules! —parecía competir con él el contramaestre, tratando de demostrar al capitán, de pie entre ambos, quién estaba al mando en aquel galeón.

La sangre se me heló.

—¿Tú crees que va a embarcarse? —pregunté.

Kuthun se encogió de hombros.

—No lo sé, pero está claro que algo tiene que ver con este barco y con este viaje —contestó.

—¿Y te ha visto?

—Sí, pero no me ha reconocido; o eso quiere que yo crea. ¡Maldito sea! —exclamó, conteniendo la rabia—. Ten mucho cuidado, Joanes, procura no quedarte nunca a solas y no dejes que ese cerdo se acerque a ti. Ahora tengo que volver. Hablaremos luego.

Vi bajar a tierra a Kuthun y cruzarse con Oncededos, el contramaestre y el capitán. Cuando desapareció en la oscuridad, observé cómo los tres hombres cuchicheaban entre ellos, y cómo se callaban cuando Kuthun regresó, haciendo rodar uno de los barriles llenos de agua, que hizo pasar demasiado cerca del contrabandista, obligándole a echarse a un lado.

Volví a mi rincón y me tumbé junto a Kattalin. Sobre mi cabeza, el sol comenzaba a tragarse tímidamente la oscuridad y la niebla, pero yo pensé que aquel nuevo día que comenzaba se parecía demasiado a los que intentábamos dejar atrás.

Apenas una hora después, continuamos viaje, abandonando el puerto de La Gomera precipitadamente, como fugitivos. Y con Oncededos a bordo. Se instaló en uno de los camarotes del castillo de popa, del que casi nunca salía. De vez en cuando, sin embargo, sobre todo en mitad de la noche, cuando todo estaba en calma, se escuchaba procedente de aquel lugar su carcajada retorcida y pegajosa, como una tela de araña, en la que se enredaban otras risas: las del contramaestre, el capitán y algunas de las mujeres que habíamos visto embarcarse en San Juan de Luz.

—¡Maldito sea! —maldecía una y otra vez Kuthun.

Desde que reemprendimos el viaje en La Gomera su carácter se había vuelto irascible. No se perdonaba a sí mismo no haber hecho más preguntas ni averiguaciones en tierra, antes de pagar el pasaje.

Sin embargo, no parecía temer por nosotros, a pesar de que algunas malas lenguas murmuraban que Oncededos era un «espíritu» y algunos de los pasajeros que transportaba el barco *engagés*, esclavos que vendería en La Española a los bucaneros o a los plantadores de tabaco.

—Tendrá que pasar sobre mi cadáver, si quiere ponernos la mano encima —decía Kuthun.

Lo cierto era que Oncededos no parecía mostrar demasiado interés por nosotros las contadas veces que se paseaba por cubierta, con su aire engreído, mirándonos desde lejos con un gesto de repugnancia, como si fuéramos cualquiera de las ratas que correteaban por la bodega, royendo los víveres e incluso mordisqueando a los pasajeros cuando estos dormían allí abajo. Yo, no obstante, sabía que no debía fiarme y recordaba la noche en que regresó a Dolarenea, con los dos esclavos negros, y la forma en que simuló ignorar mi presencia ante mi padre. Sabía que, como entonces, tarde o temprano, al menor descuido, intentaría cobrarse su venganza. De hecho, la primera vez que, allá en el barco, sus ojos se posaron sobre mí, no pudo evitar un sobresalto, ni que sobre ellos chapoteara un destello de sorpresa primero y satisfacción después; pero apenas fue un instante, luego Oncededos continuó paseando, sin interrumpir su conversación con el capitán, que lo acompañaba, ni volver su vista hacia mí.

A partir de aquel día, por las noches me mantenía en un duermevela que discurría entre las cantinelas de los grumetes, a los que escuchaba turnarse y girar la ampolleta que marcaba las horas, que para mí se convertían también en arena, cayendo lentamente a través de un frágil cuello de cristal.

Solo a las ocho de la mañana, cuando llegaba el último turno y el sol se alzaba en lo alto, sentía cierto alivio, que duraba lo que tardaba en desvelarse, a la luz del nuevo día, la inmensidad del océano rodeándonos.

Navegamos a buen ritmo durante un par de semanas, hasta que el viento se detuvo y se convirtió en un espeso manto colgado del cielo que envolvió al galeón, tornando el aire sofocante e irrespirable. En medio de aquella calma chicha, la única manera de refrescarse que tenían los marineros era bañarse en el mar. Kuthun solía saltar desde la borda y, como hacía en el puente de Ziburu, nadaba bajo el agua largos trechos, durante un tiempo que se nos hacía interminable, o pasaba bajo la quilla y reaparecía al otro costado del barco.

Fue durante una de sus pequeñas hazañas, aprovechando que Kuthun estaba sumergido y todos pendientes de él, cuando Oncededos se acercó hasta mí:

—Tu amigo es muy valiente —dijo, colocándose a mi lado, con los brazos apoyados en la borda y mirando al frente.

—Sí —balbuceé, aterrorizado.

—Pero no le sirve de mucho —continuó él—. Al final, el dinero que me robasteis ha vuelto a mis manos. El destino ha querido que fuera así. ¿Tú crees en el destino, jovencito?

Me encogí de hombros, mudo.

—No lo sabes, claro que no. En realidad uno hace que el destino crea en él, si es lo suficientemente ambicioso. Pero tú no lo sabes porque solo eres un miserable ratón. Os dije que me las pagaríais, y lo habéis hecho, con creces: aquí estáis, en mi barco, los dos, y vuestro amiguito —pronunció esta última palabra con retintín, señalando a Kattalin que, ajena a nuestra conversación, miraba preocupada hacia el horizonte, esperando que la cabeza de Kuthun apareciera sobre las aguas. Continuaba disfrazada con sus ropas de muchacho, pero ahora su rostro de mujer se perfilaba con claridad—. Volveremos a vernos, jovencito —dijo Oncededos, girándose justo en el momento en que Kuthun volvió a salir a la superficie, varios pies más allá del barco.

Todos los marineros prorrumpieron entonces en aplausos y carcajadas, pero entre todas ellas yo solo escuchaba la del traficante, la terrible carcajada de Oncededos, que se retiraba victorioso hacia su camarote.

Decidí no contar aquella conversación a Kuthun. Temía la reacción que podía provocar en él y las consecuencias que una pelea podía tener. El barco era un lugar demasiado pequeño, donde los movimientos de cada uno de quienes viajábamos a bordo afectaban a todos los demás. Algunos, sin embargo, tenían más margen de maniobra. Nosotros dormíamos a la intemperie, amontonados sobre cubierta, y Oncededos en el castillo de popa, junto al capitán.

Nuestro galeón era solo un pequeño animal de madera, en medio del océano infinito, aquella gran cárcel de la que resultaba imposible escapar. A veces me angustiaba la falta de intimidad, y echaba de menos las montañas de Zugarramurdi, o las largas playas de Lapurdi, en las que refugiarme y encontrarme a solas y a salvo. La *alboka* seguía colgando de mi cuello y a menudo tenía el impulso de hacerla sonar, pero me contenía. Creía que si Oncededos podía escuchar mi música esta se convertiría en algo sucio.

La calma chicha duró casi una semana. Después, una mañana, el viento regresó por el sur y Lemmy, el piloto, ordenó izar las velas. Los marineros treparon alegremente por los mástiles para soltarlas, las desplegaron y cantaron mientras tiraban de las jarcias. Distinguí, entre sus voces, la de Kuthun, que poco a poco fue imponiéndose a las demás, con uno de sus versos, esta vez en castellano (la lengua franca en el barco), a los que el resto hacía los coros:

Bravo y sincero
Desgranado, salvaje
El mar espumoso sale de mí

¡Y busca en el acantilado calor!

Sabio y certero
Agitador, indomable
El mar espumoso vuelve hacia mí

¡Y trae desaliento y rencor! [30]

El viento sopló con fuerza durante varios días. Para mantener firme la caña del timón eran necesarios varios timoneles, a los que Lemmy, el piloto, daba instrucciones a gritos, al igual que a los marineros que manejaban los aparejos. A cualquier hora del día y de la noche había hombres sobre cubierta, trabajando. Por el contrario, el capitán y Oncededos se refugiaron en sus camarotes durante todo ese tiempo.

Un día, un albatros sobrevoló el barco, al que se acercaba como una polilla al fuego. Parecía desorientado. Yo nunca había visto un ave de semejante envergadura, con aquellas alas majestuosas que tapaban el sol. A algunos de los tripulantes también pareció extrañarles e incluso incomodarles la presencia del animal en esas latitudes.

—¡Matadlo! —ordenó el contramaestre.

—¡Trae mala suerte! —protestó parte de la tripulación.

Pero el contramaestre los hizo callar soplando su silbato de plata y llevándose la mano a la pistola de bronce.

Él mismo abatió al enorme pájaro. Disparó solo una vez y el albatros cayó sobre las tablas húmedas, con un gran y estremecedor estruendo. Como un rey del cielo derrocado, que se volvía torpe y grotesco, reducido a un amasijo de sangre negra

---

30 *Ver nota final.*

y huesos quebrados, que parecían convocar los peores augurios.

Continuaba sin poder conciliar el sueño y cuando el viento amainó y por las noches todo volvió a estar en calma, solía levantarme y dar un pequeño paseo por la crujía, buscando algún rincón donde nadie me molestara, ni sintiera la respiración de otra persona golpeándome la cara.

Una de aquellas noches, al abandonar mi jergón, me pareció que Kuthun a mi lado se revolvía y me reprochaba algo, pero no le presté atención. Me arrepentiría durante mucho tiempo.

Me senté entre algunos barriles llenos de manzanas que había en la proa, lejos de la vista del grumete. La noche era calurosa, el mar estaba en calma y en el cielo brillaban las estrellas. Cerré los ojos, dejando que la brisa me acariciara el rostro y permanecí de ese modo largo rato. Después, me acerqué a la borda, y apoyando los muslos sobre ella, oriné. Mientras lo hacía, pensé una vez más en lo insignificante que yo era frente a aquel océano.

—Vaya, vaya, jovencito, por fin nos vemos a solas —escuché de repente la voz de Oncededos, a mis espaldas.

Giré la cabeza y lo vi acercarse hacia mí, con sus ojos como dos charcos de agua sucia embarrando mis calzones. Desde su boca emanaba un olor a putrefacción, a alcohol, muelas picadas y humores retenidos. Me sentí indefenso y sin posibilidad de huir.

—¿Qué quiere? —le dije, mientras terminaba precipitadamente de orinar.

Oncededos avanzaba hacia mí, con su enorme y tambaleante corpachón y su sonrisa como una soga.

—Tranquilízate, te conviene que tú y yo seamos amigos —dijo.

—¿Por qué? Yo he pagado mi pasaje, no le debo nada, no quiero nada suyo.

—¿No? ¿Con qué dinero has conseguido tu pasaje, jovencito? Claro que me debes algo, y es mejor que me lo pagues ahora...

Dio un paso más, acorralándome contra el bauprés. Extendió una de sus manos gruesas y grasientas. Por un momento pensé que bastaba con que me propinara un pequeño empujón para arrojarme por la borda, pero no lo hizo, en lugar de eso sujetó con fuerza mi barbilla y acercó su boca a la mía.

—Si te portas bien conmigo, tal vez te deje libre cuando lleguemos a La Española.

La mano del contrabandista me acarició con torpeza. Era como si un animal se detuviera sobre mi rostro y apretara contra él su vientre repleto de excrementos calientes. Él volvió a sonreír y su aliento descendió hasta mi estómago, revolviéndomelo. Aparté sus garras de un manotazo, pero Oncededos detuvo el golpe, apresándome el brazo y tirando de mí, hasta que nuestros cuerpos quedaron a menos de un palmo de distancia.

—¡Déjeme! —grité.

Escuché mi propia voz rompiendo el silencio de la noche, como si fuera un eco lejano que regresaba atravesando el tiempo. Y como entonces, en Dolarenea, la primera vez que lo vi, como tantas otras veces, a mi grito se encadenó otro en mi auxilio:

—¡Déjalo, maldito cerdo!

Era Kuthun. Se había colocado de un salto sobre el mascarón de proa y entre sus manos llevaba un cuchillo, que brillaba a la luz de la luna.

—¡Siempre tú, hijo de Satanás! —maldijo Oncededos, que me apartó con un empujón.

Conseguí agarrarme a uno de los toneles y caí sobre la cubierta aferrado a él. Decenas de manzanas rodaron por el suelo. Al otro lado del barco se oyeron los gritos de alerta del grumete de guardia.

—¡Lárgate, aquí no puedes hacerme nada, no tienes escapatoria! —se defendió Oncededos.

Pero en los ojos de Kuthun la sangre hervía. Esta vez ni siquiera intenté detenerlo. Sabía que ya nada ni nadie podían hacerlo. Oncededos también fue consciente de ello.

—¡Socorro, socorro! —el traficante trató de desenfundar el puñal que llevaba colgando de su cinturón, golpeando su empuñadura varias veces contra los pliegues de su enorme barriga. No le hubiera servido, en todo caso, de mucho: Kuthun se abalanzó sobre él, y con la propia fuerza del salto, ¡zas!, le cortó el cuello de un solo tajo. La sangré brotó a borbotones. Oncededos se quedó paralizado durante un instante, con los ojos muy abiertos, aterrorizado, tratando de comprender qué había pasado, y qué sucedería después. A continuación, cayó desplomado sobre la cubierta, igual que el albatros días atrás, con un golpe que hizo temblar el barco.

Kuthun, de pie frente a mí, me miró con un gesto en el que se mezcló el reproche (recordé lo que me había advertido en el puerto de La Gomera: «Procura no quedarte nunca a solas y no dejes que ese cerdo se acerque a ti»), el afecto, el dolor de la inevitable despedida, y el de otras heridas que durante todo aquel tiempo a su lado él no había querido mostrarme...

Desde el castillo de popa vimos luces que se encendían y oímos sonar el silbato de plata del contramaestre. Cuando llegaron hasta donde nos encontrábamos, Kuthun todavía sostenía entre sus manos el cuchillo con el que acababa de asesinar a Oncededos. Por el suelo, varias manzanas rodaban cubiertas de sangre.

—¡El chico no ha hecho nada! ¡He sido yo, yo he matado a ese cerdo, y bien muerto está, ya no volverá a molestar a nadie! —gritó Kuthun cuando media docena de marineros lo rodearon.

Se dejó desarmar, sin ofrecer resistencia. Ahora no parecía alterado, a pesar de la confusión y el torbellino que se formó a nuestro alrededor. Pasajeros y tripulantes se arremolinaban nerviosos en torno al cuerpo degollado de Oncededos, tendido sobre la cubierta.

Del tajo en su cuello todavía brotaba sangre y sobre ella explotaban pequeñas burbujas de aire.

—¡Atadlos juntos! —ordenó el contramaestre.

Yo todavía seguía tumbado en el suelo, y amagué con incorporarme cuando algunos de los marineros se dirigieron hacia el lugar en el que me encontraba; pero, para mi sorpresa, vi cómo pasaban de largo y trataban de poner en pie el cadáver de Oncededos. Les costó levantarlo. Su tripa como un pellejo de vino se bamboleaba y la cabeza convertida en un despojo bailaba de un lado a otro. Llegaron más hombres y entre todos lo arrastraron hasta el centro de la crujía, dejando un reguero de sangre sobre ella. Junto al palo mayor, otros marineros retenían a Kuthun. Colocaron a Oncededos tras él y comenzaron a atar sus cuerpos, espalda con espalda.

—¿Qué está pasando? —murmuré, tratando de llegar hasta donde se encontraban.

Pero unos brazos me retuvieron con fuerza.

—Tranquilo, chico, ya no puedes hacer nada por él —escuché a Lemmy, el piloto, hablándome al oído.

—¡Colocad el tablón! —gritó el contramaestre.

Dos marineros se acercaron con una gran tabla de madera, que tumbaron y clavaron al suelo, dejando extendida más de la mitad de la misma fuera de la borda, a través de una de las troneras de los cañones. Después, arrastraron a los dos hombres atados el uno al otro y los colocaron sobre aquella tabla. Al soltarlos, Kuthun se tambaleó, vencido por el cuerpo del contrabandista, pero después recuperó el equilibrio, doblándose sobre sí mismo y cargando sobre sus espaldas el peso descomunal del muerto.

—¡Que venga uno de esos curas! —señaló el contramaestre a los clérigos, que también habían subido de la bodega y a los que se oía rezar, con su monótono zumbido, como el de un moscardón rondando una herida abierta. Era apenas lo único que se escuchaba en el galeón. Algo más al fondo, algunas de las mujeres se habían asomado al castillo de popa y sus voces e hipidos llegaban ahogados, sin saber si lloraban o se divertían con la escena. Entre la tripulación, varios marineros pululaban excitados de un lado a otro. Otros, como Lemmy o algunos de los corsarios que se habían embarcado en otras ocasiones con Kuthun, parecían contener la indignación, pero permanecían quietos, como si una fuerza superior los retuviera.

—No necesito ningún cura —despreció Kuthun la oferta del contramaestre—. Ni ningún Dios que me perdone. Prefiero el infierno, y en él os estaré esperando, mucho antes de lo que creéis —dijo Kuthun, mirando fijamente primero al capitán, que no había abierto la boca, y luego al contramaestre.

Kuthun avanzó varios pasos a duras penas a través del tablón, hasta su extremo, arrastrando consigo a Oncededos. Al hacerlo, el cuerpo de este oreó un olor repugnante a vísceras. El olor de la muerte, que Kuthun llevaba pegado como un lastre a su espalda, y del que sin embargo no hacía nada por desprenderse, como si él también se rindiera ante la fatalidad.

Comprendí por fin qué iba a suceder, e intenté gritar, pero Lemmy tapó mi boca.

—Es la ley del mar —sentenció el piloto.

Y apenas hubo pronunciado la última palabra, Kuthun se arrojó al océano, arrastrado por el peso del hombre al que acaba de matar. El mar se los tragó con un chapoteo breve y sordo, engulléndolos como si se tratara de su alimento. Haciendo cumplir con naturalidad su ley.

Yo sentí que la sangre afluía ardiente a mis sienes, me revolví y quise zafarme de los brazos de Lemmy, sin lograrlo. Busqué entre todos los cuerpos inmóviles a alguien que me ayudara, y entonces fue cuando la vi, pálida, temblorosa, con sus grandes ojos negros perdidos en la inmensidad del mar, atravesando todo cuanto se interponía entre este y ella, mirando mucho más allá de lo que alcanzaba la vista. Y un instante antes de que de la garganta de Kattalin brotara aquel grito sobrecogedor, supe lo que iba a pasar, tal vez porque yo quizás habría hecho lo mismo, si hubiera tenido la oportunidad. Kattalin gritó y su propio alarido la arrastró consigo, la lanzó hacia la borda. Se abrió paso hasta ella derribando con su frágil cuerpo a varios hombres que se interpusieron en su camino. Una fuerza sobrehumana parecía guiarla. La fuerza de la ira en su corazón, el peso de todas las injusticias acumuladas en él a lo largo de siglos y generaciones, y a la vez la esperanza de la redención, la fe incondicional en el amor. Kattalin se arrojó de cabeza al mar y este se la tragó exactamente por la misma brecha que había abierto un instante antes el cuerpo de Kuthun, su amado Kuthun, de quien ya nunca más se separaría.

<h1 style="text-align:center">18</h1>

Hoy, tantos años después, el recuerdo de los días posteriores a la desaparición de Kuthun y Kattalin es solo una nube hecha jirones en mi memoria. A través de ella, me veo a mí mismo, durante el resto de aquel viaje, acurrucado sobre la cubierta como un perro moribundo y sin apartar la vista de un océano gris e infinito, un lecho de cenizas del mismo color de los ojos de Kuthun, que me miraban con fijeza, mientras desde el fondo del mar emergía la voz de Kattalin llamándome por mi nombre. La única razón por la que yo no me dejé tragar por aquella herida en el agua fue porque no tenía fuerzas, ni siquiera para ponerme en pie y arrojarme también por la borda.

Ostolaza, el cocinero, me traía de vez en cuando una escudilla con comida caliente, que apenas probaba, y algún jarro de sidra, que, por el contrario, vaciaba con rapidez, pues me ayudaba a sumirme en un estado de indolencia. Otras veces era Lemmy quien se acercaba e intentaba darme conversación, pero yo permanecía mudo y ausente. No quería hablar, ni mucho menos intimar con nadie. La vida no tenía sentido para mí. Todas las personas que me querían o a las que yo quería acababan muertas.

Un día, estalló una gran tormenta. El mar se agitó con descomunales olas, que yo imaginaba que eran los brazos de Kuthun, zarandeando furioso el galeón, o los gritos de Kattalin, que hacían enloquecer al viento. Dentro del barco, en la bodega, los pasajeros gritaban asustados, lloraban, rezaban, intentaban aferrarse a la vida, que parecía terriblemente frágil en medio de la tempestad. Yo solo deseaba que esta nos engullera de una vez por todas.

Pero la tormenta pasó y a ella le siguieron largos días de calma y un sol de justicia que impuso la ley del mar. Un mar al que a bordo del galeón solo aquel extraño hombre que aseguraba que podía absorberlo con esponjas se atrevía a desafiar. El pobre chiflado solía pasar largas horas mirando el horizonte, orgulloso, en pie, mientras –imaginaba yo– el terror lo consumía por dentro y la empresa a la que había consagrado toda su vida zozobraba lentamente, tragada por aquel océano inabarcable. Una tarde, incluso, vi cómo una lágrima resbalaba por su rostro, y cómo él la retiraba con disimulo y rabia. En el fondo de su corazón se sabía derrotado, pero nunca lo reconocería ante los demás, ni tampoco se rendiría ante sí mismo. Continuar peleando y alimentando sus sueños locos era la única forma que conocía para mantenerse vivo.

Pasaron varios días, todos iguales, sofocantes e interminables –tal vez fueran semanas o meses– hasta que llegamos a La Española.

—¡Tierra a la vista! —gritó una mañana el vigía desde lo alto del palo mayor.

Y casi de inmediato en el castillo de popa aparecieron las mujeres que ocupaban los camarotes contiguos a los del capitán, de nuevo con sus paraguas blancos desplegados –al igual que cuando embarcaron– y ahora también elegantemente ataviadas, con vestidos inmaculados y vaporosos, que parecían flotar en el aire como promesas agitadas por sus risas nerviosas.

El contramaestre hizo sonar su silbato de plata y varios hombres comenzaron a subir a cubierta barriles de vino y pólvora, entre gritos de alegría y canciones.

Desde la raya de tierra que se dibujó en el mar el viento arrastraba un aire caliente que olía a hierba y a humo.

—¡Echad el ancla! —gritó el capitán, cuando comenzaron a perfilarse una pequeña playa de arena que parecía nieve sucia y, tras ella, los riscos y montañas, cubiertos de exuberantes árboles.

Después ordenó botar una chalupa y cuatro marineros armados con fusiles y machetes subieron a ella y remaron hacia la costa. Los vimos desembarcar y perderse entre la maleza.

Pasaron varias horas. La algarabía fue desinflándose poco a poco. Resultaba absurdo y frustrante encontrarse allí, a solo unos pies de tierra pero sin poder pisarla, tras haber permanecido semanas navegando. Las mujeres y el capitán regresaron a sus camarotes. Los hombres dejaron de acarrear toneles y mataron la espera jugando a las cartas. Por fin, desde la selva se abrió paso con violencia un olor a carne ahumada, como un puñetazo en el estómago o un golpe en el centro del pecho que removía lo mejor y lo peor de nosotros, el hambre animal y los recuerdos de sobremesas familiares y felices.

—¡El *bucan*!— gritaron algunos de los hombres.

Y casi a la vez, vimos aparecer a través de la foresta a los marineros que habían desembarcado, junto con otros dos extraños hombres, todos ellos con fardos sobre sus cabezas, alrededor de los cuales saltaban y ladraban furiosos media docena de perros, a los que espantaron dando mandobles con sus sables para poder montar en la chalupa.

Los dos desconocidos fueron los primeros en subir a bordo. Lanzaron sobre la cubierta la carga que llevaban y esta se abrió como una flor. Aparecieron varios trozos de carne, cortados en tiras y envueltos en unas hojas duras y grandes.

—El *bucan* —repitió en francés el mayor de ellos, con una sonrisa desafiante.

Era un hombre de unos cuarenta años, musculoso y con la piel quemada por el sol y descosida por arañazos y cuchilladas. Su rostro apenas se distinguía, oculto tras unos cabellos largos y una barba como un arbusto salvaje. Vestía una camisa que le cubría hasta las rodillas, de un color indefinido, borrado por manchas de hierba y costras de sangre, unas calzas descoloridas y raídas, y se cubría los pies con unos trozos de cuero rústicamente atados con cuerdas. Su cintura la rodeaba una correa, de la cual colgaban media docena de cuchillos y una pequeña calabaza vacía.

—¡Enséñale las pieles! —ordenó de forma desabrida a su compañero.

Este se ataviaba de un modo igualmente estrafalario y tampoco se había cortado ni lavado el pelo durante meses, de modo que le caía enmarañado sobre el rostro, pero al agacharse para mostrar otro de los fardos, retiró con una delicadeza adolescente algunos mechones con su mano y apareció la cara barbilampiña de un muchacho de, más o menos, mi edad. El chico sacó uno de los cuchillos de su cinturón y de un certero tajo cortó una pequeña cuerda, de modo que sobre las tablas del suelo se desplegaran varias pieles de vaca.

Cada vez que tanto él como el otro se movían, sus ropas y su cuerpo arrojaban como piedras una mezcla de olores: leña quemada, tierra mojada, semen reseco... Olores a hombres solos, bosques extraños y animales salvajes.

—Y ahora, ¿dónde está el vino, capitán? Tengo la garganta más seca que los muslos de diez bisabuelas —dijo el mayor de ellos, al que llamaban Leblanc.

El capitán señaló hacia las pipas de vino amontonadas en cubierta y mientras varios marineros descargaban en la chalupa algunas de ellas rodeó la espalda del hombre con su brazo y se alejó con él unos pasos, hasta el puente de mando.

Estuvieron hablando durante un buen rato. No tardé en darme cuenta de que de vez en cuando me miraban y me señalaban, sin ningún disimulo, como si yo, acurrucado en mi rincón, fuera uno de los fardos de carne o de los barriles de vino que acababan de intercambiar.

Después estrecharon sus manos, cerrando el trato, y se despidieron. Apenas los dos extraños subieron al bote y se alejaron de nuevo hacia la playa, Ostolaza, el cocinero, cargó con algunas de las tiras de carne hasta el fogón y toda la tripulación le rodeó, azuzándole y ladrando, igual que los perros desde la orilla, al ver regresar a los dos cazadores. Asqueado, volví la vista hacia estos y me di cuenta de que en el bote el más joven también giraba su rostro hacia el galeón, mientras Leblanc, su compañero —su amo, en realidad— agujereaba con un cuchillo el barril de vino y bebía ansioso de él; y de que, al encontrarse nuestras miradas, el muchacho, con una tristeza infinita, me reconocía como a un igual; como si se mirara a un espejo; como si ya desde aquel momento supiera que yo estaba condenado a ser uno de ellos: un bucanero.

Durante los días siguientes, vimos aparecer en la playa a decenas de ellos. La noticia de nuestra llegada parecía haber corrido como el fuego por bosques y montes. Se embarcaban hasta nuestro galeón en pequeñas canoas, cargadas con su carne ahumada y sus pieles de animales, y cambiaban estas a bordo por barriles de pólvora o vino. Después, los bucaneros regresaban a tierra, entre alaridos y risas.

La mayoría de aquellos asilvestrados hombres eran franceses, pero también se contaban entre ellos ingleses, flamencos, portugueses, algún español e incluso africanos, convertidos en aquellas latitudes en hombres libres e incluso en amos de otros hombres. Los bucaneros venían siempre en parejas, y muchos de ellos eran muchachos como aquel con el que yo había cruzado la mirada días atrás: *engagés*, esclavos vendidos por un periodo de tres años por los «espíritus» y los traficantes de hombres.

Permanecimos anclados casi una semana, con orden rigurosa de no bajar a tierra. Sin embargo, de vez en cuando y casi siempre al anochecer, el capitán mandaba preparar uno de los botes y alguna de las mujeres era llevada hasta la playa y se internaba entre la maleza, siguiendo la estela de una antorcha. Las mujeres solían regresar al amanecer, pero traían en sus rostros todavía toda la oscuridad de la noche y ya no reían ni sus vestidos parecían tan inmaculados ni vaporosos.

Una de esas mañanas, junto con una de ellas, en el bote llegó al barco un bucanero, más viejo y más extraño que todos los que habíamos visto hasta entonces. Debía de tener cerca de sesenta años y a diferencia de ellos no se vestía con una de aquellas camisas largas, que les cubrían hasta las rodillas, sino con una casaca roja, con botones que en algún tiempo debieron de ser dorados, y que llevaba desabrochada, dejando ver su pecho desnudo cubierto de un vello gris. De una de las mangas de aquella casaca, en el lugar en que debería estar su mano derecha, asomaba un gancho herrumbroso. Se cubría con un sombrero de cuero con una enorme ala, que en la parte de la frente permanecía doblada sobre la copa, mostrando en el revés de la piel un esqueleto tallado burdamente a cuchillo, con una jarra en una mano y un corazón en la otra. El sombrero iba adornado con una sola pluma, pero en la que parecían caber todos los colores, y desde él caían sobre los hombros del hombre varias guedejas largas y lacias de pelo blanco. Bajo el sombrero sus ojos grises brillaban como nieve derritiéndose al sol. Caminaba apoyado sobre un mosquetón casi tan alto como él y que también le servía para tantear lo que quedaba ante sus pies. Pero lo que, sin duda, más me llamó la atención, fue el pájaro que permanecía posado sobre uno de sus hombros. Nunca había visto nada semejante. Era más grande que una paloma, tenía un gran pico ganchudo y de color naranja, los ojos pequeños y rojos como los de un ratón, y todo su cuerpo estaba cubierto por plumas iguales que la que adornaba el sombrero de su dueño.

—¡El rey de los bucaneros! —escuché, de repente, una extraña voz, que no supe de dónde procedía.

Era una voz aguda y cantarina, que parecía salir directamente de la garganta, sin atravesar la boca de ninguno de los que allí estaban, y que hizo estallar en carcajadas a todos ellos.

—¡El rey de los bucaneros! —volví a oír.

Y comprendí que era el pájaro quien había hablado. Me quedé de piedra, casi sin prestar atención a la conversación que vino a continuación, a pesar de que yo era el objeto de la misma, o al menos sin resistirme a lo que en ella se decidió.

—Sí, así me llaman: el rey de los bucaneros —dijo el viejo, en un español con fuerte acento holandés—. Porque lo soy, maldita sea. Soy el hombre blanco y libre que más tiempo ha pasado en esta parte de La Española. Pero ya no me queda mucho tiempo, ni puedo valerme por mí mismo. Ya no puedo cazar. ¡No veo una maldita vaca a un palmo de mi nariz! ¿Dónde está ese muchacho del que me habló Leblanc? ¿Dónde están mis malditos ojos? —rugió la voz del bucanero.

—El chico está ahí tumbado, como un perro abandonado —me señaló el contramaestre—. No se ha movido de ese rincón desde hace semanas. Está claro que necesita un nuevo amo. ¡Vamos, levanta! —hizo restallar su látigo, echando a andar hacia mí, pero el cocinero Ostolaza y Lemmy el piloto se interpusieron en su camino y me ayudaron a ponerme en pie.

—Tranquilo, chico, con ese holandés loco estarás bien —me susurró al oído Lemmy.

—Y por fin podrás salir de este pudridero —añadió Ostolaza.

Yo me dejé llevar casi en volandas hasta la chalupa, como si mi voluntad permaneciera adormecida, o no tuviera fuerzas para luchar contra la ley implacable del mar.

Mientras los marineros que nos acercaron a tierra remaban no podía apartar la mirada de aquel extraño pájaro hablador, y aunque comprendía que acababa de ser vendido como un esclavo (antes de subir a la barca, vi al bucanero entregar una bolsa con monedas al capitán; «Ahí está todo: lo del muchacho y lo de la chica», dijo, mientras el capitán contaba escrupulosamente las monedas), en el fondo de mi mente resplandecía una chispa de curiosidad y esperanza, la excitación temeraria e inocente del adolescente que era y que me guiaba hacia aquel Nuevo Mundo del que tanto había oído hablar y del que quizás, después de todo, fueran ciertas las maravillas que contaban: las montañas de oro y los ríos de moscatel, las aves que hablaban y los hombres que podían volar...

—No tengas miedo, chico, esta maldita isla te acabará gustando, ya lo verás. Pero perdona, no sé si me he presentado —me tendió su mano izquierda el viejo cazador—. Me llamo Jager.

—¡El rey de los bucaneros! —completó la frase el extraño pájaro.

Yo seguía sin poder apartar la vista de aquel animal con voz de hombre, de sus pequeños ojos de ratón que, poco a poco, se iban agigantando y me engullían, como una ciénaga movediza y caliente, hasta que dentro de mi cabeza todo se convirtió en una nube de sangre.

19

—Se supone que tú deberías cuidar de mí y no al revés —dijo Jager, el viejo bucanero, mientras sujetaba mi cabeza con su mano y me ofrecía para beber un caldo de tortuga.

Había perdido la cuenta de los días que llevaba con él, en su cabaña del bosque. Cada vez que intentaba levantarme de la hamaca en la que la fiebre me mantenía postrado, me tambaleaba, como si todavía permaneciera en el barco y bajo mis pies el mar continuara vapuleándome con sus mareas. Además, tenía la piel cubierta de llagas y picotazos de mosquitos y tábanos, que eran allí grandes como gorriones. Jager untaba mi cuerpo de vez en cuando con manteca de puerco, para espantarlos, o quemaba en el interior de la choza hojas de tabaco, pero tanto lo uno como lo otro me provocaba náuseas y a menudo vomitaba los zumos de frutas, la carne de vaca o, como ahora, el caldo caliente de tortuga que él preparaba para mí.

—Yo no voy a ser tu esclavo —dije, escupiendo.

—Entre nosotros no hay esclavos, solo cuidamos unos de otros, maldita sea —replicó él.

El hedor de su aliento todavía era peor. Cuando hablaba era como si se desgarrara un pellejo de vino picado que alojara un muerto en sus entrañas. Después, el olor se apoderaba de la cabaña, se convertía en sus paredes, su techo, incluso en sus ventanas y su puerta.

—Es todo lo que te pido, que cuides de este pobre viejo moribundo —continuó Jager—. Y además, no te queda otro remedio. La única manera que tienes de librarte de mí es matándome. En realidad me harías un favor. Pero si me abandonas, un bucanero, un hermano te matará a ti, tenlo por seguro, esas son nuestras leyes.

—Yo no creo en ninguna ley. La ley del mar, las leyes de los hombres... Lo único que me han traído ha sido precisamente eso: muerte y dolor —maldije entre dientes.

—La nuestra no es la ley de los hombres ni tampoco la ley de Dios. No es la ley del mar, ni la de la tierra firme. La nuestra es la ley de la costa —contestó Jager—. Según ella, deberás cuidar de mí durante dos años, pero no te preocupes, te repito que antes me moriré o tú me matarás. Y entonces también serás un hermano de la costa, y te quedarás con esta cabaña. No es un mal trato, maldita sea. No hay hombres más libres que nosotros.

—Sois tan libres que hasta podéis comprar esclavos—murmuré, mientras mis ojos buscaban una de las ventanas de la choza, esperando que las palabras del viejo bucanero, en las que no creía, se las llevara el viento.

La cabaña de Jager se encontraba en lo alto de una colina, era una especie de atalaya desde la que se divisaba la playa y, tierra adentro, laderas y bosques, por las que se desperdigaban otras cabañas de bucaneros.

—¿De quién son esas reses? —pregunté, señalando las vacas que pastaban por el monte.

La fiebre me ayudaba a hablar con desprecio y frialdad, deslavazadamente, como si lo hiciera desde lejos, o protegido por un muro invisible, por encima del cual arrojaba mis frases como piedras.

—De nadie. Están esperando a que salgamos a por ellas. Hay miles. Los españoles las abandonaron cuando se fueron de esta parte de la isla. Nosotros las cazamos, ahumamos su carne, y vendemos el *bucan* a los barcos que pasan. Yo te enseñaré cómo se hace.

—Yo ya sé cazar vacas, y desollarlas, descuartizarlas... Aprendí con mi padre —dije.

—Vaya, al final va a resultar que no he malgastado mi dinero. Si además sabes sacar música a ese trasto —señaló la *alboka* colgada de mi cuello— el negocio habrá sido redondo.

—¿Y los cerdos? —le corté, malhumorado.

Tal vez yo fuera un esclavo, pero mi música no. Nunca. Tocando para alguien que me obligara a hacerlo me habría sentido como un cerdo, como uno de los que algunas noches había escuchado en los alrededores de la choza hozando, revolviendo en las brasas de la hoguera o en la pequeña huerta de Jager, huyendo después entre gruñidos, cuando los perros ladraban y los perseguían con saña...

—¡A los cerdos déjalos en paz, maldita sea! —gritó el viejo bucanero.

Me sorprendió su súbita explosión de ira. Recordé otras veces a hombres que se encendían de ese modo cuando defendían su religión o su patria, así que le pregunté:

—¿Sois judíos?

Jager estalló entonces en una sonora carcajada.

—¡Claro que no! Los Hermanos de la Costa no somos nada y somos todo. Entre nosotros hay católicos, hugonotes, judíos... Eso no tiene importancia. Algunos, incluso, como yo, no creemos en Dios; o, más bien, creemos que Dios no cree en nosotros. No se trata de eso. Simplemente, algunos cazamos vacas y otros jabalís. Y yo cazo vacas, maldita sea.

—¡Maldita sea, maldita sea! —repitió el loro de Jager, al que este llamaba Capitán Ron.

Fui yo quien rio estruendosamente esta vez y, al hacerlo, me sorprendió el sonido de mi propia carcajada, como si fuera la de otra persona. Hacía semanas, quizás meses que no reía en voz alta. Me olvidé incluso de la especie de trabalenguas de Jager, o tal vez no quise entender lo que decía, no me interesaba, no compartía esa necesidad que tenían los hombres, incluso aquellos que se hacían llamar libres, de enfrentarse, de encadenarse a grupos, hermandades, bandos...

—¿Por qué sabe hablar ese pájaro? —señalé al Capitán Ron.

—No sabe hablar, solo imita los sonidos, repite lo que le enseñan. Es como la mayoría de las personas —contestó Jager—: papagayos, ovejas, vacas estúpidas que miran cómo te acercas a ellas y se dejan matar o, lo que es peor, encerrar en un establo... Yo prefiero ser un jabalí, embestir a los perros cuando intentan cazarme, vivir como un salvaje en el bosque, revolcarme en el barro, o en mi propia inmundicia, sin tener que dar cuentas a nadie...

Jager, y la mayoría de los Hermanos de la Costa, tal y como iría comprobando más adelante, hablaban de aquel modo extraño, grosero y poético a un tiempo, como si recitaran un credo plagado de las palabras y las ideas más elevadas –la libertad, la igualdad, la fraternidad...– y a la vez de las maldiciones de más baja estofa, con frases que despreciaban a la humanidad pero también demostraban una confianza casi ciega en ella. Un credo iluminado con fuego y reflejos de cuchillo y recitado desde un estado febril como aquel en el que yo me encontraba en ese momento.

—¿Y yo podría también enseñar a hablar a uno de esos pájaros? —pregunté.

—Claro, muchacho, cazaré uno para ti, aunque sea con el último rayo de luz que quede en mis ojos —contestó Jager; o al menos eso fue lo que creí oír, antes de volver a caer en mi hamaca vencido por el sueño, la fiebre y el cansancio.

—*Bizipoza.*[31]

Tardé tres meses en conseguir que el guacamayo que Jager me regaló aprendiera a decir esa palabra. Durante todo aquel tiempo la

---

31 *Alegría de vivir.*

repetí en miles de ocasiones, a veces en voz alta, otras susurrándola para mí mismo, o incluso sin darme cuenta, como si en lugar de pronunciarla estuviera respirándola. Fue lo primero que vino a mi boca cuando Jager me pidió que le enseñara a decir algo al animal. Al principio no supe por qué, no pensé en ello. Después recordé que fue una de las últimas palabras que mi madre pronunció antes de morir. Y recordé también otras palabras de mi padre: «Nadie muere del todo mientras hay quien lo recuerda; piensa siempre en todos los buenos momentos que viviste a su lado. Solo de ese modo ellos, y nosotros, seguiremos vivos».

—*Bizipoza* —le repetía al guacamayo, al que bauticé como Sagardo,[32] pues sus plumas eran del color de la piel de la manzana verde, y también porque era más pequeño y con una voz más dulce que la del loro de Jager, el Capitán Ron—. *Bizipoza* —repetía una y otra vez, y cada vez que lo hacía, estallaban en mi memoria, como burbujas de sidra escanciada, recuerdos felices junto a mis padres o junto a Kattalin y a Kuthun...

Eso fue lo que me mantuvo vivo durante todo aquel tiempo. Una palabra, repetida hasta la saciedad, como una oración.

Bizipoza, bizipoza, bizipoza.

Días después de mi conversación con Jager, cuando él cazó el guacamayo para mí, la fiebre empezó a remitir. Ya no sentía que al apoyar mis pies sobre la tierra moriría ahogado en ella. Comencé a salir de la cabaña y a dar pequeños paseos. Solía llevar a Sagardo posado en mi hombro –igual que había visto que hacía Jager con el Capitán Ron–, que aleteaba excitado y cacareaba cada vez que algo me llamaba la atención: cuando al mediodía el sol caía a fuego y me arrimaba a él como a una hoguera, cerrando los ojos y dejando que las llamaradas calentaran mi frente y mis huesos todavía entumecidos; cuando al atardecer el mar arrastraba una brisa que sacudía las

---

32 Sidra.

ramas de los cedros, los limoneros, las palmeras, y el aire se convertía en una fruta mordida; cuando veía aparecer un lagarto sobre una roca, o en la rama de un árbol un camaleón atrapando una mariposa con un latigazo de su lengua; cuando por la noche Jager se quedaba dormido y yo acercaba a mi hamaca el farol con las moscas de luz (aquellas prodigiosas luciérnagas, que brillaban en la oscuridad y eran capaces de iluminar, solo dos o tres de ellas, una habitación); cuando, a continuación, abría uno de los libros que había conseguido traer conmigo desde el otro lado del océano y pasaba sus páginas mientras, fuera, la selva me hablaba con las mil y desconocidas lenguas de las criaturas de la noche...

—*Bizipoza* —le repetía una vez más a mi guacamayo, antes de quedarme dormido, y también era esa la primera palabra que pronunciaba al despertar cada día, cada uno de aquellos días plenos de recuerdos y descubrimientos.

Así durante tres meses de fiebre y purgatorio, hasta que Sagardo también aprendió a decirlo, una mañana de abril:

—*Bizipoza*.

Bizipoza, la alegría de vivir, a pesar y por encima de todo.

—Pronto vendrán las lluvias —dijo Jager.

Mientras hablaba yo le apuntaba con el mosquetón, a solo unos pies de distancia, pero él no parecía inmutarse, continuaba ahumando, sobre una parrilla de leños verdes entrecruzados, las presas de carne de las últimas reses que habíamos abatido. Abajo, en el suelo, las brasas ardían semienterradas en una franja excavada en la tierra. Una gran humareda se elevaba al cielo y se confundía con nubes grises y amenazantes.

—Entonces todo se embarrará y será más complicado cazar —añadió.

Jager me había enseñado cómo hacer el *bucan* y también me había acompañado durante las primeras cacerías. Al principio maté las vacas como había aprendido con mi padre: a cuchillo. Mi habilidad con este y la familiaridad con la sangre impresionaron al viejo bucanero, pero rápidamente me di cuenta de que degollar a los animales era una pérdida de tiempo y de fuerzas. A diferencia de las *betizu,* las vacas de La Española eran mansas, no huían ni se enfrentaban y resultaba fácil y cómodo derribarlas disparando. Jager no solo me enseñó a manejar el mosquetón, a cargarlo de pólvora y apuntar sin que su estallido me tumbara de espaldas, sino que además me regaló su propia arma, la misma con la que yo le encañonaba ahora.

—Un bucanero sin mosquetón no es nada —me dijo el día que colocó el fusil en mis manos, y lo cierto fue que a partir de aquel momento no me separaba nunca de él.

Llevaba asimismo alrededor de la cintura un cincho con varios cuchillos y una calabaza ahuecada, llena de pólvora, y cubría mi cuerpo con la larga camisa de los bucaneros, en la que nunca faltaban manchas de sangre ni quemaduras de leña.

No fue la única arma que Jager me regaló. Otro día, en la playa, me enseñó cómo utilizar un arpón para cazar tortugas: un palo largo y macizo con un gancho afilado amarrado fuertemente en uno de sus extremos.

—Quizás veas tortugas grandes como terneras —me dijo, señalando al mar—. Olvídate de ellas, su carne sabe a rayos. Busca tortugas más pequeñas, y entre ellas las de escamas verdes y cabeza pequeña. Espera a que suban a tomar aire y entonces clávales el arpón en la barriga.

Jager me hablaba desde la arena, mientras yo caminaba por el mar, con el agua hasta las rodillas. Desde donde estaba él no podía ver las tortugas sumergidas, y sin embargo todo iba sucediendo como lo contaba, porque así había sucedido ante sus ojos miles de veces. Vi pasar, en efecto, un animal enorme, de tal vez mil libras de peso, una especie de dragón marino. Me sobresalté e incluso estuve a punto de perder pie, pero la enorme tortuga se alejó dócilmente. Después aparecieron otras más pequeñas, algunas de ellas con la cabeza más abultada, y por fin las tortugas verdes a las que se había referido.

Conseguí cazar una de ellas, no sin cierta dificultad, y más tarde, por puro aburrimiento y por adiestrarme un poco en el manejo del arpón, también ensarté alguna de las que llamaban *cavana* y que parecían menos esquivas.

Cuando las arrastré hasta la arena, sin embargo, Jager no fue capaz de diferenciar una de otras.

—Buena pesca, muchacho —dijo.

Su vista empeoraba día a día. Caminaba ya casi a tientas, ayudado por una gruesa rama que había sustituido a su mosquetón o enganchando el garfio de su mano derecha en un faldón de mi camisa. Tal vez por ello, antes de que se derritiera la última chispa de luz en sus ojos, Jager se había apresurado a enseñarme todo cuanto sabía: cuándo debía plantar y cuándo recoger las habas y las patatas y cuándo el cazabe, con el que podría amasar pan al cabo de un año; desde dónde podía acarrear agua y cómo hacerlo sin que los caimanes me arrancaran de cuajo los brazos; qué barcos se acercaban a la playa para comprar *bucan*; cuáles ofrecían a cambio pólvora, ron o mujeres y cuáles eran las contraseñas que lo indicaban con sus banderas; qué palmeras podía sangrar con el cuchillo; de cuáles de ellas brotaba licor bueno para el aguardiente y de cuáles veneno o una tinta que se volvía visible al cabo de una semana...

Todos los secretos de los bucaneros, que yo no sabía si Jager me revelaba por puro egoísmo, para que cuidara de él y me convirtiera en sus ojos, sus manos y sus piernas cuando ya no pudiera valerse por sí mismo, o porque de verdad me consideraba un hermano. Lo cierto era que se comportaba más como tal, o incluso como un padre más que como un amo: nunca me gritaba ni me maltrataba, era paciente conmigo y creo que me apreciaba. Yo, no obstante, me mostraba con él desabrido y cortante, en parte por protegerme, porque no quería volver a querer a alguien que no tardaría en morir, pero también porque a veces me repugnaba. No le perdonaba que me hubiera comprado como si fuera un animal, un barril de vino o de pólvora, un fardel de cera para encender y consumir hasta que la llama se apagara; tampoco soportaba su olor, aquel aliento hediondo, a muerto, una especie de prolongación del de Oncededos, que exhalaba e impregnaba la cabaña y que me arrebataba el aire; y lo odiaba con todas mis fuerzas cuando algunas noches bebía hasta embrutecerse, como un cerdo, hasta caer redondo sobre sus propios vómitos, que además yo debía limpiar a la mañana siguiente.

A veces, como entonces, tenía ganas de matarlo.

«En realidad me harías un favor», recordé sus palabras.

Pero yo sabía que no era por eso por lo que se mostraba tan tranquilo, mientras apuntaba a su cabeza con el mosquetón, sino porque Jager ya no me veía: se había quedado completamente ciego.

—Durante meses caerá agua a mares —dijo.

Y a la vez que yo acariciaba el gatillo, un trueno estremeció el cielo a lo lejos y la primera tormenta de la época de lluvias avanzó un paso más en nuestra dirección.

Nunca había visto llover de aquella manera. Llovía, en efecto, a mares, como si los hubiera también sobre nuestras cabezas y de repente el cristal del cielo se hiciera añicos. Como si las nubes vomitaran agua, o se vomitaran a sí mismas, deshaciéndose en lluvia, pues las tormentas apenas duraban unos minutos y después volvía a brillar el sol. A mí, acostumbrado a la lluvia fina e incesante de Zugarramurdi, que calaba pausadamente hasta los huesos, me gustaba colocarme bajo aquel manto de agua, sentir cómo esta corría entre mis pies y se mezclaba con la tierra caliente y blanda, cómo empapaba todo mi cuerpo y mis cabellos y cómo después el sol se la bebía a sorbos en mi piel.

Solía salir de la cabaña al atardecer, cuando el cielo se tornaba gris, y me adentraba en el bosque, donde esperaba a la tormenta como a una madre que me acogía entre sus brazos y me protegía, me aislaba del mundo, hundiéndome en su regazo.

Una de esas tardes, a diferencia de otras veces, al romper a llover busqué refugio en una pequeña cueva, me llevé la *alboka* a la boca y comencé a tocar. Necesitaba hacerlo, liberar la ansiedad que desde hacía semanas crecía dentro de mi estómago y a la que yo alimentaba en secreto como a un pequeño animal al que sabía que ya no podría retener durante más tiempo. Pensé que allí nadie me escucharía, pues el tañido del cuerno sería tragado por el ruido del aguacero. Y así fue, la música se diluyó en la tormenta, se unió a ella, se abrió paso entre el telón de agua, conservando su secreto, susurrándoselo a los árboles y los pájaros, a la tierra, el cielo y el océano, y manteniéndolo oculto a los hombres, que se guarecían en sus cabañas de la lluvia torrencial; ocultándolo a todos ellos menos a mí, que escuchaba el eco de la *alboka* a mis espaldas, rebotando en las paredes de la cueva, y sentía sus vibraciones hormigueando en mi cuerpo mientras otro aguacero, este de lágrimas, resbalaba por mis mejillas.

Regresé a la cueva para tocar mi *alboka* todas las tardes, mientras duró la época de lluvias. Regresé incluso cuando el viento se tornó huracanado y hubo que tumbarse sobre él para caminar.

Nunca había visto tampoco hasta entonces un viento tan atroz, capaz de arrancar de cuajo árboles altos como torres, ni llevarse por los aires las casas, de una sola pieza. Hasta en tres ocasiones tuvimos que reconstruir nuestra cabaña, y hubo días que encontramos algunos de nuestros enseres —las cazuelas, los cuchillos, los sombreros— a varias leguas de distancia, colgando como frutas extrañas de las copas de los árboles.

La naturaleza y el clima de La Española eran desmesurados y temperamentales. De vez en cuando enfurecían de manera súbita, y destruían cuanto encontraban a su paso. Durante aquellos meses vi olas gigantes que desbordaban el océano y entraban en tierra, arrasándola; remolinos de aire que caminaban como guerreros heridos e iracundos; tormentas de fuego en las que en lugar de agua caían del cielo miles de rayos; jaurías de perros salvajes que recorrían el bosque devastado y desgarraban a dentelladas los cadáveres de jabalís, vacas o de otros perros salvajes, vapuleados por el temporal.

Pese a ello, siempre me sentí a salvo, incluso los días en que el huracán soplaba con más fuerza, pues pensaba que precisamente entonces el viento se convertía en mi cómplice y llevaba más lejos mi música, la hacía cruzar el océano y llegar hasta la raya entre la montaña azul y el mar verde, allá donde yo había nacido.

Después, las lluvias amainaron y el tiempo se apaciguó, regresó el sol como el fuego de una hoguera, los mosquitos del tamaño de gorriones, el mar en calma...

Y yo eché de menos el rugido de la tormenta y el viento ululando enloquecido.

Durante muchos días, cuando la borrachera o el sueño desmayaban a Jager, estuve recorriendo la isla, buscando cuevas o barrancos en los que pudiera volver a tocar la *alboka* sin que nadie me escuchara, pero nunca eran lo suficientemente profundos ni alejados de otras cabañas.

Un día, mientras me bañaba en una poza que se formaba a los pies de un pequeño salto de agua, descubrí tras este una hendidura en la piedra por la que una persona delgada como yo podía introducirse y me asomé a ella. Estaba muy oscuro, pero volví hasta donde había dejado mi ropa y cogí el farol con las moscas de luz que siempre llevaba conmigo. Después entré en la cueva y avancé unos pasos. A mis espaldas, por la grieta en la roca, entraba una espada de luz. La cascada cuarteaba en varios colores los rayos de sol que se filtraban a través de ella. El agua caía, en un rumor cantarín, como un sello, como una puerta de vidrio turbio que dejaba al otro lado el mundo de los vivos. Caminé todavía algunos pasos más, hasta que la luz del exterior ya no podía herirme y, entonces, al colocar las moscas de luz ante mi rostro los vi: cientos de huesos y calaveras desordenada y macabramente amontonados, esqueletos abrazados, muchos de ellos de niños, otros de animales, con el hueso del cráneo quebrado por alguna pedrada o un hachazo... Y también ropa convertida en polvo, puntas de flechas y de lanzas con sangre ennegrecida, collares de pequeñas conchas marinas tirados por el suelo... Horrorizado, volví sobre mis pasos, con las piernas temblorosas, tropezando varias veces, y salí de la cueva.

Esa misma noche pregunté a Jager si conocía aquel lugar y quiénes estaban enterrados en él.

—Indios. Son indios. Hay muchas más cuevas y simas como esa, llenas de muertos —me explicó—. Preferían morir allí dentro, sepultarse vivos, antes que dejarse capturar y convertirse en esclavos. Los españoles los perseguían, con sus perros. Cuando ya no quedó ninguno vivo o libre, los españoles se fueron, dejaron solo sus mastines, que se asilvestraron, por eso hay tantos perros salvajes en esta parte de la isla. Y tantas fosas y cementerios indios, maldita sea.

—Entonces, ¿no queda ningún indio vivo?

—En el interior, tal vez, en las minas, donde mueren como ratas, o en las haciendas de los españoles. A cada nuevo colono el rey le encomendaba cincuenta indios, pero apenas queda ninguno, solo medio indios, mestizos... Los indios no pueden vivir de esa manera, enjaulados, mueren de melancolía, como algunos pájaros —contestó Jager.

Tardé varios días en volver a la cueva. Alguna noche tuve pesadillas en las que aparecían manadas de perros salvajes lamiendo calaveras, soldados que me perseguían con antorchas y de los que yo me ocultaba en ataúdes, cascadas de sangre, pequeños indios que danzaban y agitaban sus hachas de guerra dentro de los vientres de las mujeres de sus asesinos... Pero a la vez una fuerza extraña me llamaba desde el fondo de aquella cueva y por fin regresé a ella. En esta ocasión no me aparté demasiado de la entrada ni dejé que las moscas de luz revolotearan sobre los huesos amontonados. Simplemente, cerré los ojos y soplé en la boquilla de mi *alboka*. El trino que brotó de ella me estremeció. Frente a mí el agua de la cascada protegía mi música, la cubría con un manto invisible, como antes lo habían hecho la tormenta y el huracán. Y a mis espaldas sentía la presencia de los muertos, que todavía me acompañaban, que se resistían a ser enterrados, que no iban a dejarse vencer, ni siquiera muertos, por esa otra esclavitud del olvido. Sentía a mi abuelo, el sonido de su flauta, los pies desnudos de mi madre bailando sobre la tierra, el temblor de las hojas de los libros, cuando mi padre pasaba sus páginas... Sentía incluso la voz de Kuthun abriéndose paso entre los esqueletos y acompañando el tañido de mi *alboka* con una de sus canciones, bellas y terribles:

Aldrebeseko gizasemea naiz.
Hilkutxa batean jaio nintzen,
eta zoriontsu hilko naiz
nire amaren sabelean.[33]

Mi música era un hilo que unía el pasado y el futuro, que discurría desde los montones de esqueletos a mis espaldas hasta la entrada de la cueva, aquella especie de útero materno, con su hendidura en la roca, una matriz de piedra a través de la cual entraba la herida luminosa de la vida y esta fluía como el agua de una cascada.

La cueva se convirtió en mi pequeño santuario, en el que me refugiaba a menudo, pero al cabo de algún tiempo comencé a sen-

---

33 Soy el hombre al revés / Nací en un ataúd / y moriré feliz / en el vientre de mi madre.

tir la necesidad de tocar la *alboka* o las pequeñas flautas que allí tallaba también fuera de aquel lugar, de volver a escuchar las risas, los gritos y las canciones, de ver a mi alrededor a otras personas bailando y divirtiéndose...

Los bucaneros, sin embargo, eran hombres solitarios y desconfiados y apenas se relacionaban entre sí. De vez en cuando, algunos de ellos visitaban a Jager, pero nunca permanecían demasiado tiempo en la cabaña, y mientras lo hacían parecían extraños, sin saber qué contarse o sin ganas en realidad de hablar. Casi siempre las visitas servían para intercambiar carne, manteca de puerco, los licores que cada uno de ellos destilaba... Uno de los que venía con más frecuencia era Leblanc, el primer bucanero que vi meses atrás en el galeón, tras divisar tierra, y lo hacía siempre acompañado de su joven esclavo, aquel muchacho de ojos tristes, que se quedaba sentado lejos, observándonos en silencio, en una actitud sumisa. Yo, por el contrario, no temía acercarme para escuchar las conversaciones de los dos hombres e incluso participaba en ellas, animado por Jager, pero eso parecía molestar sobremanera a Leblanc, que me ignoraba y me dirigía miradas fulminantes, llenas de un odio que no alcanzaba a comprender.

—Es un lameculos, un sucio cazador de cerdos —lo maldecía el holandés cuando se largaba, si bien apenas lo había hecho no tardaba en cortar con el cuchillo algún trozo del jamón o de la longaniza con los que Leblanc le había obsequiado—. Lleva años esperando a que me muera, para quedarse con mi cabaña —añadía a continuación, mientras de su boca salían disparados pequeños trozos de carne, algunos de los cuales se enganchaban en sus asilvestradas barbas.

Las visitas entre los bucaneros eran también un modo de vigilarse, de tirarse de la lengua, sobre todo, cuando como entonces, al finalizar la época de lluvias, los barcos volvían a cruzar el estrecho que separaba La Española de la isla que quedaba frente a nuestra costa, Tortuga, y se acercaban a tierra en busca de *bucan* y otras provisiones. Yo no tenía ni idea de cómo sucedía, pero los Hermanos de la Costa sabían cuándo y a qué barco debían acercarse y raramente ocurría que lo hicieran más de una o dos canoas a la vez, disputándose las mercancías.

—¿Qué bandera ondea? —solía preguntarme Jager, cuando le hacía saber que había algún barco anclado frente a la playa.

—Una cruz amarilla sobre fondo rojo —le contestaba.

—Ron. Prepara el bote —ordenaba entonces.

O bien:

—Un cuadrado blanco sobre fondo azul —decía yo.

Y él respondía:

—Pólvora. Leblanc irá a por ella, mañana nos acercaremos a su cabaña a por un barril.

Al principio, solíamos bajar los dos hasta la playa, pero al cabo de algún tiempo Jager comenzó a quedarse en la cabaña, mientras yo cargaba el *bucan* y las pieles en la canoa y subía solo a las naves para intercambiarlos por vino, tela, aceite, velas... Jager, al parecer, confiaba ciegamente en mí, y lo cierto era que siempre acababa por regresar junto a él, aunque todas y cada una de las veces que yo subía a un barco se me pasara por la cabeza lo fácil que sería pedir al capitán que me llevaran con ellos, bien enrolado en la tripulación o bien pagando mi pasaje con la carne o las pieles.

Un día, cuando dejé mi carga sobre la cubierta de uno de aquellos barcos, tras beber un trago de vino que me ofrecieron, exhalé un suspiro y Sagardo, mi guacamayo, cacareó:

—*Bizipoza!*

Al oírlo, uno de los marineros se acercó intrigado y me preguntó:

—*Nongoa zara, mutiko?*[34]

Me di cuenta pronto de que el resto no entendía lo que decía.

---

34 ¿De dónde eres, muchacho?

Debía de ser el único vasco de la tripulación, y al oír una palabra en su lengua esta había actuado como la luz que atraía a una mariposa nocturna. Probablemente no dominara ningún otro idioma con soltura y necesitara, después de muchos días a bordo, hablar con alguien sin tener que esforzarse por hacerse entender. Un hombre con la lengua cortada es un hombre despojado de su mundo. Un hombre solo en mitad del mar.

—Soy navarro —le contesté.

—Yo soy vizcaíno —estrechó mi mano.

Observé que a nuestro alrededor los demás, en especial el capitán, nos escuchaban recelosos. Me sentía incómodo, pero al mismo tiempo me atreví a expresar en voz alta alguna de las que hasta entonces solo habían sido tentaciones que acechaban en silencio.

—¿Hacia dónde navegáis?

El marinero se rio en voz alta.

—Si estás pensando en venir con nosotros, no te lo recomiendo —pareció leerme el pensamiento—. Dudo mucho que tu infierno sea más caliente que este. Te lo digo ahora que nadie puede oírnos —bromeó.

—*Mila esker* [35] —le agradecí la advertencia, todavía en vasco, y comprendí entonces aquello que me dijo Axular el día que nos despedimos, refiriéndose a nuestra lengua: «Este será siempre vuestro único territorio libre».

Después, ya en tierra, mientras el barco se alejaba y se perdía en el horizonte, me quedé un buen rato sentado en la playa, con una mezcla de abatimiento y culpabilidad. Yo no debía nada a Jager, y sin embargo creía que había traicionado su confianza. En realidad, junto al viejo bucanero, había dejado de sentirme un fugitivo, después de mucho tiempo.

—No es un mal trato —recordé sus palabras, semanas atrás,

---

35 Muchas gracias.

cuando me explicó el pacto entre los bucaneros según el cual uno de estos tomaba como compañero a otro.

Lo cierto era que la isla, tal y como Jager había vaticinado, había acabado por gustarme. En ocasiones aquella vida –la caza, la cabaña, el monte...– me recordaba a la de Zugarramurdi, antes de que María de Ximildegi regresara al valle y todo empezara a acabarse. Y esa época del año en La Española, en la que los barcos fondeaban frente a la costa, se asemejaba a la época feliz de la sidra en Dolarenea: los bucaneros, a pesar de sus vidas de ermitaños, solían reunirse algunas tardes en la playa, para beber, cantar, bailar, comer... Era como si para cerciorarse de que habían elegido vivir solos necesitaran mirar de vez en cuando a su alrededor y ver a alguien más.

A las fiestas solían venir bucaneros de cabañas desperdigadas en varias leguas a la redonda, y traían consigo algún animal para sacrificar, aguardiente, o pipas de vino, que colgaban en un árbol y agujeraban con un cuchillo y de las que bebían con la boca abierta hasta que quedaban vacías; y cuando quedaban vacías, volvían a desfondar un nuevo barril, todo ello sin que nunca cayera una sola gota de vino sobre la arena. Después, aporreaban los pequeños toneles vacíos, como si fueran tambores, y entonaban canciones tristes con sus voces que la borrachera y el humo de las hojas de tabaco retorcían como sogas; o se enroscaban por los hombros y bailaban entre toses y carcajadas, redobladas cuando alguno de ellos se disfrazaba de mujer y otro lo tomaba por la cintura, le volteaba las faldas... Algunas veces, alguien traía un violín, o un arpa de boca, que tocaba con torpeza.

—¡Vamos, chico, haz sonar ese cuerno! —solían gritarme entonces, e incluso en ocasiones se ponían violentos, si me negaba, y me arrebataban con brusquedad la *alboka*, pero nunca conseguían hacerla sonar, se cansaban pronto, la arrojaban sobre la arena, y buscaban pelea en otro corro.

Una noche en la que me arrimé varias veces a una de las pipas de vino este se me subió a la cabeza como un gato en busca de caricias. De repente, una sensación de placidez se apoderó de mí. El rumor del mar, el calor del fuego sobre la piel, las canciones de rebelión y melancolía... No quería estar en ningún otro lugar, ni que aquel momento terminara nunca. ¿Para qué necesitaba subirme a uno de aquellos barcos si allí, entre aquellos hombres que se habían apartado del mundo, me sentía en paz? El sonido de la *alboka* me sorprendió a mí mismo. Comencé a tocarla casi sin darme cuenta. La música era un ser vivo, con sus vísceras y su respiración. A veces necesitaba tocarla a solas; otras, si no había alguien junto a mí, no servía de nada, no la oía, no me curaba. Siempre era ella la que se mostraba, la que se manifestaba en mí como quería. Y allí, en la playa, se acercó sigilosa, pero no tardó en convertirse en el centro de todo. Los bucaneros súbitamente dejaron de beber, de pelearse y se acercaron a mí, me rodearon, al principio con precaución, tal vez porque hacía mucho que no oían a un músico de verdad, o tal vez porque nunca habían escuchado una *alboka*; luego, su tañido no tardó en arrebatarles las respiraciones, se introdujo en sus cuerpos y los sacudió, como si el gato que había ronroneado en mi interior saltara ahora de uno en uno sobre ellos y arañara también sus entrañas, contagiándoles esa misma placidez que me embargaba. Y comenzaron a danzar, a cantar, mientras el resplandor de las hogueras se reflejaba en el mar, como un parapeto, frente a ese mundo que quedaba lejos, al otro lado, en otras vidas que no merecían la pena ser vividas, esas vidas y ese mundo que habían dejado atrás y al que desafiaban, heridos de alegría y de orgullo, aullando como una manada de lobos salvajes, a la que yo ahora también pertenecía.

20

—Tus ojos son ahora los míos. Cuéntame cómo es la muchacha —me pidió Jager, mientras ella, desnuda ante nosotros, temblaba.

Pero mis ojos en aquel momento eran dos pájaros asustados, que intentaban escapar y se golpeaban las alas, vencidas por el peso de la vergüenza y del olor a podredumbre y muerte dentro de la cabaña. No me atrevía a mirarla. Nunca, a excepción de a Morguy reflejada en un espejo, había visto a una mujer desnuda. Y sin embargo, no era aquello lo que más miedo y congoja me daba, sino saber que mis ojos podían ser también los dedos de Jager y estos cinco cuchillos y un garfio que desgarrarían la piel y el corazón de la muchacha.

Yo mismo la había acompañado hasta nuestra cabaña, abriéndome paso a través de la selva con una antorcha, como había visto tiempo atrás que hacían otros hombres con las mujeres del galeón que me había llevado hasta La Española; aquellas mujeres a las que la noche se las tragaba y las devolvía al amanecer con la ropa y la sonrisa sucias.

Mis ojos revolotearon por la cabaña, buscando una salida, y las moscas de luz se posaron sobre mis ojos cegándolos durante un instante, en el que supe que mis palabras podrían ser el rayo de luz en mitad de la noche a través del cual escapar y el sol que calentaría la piel de gallina de la muchacha.

—Es la chica más bonita que nunca he visto... —comencé a hablar.

Todo había comenzado a media tarde, cuando Leblanc llegó a nuestra cabaña, jadeante y excitado:

—Se acerca un barco con mujeres —dijo—. Cuando se eche la noche, fondearán frente a la playa.

—Está bien. Te mandaré al chico entonces —le contestó Jager.

No había mujeres entre los Hermanos de la Costa, pero yo ya había oído hablar de esos burdeles flotantes, que de vez en cuando se acercaban a la playa, y en algunas de las fiestas también había visto a algunos bucaneros que aparecían con prostitutas negras, procedentes de las plantaciones de azúcar o de los primeros asentamientos que tenían los españoles tierra adentro.

—Las mujeres es lo único que echo de menos en esta isla —dijo Jager en cuanto Leblanc se fue—. Ya no volveré a ver a ninguna, pero todavía puedo acariciarlas, no quiero morirme sin volver a hacerlo —se dirigió a mí en tono suplicante, como si pudiera adivinar la mueca de desagrado que se dibujaría en mi rostro al anochecer, cuando me ordenó bajar a la playa.

Cuando llegué a esta, Leblanc ya estaba allí, junto a su silencioso y joven compañero y, frente a ellos, en el mar, un pequeño y destartalado galeón. Les ayudé a sacar de entre la maleza una de las canoas que ocultábamos en ella y nos sentamos en la arena a esperar alguna señal desde el barco. Permanecimos callados, escuchando los ladridos de los perros salvajes en la montaña, que podían haber sido nuestros propios pensamientos y recelos.

—¿Cómo está el viejo? —rompió por fin Leblanc el silencio, señalando en dirección a nuestra cabaña.

—Sigue vivo —le contesté yo.

—Pero no por mucho tiempo —se revolvió el bucanero—. Conozco a ese viejo hace muchos años. Lo he cuidado durante mucho tiempo y he sido más amable con él de lo que se merecía. Me he tragado todas sus patrañas sobre la hermandad, la ley de la costa... Pero ¿sabes una cosa? Para mí no significan nada, son solo pájaros en su cabeza, que echarán a volar cuando el viejo estire la pata. El rey de los bucaneros... —masculló—. Pues bien, a rey muerto, rey puesto, eso es lo que digo yo. Esa es mi ley. Seré yo quien se quede su cabaña, cuando Jager muera, no te hagas ilusiones, chico.

Apenas Leblanc hubo terminado de hablar uno de los perros aulló desgarradoramente a lo lejos, como si le estuvieran clavando un puñal. Luego, desde el barco vimos balancearse un farol rojo. Era la señal.

—¡Vamos! —ordenó Leblanc.

Remamos hasta el galeón y al llegar a él los dos muchachos nos quedamos en la canoa, mientras Leblanc subía a bordo. Miré al otro joven. Me pregunté qué opinaría de todo eso que su amo había dicho, si le parecería justo. Según la ley de la costa él heredaría todas las pertenencias de Leblanc cuando este muriera, del mismo modo que a mí me correspondía la parte de Jager. Pero el muchacho rehuyó esta vez mi mirada y permaneció callado. Por un momento sentí deseos de zarandearlo e incluso de golpearle.

Leblanc regresó al cabo de un rato. Lo oímos conversar, entre carcajadas, con un marinero, sobre nuestras cabezas, en la cubierta del barco.

—No es la chica más bonita de todas, pero ¡qué más da!, no se va a enterar, el holandés está ya ciego por completo —dijo—. Y siempre se ha fiado de mis gustos. Me beberé el ron a su salud; después de todo lo he comprado con su dinero.

—Sí, gastarlo todo en una chica más guapa habría sido tirar ese dinero por la borda —contestó el marinero, riéndose.

Después se despidieron, y Leblanc bajó a la canoa con un pequeño barril de licor y acompañado de una joven. Debía de tener unos quince años, era flaca, con el rostro renegrido y picado de viruelas. Se sentó encogida sobre sí misma y cubierta por una mantilla, bajo la cual tiritaba, a pesar del calor.

Llegamos a la playa y, tras dejar de nuevo la canoa entre la maleza, Leblanc y su acompañante se despidieron de mí y de la chica. Yo prendí una antorcha y eché a andar monte arriba, en dirección a la cabaña. Ella caminaba unos pasos por detrás, y a veces se quedaba rezagada, o tropezaba y caía al suelo. Cuando eso sucedía me detenía y la miraba, pero no retrocedía para ayudarla. Estaba malhumorado, en parte por las amenazas de Leblanc, pero también odiaba a aquella chica y, sobre todo, me odiaba a mí mismo. ¿Por qué nos dirigíamos a la cabaña, en lugar de internarnos tierra adentro y escapar? Solo éramos dos esclavos. ¿Qué habría hecho Kuthun en mi lugar? ¿O esa chica, si hubiera sido Kattalin? Supongo que habríamos vuelto a huir, sin miedo a lo que nos esperara. Pero no, esa chica no era Kattalin, y solo por eso la despreciaba.

Sin embargo, cuando llegamos a lo alto de la colina ella se detuvo, jadeando y sudorosa, con todos sus huesos agitándose como si los moviera el viento, y supe que estaba siendo injusto, que la muchacha estaba muerta de miedo y que, en realidad, yo no lo estaba menos.

—No te preocupes, no es la primera vez que lo hago —fue, de hecho, ella la que intentó tranquilizarme, cuando Jager la reclamó desde el interior de la cabaña.

Ni siquiera tuve fuerzas para levantar la cabeza cuando pasó ante mí. Solo lo hice después. Me quedé fuera, mirando al cielo. Era una noche estrellada, pero la brisa traía desde lejos algunas gotas de lluvia. Una noche de brujas, como las llamábamos en Zugarramurdi. Me estremecí al pensar en esa palabra. Y justo en ese momento Jager me pidió que entrara a la cabaña.

—Tus ojos son los míos. Cuéntame cómo es la muchacha —dijo, una vez dentro.

—Es la chica más bonita que nunca he visto... —comencé a

hablar—. Tiene una sonrisa desbordante, como un océano, en ella confluyen todas las sonrisas del mundo arrebatadas por la fuerza; su cuerpo es la hoja de una biblia; su piel tiene el color de la tierra, de una tierra sobre la que nunca se han derramado lágrimas, ni sangre; sus huesos se dibujan bajo ella con suavidad, como fronteras derribadas, las caricias solo pueden caminar sobre esa piel con ternura, con la delicadeza y la precaución con que se conduce un hombre libre; tus manos, Jager, solo pueden recorrer ese cuerpo como si sobre él estuviera escrita la ley de la costa, recibirlo en tu boca como una hostia consagrada, como la palabra dada de un bucanero; y tú, muchacha, tú no temas a este hombre, es un hombre bueno, no temas su garfio, pues lo último que hizo la mano que había antes en su lugar fue arrebatar un látigo; cuando el garfio recorre tu piel la mano de este hombre bueno recobra la vida, y la da a quien toca con ella; no temas, muchacha, no, en esta cabaña tú eres la mujer más hermosa del mundo y a tu lado está el hombre más justo sobre la tierra... —dije, antes de salir de la cabaña.

Una vez fuera, mis palabras abandonaban todavía mi boca como Perseidas, como Lágrimas de San Lorenzo, que se tragaba la noche y que esta borraba con la manga húmeda de su camisa sucia. Como promesas que duraban solo lo que tardaba en recorrer el cielo una estrella fugaz.

Estuve vagando durante horas por el monte, con aquel sabor pastoso en la boca, como si hubiera vomitado todo aquello que dije, sin saber muy bien qué decía. Horas más tarde, me encontré a la muchacha descendiendo por la colina. Ella no dijo nada, al verme, solo me besó con dulzura en los labios, y continuamos andando los dos juntos, en dirección a la playa, mientras sobre nuestras cabezas comenzaba a amanecer.

Jager murió poco después, en una de las fiestas de la playa, a la que habían acudido, desde Tortuga, varias decenas de piratas. La pequeña isla era uno de sus refugios habituales, en el que calafateaban y carenaban sus naves, o donde simplemente permanecían ocultos, tras algún abordaje. A veces pasaban semanas allí, incluso plantaban pequeños huertos o cazaban cerdos y tortugas, aprovisionándose para nuevas incursiones, pero esas actividades terrestres les disgustaban y aburrían, y necesitaban distracciones, algo que aplacara su sangre caliente y oceánica, sedienta de sal y de más sangre.

En aquella ocasión, los piratas cruzaron hasta nuestra costa de La Española para asar dos reses. Pertrechados con varios barriles de ron y armados hasta los dientes con pistolas y cuchillos, rechazar su invitación para beber y divertirse era poco menos que una declaración de guerra, de modo que en la playa se reunieron con ellos todos los bucaneros de los alrededores.

Los piratas aparecieron vestidos de forma estrafalaria, como yo había visto en Lapurdi que acostumbraban a hacer los corsarios vascos cuando desembarcaban; con ropas arrebatadas a sus víctimas: medias de seda, no necesariamente las dos del mismo color, zapatos con relucientes hebillas, pelucas desmadejadas, tricornios con las insignias arrancadas y sustituidas por vistosas joyas... Cada uno de ellos era, a su manera, un capitán de sí mismo, un caballero del mar.

Plantaron en la playa una bandera roja, sobre la que aparecía dibujado un esqueleto sonriente con una copa en una mano y en la otra un hacha, y mientras asaban la carne comenzaron a dar buena cuenta de los diferentes ponches que habían preparado para la fiesta: el que llamaban *bumbo*, una mezcla de ron, agua, azúcar y nuez moscada; o el *rumfustian*, en el que batían huevos crudos con jerez, ginebra y cerveza...

Jager iba, o más bien me hacía conducirlo, de un barril a otro, probando entusiasmado todos los licores. La presencia de los piratas parecía excitarlo: escuchaba sus bravuconadas y se unía a ellas con carcajadas que a menudo lo ahogaban en una tos violenta, y no dudaba en contar sus viejas historias a todos aquellos que todavía tuvieran la paciencia suficiente para escucharlas, antes de que el alcohol comenzara a dispersarlos o volverlos pendencieros:

—¿Cómo perdiste esa mano, viejo? —le decían.

—Yo ya he llegado a viejo, dudo que tú lo hagas, fanfarrón —se revolvía al principio, pero después comenzaba a hablar, agitando su garfio—: Esta mano me la hizo cortar el contramaestre de un barco de la armada holandesa. Un hijo del diablo, que adoraba a Dios como si fuera su madre, maldita sea. Un día, mientras rezábamos, un grumete no pudo contener un estornudo y aquel hombre, tan piadoso, lo azotó con crueldad. Yo, harto de las injusticias del contramaestre, me enfrenté a él, le arrebaté el látigo y lo empujé, con tanta rabia que al caer se rompió varios huesos. Me costó esta mano, ese era el castigo que se imponía para quien desafiaba a un oficial, pero no me arrepiento. Fue como si cortara desde la raíz un destino escrito sobre la palma de mi mano que no deseaba para mí. Tras hacerme beber un jarro de ron, el carpintero de a bordo aserró con destreza a la altura de mi muñeca, y después cerró la herida con un cuchillo al rojo vivo. El dolor y la borrachera me hicieron perder el sentido, y cuando me desperté estaba tumbado sobre esta misma playa, con una pipa de agua en la mano y un fusil sobre la arena. Nunca, desde entonces, he necesitado nada más para ser un hombre libre, maldita sea —concluía orgulloso su historia Jager, y los piratas le jaleaban, lo invitaban a beber, o exaltados por su narración, calentaban sus cuchillos al fuego y se desafiaban en pulsos sobre barriles, en cada uno de cuyos extremos, junto a sus brazos en tensión, colocaban los hierros rusientes.

Todos aquellos piratas no ignoraban, porque muchos de ellos lo habían sufrido en sus propias carnes, que en realidad la mayoría de las mutilaciones propias de los marineros, las patas de palo, los parches en los ojos, los garfios como el de Jager, se debían a accidentes mucho más mundanos: jarcias tensas y afiladas como nervios que se desataban; herrajes y poleas con cargas que a menudo caían sobre cubierta; velas y palos vapuleados por el viento y el oleaje... o a peleas y borracheras en las que, como ahora, se desafiaban con puñales candentes, o, como yo vería años después en Tortuga, entrando en tropel a cuartos a oscuras en los que uno de ellos disparaba una pistola al azar, o colocándose junto a un barril de pólvora y una mecha prendida, hasta ver quién era el último en retirarse...

Y, sin embargo, ninguno ponía en duda la historia de Jager, o si lo hacía la daba igualmente por cierta. Todos aquellos hombres habían renunciado a su pasado, a su nombre, su familia y su nación, todos habían reescrito sus vidas y en cierto modo habían cambiado la línea de su destino trazada sobre la palma de la mano.

Jager estaba feliz entre aquellos hombres. Continuó bebiendo y riendo, abrazándose a ellos y dando vivas a la Hermandad de la Costa hasta que no pudo más. Entonces, se sentó sobre la arena y cayó de costado, con una sonrisa esculpida en el rostro y sus ojos del color de la nieve entornados, mirando al cielo. Yo lo zarandeé, al ver que no roncaba igual que un cerdo salvaje, como cada vez que dormía la borrachera, pero no reaccionó. Me recosté sobre su pecho y no oí los latidos de su corazón, ni el azote de su respiración golpeó mi rostro. Estaba muerto. Y yo no sentí pena, ni dolor, solo una paz extraña. Permanecí a su lado durante un buen rato, lo acompañé también en aquel último trecho. Después solo pensé en qué debía hacer, cómo lo contaría a los demás. Grité y distinguí caras entre los hombres que bebían en la playa, vi a Leblanc mirándome fijamente, y figuras que se acercaban tambaleándose, deformadas por las llamas de las hogueras.

—Está muerto —oí a algunos de los bucaneros y piratas, que también zarandearon el cuerpo de Jager, y acercaron a su boca pequeñas teas, cuya llama no se movió. Después, algunos cargaron con él en brazos y lo llevaron hasta el final de la playa, allí donde la arena y la hierba comenzaban a confundirse, y empezaron a cavar en la tierra. No pareció resultarles una tarea penosa, ni ajena a la fiesta. Cavaban entre risas, parando cada poco para dar un trago. Uno de ellos, borracho, vomitó en el hoyo y cuando este fue ya lo suficientemente profundo y habían echado dentro el cuerpo de Jager, otro cayó abajo, desatando las carcajadas de todos. No lo consideré, sin embargo, ofensivo, ni macabro. Pensé que a Jager le habría gustado aquello: ser enterrado mientras el fuego seguía encendido y la fiesta continuaba. Ser enterrado, como hicieron los Hermanos de la Costa que allí estaban, con un jarro de ron y la calabaza llena de pólvora a su lado. Lo cubrieron con varias paletadas, volvieron a beber un trago, y regresaron a la playa. Yo, entonces, eché a andar monte arriba, hacia la cabaña. Y poco antes de llegar, escuché un batir de alas sobre mi cabeza y vi pasar al Capitán Ron, el loro de Jager, alejándose hacia el corazón de la montaña, repitiendo, una y otra vez, y cada vez más lejos:

—¡El rey de los bucaneros, el rey de los bucaneros!

Leblanc llegó apenas amaneció. Lo estuve esperando despierto toda la noche, sentado ante la cabaña con el mosquetón cargado.

—Te avisé, chico: voy a quedarme aquí —dijo.

—Si das un paso más te vuelo la cabeza —le contesté.

Él estalló en una carcajada despectiva y desafiante.

—¿Tú? No te atreves. Solo eres un mocoso.

Tras él, su joven acompañante, clavó sus grandes ojos tristes en los míos y él sí comprendió que yo hablaba en serio. Intentó retener a Leblanc agarrándolo del brazo, pero el bucanero se zafó altanero.

—No te acerques más, Leblanc —volví a advertirle.

No hizo caso, echó a andar en dirección a la cabaña, ignorándome.

El disparo le arrancó el hombro izquierdo. Pude ver cómo salían volando, como moscas de carne, trozos de piel, músculos y tendones, que dejaron desnudo el hueso. Jager cayó al suelo, con una mueca de dolor e incredulidad. La sangre brotaba a borbotones. El muchacho corrió a su lado y trató de taponar la herida con sus manos. Parecía más asustado que el propio Leblanc y, a la vez, sus movimientos, la forma en que le hablaba, intentaban mantener y transmitirle serenidad y —entonces lo comprendí— amor. Por primera vez, distinguí en su rostro qué era lo que lo mantenía encadenado a aquel hombre. ¿Quién era aquel muchacho? ¿Su esclavo, su hijo, su amante? Me sorprendió pensar en ello en un momento como aquel. No tenía miedo, ni remordimientos.

—No quiero volver a verte por mi cabaña, Leblanc —dije.

El muchacho lo levantó a duras penas, le pasó el brazo derecho por encima de su hombro y cargó con él.

Se alejaron cuesta abajo, marcando con un reguero de sangre la tierra. Justo antes de perderlos de vista, el muchacho giró la cabeza y volvió a clavar sus ojos en los míos, del mismo modo que hizo meses atrás, cuando llegué a La Española. Esta vez fui yo quien, en su mirada, me reconocí como un bucanero. Como un hombre que acababa de conquistar su libertad.

CUARTA PARTE: TORTUGA

21

Pasaron casi ocho años hasta que volví a disparar a otro hombre. Fue aquella una época de paz, que hoy, aquí en mi taberna de La Habana, me cuesta rememorar, acaso porque en efecto durante aquel tiempo me convertí en un hombre extrañamente libre, en lugar de lo que he sido durante la mayor parte de mi vida: un hombre persiguiendo su libertad. Del mismo modo que todavía hoy soy capaz de evocar el color del agua, el movimiento de los peces a mi alrededor o el brillo de las monedas hundiéndose en el mar cuando, con los ojos bien abiertos y todos los sentidos alerta, me sumergía bajo el puente entre San Juan de Luz y Ziburu, los años en mi cabaña de La Española se asemejan en mi memoria al momento en que sacaba la cabeza del agua para respirar: una mancha luminosa y difusa en mi mente, mientras el aire irrumpía en mis pulmones.

Durante aquellos ocho años en la montaña dejé de ser un muchacho, crecí hasta alcanzar los seis pies de altura y la caza y el trabajo fortalecieron mis músculos. Me dejé crecer, a la manera de los bucaneros, la barba, que brotó negra, del mismo color de mis cabellos, y alborotada, aunque en mitad del remolino se me dibujó un mechón blanco, que yo quise ver como una manifestación de Jager en mí, resistiéndose a morir y a ser olvidado, mostrándose como un espíritu que me guiaba entre los Hermanos de la Costa e iluminaba a estos.

Yo, sin embargo, apenas me relacionaba con el resto de los bucaneros. Pasaba largas temporadas cazando, en el interior de la isla, y, una vez abastecido, otras en lo alto de mi montaña, pero tampoco rehuía el trato con ellos: bajaba de vez en cuando a las fiestas de la playa, donde desahogaba mis ardores juveniles, o cruzaba en canoa hasta la isla Tortuga para vender pieles o intercambiarlas por pólvora y –esto resultaba más complicado– libros, que leía una y otra vez, hasta aprender algunos pasajes de memoria, que después recitaba en voz alta mientras ahumaba la carne, pescaba tortugas, plantaba el cazabe...

Me convertí en una especie de ermitaño, al que, al contrario que al resto de los bucaneros, le estaba permitido vivir solo o cazar de forma indistinta vacas o cerdos. Y, a pesar de ello, cuando me juntaba con otros cazadores, tenía la impresión de que mi presencia, o el recuerdo de Jager en mí, reafirmaban la ley de la costa, de que la hermandad entre nosotros era más fuerte que nunca. No hubo, durante aquellos ocho años, muertes, robos, conflictos entre los bucaneros de La Española, o al menos así fue como yo lo percibí desde mi atalaya. Fue, en definitiva, una época apacible que, a pesar del tiempo transcurrido, pasó como un suspiro, y que terminó cuando los españoles regresaron a aquella parte de la isla, poco después de que yo cumpliera veinte años.

Pero antes que los soldados, precediéndolos, llegaron el fuego, el resplandor del bosque ardiendo tras la montaña, el olor del humo, los ladridos de los perros, y otros ladridos de otros perros desconocidos a lo lejos, los disparos y los gritos...

—¡Los papagayos! —se escuchaba desde las cabañas que se encontraban en el interior de la montaña, y por sus laderas se veía batirse en retirada hacia la playa a algunos bucaneros, rodeados por sus perros que, nerviosos y azuzantes, parecían transportarlos en volandas. Columnas de humo negro avanzaban hacia el mar. Mis ojos comenzaron a irritarse. Sagardo, mi guacamayo, cayó al suelo, se alejó tambaleándose hacia la puerta de la cabaña y desapareció tras ella. Nunca más volví a verlo, ni a oírle cacarear aquello de *«Bizipoza!»*. Supe que era el fin de los días felices. Yo ya había oído antes aquellos gritos:

—¡Los papagayos, los papagayos!

Y supe también que no había nada que pudiera hacer frente a ellos.

Sin embargo, permanecí inmóvil, esperando en lo alto de mi montaña, con el mosquetón cargado.

Los soldados no tardaron en aparecer, con sus caballos sudorosos, sus espadas resplandecientes y las cintas de colores coronando sus cascos. Con sus ropas raídas y cubiertas por polvo acumulado durante siglos de hambre y miseria, que creían que podían aplacar ahora con sangre, oro y fuego.

Los ojos me escocían de manera cada vez más insoportable.

Disparé, con el rostro lleno de lágrimas, en cuanto vi aparecer a uno de ellos entre el humo y la espesura de la selva, en dirección a mi cabaña. Después, me giré y comencé a descender hacia la playa. En el mar, las canoas de los bucaneros se alejaban de la costa como ángeles expulsados del paraíso, entre juramentos y disparos al cielo, clamando venganza eterna y guerra sin cuartel a los españoles. Yo me subí a uno de los botes y emprendí rumbo a Tortuga.

22

La isla decían que tenía forma de tortuga, pero eso solo podían saberlo los pájaros y las bandadas de palomas torcaces que la sobrevolaban. Yo creía más bien que Tortuga debía su nombre a lo intrincado de su geografía, a sus playas inaccesibles al norte, a sus montañas llenas de riscos, a la espesura de sus bosques del interior, como un caparazón, y al pequeño hueco que se abría en la costa del sur, la cabeza de la isla, por la que esta respiraba: Cayona, el único punto en que podían desembarcar las naves y donde se había levantado una pequeña ciudad, con algunas casas construidas por los plantadores de tabaco franceses, que habitaban el lugar desde hacía décadas, y varias tabernas, posadas y burdeles, en las que marineros y buscavidas daban tumbos, se emborrachaban y dilapidaban su dinero, mientras esperaban para enrolarse en alguna nueva aventura.

Muchos de los bucaneros vagabundearon en Cayona durante varias semanas, después de la huida de La Española. Otros se adentraron en la isla, en busca de caza, pero no tardaron en volver al puerto, al comprobar que las reses escaseaban y que las únicas piezas que podían abatir eran jabalís, que por el contrario abundaban en Tortuga.

—Prefiero morirme de hambre antes que convertirme en un

cazador de cerdos —decían, y de hecho no tardó en verse a muchos de aquellos hombres orgullosos mendigando por el puerto algunas monedas que acababan gastándose en cerveza o ron. A menudo sus borracheras ocasionaban peleas con los marineros de Tortuga, sobre todo a partir del momento en que algunos bucaneros pretendieron alistarse en las tripulaciones piratas, en las que no siempre había trabajo para todos.

Hubo también algunos Hermanos de la Costa que intentaron mantener su modo de vida, cazando, ahumando la carne y echándose a la mar con sus canoas cuando se avistaba algún barco, para venderles el *bucan* y el cuero.

Pero eso no duró mucho.

Una mañana, las olas batiendo el puerto dejaron una espuma roja, mientras a lo lejos se veía regresar a varias canoas y un galeón apresado. Los bucaneros que escoltaban con sus botes la nave gritaban con una mezcla de júbilo y de la excitación primitiva que provoca en algunos hombres la sangre. Cuando el barco entró al puerto, uno de ellos apareció en el puente de mando, rodeando violentamente con su brazo el cuello del que parecía el capitán del barco, que navegaba bajo pabellón español. En la otra mano, el bucanero agitaba un cuchillo. De repente, cortó de un solo tajo la garganta del capitán y después, cuando este se hubo desangrado, arrojó de un empujón su cuerpo sin vida al mar. Hubo entonces nuevos y terribles gritos, que fueron correspondidos desde tierra por otros bucaneros.

—Dicen que el barco está cargado de oro.

—Y que el galeón ahora pertenece a los Hermanos de la Costa —comentaban todos la hazaña, horas después, en las tabernas de Cayona.

Pero los detalles reales se fueron sabiendo poco a poco, en los días siguientes, mientras la marea arrastraba hacia tierra y hacía aflorar en el puerto, como algas monstruosas, los cadáveres hinchados de los marineros españoles.

Al parecer, todo había comenzado con una discusión sobre el

precio de algunas pieles. A los bucaneros no les hizo falta mucho para tirar de cuchillo. Todavía permanecía abierta la herida de la expulsión de La Española y esta escocía aún más con las noticias que traían algunos cazadores que habían tratado de volver a la isla y se habían encontrado con los pastos quemados y miles de vacas muertas y envenenadas por los soldados. Furiosos y humillados, los bucaneros asesinaron a toda la tripulación y se hicieron con su botín, que al final no resultó ser oro, sino unas pocas semillas y algo de tabaco. Pero estaba también el barco, y resultó tan fácil abordarlo que durante las siguientes semanas no tardaron en apresar nuevas naves del mismo modo, y pronto, en unos meses, la mayoría de los bucaneros fueron abandonando la caza y dedicándose al saqueo. Casi siempre lo hacían desde sus pequeños botes, y por ello comenzaron a llamarse a sí mismos filibusteros, en una mezcla de todos los idiomas que conformaba la lengua en la que se entendía aquella cofradía de hombres sin nación, sin ley y sin dios; una palabra que venía a dar nombre a sus botes, los *fly boats* o botes ligeros, como los llamaban los ingleses, y al modo en que abordaban a sus víctimas, *Vrij Buiter*: «Quien se hace libremente con el botín», como decían los holandeses... Pero los filibusteros, que acabaron por contar en poco tiempo con una flota propia de naves, también comenzaron a navegar en alta mar, a formar sus tripulaciones, y a enrolar en ellas a los marineros y piratas de Cayona, imponiéndoles en sus expediciones sus normas, según las cuales la propia tripulación elegía o destituía al capitán, el botín se repartía de manera equitativa, o se compensaba a quien perdía en las travesías y abordajes una mano, un ojo, una pierna...

Fue, en definitiva, de ese modo como la ley de la costa reemplazó a la ley del mar.

—Que el hermano proteja al hermano. Que lo que es de uno sea de todos. Que cada cual obedezca a su conciencia...

Sentado en un rincón de La Esquina del Zorro, la taberna del puerto en la cual solían organizarse las expediciones, escuchaba a la tripulación de la última de ellas jurar sobre un hacha y un vaso de ron la *Charte Partie* o ley de a bordo, antes de embarcarse, mientras yo mismo daba buena cuenta de un jarro de aguardiente.

Cuando llegué a Tortuga me alejé de Cayona, busqué refugio en el bosque y estuve cazando durante algunas semanas y durmiendo al raso. En la isla había agua abundante y al norte peñas deshabitadas y playas inabordables, en las que podía construir una cabaña y vivir alejado del mundo, como lo había hecho en La Española, pero sentía que ya no sería como antes, que me habían arrebatado algo por la fuerza y por la fuerza debía volver a por ello. Por las noches no conseguía conciliar el sueño y durante el día pasaba horas y horas aplastado por una tristeza y una melancolía infinitas.

Un día, decidí regresar a Cayona. Me convertí en uno de aquellos bucaneros que zanganeaban por el puerto, aunque yo no llegué nunca a mendigar, no al menos nunca a cambio de nada. Volví a tañer la *alboka* por tabernas, como había hecho años atrás en San Juan de Luz. A veces, si llenaban mi sombrero con las monedas suficientes, dormía en una posada; otras, si no me apetecía tocar, yo mismo me apartaba hacia el bosque, como un animal salvaje herido o receloso de la civilización, cegado por sus luces. Vivía entre la niebla, que a menudo yo mismo levantaba junto con un vaso de licor, esperando algo o a alguien, no sabía a quién o qué, inmóvil, paralizado, mientras a mi alrededor todo se agitaba.

En La Esquina del Zorro siempre había movimiento: la asignación de las provisiones antes de zarpar, el reparto del botín al volver a tierra, capitanes que buscaban marineros, o marineros que buscaban capitán. El valor y la crueldad de los filibusteros no tardó en hacerse célebre a lo largo y ancho de todo el mar Caribe, y a la isla Tortuga comenzaron a llegar desde los cayos de Cuba, desde San Cristóbal, desde Golfo Triste, desde todos los lugares en que tenían sus guaridas o sus cuarteles de invierno, los más feroces piratas, para unirse a la cofradía. En La Esquina del Zorro urdieron sus aventuras y sueños más descabellados. Allí se asaltó de nuevo la Flota de Indias, como los más viejos contaban que había hecho tiempo atrás un pirata llamado Jean Florin, quien arrebató a los españoles el tesoro de Moctezuma; en aquella pequeña y oscura taberna, La Habana y Maracaibo resplandecieron por el fuego y fueron abatidas sus fortalezas y saqueados sus palacios; desde La Esquina del Zorro se armó la mayor flota pirata de todos los tiempos, una auténtica leva de aventureros y desheredados, preparada para enfrentarse con los ejércitos de todas las naciones y para establecer en todo el mar Caribe una república de hombres libres...

A mí me gustaba observarlos, desde mi rincón en la taberna, vociferando alegremente y sin miedo, cantando sus gestas antes de llevarlas a cabo... Sus sueños me mantenían despierto, en mitad de la bruma, y era en aquel lugar donde quería estar, no deseaba dar un paso adelante y cruzar hasta el lugar donde esos sueños se pagaban con sangre y con la propia vida. Me gustaba ver a los filibusteros, que no se amedrentaban por ello, pues por fin sus vidas, que hasta entonces no habían valido nada, cobraban valor y sentido; ver sus imágenes que se deformaban por el alcohol, sus rostros feroces e inocentes a un tiempo, verlos llegar y partir, como aparecidos, como fantasmas que se deshacían en jirones, rotos por las carcajadas, difuminados por el brillo de las monedas y los sables.

Así sobreviví durante meses, hasta que dos de aquellos fantasmas regresaron y me reconocieron, se acercaron hasta mi rincón y me arrastraron de nuevo a mí también hacia la luz.

—Que el fuerte se proteja solo. Que no lastre jamás su fuerza con el peso inútil de mujeres y niños. Que quien sea hermano nuestro olvide a su padre y a su madre, a su tierra y a sus antiguos amigos...

Apenas el capitán hubo acabado de pronunciar estas palabras la puerta de La Esquina del Zorro se abrió y un torrente deslumbrante de luz inundó la taberna. Dos siluetas se recortaron en el umbral. Una de ellas llevaba la cabeza afeitada, a excepción de la nuca y las sienes, justo por encima de las orejas, desde donde caían dos guedejas negras y encaracoladas, al modo en que se peinaban las muchachas solteras vascas. Se adornaba además con dos grandes pendientes de aro y aunque su ropa era amplia y la propia de un marinero, al contraluz se perfilaban las formas del cuerpo de una mujer. Junto a ella, el hombre que la acompañaba resultaba imponente, y daba la sensación de que todo aquel caudal de luz emanaba de él. Era un marinero robusto, tocado estrambóticamente con un turbante en forma de cono, que me recordó al que llevaban las campesinas en Lapurdi, bajo el cual asomaban varios mechones de color dorado.

Por un momento, mientras la extraña pareja avanzaba varios pasos hacia el interior de la taberna y sus figuras fueron desprendiéndose de los reflejos del sol y perfilándose, pensé que iba a caer redondo al suelo. Y sin embargo, me puse en pie de un salto, como impulsado por una voluntad y una fuerza ajenas a mí.

Un silencio sobrecogedor acompañaba los pasos de los dos desconocidos. El juramento de la *Charte Partie* se interrumpió. Nadie se atrevió a reprochar la presencia prohibida de aquella mujer en la taberna. Algo en aquellos marineros, la luz que los acompañaba, desprendía una dignidad que los volvía respetables. No se trataba del miedo o la fiereza de otros piratas. Era como si quien los mirara reconociera en ellos algo propio, un sentimiento profundo e inexplicable, humano y al tiempo sobrenatural. Parecían dos espectros atravesando la niebla.

—No puede ser —murmuré, frotándome los ojos, tras dejar sobre la mesa el jarro de aguardiente.

Quizás había bebido demasiado. Estaba mareado y las piernas me flaqueaban, pero a pesar de todo ello salí de mi rincón y me acerqué hasta caer de rodillas delante del hombre, cuya cintura abracé entre lágrimas. Él se detuvo sorprendido y permaneció paralizado durante un instante, pero después sacudió leve, casi imperceptiblemente sus piernas, como si un insecto se hubiera posado sobre ellas, al tiempo que palpaba con la mano el mango del cuchillo que colgaba de su cinturón. Justo antes de desenfundarlo, la mujer se arrodilló a mi lado y pegó su cara a la mía.

—Joanes —dijo mi nombre, y su aliento y las lágrimas que se entremezclaron con las mías despidieron un olor a lluvia, a hierba y tierra mojada.

El hombre entonces despegó la mano de su puñal y la colocó bajo mi barbilla, intrigado y nervioso, al tiempo que con la otra retiraba los mechones enredados que cubrían mi rostro. Después, me agarró por uno de los brazos y me ayudó a incorporarme, hasta que mis ojos quedaron a la altura de los suyos y pude reconocer en ellos la ceniza azulada y la brasa todavía ardiente. Él me observó desconcertado durante un rato: mis facciones de hombre adulto, la poblada barba con el mechón blanco... Pero después bajó su mirada hasta la *alboka*, que colgaba de mi pecho, la tocó con los dedos, y por fin atrajo mi cabeza hacia su pecho.

—Joanes de Sagarmin—dijo, mientras la mujer nos rodeaba a ambos con sus brazos.

—¡Estáis vivos! —exclamé.

—Sí, hermano mío —respondió él, y solo Kattalin y yo pudimos notar como al pronunciar esas palabras el cuerpo de Kuthun tembló, estremecido por la emoción.

—¡Vivos! ¡Estáis vivos! —repetía yo, incrédulo, y tocaba una y otra vez los brazos, o el rostro de Kattalin, o acariciaba sus cabellos, con cuidado, como si fueran a deshacerse entre mis dedos, igual que una voluta de humo, el vapor del alcohol, un hilo de niebla...; o cerraba mis ojos y volvía a abrirlos, asegurándome de que estaba despierto, de que no se trataba de un sueño, y al hacerlo me encontraba siempre con los de Kuthun, clavados en mí, con sus ojos azules que me hablaban sin palabras, como el rumor del mar, y en los que —quizás eso era lo único que parecía distinto— distinguía al fondo, como el reflejo de peces de colores que se agitaban bajo el agua, algunas venas rojas y también cierto poso de cansancio y escepticismo, remarcado por su inquietante sonrisa, como una cuchillada cortándole la cara. Kattalin, por el contrario, estaba cambiada, se había convertido en toda una mujer, y no trataba de disimularlo, a pesar de sus ropas de hombre; estas ya no eran un disfraz, un escondite, sino una especie de desafío, algo con lo que se identificaba como un marinero, un pirata más, y como tal se comportaba, con gestos desconocidos para mí en ella, que denotaban seguridad, audacia o, incluso, peligro, como la expresión de su rostro, todavía delicado y suave como el de una muchacha, pero en el que resplandecía la tersura de la ira, agazapada, tensa, dispuesta a saltar en cualquier momento.

—¡Pero no puede ser! Yo vi cómo os tragaba el mar. No lo soñé. ¿Cómo es posible? ¿Qué... qué pasó? —pregunté, atropelladamente.

—El mar nos tragó y después nos escupió. Incluso para él éramos solo un despojo —Kuthun soltó una sonora carcajada, capaz de resucitar a un muerto, y a continuación comenzó a explicarse—: Aquella noche, Kattalin nadó hasta encontrarme bajo el agua y cortó las amarras con un cuchillo. Estaba muy oscuro y desde el barco no nos vieron volver a aparecer. Salvo él —señaló hacia una de las mesas de la taberna, en el otro extremo, y vi que desde ella un grupo de marineros, entre los cuales, uno con el rostro cubierto de verrugas, levantó una jarra de cerveza y me saludó. Era Lemmy, el piloto del Nuestra Señora de la Esperanza, y junto a él también reconocí al cocinero Ostolaza, sonriéndome.

—Lemmy —continuó Kuthun —arrojó al mar dos toneles vacíos y algunas cuerdas. Estuvimos a la deriva dos días, sin comer ni beber, quemados por el sol, hasta que una carabela española nos encontró, medio muertos. El barco iba rumbo a La Habana —Kuthun nombró la ciudad con desdén y luego se quedó repentinamente callado.

—Allí estuvimos viviendo durante mucho tiempo —tomó entonces la palabra Kattalin, con la respiración entrecortada—. Si a aquello se le podía llamar vivir... Éramos pobres como ratas, pasamos hambre, enfermedades, prisión, tuvimos que robar y vivir de la caridad... Hasta que volvimos a encontrarnos con Lemmy. Fue un mes de abril. Como todos los años, en esa época se reunieron en La Habana los galeones de la Flota de Indias, cargados de oro, plata, ébano, y con ellos los buques de guerra para escoltarlos de vuelta a España... Decenas de naves, y con ellas todas sus tripulaciones, soldados, comerciantes, marineros... Lemmy era el piloto de uno de esos barcos, pero la misma noche que nos reencontramos, lo abandonó, se unió a nosotros, abordamos juntos un pequeño mercante en el puerto y nos echamos al mar, dejando atrás la ciudad —una tos repentina interrumpió su discurso, y entonces fue Kuthun quien volvió a hablar:

—En La Habana todavía nos la tienen jurada —dijo—. Matamos al capitán y arrojamos por la borda a varios marineros. Pero mereció la pena: desde entonces somos dueños de nuestro destino. Ya nunca nadie nos volverá a tratar como a ratas —miró a Kattalin, como si reafirmara con esas palabras una promesa—. Ahora somos perros. Perros del mar. Piratas. ¡Filibusteros!

Kuthun pronunció esta última palabra en voz alta, alzando el nuevo jarro de ron que el posadero había dejado en nuestra mesa. Todas las cabezas estaban vueltas hacia él.

—¡En todo el mar Caribe se habla de vosotros, los Hermanos de la Costa de Tortuga, y hemos venido aquí buscando hombres que no teman a la muerte ni a la libertad! —dijo.

La mayoría de los presentes le devolvió entonces el brindis, entre gritos de júbilo.

Después, Kuthun se giró hacia mí.

—Pero lo que no esperábamos era encontrarnos a nuestro pequeño músico —señaló mi *alboka*, que tantas veces yo había tocado mientras él cantaba, y que muchas de ellas me había llevado a la boca y había hecho sonar casi sin darme cuenta, solo obedeciendo un gesto suyo, como el que hizo entonces:

—*Jo ezazu, musikaria!* —cabeceó en dirección a mi pecho.

Y yo no pude negarme. Las primeras notas brotaron desordenadas, confundidas. Llevaba algunos días sin afinar el instrumento, e intenté recolocar la boquilla en su sitio, golpeándola con la lengua hasta hacerme daño. Tuve incluso que dejar de soplar. Pero justo entonces Kuthun comenzó a cantar una canción, a la cual no tardaron en sumarse Lemmy, Ostolaza y algunos marineros más. Una canción sobrecogedora, en la que los pulmones se convertían en tambores de guerra y la piel vibraba, agrietada por la furia.

Ni el sol ni la sal ni el canto de sirenas
frenan la quilla que rompe veloz
la tempestad.
Lejos aúllan la noche y las estrellas
en batalla mortal contra las oscuras nubes.
Los botines nos buscan como los tiburones.
Vosotros robáis a los pobres al amparo de la ley,
nosotros a los ricos al amparo de nuestro valor.
Nuestro barco es vuestro naufragio.
¡Nuestro barco es, malditos, vuestro naufragio! [36]

Aquella canción era —no tardaría en saberlo— la que entonaban Kuthun y los suyos momentos antes de un abordaje, y yo la tocaría muchas veces sobre la cubierta del *Ur Txoria* [37] —así se llamaba

---

36 *Ver nota final.*
37 Pájaro de agua.

nuestra nave– sin dejar, como entonces, nunca de percibir desafinada mi música ni de notar el sabor de la sangre y los remordimientos en la boca.

El primer *Ur Txoria* era una pequeña y vieja carraca, de casco esférico y descascarillado, que le daba aspecto de pájaro mojado. Contaba con media docena de cañones, alojados a ambos lados del alcázar de popa, y tres palos. En lo alto del mástil mayor ondeaba una bandera roja, sobre la que aparecían dibujados dos esqueletos, uno de ellos empuñando un sable que atravesaba un corazón negro, y el otro recogiendo con un jarro la sangre que goteaba de él. En la otra mano, sostenía un reloj de arena. La imagen me recordó, al verla por primera vez, al dibujo de la calavera y la jarra en el ala del sombrero de cuero de Jager. En el mascarón de proa, por su parte, se distinguía tallado un petirrojo, un *txantxangorri*, como los llamábamos en nuestra lengua –que yo volvía a oír después de tantos años–, con la pintura roja del pecho como una herida, desollada por el agua y la sal, y un pico entreabierto del que sobresalían dos colmillos afilados, ansiosos por morder las olas y el viento.

Pero salvo por esos detalles, no parecía un barco capaz de amedrentar a otras presas mayores ni de enfrentarse a ellas. La tripulación la componían una veintena de hombres, a los que en Tortuga, después de varios días, se sumaron otros tantos, yo entre ellos.

—Necesitamos un músico a bordo —trató de convencerme Kuthun, al principio.

Pero yo me mostraba reacio:

—Yo no soy un marinero, no sé distinguir una vela de otra...

—Ni falta que hace. Tú solo tienes que tocar el atabal, o tu *alboka*. En mi barco un músico vale tanto o más que un marinero, que un carpintero o un cirujano. Hay muchas formas de curar las heridas —insistía Kuthun.

En realidad los dos sabíamos que yo no podía negarme a acompañarlos, que nuestros destinos estaban unidos de forma irremediable. No podía luchar contra eso. No podía dejar que se marcharan sin mí después de que aparecieran como resucitados, de que volviéramos a encontrarnos cuando yo los daba por muertos. Ellos eran además mi familia. Mi única familia. Y, sin embargo, había algo que me inquietaba. Me desagradaba enrolarme bajo aquella bandera. Las calaveras. El jarro. Los puñales. El vino y la sangre, irremediablemente unidos también. La vida y la muerte. El dolor y la felicidad. Parecía que cada uno de ellos no podía existir sin su contrario. Yo había vivido, no obstante, tranquilo y feliz durante los últimos años en La Española. No necesitaba ni ambicionaba nada más. Quizás si Kuthun y Kattalin hubieran aparecido entonces no los habría acompañado, habría renegado de ellos, de mi pasado, de mi familia... Pero ahora era distinto. Ya no estaba en mi cabaña, en lo alto del monte. Necesitaba desprenderme de toda aquella tristeza y aquella melancolía que me aplastaban, pero temía qué podía suceder cuando removiera mi corazón para sacudírmelas. Y tenía también miedo al mar y a la pólvora. Miedo a las heridas o a ser hecho prisionero... Con todo, ese era el único camino para volver a ser libre, para atravesar una vez más la niebla, y sabía que en aquel viaje mis compañeros debían ser ellos dos, que solo ellos podían guiarme y protegerme.

Poco después de que al fin decidiera embarcarme, sin embargo —y eso me inquietó más todavía—, pude comprobar que nuestra relación ya no era la misma, que durante todo aquel tiempo ellos habían establecido vínculos que ya no me incluían, nudos que para trenzarse habían deshecho otros. Kattalin, por ejemplo, se mostraba conmigo, o eso creía yo, distante, ya no parecía quedar en ella nada del instinto maternal con el que me trataba antes. Ninguno de los dos éramos ya niños, pero en ocasiones percibía incluso un atisbo de odio hacia mí, como si el secreto que antes nos había unido ahora nos distanciara y me despreciara por haber estado junto a ella el día que un soldado la violó. A veces pensaba que quizás hubiera hablado a Kuthun de ello y fuéramos ya demasiadas personas las que conociéramos ese secreto; otras, intentaba justificarla y me decía que Kattalin no podía permitirse bajar la guardia, rodeada de hombres, entre los que debía hacerse valer, mostrarse audaz y bronca. De hecho, así conseguía hacerse respetar, aunque también era cierto que todos sabían que quien se enfrentara con ella debería hacerlo también con Kuthun. Kuthun acostumbraba a pasearse por el *Ur Txoria* con la cabeza cubierta por aquel turbante en forma de cono, al modo de las mujeres de Lapurdi. Resultaba algo ridículo, sobre todo para la docena de marineros vascos que formábamos parte de la tripulación, pero nadie se reía de él, pues, sin que Kuthun lo hubiera dicho nunca, estaba claro que se vestía así para mostrar que si él era libre de hacerlo, Kattalin también lo era para vestirse como un hombre. En cierto modo, aunque Kuthun era un buen capitán, que trataba a sus hombres justamente, y aunque estos lo seguirían al fin del mundo o darían sus vidas si era preciso por él, también lo temían. Kuthun era puro fuego, las llamas refulgían en su mirada, y todos eran conscientes de que podían arrimarse a él para buscar calor y refugio, pero también de que si daban un paso de más el fuego podía devorarlos. Y eso era, en fin, algo que también me llenaba de inquietud, algo que había cambiado, o que se había agudizado en el carácter de Kuthun: había dejado de huir y ahora era él quien perseguía. Se había vuelto ambicioso y en ocasiones, cuando no conseguía satisfacer o aplacar su ansiedad, irascible y cruel.

Tenía, por lo demás, cierta obsesión con La Habana, soñaba con asaltar sus casas y palacios, los lugares donde mendigó comida, o de los que fue echado a patadas, como un perro. Su objetivo, y para ello se había dirigido a Tortuga en busca de los Hermanos de la Costa, era ir apresando diferentes barcos hasta formar una flota con la que un día desembarcar en la ciudad y saquearla, prenderle fuego, reducirla a cenizas...

De momento, sin embargo, el *Ur Txoria* era solo un pequeño pájaro mojado en mitad del mar, que a lo más que podía aspirar era a robar migas a otras naves mayores y huir volando, para comerse a escondidas su pequeño botín e ir fortaleciéndose poco a poco.

Durante mis primeras semanas a bordo, tal y como me había sucedido cuando embarqué en San Juan de Luz rumbo a La Española, sufrí mareos y me encontré desorientado. El mundo bajo mis pies había sido sustituido por un océano voluble que podía tragarme, escupirme, llevarme lejos o al fondo... Apenas recuerdo, pues, mis inicios como filibustero, tal vez también porque la vida a bordo, o al menos la mía, resultaba en realidad monótona. Solíamos acercarnos a las ciudades y los puertos de noche y Kuthun y sus hombres asaltaban los barcos amarrados, desarmando sin ruido y en la mayoría de las ocasiones sin violencia a quienes custodiaban la nave, que acostumbraban a estar borrachos como cubas y no ofrecían resistencia. Otras veces, fondeábamos cerca de alguna playa y unos cuantos filibusteros se internaban en tierra y volvían al cabo de algunos días con animales, joyas o dinero que robaban en alguna granja... A menudo, regresábamos a Tortuga, a comprar pólvora o armas, o a una pequeña isla al sur de Cuba llamada Isla Vaca, donde Kuthun y los suyos tenían su refugio, y permanecíamos temporadas en tierra, esperando que finalizara la época de lluvias y tifones, carenando o reparando el *Ur Txoria*, limpiando las armas, matando los cerdos que habíamos robado, preparando la carne y los víveres para volver a embarcarnos... Siempre volvíamos a embarcarnos, y siempre en alta mar yo añoraba regresar a tierra, volver a ser durante algunas semanas un bucanero (pues era yo quien se encargaba en Isla Vaca del *bucan*). Tal vez por ello, y por puro aburrimiento, comencé a acompañar a Kuthun en sus incursiones en tierra. Y a arrepentirme en cada ocasión que lo hacía.

La primera vez fue un mes de febrero poco después de que finalizara la época de lluvias. Alguien, en Tortuga, había contado a Kuthun que cerca de una pequeña bahía, al noreste de La Española, había unas porquerizas a las que resultaba fácil llegar desde la costa. Cuando desembarcamos, el bosque todavía permanecía húmedo, y el olor a hierba mojada se extendía como una enredadera invisible hacia el mar. Desde el interior, se oían los graznidos de los pájaros de colores y los gritos de los monos, elevándose como una ofrenda hacia un cielo resplandeciente y azul. Éramos unos treinta filibusteros, abriéndonos paso en la selva a machetazos, en dirección a una columna de humo tras una colina. Yo no tardé en ponerme a la cabeza del grupo, de una manera casi instintiva, moviéndome como pez en el agua por el que había sido mi territorio durante mucho tiempo. Bajo nuestros pies el barro parecía un animal blando y caliente, una víscera de tierra. Nos costó dos o tres horas llegar hasta el lugar del que procedía el humo, una pequeña y destartalada cabaña. Al verla, un escalofrío me recorrió el cuerpo. No aparentaba ser un lugar para vivir, tan solo una chabola donde guardar los aperos necesarios para cultivar la huerta y los sembrados que se extendían colina abajo, pero me recordó la que había sido mi casa hasta hacía bien poco. Varios perros ladraron al advertir nuestra presencia y casi de inmediato del interior de la chabola salió un joven con aspecto somnoliento y los hizo callar, golpeándolos con un palo. Debía de tener más o menos mi edad, unos veinte o veintidós años, pero a mí me pareció mucho más joven, quizás porque al vernos palideció y pareció disminuir, encogerse, aterrorizado, sobre sí mismo. Nuestro aspecto, las vestimentas estrafalarias, los sombreros y pañuelos de colores, los machetes en alto y los rostros desafiantes nos delataban.

—¿Dónde están los cerdos? —se dirigió a él Kuthun, con el estoque desenfundado y un gesto feroz.

Antes, mientras caminábamos ya se había mostrado impaciente y nervioso, pues estábamos alejándonos demasiado de la costa, y la retirada a través de la selva con los animales iba a ser demasiado lenta y arriesgada.

El muchacho intentó decir algo, pero el pánico deshizo las palabras en su garganta. Solo consiguió señalar con el brazo otra columna de humo, tras una pequeña montaña que quedaba a sus espaldas, y a donde tardaríamos en llegar al menos dos horas más. Furioso, Kuthun lanzó una estocada hacia el pecho del muchacho, desgarrando la camisa blanca que llevaba, en la que comenzó a abrirse una flor de sangre. Yo sentí una punzada en el corazón, como si fuera a mí a quien hubiera herido.

—Llévanos hasta allí —ordenó Kuthun, empujándolo.

Cuando el muchacho se giró, pude ver las lágrimas contenidas en sus ojos, y cómo mordía sus labios y sus carrillos, por dentro de su boca, masticando en silencio el miedo, la estupefacción, la impotencia... Avergonzado, bajé la vista, y sentí como propio el sabor de la sangre, y recordé todas las veces en que yo había sido tratado así. Después, eché a andar, monte arriba, tras Kuthun, y horas más tarde yo mismo volví a encabezar el grupo, cuando regresamos al *Ur Txoria* y a nuestras espaldas quedó, envuelta en llamas, la granja que habíamos saqueado a sangre y fuego.

23

Un nuevo silbido rasgó el aire y casi inmediatamente se escuchó el estruendo de la madera resquebrajándose en uno de los puentes del *Ur Txoria*, y después otros silbidos, más breves y afilados: los cascotes volando en todas las direcciones como pájaros enloquecidos. Un hombre, uno de los nuestros, cayó sobre la crujía con una astilla clavada en el cuello. El alarido de dolor y pánico que brotó de su garganta fue ahogado rápidamente por el fragor de los combates cuerpo a cuerpo en el otro barco; por el ruido de los sables entrechocando y haciendo saltar chispas, de los disparos de pistolas y mosquetones, de los cuchillos cortando el aire a degüello, ¡zas!; por los gritos de los hombres descolgándose como diablos por las cuerdas, o lanzando y amarrando los bicheros como lapas al casco de la nave asaltada...

Entre aquel tumulto, yo, refugiado tras varios toneles llenos de hierro colocados a modo de barricada ante el palo mayor, trataba de hacer oír el redoble de un atabal llamando al abordaje, como Kuthun me había enseñado, y tenía la impresión de que era mi corazón en lugar de la piel del tambor lo que se oía latir.

Retumbó un nuevo cañonazo. Habíamos abordado a la larga la nave enemiga, un galeón español, pero esta continuaba disparando, a pesar de que los dos cascos de los barcos habían entrechocado como bestias marinas y apenas mediaba un palmo de distancia entre ambos.

—¡A mí, filibusteros! —oí gritar a Kuthun.

Asomé la cabeza y a través del humo y las velas desgarradas pude verlo dirigirse hacia el puente de mando, donde varios soldados se habían hecho fuertes, rodeando a su capitán. A su alrededor parpadeaban los fogonazos naranjas de pistoletazos, pero Kuthun parecía atravesar la estela como si los disparos no pudieran tocarlo, como si la sonrisa que cruzaba su rostro lo convirtiera en inexpugnable. Había algo diabólico en aquella sonrisa, algo que se contagió a los filibusteros que acudieron en su ayuda, y que se lanzaron sobre los enemigos descargando furiosos sus hachas, o lanzando bombas de mano hasta convertir todo en un infierno. Kattalin también estaba entre aquel grupo de arrojados filibusteros, pero a diferencia de Kuthun, que parecía disfrutar con la orgía de sangre y fuego, el rostro de ella ardía encendido por la rabia, entre jadeos como llamaradas de ira.

—¡Rendíos! —gritaba nuestro capitán.

Los españoles habían resistido brava y empecinadamente desde que, de madrugada, comenzó la caza. La tarde anterior habíamos divisado el barco a lo lejos, navegando en solitario. Llevábamos varios días apostados tras un islote, y habíamos visto pasar una flota, de la que el galeón parecía haberse descolgado. Al anochecer, Lemmy comenzó la persecución. Kuthun ordenó apagar todas las luces del barco y no tardamos en distinguir el brillo de algunos faroles en la oscuridad, hacia los que nos dirigimos. La noche era cerrada y conseguimos acercarnos a solo unos pies de distancia. Cuando, por fin, nos reconocieron, Kuthun ordenó izar la bandera roja y yo hice sonar mi *alboka*. Los Hermanos de la Costa comenzaron entonces a entonar la canción que había escuchado tiempo atrás en Cayona. Muchos de ellos golpeaban la cubierta con las culatas de sus mosquetones, o con los mangos de las hachas de abordaje. Cuando terminaron, se hizo el silencio y un viento helado sopló en un hilo entre las dos embarcaciones.

—En el nombre de Dios, ¿quién va? —se escuchó una voz grave, que no pudo ocultar sin embargo que la engordaba el miedo.

—En el nombre del diablo, ¡los Hermanos de la Costa! ¡Rendíos! —contestó Kuthun.

De nuevo el silencio y las respiraciones contenidas. Y después, al volver a tomar aire, el primer silbido de una bala de cañón rasgando el aire y el chapoteo del agua tragándosela, a solo unos pies del *Ur Txoria*.

—¡Malnacidos! —bramó entonces Kuthun—. ¡Fuego! —ordenó a continuación, volviéndose hacia las culebrinas del castillo de popa, tras las cuales había apostados varios artilleros, con la mecha encendida.

El primer cañonazo atravesó una de las velas del palo de mesana, y al abombarse varias cuerdas saltaron como látigos azotando la noche negra. El galeón respondió con otro disparo, que esta vez rozó nuestro bauprés. El feroz petirrojo del mascaron de proa se revolvió para morder la bala, haciendo tambalearse la carraca. El intercambio de cañonazos duró hasta que los españoles se dieron cuenta de que ninguno de los nuestros hacía blanco en el casco y comprendieron que pretendíamos apresar intacta su nave. Entonces, trataron de huir. Su barco era más grande y rápido, pero también menos manejable, o quizás su piloto menos hábil, y cada vez que intentaban una maniobra Lemmy se anticipaba, cortándoles el paso. El galés hizo navegar en círculos al *Ur Txoria* durante horas, desapareciendo en ocasiones en la oscuridad. Cuando eso sucedía, Kuthun me ordenaba tocar el atabal, lentamente, a muerto.

—¡Rendíos, si queréis salvar vuestras miserables vidas! —gritaba, a continuación.

Pero los españoles volvían a disparar, a ciegas, y el océano volvía a abrir protector sus fauces para devorar con un bramido las balas de cañón.

Por fin, al amanecer, Kuthun dio la orden que todos esperábamos:

—¡Filibusteros, preparaos para el abordaje!

Y Lemmy dirigió el *Ur Txoria* como un animal hambriento hacia el galeón, sobre el que una vez que lo hubimos alcanzado cayeron igual que demonios los Hermanos de la Costa. Ahora, el capitán de la nave española resistía sus embestidas con un puñado de hombres en el puente de mando. Lo hizo hasta el último suspiro, hasta que el último de sus marineros cayó muerto.

—¡Alto el fuego! —ordenó entonces a los artilleros atrincherados en la cubierta inferior.

Cuando cesaron los cañonazos y el ruido de sables, un grito de júbilo brotó de las gargantas de los filibusteros, un grito que parecía al principio el llanto de un recién nacido, pues así era como se sentían después de la lucha, y que fue creciendo hasta convertirse en la carcajada de un hombre que se reía de la muerte. Para la mayoría de ellos era su primer abordaje. No estaban acostumbrados a las peleas cuerpo a cuerpo, sino al pillaje, por sorpresa, o a que sus víctimas se rindieran, vencidas antes por el terror que por la violencia. Los filibusteros saltaban de alegría, chapoteaban encima de la sangre que se mecía sobre la cubierta, en una danza fúnebre, ejecutada entre el humo de pólvora y la bruma de la mañana, que oreaba un olor a vísceras y a excrementos, desparramados desde los estómagos desgarrados por las cuchilladas, las balas y la metralla. Muchos de los filibusteros estaban heridos, y también habíamos perdido algún hombre, pero todavía no era el momento de lamentarse: para ello estaban el ron, las canciones, la venganza en un próximo saqueo o abordaje...

—Registrad el barco —se dirigió Kuthun a sus hombres.

—No encontrarán nada de valor, navegamos de vacío, en cabotaje, para recoger una carga —advirtió el capitán.

Kuthun miró fija y desconfiadamente un crucifijo de oro que colgaba del pecho del español, salpicado por algunas manchas de sangre. Un perro salió de su escondite y ladró furioso hacia una de las escotillas, que abrió un filibustero, y desde cuyo agujero se elevaron gritos y sollozos y un hedor insoportable.

—Son solo indios, esclavos —dijo el capitán.

El filibustero apartó al perro de una patada y este se revolvió, enseñándole los dientes. Sonó un pistoletazo y el animal dio un salto, se encogió en el aire y cayó al suelo, donde agonizó entre aullidos y retortijones.

—Sacadlos —dijo Kuthun, señalando la escotilla con el cañón de su pistola humeante.

Varios filibusteros se cubrieron el rostro con un pañuelo y bajaron a la bodega, donde volvieron a escucharse gritos y el ruido de cuerpos que caían y se agolpaban y que poco a poco fue atemperándose con la voz de los filibusteros intentando calmarlos. Al cabo de un rato, apareció el primer hombre. Era un indio, desnudo y tembloroso, al que la luz hirió y doblegó como una espada. Tenía el cuerpo salpicado de costras de sangre y heces secas que despedían un olor nauseabundo y que se sobrepuso al del túmulo de cuerpos despedazados en que se había convertido la cubierta del galeón. Poco a poco fueron subiendo el resto de los indios. Eran unos treinta, todos hombres. Recordé, al verlos, lo que Jager me dijo, el día que regresé a la cabaña, tras descubrir en la cueva cientos de huesos y esqueletos: «Los indios son como algunos pájaros, no pueden vivir encerrados, mueren de melancolía». Y ciertamente parecían todos ellos muertos vivientes. La mayoría se arracimó alrededor del primero que salió de la bodega, acuclillados; pero también hubo cuatro o cinco que se mantuvieron de pie, altivos, sosteniendo su mirada negra al sol y al reflejo deslumbrante de sus rayos sobre nuestras espadas.

—¡Maldito hijo de perra! —estalló por fin Kuthun, volviéndose furioso hacia el capitán.

Su respiración había ido bullendo como un volcán a punto de entrar en erupción conforme los indios iban apareciendo en cubierta.

—¡No! —suplicó el español, retrocediendo un paso y cubriéndose la cara con los brazos.

Pero no pudo evitar que Kuthun se acercara hasta él y le arrancara el crucifijo de oro de un violento tirón.

—¡Preparad una barcaza con víveres y agua para una semana! —gritó a continuación—. ¡Que suban a ella los hombres que queden vivos o heridos! ¡Quienes lo prefieran pueden unirse a la Hermandad de la Costa! ¡Pero a este miserable colgadlo del palo mayor del *Ur Txoria*! —señaló a continuación al capitán, a quien el rostro se le demudó y las piernas le flaquearon, hasta caer arrodillado.

—Prometió perdonar la vida a quien se rindiera... Dio su palabra —balbuceó.

—Mi palabra no vale nada para los perros como tú. Has dejado que tus hombres cayeran como moscas para defenderte, y solo cuando has visto peligrar tu vida has permitido que dejaran de morir. ¡Colgadlo!

Kuthun empujó al capitán en brazos de dos de los filibusteros, que se lo llevaron a rastras. Gritaba como un animal camino del matadero, y su cuerpo se iba embadurnando de sangre, arrastrado por la siniestra escurridera en que se había convertido el suelo de la nave, pero sus súplicas y sus gritos no provocaban piedad sino que resultaban molestos y patéticos, alteraban el silencio después de la batalla, la serena dignidad de los vencidos y los que habían muerto luchando... Finalmente, uno de los filibusteros le golpeó con la culata de su pistola en la sien, hasta que perdió el conocimiento.

Una vez que desapareció de su vista, Kuthun se dirigió a los indios:

—¿Entendéis mi lengua?

Ninguno de ellos contestó, pero desde el grupo que aguardaba para bajar a la barcaza, uno de los marineros se volvió de manera súbita:

—Yo puedo ayudarle, señor. Hablo su idioma.

Era un truchimán, así llamaban a algunos hombres que los españoles abandonaban durante algún tiempo entre los indígenas para que aprendieran su lengua. El muchacho, que debía de ser más o menos de mi edad, tenía la piel muy oscura, del color del bronce, tostada bajo el mismo sol que aquellos indios, y un rostro espabilado.

—Me llamo Juanelo —se presentó.

—Yo soy Kuthun, el Rubio —le estrechó la mano, y pronunció su nombre, y su apodo, que por primera vez oía en su boca, en voz alta, dirigiéndola más que al muchacho a los otros españoles, los cuales se habían vuelto sorprendidos al ver cómo Juanelo se apartaba de ellos.

Kuthun prometió a los indios, por medio del muchacho, que los desembarcaría en cuanto avistaran tierra, pero también preguntó si alguno de ellos deseaba unirse a nuestra tripulación como hombres libres o subir a la barcaza con los españoles como esclavos.

Ellos permanecieron un rato en silencio e inmóviles, hasta que uno de los que habían permanecido de pie dio un paso al frente. Entonces se escuchó un murmullo, y dentro del grupo el resto comenzó a cuchichear, en voces que poco a poco fueron subiendo de tono. Sorprendentemente, de repente cuatro o cinco salieron corriendo en dirección a los marineros españoles que esperaban para subir al bote... Los indios no eran pájaros, eran hombres como nosotros, y había hombres que preferían vivir enjaulados antes que morir en libertad, y otros que preferían volar lejos, sin miedo a lo desconocido.

El hombre que había dado un paso al frente habló. Dijo que confiaba en la palabra de Kuthun, que se sentía agradecido por haberlo liberado y que lo acompañaría allá donde fuera.

—Dice que él es también un hombre libre, como el viento, y que seguirá la dirección de este —tradujo Juanelo.

Al oírle hablar de ese modo, otros dos hombres, entre los que permanecían en pie, se colocaron junto a él. Pero el resto permanecieron acuclillados, agolpados, respirando en tierra de nadie a través del grupo, conteniendo el aire en los pulmones, reservando el único viento al que se sentían con fuerzas para seguir, el único que creían que quizás podía devolverlos a sus vidas anteriores, junto a sus familias y sus hogares.

Kuthun mandó limpiarlos y darles de comer. También ordenó aserrar el mascarón de proa del *Ur Txoria,* al cual los cañonazos habían abierto varias vías de agua, salvar sus pertrechos, armas y víveres y trasladarlos al galeón, y finalmente partir a bordo de él rumbo a Tortuga.

Cuando lo hicimos, la barcaza con los marineros españoles y los indios que habían decidido acompañarlos se había perdido ya en el horizonte y a nuestras espaldas quedó el *Ur Txoria*, que había comenzado a inclinarse, pero que aún tardaría varias horas, quizás días, en ser tragado por el mar. En lo alto del palo mayor, se balanceaba el cuerpo del capitán, y amarrado a uno de sus pies, el del perro muerto, con las tripas colgando; sobre los cadáveres de ambos, ondeaba la bandera roja sobrepuesta a una de las velas blancas rasgadas por los cañonazos, como un sobre lacrado con sangre y un mensaje en su interior que advertía −con sus esqueletos, el sable, el jarro y el reloj de arena− qué aguardaba a quien se topara con el capitán Kuthun, el Rubio, y sus temibles filibusteros.

Así fue como a lo largo y ancho de todo el mar Caribe comenzó a ser conocido −y temido− su nombre: Kuthun, el Rubio. Poco a poco, a bordo del *Ur Txori Berria*[38], como bautizamos al galeón español, apresamos nuevas naves, hasta ir formando una pequeña flota a la que se iban sumando los Hermanos de la Costa más audaces.

Fue también en aquel viaje de regreso a Tortuga, cuando vi por primera vez a Kuthun arrojar al mar una parte del botín.

La vuelta a Cayona transcurrió en una tensa calma. Los mari-

---

38 Nuevo pájaro de agua.

neros apenas abrían la boca, encerrado cada uno de ellos con sus propios pensamientos. En los rostros de algunos se dibujaba una extraña placidez, que aprendí a distinguir tras otros abordajes y combates: era la paz de los supervivientes. Otros parecían sumidos en una tristeza insondable: habían perdido a un camarada, o habían sido heridos de gravedad, y a cambio no habían obtenido más que promesas. El galeón no transportaba nada de valor, tal y como había advertido su capitán, y tal y como había advertido el nuestro, los indios fueron liberados en la costa de La Española, a pesar de que por ellos podíamos haber obtenido una buena recompensa vendiéndolos como esclavos. Pero teníamos un buen barco, con el que intentar nuevos asaltos a naves con botines más valiosos.

Cuando divisamos la isla Tortuga, Kuthun ordenó arriar velas y el galeón se detuvo en medio de un mar transparente, bajo el que brillaban los lomos de peces plateados, y convocó a toda la tripulación. Él estaba de pie sobre el bauprés. Los rayos de sol caían sobre su espalda confundidos con las guedejas de sus cabellos y en su mano extendida centelleaba el crucifijo de oro que había arrancado del cuello del capitán español.

—La mar es la única tierra que nosotros poseemos —dijo.

Tenía los ojos cerrados y hablaba con un tono susurrante, que se enroscaba en nuestros corazones como una planta carnívora, cortando el aliento.

—Ella es nuestra ley, nuestra patria, y nuestra religión. Ella es nuestra única amante. Que reciba, pues, este presente como prueba de fidelidad —abrió la palma de la mano y dejó caer el crucifijo, que se deslizó como un rayo de sol hundiéndose en el agua.

Un murmullo se elevó entre la tripulación. Aquella era con seguridad la única joya de valor que habíamos obtenido durante el abordaje. Pero conservábamos la vida. Y éramos dueños de ella.

—¡Izad velas! —gritó después nuestro capitán.

Los hombres obedecieron inmediatamente, entre gritos de júbilo.

Entramos en el puerto de Cayona como príncipes, victoriosos y exultantes.

Repetíamos la ceremonia cada vez que regresábamos a Tortuga. Yo solía tocar el atabal, cuando Kuthun, encaramado en el mascarón de proa (el *txantxangorri* dentado que recuperó del viejo *Ur Txoria*), arrojaba a la mar, como un fiel esposo, la ofrenda de una joya: un resplandeciente anillo de oro, un collar de delicadas esmeraldas, los hilos de plata desgarrados de la casulla de un obispo... Después, tañía la *alboka,* anunciando nuestro regreso a los Hermanos de la Costa que esperaban en tierra, alertándolos para que comenzaran a servir el ron. Haciéndoles saber que estábamos vivos e íbamos a celebrarlo por todo lo alto. Hasta caer muertos, si era necesario.

No temíamos a la muerte, ni tampoco la despreciábamos. La muerte era nuestra aliada. Viajaba enrolada en nuestra tripulación. La protegíamos. Luchábamos para que nada la tocara. Si ella moría, moríamos nosotros. Amábamos la muerte y eso nos hacía inmortales. Éramos los señores del mar. Los dueños del viento. Los temibles filibusteros de Kuthun, el Rubio, a cuya cabeza pusieron precio desde Maracaibo hasta la Florida.

—Hay carteles con tu nombre en todas las aldeas y villas— hizo saber un día a Kuthun un marinero que había llegado buscando fortuna desde la costa de Cuba—. El gobernador ofrece cien ducados de plata de recompensa por tu cabeza.

Al oír aquello Kuthun estalló en una carcajada que al retirarse le dejó dibujada en la sonrisa una metralla de vanidad y satisfacción.

—Cien ducados. ¡Qué barato soy! Yo daré doscientos ducados de plata a quien me traiga la cabeza del gobernador —dijo—. ¡Lemmy! —llamó después al piloto—. ¡Mañana zarparemos hasta Santiago! ¡Y tú, músico! ¿Quieres acompañarme? Seguro que te apetece volver a estar entre personas civilizadas —se dirigió a mí.

No pude, o no supe negarme, a pesar de que sabía que Kuthun se comportaría de un modo temerario.

Al día siguiente, al amanecer, nos hicimos a la mar los tres a bordo de una balandra. La costa de Cuba no quedaba demasiado lejos de nuestro refugio en Tortuga y en apenas un día de navegación, con el viento de costado y Lemmy al timón, llegamos a la bahía de Santiago.

—Si al amanecer no estamos de vuelta, ven a buscarnos al día siguiente y cada viernes al salir el sol durante un mes —hizo saber Kuthun al piloto, antes de desembarcar en una pequeña playa, en la que solían hacerlo también los contrabandistas, y echar a andar a través de la selva en dirección a la ciudad.

Cuando divisamos las primeras casas, Kuthun lanzó al suelo un hatillo que llevaba consigo colgando de un hombro y al desatarlo aparecieron varias prendas de ropa, robadas en algún abordaje: calzas abombadas, medias de seda, zapatos de gorgorán con borlas de lana...

—Vaya, qué elegancia y donaire los suyos, don Joanes — engoló la voz Kuthun, tras vestirnos con ellas.

Me reí, y Kuthun también estalló en carcajadas cuando yo me coloqué alrededor del cuello una gorguera de las que llamaban de lechuguilla. Él, por su parte, encajó en el puente de su nariz unas lentes con montura negra. Reímos como niños, hasta que se nos saltaron las lágrimas. Comprendí entonces por qué había decidido acompañar a Kuthun en aquella aventura. Todo volvía a ser como antes, como hacía años, cuando solo éramos unos muchachos. A pesar del riesgo que sin duda íbamos a correr aquello parecía un juego, y yo tenía a mi lado de nuevo a mi amigo, junto al que me sentía indestructible.

El sol estaba asomándose por encima de las casas blancas al llegar a Santiago y en las calles vacías permanecía detenido el aliento denso de la ciudad, la cual remoloneaba todavía entre las sábanas. Un olor a estiércol y pan horneado se mezclaba en el aire y decenas de gaviotas lo aventaban revoloteando alrededor de la torre de la catedral. Desde lo alto de las empinadas calles se veían las canoas abriendo rayas sobre la bahía y media docena de naves amarradas en el puerto. En una de ellas varios hombres embarcaban una piara de cerdos, entre gritos.

No tardamos en ver uno de los carteles que recompensaban la captura de Kuthun, clavado en la puerta de una casa de piedra, con balcones altos, protegidos por tupidas celosías de madera como si de una fortaleza se tratara:

El ilustrísimo gobernador de Santiago de Cuba, don Rodrigo de Velasco, hace saber que pagará cien ducados de plata por la cabeza del infame pirata francés Kuthun, y que serán ciento cincuenta en el caso de que lo atrape vivo y lo lleve a su presencia para recibir de ese modo escarmiento público y muerte por los terribles crímenes con que viene asolando nuestras villas y aldeas. El tal Kuthun, también conocido como el Rubio por el color de sus cabellos, mide siete pies de altura, tiene los ojos de color azul, la mirada fría y despiadada y suele hacerse acompañar por una no menos infame y criminal mujerzuela llamada Catalina.

—¡Vaya, siete pies de altura! Soy un gigante —exclamó Kuthun, poniéndose de puntillas y riendo de forma estruendosa.

Su carcajada recorrió las calles como si lanzara un cabo y al replegarse arrastró consigo el sonido de los cascos de un caballo, que se acercaba lentamente. Por una de las bocacalles vimos aparecer a un hombre montado sobre un majestuoso animal gris perla. Su rostro se ocultaba bajo un gran sombrero y a sus espaldas iba dejando la estela de una capa dorada, que flotaba agitada por el viento.

—Buenos días, señores. Soy el capitán a guerra de la ciudad —se presentó.

Sus ojos centelleaban nerviosos bajo el ala de cuero del sombrero, escrutándonos, y una de sus manos apretaba con fuerza la empuñadura de la espada. Apenas nos habíamos cruzado con nadie desde que llegamos a Santiago, pero sin duda la noticia de que dos desconocidos merodeaban por la ciudad ya había prendido la curiosidad y la desconfianza de los vecinos como un reguero de pólvora.

—Buenos días. Yo soy Kuthun, el Rubio —contestó mi amigo, señalando el cartel y descubriéndose a continuación la cabeza, con una teatral reverencia—. Y él es Joanes de Sagarmin, uno de mis terribles filibusteros —me señaló.

Un escalofrío me recorrió el cuerpo y debí de quedarme pálido, paralizado, mirando con perplejidad al jinete, durante lo que me pareció una eternidad. Vi cómo sus ojos se clavaban en la *alboka* que colgaba de mi pecho y entonces, por fin, reaccionó.

—¡Ja, ja, ja! Deben de ser sin duda cómicos.

Miré de reojo a Kuthun, desconcertado.

—Cómicos, cómicos, claro —titubeó, durante apenas un instante—. Pero no somos simples cómicos de la legua, un respeto, caballero. Está ante uno de los cráneos más privilegiados de nuestras letras, el auténtico Fénix de los Ingenios... —me señaló Kuthun, que a pesar de su perfecto castellano, no podía disimular el acento francés.

—De los ingenios azucareros, querrá decir —le cortó burlón el capitán.

—Y diría bien, porque todas las ciudades de Cuba se han rendido a nuestros pies, y no va a ser menos la primera y más hermosa de todas ellas, Santiago, en la que representaremos nuestras comedias si sus autoridades lo tienen a bien.

—No me cabe ninguna duda. Los llevaré ante el gobernador. Síganme.

El capitán clavó sus botas en los flancos del caballo y echó a andar. Nosotros caminamos tras él. De vez en cuando, se volvía con gesto divertido, y preguntaba algo. Kuthun respondía no menos alegremente, inventando patrañas: a mí me presentó como autor de comedias, él se hizo pasar por empresario teatral, dijo también que nuestra compañía llegaría a la ciudad al día siguiente, a pie desde Bayamo...

Con cada nueva mentira, yo le daba un codazo en las costillas. ¿Autor de comedias? ¿Qué iba a inventarme cuando me preguntaran sobre ellas?

—Vamos, hombre, así podrás demostrar para qué te han servido todos esos libros que has leído —se burlaba Kuthun.

Yo, sin embargo, no lo encontraba nada divertido. El juego se estaba volviendo demasiado arriesgado. Si llegaban a descubrirnos nos apresarían y nos colgarían en la plaza Mayor.

El capitán a guerra, así era como llamaban al encargado en la ciudad de organizar las milicias civiles para la defensa de la misma, parecía de hecho arrastrarnos ahora con una cuerda invisible, y mostrarnos como un trofeo ante los vecinos que salían a las calles, o se asomaban a las ventanas para vernos. Cabalgaba erguido sobre su caballo, y había en su figura algo que la volvía obscena, con su montura enjaezada, o el terciopelo de sus ropas. Nos cruzamos con algunos indios acurrucados contra las paredes, medio desnudos; otros tiritaban envueltos en mantas descoloridas y raídas que parecían mortajas; y vimos también a algunos soldados desharrapados, con las cotas de malla deshilachadas y el rostro chupado por el hambre, que clavaban su mirada con rencor en el capitán.

Todo el esplendor de la que fuera primera capital de Cuba se había trasladado a La Habana, y Santiago decaía con lentitud: apenas contaba con una docena de soldados, obligados a vivir de la caridad. Por el contrario, al llegar a la casa del gobernador varios mozos salieron a recibirnos, uno de ellos ayudó al jinete a descabalgar, otro se llevó su montura a las cuadras...

—Es la antigua casa del adelantado Diego de Velázquez, el fundador de la villa —señaló ufano el capitán el palacete de piedra, con los tejados labrados en madera de cedro.

Después, nos hizo pasar y esperar en un patio interior. En el centro había un pozo, desde el que se elevaba un murmullo de agua, que se mezclaba con los trinos de algunos pájaros, encerrados en jaulas que colgaban de los balcones. Toda aquella pulcritud y sensación de calma me intranquilizaban. Hubiera preferido tener bajo mis pies hierba, arena, barro, antes que los resplandecientes azulejos que pisábamos. Por las paredes las enredaderas trepaban como si fueran mis pensamientos y temores, que mascullaba en silencio. No me apetecía hablar con Kuthun. Odiaba su arrogancia, la inconsciencia con que ponía en peligro las vidas de aquellos que se preocupaban por él.

—Pasen por aquí —escuchamos por fin la voz de un criado, un hombre negro, con la piel casi azul, que salió a recibirnos y nos condujo hasta una sala, en la que tras un escritorio nos esperaban el gobernador, Rodrigo de Velasco, y a su lado, de pie, el capitán, con una sonrisa nerviosa y sumisa, como la de un niño que espera agradar a su padre con un regalo.

El gobernador era un hombre de unos cuarenta años, con unos bigotes que se derramaban sobre sus labios como vetas de agua y desembocaban en una barba que se pretendía feroz y autoritaria pero no llegaba a cubrir una mueca sonriente y afable en su boca, que no casaba nada bien con su cargo.

—Así que cómicos —dijo, entusiasmado.

A sus espaldas vi varias estanterías abarrotadas de libros.

—No, le han informado mal, señor: piratas —contestó Kuthun, y, tras quitarse el sombrero, volvió a repetir la exagerada genuflexión—: Soy Kuthun, el Rubio, a cuya cabeza vuestra merced ha puesto precio. Pues bien, yo estoy aquí para cortar la suya.

Por un momento llegué a pensar que Kuthun desenfundaría el puñal que ocultaba bajo la ropa y le rebanaría el cuello allí mismo. No me habría sorprendido. Lo sabía capaz de ello. Pero por fortuna, casi de inmediato, su carcajada resonó una vez más, llenando la habitación, sin que ninguno de los dos hombres reconociera el eco terrible que dejaba tras ella.

La comedia continuó durante varias horas. El gobernador era aficionado a la lectura y al teatro. Nos invitó a comer. Comimos como reyes, perdiz cubierta con un capirote de huevos, frutas cuyo solo nombre ya alimentaba –frutabomba, guayaba...–, piñones con miel, chocolate caliente, vinos fríos de Alaejo y Guadalcanal, todo ello mientras Rodrigo de Velasco hablaba del *Quijote*, recitaba versos de Lope de Vega, leía pasajes del *Lazarillo*, o de la *Vida y trabajos de Jerónimo de Pasamonte*... Al contrario de lo que yo había supuesto, no me costó demasiado interpretar mi papel, me sentí cómodo junto a él, husmeando en su biblioteca, que me mostró alborozado tras la sobremesa... Me pareció un hombre agradable y bueno, pero no podía dejar de pensar, mientras hablábamos, que si yo le revelara la verdad, él no dudaría y mandaría ajusticiarnos; o que en cualquier momento Kuthun despertaría malhumorado (se había quedado adormilado, con el sopor de los licores) y lo degollaría, poniendo fin a la farsa.

No fue así, por fortuna. A media tarde, cuando Kuthun se despabiló dijo que yo tenía que trabajar en mi nueva obra, pidió al gobernador una resma de papeles, y le rogó que nos dejara acomodarnos en una sala en la que nadie nos molestara.

—Claro, claro, que nada espante a las musas —contestó este—. Aquí estarán tranquilos —nos hizo pasar a una habitación que, según nos contó, había sido el lugar de trabajo de Hernán Cortés, cuando este fue secretario del adelantado Diego de Velázquez—. Pueden quedarse todo el tiempo que deseen. Prepararemos también unas habitaciones para que duerman —añadió.

La sala en la que nos instalamos era amplia y luminosa, con una ventana de madera pintada de color azul por la que el sol, herido de muerte al atardecer, entraba en una llamarada. Frente a ella, una mesa, con pluma y tintero, como si quien se sentara a escribir en ese lugar pudiera prender fuego o desangrar el mundo, o creer al menos que estaba llamado a hacerlo. Arrimado a una pared había un colchón, sobre el suelo, cubierto con una manta roja y a su lado un armario negro que exhalaba un olor antiguo y embriagador a madera vieja.

Kuthun se sentó sobre el escritorio y comenzó a trazar sobre un papel letras que parecían cuchilladas.

—¿Qué te parece? —me tendió el cartel, al cabo de un rato.

La tinta brillaba sobre las palabras, como pequeños y palpitantes animales. Comencé a leer:

Yo, Kuthun, el Rubio, filibustero, hermano de la costa, sin otros títulos ni posesiones que los de mi propia libertad, hago saber a los vecinos y visitantes de Santiago de Cuba que daré doscientos ducados de plata a quien traiga ante mí la cabeza del gobernador de esta ciudad, que ha puesto precio a la mía, sin que la infamia y crueldad de las que me acusa sean otras que la de negarme a vivir como un esclavo. ¡Viva la Hermandad de la Costa! ¡Viva la libertad! ¡Viva la vida! ¡Larga vida a la muerte!

No supe qué decir. Balbuceé algunas palabras de asentimiento, y me sentí de inmediato ruin por ello. Hasta hacía apenas un rato había disfrutado de la compañía del gobernador, que nos había dado cobijo y nos había sentado a su mesa, tomándonos por unos simples cómicos. Pero también me aliviaba saber que en realidad lo que Kuthun pretendía era solo un desaire, una muestra de rebeldía y de orgullo, y que si en realidad hubiese querido matar al gobernador no habría tenido más que subir las escaleras que separaban nuestra habitación de la suya.

Kuthun, por lo demás, no pareció percatarse de mis remordimientos ni de mis dudas:

—¡Copiémoslo! —arrojó sobre la mesa un montón de papeles, y comenzó a garabatear sobre ellos el mismo mensaje que había escrito en el primer cartel.

Estuvimos escribiendo hasta medianoche, hasta que los ojos y las manos se nos convirtieron en arena. Entonces, Kuthun llamó a uno de los criados para que hiciera saber a su amo que saldríamos a dar un paseo para despejarnos y que no nos esperara levantado.

Antes de abandonar la casa, no obstante, no pudimos resistirnos a abrir el armario negro, cuyo olor tiraba de nosotros como si tuviéramos una argolla en la nariz. Aparecieron varias camisas amarilleadas por el tiempo y algunas otras prendas de ropa desgastadas por la humedad, y también una armadura y un yelmo oxidados, que debieron pertenecer, pensé, a Hernán Cortés, conquistador de México, tal y como me había explicado orgulloso el gobernador, mostrándome un libro en el que, en varias cartas dirigidas al emperador Carlos V, relataba sus andanzas.

—El tal Cortés debía de medir al menos ocho pies —bromeó Kuthun, colocándose el casco, que le bailaba sobre el rostro—. O tener la cabeza muy gorda —añadió, levantando la rejilla de la cara.

Se vistió también con un jubón sin mangas, adornado con cintas rojas, y tras amontonar las resmas de papeles, salimos a la calle. Soplaba una brisa agradable desde el puerto, donde titilaban algunas luces y se escuchaban las risas beodas de marineros. A lo lejos, algún perro ladraba a la luna llena, a cuya luz los contrabandistas acercaban sus barcas a las playas. Pero en la ciudad todo permanecía en silencio. Colocamos el primer cartel en la puerta de la casa del propio gobernador, tras arrancar el suyo. Después, recorrimos varias calles, repitiendo el gesto, con la respiración contenida, y los pies nerviosos, preparados para salir corriendo. La arena y el polvo crujían bajo ellos, como si la tierra fuera a abrirse en cualquier momento. De repente, cuando ya estábamos clavando el último cartel, se oyeron pasos que retumbaban en la noche. Un soldado dobló una de las esquinas, tambaleándose. Kuthun bajó la rejilla de su yelmo, y desenvainó el puñal. El soldado se detuvo, tembloroso, tratando de mantener el equilibrio y frotándose los ojos. Después, se llevó un dedo a la boca, chistó, en un gesto propio de los borrachos, y volvió por donde había venido, tal vez convencido de que acababa de ver el fantasma del mismísimo Hernán Cortés. No parecía probable que fuera a alertar a nadie. Ni siquiera si nos lo hubiéramos encontrado sereno, a él o a otro de los soldados de la ciudad, aquellos hombres flacos y harapientos, era probable que lo hubiera hecho, ni que hubiera peleado o puesto en riesgo su vida, más preocupado por no morir de hambre; pero comprendimos que era el momento de irnos.

Olía a pan recién horneado y a orines, cuando abandonamos Santiago, pero poco a poco esos olores fueron siendo lavados primero por el del agua resbalando como sudor por las hojas de los árboles, en el bosque en el que nos internamos bajo la luz de la luna llena, y después por el del salitre y la arena mojada de la playa en la que el día anterior nos había desembarcado Lemmy, y a la cual llegamos al amanecer. Un manto ámbar cubría el mar, y a lo lejos se veían correteando sobre él los pequeños barcos de contrabandistas y pescadores. Nos sentamos a descansar bajo una palmera, agotados y satisfechos. Miré a Kuthun. Había cerrado los ojos, dejando que la primera luz del día acariciara sus párpados y se enredara en sus cabellos, rubios como el sol. Me alegró estar allí junto a él. Sonreí, y justo al hacerlo él abrió los ojos. Me avergonzó que me sorprendiera de ese modo, pero él también sonrió.

—¿Por qué no tocas algo, músico? —dijo después.

Y como tantas otras veces, hacía ya tanto tiempo, apenas hube comenzado a soplar mi *alboka*, su voz se fundió con la música, como si se tratara de una sola voz, que nos perteneciera a ambos a la vez y a la vez también fuera libre, perteneciera al sol y al viento y al mar y a nadie más:

Beltxarga zaurituaren odola
zuen gustu txarrerako
eztia da:
zapore mamitsu eta gozoa
okela odoleztatuarena.

Eta aire-nahiak osatzen ditugunean
amesgaizto ikaragarriak sortzen dituzue.
Malkoen bidetik ibiliko gara,
irribarrea besoetan,
eta ez duzue inoiz ulertuko
zergatik irristatzen den itsasoa
gure ezpainen artetik.[39]

Apenas el último verso hubo brotado de su boca, vimos aparecer en el horizonte a Lemmy en nuestra balandra, acercándose hacia nosotros, para llevarnos consigo, mar adentro, con el viento soplando a nuestras espaldas.

---

39 La sangre del cisne herido / es la miel / para vuestro mal gusto: / denso sabor dulzón / el de la carne ensangrentada. / Y cuando fraguamos deseos del aire / engendráis terribles pesadillas. / Recorreremos el camino de las lágrimas / con la sonrisa entre los brazos / y jamás comprenderéis / por qué se desliza la mar / entre nuestros labios. *(Ver nota final)*.

24

Isla Vaca, al sur de La Española, era nuestra guarida, nuestro cuartel de invierno en aquel país en el que nunca hacía frío. Allí recalábamos cuando queríamos reparar los barcos, carenarlos, limpiar la quilla de todos los moluscos y algas que se pegaban a ella como minúsculos polizontes; o cuando se aproximaba la época de lluvias y tifones y resultaba imposible navegar; incluso cuando necesitábamos algo de tranquilidad, alejarnos del bullicio y la excitación de Tortuga.

Pasábamos semanas en tierra, a veces meses, antes de volver a embarcarnos. Plantábamos frijoles, que crecían en apenas seis semanas, y salíamos a cazar, pero en general no había mucho que hacer, salvo descansar y divertirse. Por las noches, encendíamos hogueras en la playa y yo tocaba mi *alboka* o alguna pequeña flauta que tallaba a cuchillo; Kuthun cantaba sus versos; y los filibusteros bebían y bailaban hasta caer redondos... También peleaban, en ocasiones, sobre todo cuando pasaban los días y comenzaban a añorar el rugido del viento golpeando las velas, la caricia húmeda de las olas sobre sus rostros, el pellizco en el corazón antes de los abordajes, el hervor de la sangre llamando a la sangre. A mí me sucedía al revés: cada vez que nos embarcábamos anhelaba regresar a tierra, a los días interminables e iguales, sin sobresaltos, de Isla Vaca, a las tardes de lluvia golpeando sin cesar el techo de la cabaña, a las largas noches de lectura que siempre resultaban cortas, cuando la luz de las luciérnagas la apagaba, por sorpresa, la del amanecer...

Excepto Juanelo, el joven que conocía la lengua de los indios, Kuthun y algún otro –con cierta dificultad–, nadie más sabía leer entre los filibusteros, y muchos de ellos se colaban en nuestras cabañas algunas noches para que les contáramos en voz alta las historias que aparecían en nuestros libros. Era este uno de los momentos en los que yo más disfrutaba: cuando veía los ojos brillantes y oía la respiración lenta y apaciguada de aquellos hombres fieros, escuchándome boquiabiertos. El propio Kuthun también me pedía en ocasiones que leyera para él y para Kattalin, a lo que yo accedía siempre gustoso, a pesar de que él mismo podía hacerlo. Kuthun y yo apenas conversábamos, pero bastaban momentos como ese, o como cuando él cantaba, para entendernos y para que yo olvidara algunas de las cosas terribles que le había visto hacer.

Con Kattalin, por el contrario, no conseguía salvar la distancia, la brecha que parecía haberse abierto entre nosotros desde el reencuentro, aunque también me daba cuenta de que, a excepción de con Kuthun, se comportaba de ese modo hermético y desabrido con todos, lo cual todavía me dolía más, me convertía en más extraño ante sus ojos. A menudo se la veía pulular como un alma en pena por el campamento, triste, ausente, anticipando a sus pasos una tos enredada, escrofulosa, de animal enfermo.

Uno de esos días, mientras yo destazaba un jabalí en la playa, me sorprendió que ella se desviara de su camino y se sentara en la arena, a mi lado.

—Sigue, sigue —se dio cuenta de mi extrañeza y señaló el cuchillo que yo manejaba—. Verte trabajar, cortar con esa destreza, me tranquiliza.

A lo lejos, se oían algunos gritos y bromas de los marineros, subidos sobre el lomo del *Ur Txori Berria*, que permanecía tumbado en la playa, como un gran animal dormido, y al que arrancaban de la quilla a cuchillo, pacientemente, las pequeñas conchas o los hilos de plantas marinas. Uno de ellos, uno de los indios que se habían unido a nuestra tripulación tras el abordaje del galeón español, llevaba encasquetado el yelmo que Kuthun había robado en la casa del gobernador de Santiago de Cuba y otro compañero suyo el jubón sin mangas adornado con cintas rojas. Kuthun les había regalado aquellas prendas, para jolgorio del resto de los hombres, que ahora llamaban a uno de ellos Hernán y al otro Cortés. Entre los otros filibusteros que estaban carenando el barco había también una cuadrilla de marineros vascos, y escuché cómo dirigían a los indios algunas palabras en nuestra lengua, y cómo estos contestaban en la suya, con felices coincidencias en algunos términos, que celebraban con risas y aplausos.

—¿Echas de menos Zugarramurdi? —me preguntó Kattalin, al oírlos.

—No, no sé, no pienso mucho en eso —contesté—. Pero creo que nunca volvería allí. ¿Y tú?

—Tampoco lo sé, pero sí añoro la nieve, el frío, las montañas... Esas son las cosas que recuerdo. No echo de menos la vida que tuvimos, sino la que deberíamos haber tenido, la que nos arrebataron. Intento olvidar a los soldados, a los inquisidores, a mis amos...

Una tos violenta cortó sus palabras y sus ojos se humedecieron.

—Ahora estoy enferma —continuó, tras coger aire—. Y cansada. Durante todos estos años ha sido el odio el que ha guiado mis pasos. No reniego de ello porque de otro modo probablemente nunca habría podido levantarme y caminar. Pero ya no puedo más. Ya no es suficiente. Ya no siento odio. Solo tristeza, una tristeza que creo que nada ni nadie puede remediar. Soy agote. Una apestada. Una maldita. Arrastro conmigo todo el peso y la fatalidad de la tristeza de mis antepasados. Pero soy, a la vez, feliz, quiero a Kuthun. Y te quiero a ti, Joanes —la voz le tembló e hizo temblar mi corazón—. Y te admiro. Me gustaría que mi corazón se hubiera mantenido puro como el tuyo, que hubiera podido curar mi dolor sin recurrir a la ira, al odio, a la venganza...

Las lágrimas comenzaron a rodar por sus mejillas y, avergonzada, recostó su cabeza en mi pecho. La abracé. Y comprendí, por fin, por qué se había mantenido alejada de mí. Comprendí que solo había intentado protegerme, preservarme.

—Me gustaría vivir, aunque fuera solo durante un día, durante unas horas, una vida feliz, que me perteneciera por completo, a la que nada amenazara, en la que no tuviera que pelear por ella.

Mis manos sobre su espalda temblaban, casi podían palpar su respiración enferma, las ramas de sus pulmones sobre las que se había posado una bandada de cuervos negros.

—Pero ahora es ya demasiado tarde, Joanes. No me queda mucho tiempo.

—No digas eso.

Yo también comencé a llorar, sin permitir que ella lo viera.

Abracé a Kattalin con más fuerza. Mi cuchillo de desollar se me cayó de las manos, y la arena no tardó en tragarse las gotas de sangre que corrían por su filo.

—Aquel que pierda una parte de brazo o pierna en un combate recibirá cuatrocientas piezas de a ocho; si pierde el miembro entero, ochocientas...

Era yo quien me encargaba de leer la ley de a bordo, antes de embarcarnos. En esta ocasión, mientras lo hacía, percibía una excitación especial entre los marineros, acaso porque a la impaciencia de las largas semanas que llevábamos en tierra (muchos de ellos estarían dispuestos en realidad a sacrificar un dedo de sus manos con tal de volver a hacerse a la mar), se sumaba el hecho de que nos dirigiríamos hacia La Habana, cuyo nombre se había convertido en

Eldorado de quienes se enrolaban en las tripulaciones de Kuthun, el Rubio.

Tras haber establecido y firmado el contrato, abandonamos Isla Vaca. Estábamos a finales de un octubre soleado, que parecía haber dejado por fin atrás la época de lluvias y huracanes. El *Ur Txori Berria* surcaba el océano cachazuda y majestuosamente, como un tigre de madera recién despertado. Navegamos de ese modo durante algunos días, dando pequeños zarpazos en granjas y encomiendas de la costa, al norte de la isla de Cuba, que asaltamos sin encontrar resistencia (quienes en ellas vivían abandonaban las casas y se refugiaban en el bosque, al vernos llegar). Finalmente, echamos el ancla a solo unas leguas de La Habana. A lo lejos se divisaban las fortalezas, todavía en construcción, que protegían la ciudad: el Castillo del Morro y el de San Salvador de la Punta, uno a cada lado de la bahía pero unidos en ocasiones por una gran cadena que impedía el paso de naves hasta el puerto. La ciudad cada vez estaba más protegida y contaba con más hombres para su defensa, pero siempre era el primer lugar al que Kuthun se dirigía al hacerse a la mar, como una mariposa atraída por la misma luz que le quemaba las alas. Se trataba, en realidad, solo de incursiones de reconocimiento, en las que comprobar si existían resquicios a través de los cuales intentar el asalto, o estudiar los momentos en los que La Habana quedaba desguarnecida (por ejemplo, cuando los propios soldados que debían defenderla se replegaban, después de haber llevado a cabo alguna escabechina entre la población). Cada año, sin embargo, la ciudad parecía más inexpugnable, aunque eso, lejos de desanimar a Kuthun, le hacía anhelar con más ansia el ataque de una flota de filibusteros que la devastara y reforzar en sus hombres la idea de que el valor del botín se acrecentaba.

Era el propio Kuthun quien solía desembarcar en un bote y acercarse a pie a La Habana, haciéndose pasar por un mendigo o un marinero, para inspeccionar el avance de las obras en las defensas, las novedades respecto a la tropa, las fechas de llegada y partida de la Flota de Indias... Nunca dejaba que nadie le acompañara y entre la tripulación las malas lenguas contaban que le era infiel a Kattalin o que cada año asesinaba con frialdad a alguno de quienes lo maltrataron mientras vagabundeó por la ciudad. Esta vez, por el contrario, cuando Kuthun regresó, tenía una luz diferente en la mirada, en la que no brillaba el reflejo de la sangre ni de las esmeraldas.

Ni siquiera bajó de la chalupa.

—¡Kattalin! ¡Joanes! —nos reclamó—. ¡Subid!

Yo no pude, o no supe negarme. Tampoco Kattalin, a pesar de que en los últimos días su salud había empeorado y cada vez que tosía en sus pulmones se escuchaba el crujido de una rama quebrándose.

Subimos al bote y remamos en silencio hasta alejarnos del *Ur Txori Berria*. El mar estaba en calma y sobre nuestras cabezas resplandecía el mismo cielo azul que compartimos cuando éramos muchachos en las playas de Lapurdi.

Kattalin tosió una vez más, con tanta violencia que hubo de detenerse y escupir en el suelo un cuajarón de sangre, que se infló y desinfló durante un instante, como el último latido del corazón de un pequeño pájaro. Kuthun se acercó a ella y rodeó su espalda con el brazo, mientras con la otra mano le retiraba de la cara las plumas que se inclinaron desde el tocado que cubría su cabeza afeitada. Yo me encontraba a unos pasos de distancia, y por un momento no los reconocí, hasta que reparé en que también me encontraba vestido de una forma que me resultaba ajena, con unas pomposas calzas y un jubón de gorgorán como aquellos con los que me había hecho pasar por autor de comedias en Santiago. Kuthun se cubría, como entonces, con capa y un sombrero de cuero de ala ancha, pero, quizás porque a él ya lo había visto de esa guisa antes, era a Kattalin a la que me costaba identificar bajo un esplendoroso traje de color claro, con el escote que dejaba al descubierto sus hombros, la falda ahuecada con un guardainfante y el corpiño que se abría a lo largo de su estómago y sus pechos, de los que brotaba un ramo de flores de seda. Nunca la había visto tan hermosa y, a pesar —o quizás por su culpa— de los ataques de tos que la detenían a cada paso, su rostro febril resplandecía. Los tres, en realidad, irradiábamos una luz extraña que atraía todas las miradas hacia nosotros, y eso me hacía sentir incómodo y vulnerable. Por ello, procuraba no fijarme en nada ni nadie, y de hecho me cuesta recordar cómo conseguimos todos aquellos ropajes y cómo llegamos desde el *Ur Txori Berria* hasta la mismísima plaza de Armas de La Habana.

Estábamos frente a la Parroquial Mayor, como llamaban a la catedral de la ciudad, acaso porque se trataba en realidad de una pequeña y desvencijada iglesia, desde cuya puerta se abría paso un cortejo fúnebre, como un vómito negro, a través de quienes nos agolpábamos esperando para escuchar el concierto anunciado en aquel mismo lugar a esa hora. No era otro que ese el motivo por el que Kuthun nos había hecho llegar hasta allí, arriesgando una vez más para ello su vida y las nuestras.

La escena resultaba sorprendente y a la vez había algo brutalmente natural en aquel baile entre la vida y la muerte. Las mulatas que oficiaban como plañideras se mezclaron por un momento con las damas y caballeros que aguardaban fuera, tocaron sus trajes elegantes, hicieron temblar con sus gritos y llantos desgarradores las joyas que colgaban de sus cuellos y muñecas... Y una vez que dejaron la puerta de entrada libre, esta se tragó a quienes habían acudido al concierto, que entraron a la iglesia sin poder contener, como si nada hubiera sucedido, como si la muerte no acabara de desfilar ante sus ojos, las sonrisas; sonrisas que anticipaban el placer vivificante de la música, y también, o sobre todo, otros más mundanos, como el de la ostentación.

Hubo entonces empujones y codazos para ocupar los mejores

asientos, pero en medio de aquel caos, Kuthun avanzó sin dificultad por el pasillo central sujetando a Kattalin por uno de sus brazos, viendo cómo a su paso se abría un respetuoso hueco. Algo más rezagado, yo los vi aposentarse majestuosa y orgullosamente, como reyes, como si tuvieran derecho a ello, en el primer banco, y cuando todo se hubo calmado me dirigí hasta donde estaban y ocupé el espacio que habían dejado a la derecha de Kattalin sus enaguas replegadas, que nadie se atrevía a rozar. Frente a nosotros, delante del altar, había tres sillas, con sus correspondientes atriles. Por detrás, escuchábamos las toses nerviosas y expectantes, los susurros y murmullos clavándose en nuestras espaldas pero incapaces de herirnos. Cerré los ojos. Hacía muchos años que no entraba en una iglesia. Los recuerdos que me traían eran dolorosos. Sin embargo, en esta ocasión el silencio solemne del templo me tranquilizó. Permanecí durante un rato de ese modo, regodeándome en aquella paz extraña, y cuando volví a abrir los ojos, miré a Kattalin. Su tos parecía haberse calmado, aunque su aliento exhalaba un rumor lejano, una respiración entrecortada y esforzada, que, no obstante, no conseguía aplacar la mueca de felicidad que se había adueñado de su rostro. Pensé en que quizás era la primera vez que entraba en una iglesia por la puerta principal, pues los agotes debían hacerlo en Baztán por una lateral y ocupar los últimos bancos, del mismo modo que ahora lo hacían los esclavos y sirvientes negros. Mi mirada se cruzó con la de Kuthun, que también observaba a Kattalin desde el otro costado. Solo por contemplar aquello, los ojos de Kuthun, en los que brillaban la satisfacción, el amor incondicional y a la vez una tristeza hermosa y descorazonadora, anticipándose a lo que iba a suceder, habría merecido la pena que nos descubrieran y nos colgaran en mitad de la plaza de Armas. Kuthun, desde luego, no parecía temer a nada, y se había quitado el sombrero, dejando al descubierto sus cabellos dorados, que resplandecían en lo alto de su cabeza erguida.

De repente, desde el coro, se escuchó el gemido estremecedor de un órgano, y aparecieron desde la sacristía los cuatro músicos: tres hombres y una mujer negra. Los hombres tomaron asiento frente a nosotros y comenzaron a afinar sus instrumentos: un pífano, un violón y una zampoña, mientras que la mujer, cuyo nombre brotaba de los labios de los asistentes en murmullos sorprendidos y reverenciales («Es Ma Teodora, es Ma Teodora», decían) permaneció de pie, acariciándose con delicadeza la garganta.

Poco a poco la confusión de notas fue ordenándose y sin que ninguno de los presentes nos diéramos cuenta la música lo envolvió todo. La nave de la iglesia, sacudida por las vibraciones del órgano, era una segunda piel sobre la nuestra. El sonido del pífano tintineaba como agua colándose entre las grietas, despegando los recuerdos que permanecían sellados. Volví a cerrar los ojos y vi entonces a mi abuelo, tocando el *txistu* a la puerta de Dolarenea, y escuché a mi padre, llamándome por ni nombre, desde dentro del tonel de sidra, y a mi madre revolviendo la cazuela con la cuchara mientras entonaba una canción...

Su voz fue creciendo, atravesando el tiempo y los océanos, hasta que se convirtió, allá en La Habana, en la de Ma Teodora, que cantaba con una dulzura arrebatadora, como un ángel rozando con sus alas nuestros corazones. Volví a mirar a Kattalin. Había cerrado los ojos y una lágrima resbalaba por su mejilla. La canción de Ma Teodora, famosa en toda la isla por su voz, con la cual había comprado su libertad, también la había transportado muy lejos de allí. Pude ver a Kattalin, siendo solo una niña, siguiendo con sus grandes ojos negros y soñadores las carretas que atravesaban el sendero, frente al caserío de Bozate, el barrio agote, imaginando que subía a una de ellas y esta la llevaba lejos de aquella tierra que la había visto nacer pero que ni siquiera le estaba permitido pisar descalza. El camino había sido muy largo y terriblemente doloroso, pero ahora, al fin, estaba en el lugar que siempre soñó, allá donde nada la amenazaba, donde la vida le pertenecía por completo y no tenía que pelear por ella. Escuché cómo su respiración se agitaba, cómo ulu-

laba el viento y la hojarasca se enredaba en sus pulmones moribundos. Cómo exhalaba, por fin, un último y fatal suspiro que traía
consigo el aliento helado de las montañas y congelaba para siempre
una sonrisa en su rostro.

Fue la muerte más bella y más justa entre todas cuantas he
visto –y han sido muchas, demasiadas– a lo largo de mi vida.

—¡Tenemos que volver a por ella!

Kuthun estaba fuera de sí. Yo no sabía cómo retenerle, pero regresar sobre nuestros pasos era una locura. Al finalizar el concierto, Kuthun besó los fríos párpados de Kattalin y salimos de la iglesia, deján-
dola allí, sentada. Muerta. Abandonamos La Habana sin cruzar una
palabra. Kuthun parecía tranquilo, como si supiera que aquello debía
suceder y lo aceptara. Como si él mismo hubiera planeado y deseado
que todo ocurriera de ese modo. Pero tras caminar a través del bosque
durante un par de horas, con un cielo que se tornó gris y pesado sobre
nuestras cabezas, de repente lo vi caer de rodillas y gritar igual que un
animal herido al que acababan de arrancar una parte de sí mismo.
Fue un aullido de dolor insoportable, penetrante, que se clavó en mi
pecho y rompió el cielo en pedazos, convirtiendo el alarido en un
trueno.

Después, Kuthun desenvainó su espada y comenzó a golpear
con ella un árbol. Las esquirlas de madera salían disparadas mientras a lo lejos centelleaban los relámpagos.

—A Kattalin le habría gustado quedarse allí —intenté cal-
marle.

Allí, donde nadie sabía quién era –pensé, pero no supe cómo
decírselo–; allí, donde nadie podía reconocer en ella la maldición de su raza ni de su destino; allí, donde había vagado por las
calles mendigando un trozo de pan pero moría con un ramo de
flores de seda sobre el pecho; allí, donde un ángel que había roto
sus cadenas la había arrullado en el último momento con una nana

eterna y había dibujado en su rostro una sonrisa que ya nadie le arrebataría...

El dolor de Kuthun, quien pareció leer mis pensamientos, se fue aplacando. Comenzó a llover, primero algunas gotas, después de forma torrencial. Continuamos caminando bajo el aguacero. Cuando llegamos a la playa, el sol brillaba de nuevo sobre el *Ur Txori Berria*. Subimos al bote. La tormenta parecía haber arrastrado consigo la ira de Kuthun, pero, al llegar al barco, sorprendentemente, ordenó furioso levar el ancla.

—¿Adónde vamos? —preguntó Lemmy, el piloto.

—¡A La Habana!

Un grito de júbilo brotó de todas las gargantas, y la cubierta se convirtió en un hervidero. Solo yo sabía que nos encaminábamos a la muerte, pero nada podía detener a los Hermanos de la Costa, nada podía convencerlos de que esta vez no debíamos confiar en Kuthun. Él era nuestro capitán y la muerte nuestra aliada.

En apenas una hora nos plantamos frente a la bahía.

—¡Izad la bandera! —gritó Kuthun.

El pabellón rojo con los esqueletos danzantes y el reloj de arena ondeó desafiante. Desde las fortalezas del Morro y de San Salvador de la Punta brillaron bajo el sol los cañones. Se oyó el grito de un vigía:

—¡Piratas!

Y las campanas comenzaron a repicar.

Dos galeones no tardaron en dirigirse hacia nosotros. Parecían dos bestias marinas que poco a poco se agigantaban. Debían de tener unos ciento cincuenta pies de eslora, y sobre ella medio centenar de cañones y culebrinas.

—Los cagafuegos —se oyeron murmullos entre la tripulación.

Así era como llamaban a los imponentes y temibles barcos de guerra españoles.

Un silencio estupefacto recorrió el *Ur Txori Berria* y los hombres se quedaron paralizados. Era la primera vez que algo así sucedía. Desde el puerto partió alguna nave más y poco a poco la flota nos fue cercando.

—¿Qué hacemos, capitán? —preguntó Lemmy —. Pronto no nos quedará ninguna salida.

—¡Abrid fuego!

Desde la cubierta inferior, la de los artilleros, se elevó una duda silenciosa.

—¡He dicho que abráis fuego! —insistió Kuthun.

Había cerrado los ojos y una lágrima como una cuchillada partía su rostro en dos.

Los cañones retumbaron. Una y otra vez. Sin ni siquiera rozar a los galeones enemigos con sus balas. No importaba. Todos comprendimos que en realidad estábamos disparando salvas en honor de Kattalin.

Después, desde los barcos enemigos se levantó una muralla de fuego y el *Ur Txori Berria* se tambaleó.

—¡Hay que salir de aquí! —gritó Lemmy.

Kuthun permaneció todavía un rato más en pie, en silencio, con los ojos cerrados y el corazón sangrando. Una nube de humo negro comenzó a envolvernos. El agua entraba a chorros por varias vías.

—Está bien —murmuró Kuthun—. ¡Retirada!

Conseguimos escabullirnos entre dos naves que intentaban cerrarnos el paso. Los hombres se afanaban con los aparejos y achicando agua y el *Ur Txori Berria* avanzaba renqueante. A pesar de ello, pronto dejamos atrás los pesados cagafuegos, que no podían alcanzarnos ni dejar desguarnecido el puerto. El resto de barcos, sin embargo, perseguían como perros de presa, excitados, la estela, el rastro de sangre que dejaba tras de sí nuestro galeón herido. Intentamos zafarnos de ellos durante varias e interminables horas. Al llegar la noche, nos agazapamos en la oscuridad, pero ellos continuaban allí al amanecer, y desde la costa se veían resplandecer antorchas y se escuchaban gritos azuzándonos. Al mediodía, frente a nosotros, el cielo se cubrió de nuevo de nubes negras, las últimas de una pendenciera estación de lluvias, que se resistía a morir o prefería hacerlo matando. En otras condiciones, aquella hubiera sido nuestra única escapatoria, adentrarnos en solitario en el corazón de la tormenta, pero con varias vías abiertas en el barco era un suicidio.

—¡Bota tierra! ¡Bota tierra! ¡Es la única salida! —gritó Lemmy.

Kuthun, derrotado en el puente de mando, asintió con indolencia.

Lemmy enfiló el barco hacia un farallón, cerca de la costa, y nuestro pájaro de agua acometió la roca con fuerza, abriendo las fauces del mascarón de proa en la que iba a ser su última dentellada. Se escuchó un estruendo de gritos, madera rota, mástiles que se quebraban, velas desplomándose y agua arrasando cuanto encontraba a su paso, y después todo se cubrió de oscuridad e incertidumbre.

Los ladridos de los mastines mordían nuestros talones. Solo conseguíamos sacudírnoslos cuando nos adentrábamos en alguna ciénaga y el barro nos cubría hasta las rodillas. Raíces y garrapatas se pegaban a nuestra piel y parecían tirar de nosotros, intentando tumbarnos en el fango. Estábamos agotados. Llevábamos horas huyendo, atravesando nubes de mosquitos, recogiendo agua de las hojas en las calabazas de las que habíamos vaciado la pólvora mojada. Tras encallar el barco, un grupo de ocho hombres conseguimos llegar hasta la costa e internarnos en el bosque, abriéndonos paso a machetazos, mientras a nuestras espaldas se escuchaban disparos. No sabíamos nada del resto de los Hermanos de la Costa. Entre nosotros se contaban Kuthun, el lengua Juanelo, Lemmy, el piloto, uno de los indios y dos marineros. Todos desarmados, a excepción de los cuchillos y hachas de abordaje que pendían de nuestros cinturones. No podíamos, pues, volvernos y hacer frente a nuestros perseguidores. O si lo hacíamos, cuerpo a cuerpo, no sabríamos a dónde huir más tarde, dónde encontrar refugio. En tierra firme un filibustero era un hombre perdido. La única opción era internarse en las ciénagas.

Caminamos durante dos días, hasta que el aliento de los perros fue sustituido por el del hambre hozando en las tripas y el de los pulmones quemándose con el aire irrespirable de los pantanos. Sobre nuestras cabezas el sol escarbaba a duras penas entre las copas interminables de los árboles. Los pájaros y los monos, acostumbrados a la oscuridad, aullaban cada vez que un rayo los alcanzaba. Nunca se dejaban ver, ni mucho menos cazar, así que comenzamos a masticar hojas y arbustos. Nuestros labios y nuestra lengua se tiznaron de verde, y a menudo vomitábamos lo que a duras penas conseguíamos tragar. El cuarto día, logramos hacer fuego. Nos desprendimos de nuestros cinturones y los cortamos en pequeñas tiras. Las raspamos y golpeamos con piedras y las ablandamos con el agua de los pantanos, para finalmente ensartarlas en ramas, calentarlas en la hoguera y comerlas, masticándolas lenta y costosamente, engordando una saliva que fuera capaz de engañar al estómago. Así conseguimos caminar durante un día más, pero cuando volvimos a oír los ladridos de los mastines ya no tuvimos fuerzas para seguir huyendo: nos dejamos caer al suelo y esperamos a que nos arrebataran a mordiscos nuestros corazones como huesos.

Los perros no tardaron en encontrarnos. Los mantuvimos a raya amenazándolos con los cuchillos hasta que llegaron sus amos. Para nuestra sorpresa, no se trataba de soldados, ni siquiera de españoles, sino que era un grupo de hombres negros, armados con machetes y fusiles.

—¡Cimarrones! —exclamó Juanelo.

—¡Piratas! —replicó uno de ellos.

En las voces de ambos se conjugaron el respeto, el temor y al mismo tiempo una sensación de alivio. Sus respiraciones agitadas eran una declaración de paz.

Pese a ello, los cimarrones ataron nuestras manos y cubrieron nuestros ojos y de ese modo nos obligaron a caminar, entre empujones. Una luz turbia de sangre oscura y adormecida titiló bajo mi frente y todo se volvió confuso. Pisábamos pájaros al caminar y sobre nuestras cabezas chapoteaba el fango de las ciénagas. Los cuchillos abriendo hueco en la foresta cortaban el aire caliente y este nos golpeaba el rostro con sus esquirlas. Las venas palpitaban como tambores de guerra. Y, sin embargo, yo no temía a aquellos hombres que nos habían hecho prisioneros, ni ellos tampoco tenían nada que temer de nosotros, y eso me hacía sentirme a salvo. Volví a ver el sol, después de varios días, resplandeciendo bajo la venda en destellos naranjas, como el reflejo de un cuchillo sobre los párpados.

La guarida de los cimarrones estaba en lo alto de un risco. El único acceso era un camino escarpado que se retorcía y se abría paso como una serpiente entre la vegetación. La rodeaba una empalizada de juncos y a esta una zanja en la que habían colocado lanzas afiladas apuntando al cielo. Tras el palenque, se levantaban en círculo diez o doce chozas o bohíos, algún gallinero y una sementera con maíz y frijoles. Los cimarrones, esclavos huidos de plantaciones y haciendas, de cocinas y cuadras, de galeras o barcos negreros, llevaban ocultos allí años, pero el lugar daba la impresión de ser un campamento provisional, preparado para ser levantado en cualquier momento. Dormían sobre esteras y dentro de sus chozas apenas tenían posesiones: vasijas de arcilla para acarrear agua de un arroyo cercano, un fogón sobre la tierra, y sobre él colgando pequeñas piezas de caza: crías de caimanes, lagartos, unas ratas enormes a las que llamaban jutías... Se vestían con una tela enrollada a su cintura, unos, otros solo con unas calzas raídas, y la mayoría iban descalzos y mostraban el torso desnudo, con sus músculos tensos y brillantes, como armas limpias y cargadas. Casi todos eran hombres, pero también había alguna mujer y dos o tres niños silenciosos, acostumbrados a jugar sin reír y a llorar sin lágrimas.

Ninguno de los pequeños, sin embargo, tenía las marcas de hierro candente o a cuchillo en el rostro que como un estigma delataban la condición de antiguos esclavos en varios de los adultos.

Cuando llegamos, nos despojaron de la venda de los ojos y nos llevaron ante quien parecía el jefe o capitán del palenque, un hombre a quien llamaban Yanga. No pude evitar un sobresalto. Al verlo, recordé a aquel joven esclavo que apareció una noche de tormenta en Dolarenea junto a Oncededos y al que mi padre liberó cuando el traficante perdió el conocimiento. Su nombre, la mirada acerada, su cuerpo robusto, su gesto altivo... todo era igual que en aquel muchacho. Pero, a la vez, no tenía como él las mejillas tatuadas con una S y una I, sino el rostro deformado por varias cicatrices, y una cruz a fuego en la frente. Yanga debió de darse cuenta de mi sobresalto y él tampoco apartaba su mirada de la mía, asombrada y curiosa, como si intentara hallar al niño que fui detrás de mi barba poblada y el mechón blanco que la salpicaba. Pensé que el mundo era un lugar demasiado pequeño, un lugar en el que no resultaba tan sencillo escapar ni esconderse, un lugar en el que siempre se terminaba volviendo a encontrarse con los fantasmas del pasado y la tormenta nunca escampaba por completo.

—Podéis quedaros unos días en el palenque —dijo Yanga, con su voz de trueno—. Pero en cuanto recuperéis fuerzas tendréis que iros. Mis hombres os llevarán fuera de la ciénaga. Para nosotros es peligroso que andéis por ella, con los soldados y los cazadores de recompensas persiguiéndoos. Y si antes de marcharos descubrimos que no sois fugitivos, sino sus compinches, os mataremos —amenazó.

Conmigo Yanga se mostró especialmente receloso. No me dirigió la palabra durante ninguno de los días que permanecimos en el poblado, pero cada vez que nos cruzábamos me atravesaba con su mirada, capaz de detener el corazón de un hombre. Los demás cimarrones, por el contrario, aunque con desconfianza y sin dejar de hacernos ver que estábamos a su merced, pues nos habían desarmado, solían acercarse, machete en mano, azuzados por una curiosidad que rompía la rutina y la tensa monotonía de la vida en el palenque. Juanelo, que conocía algunas palabras de las lenguas africanas que hablaban, intercambiaba frases con ellos haciéndolas tintinear como las monedas de un cofre robado. A Lemmy le hacían mostrar una y otra vez el tatuaje que cubría la parte inferior de su espalda, una cruz semejante a la que varios de los hombres, como el propio Yanga, llevaban en el rostro. Les resultaba cómico, e incluso incomprensible, que un hombre blanco pudiera estar marcado como ganado. Lemmy en realidad, se había hecho en su juventud aquel tatuaje por voluntad propia, del mismo modo que muchos marineros, para evitar que en caso de ser azotado en el barco por el contramaestre este le golpeara con saña, frenado por la visión de la santa cruz. En realidad –pensé– era también otra marca de esclavitud.

Kuthun, por su parte, permanecía apartado de todos, extrañamente abatido. Desde que nos habíamos internado en la selva, tras encallar el barco contra las rocas, no había abierto la boca y parecía haber renunciado al mando o no considerarse digno de él, después de embarcarnos en aquella aventura temeraria. Solo una noche en que la niebla envolvió el campamento y los cimarrones pudieron prender una hoguera, le oímos entonar unos versos, con apenas un hilo de voz:

Munduko sutzarrean
Eskuak olioaz garbitzen ditugu

Gero, bero dakizkigun,
Sutara hurbiltzen ditugu.[40]

Después el fuego consumió su mirada azul y Kuthun volvió a sumirse en el silencio y el ensimismamiento.

Tanto él como Yanga solían retirarse apenas oscurecía, cuando los cimarrones acostumbraban a reunirse en el espacio que quedaba en el centro de la empalizada y cantaban en voz baja, apenas audible, o bailaban mientras tocaban algún tambor quedamente, con un latido que se difuminaba en la noche del mismo modo que el humo de sus fogones en los techos de palma de los bohíos.

Otra de aquellas noches de niebla, fue Yanga quien apareció como un espectro. Al verlo, se hizo un silencio terrible, el silencio de las respiraciones contenidas. Llevaba el cuerpo adornado con pintura blanca, resplandeciente sobre su piel azul, un cuchillo en una mano y en la otra un pequeño cuenco. Yanga se sentó frente a la hoguera. Las llamas iluminaron sus ojos amarillos, las venas rojas y palpitantes que los hacían brillar como si en realidad el fuego fuera su reflejo y no al revés. Yo no podía apartar la vista de él, pero a la vez intenté ocultarme, ser tragado por la noche y la niebla, sin conseguirlo: Yanga me buscó, clavó el filo de sus pupilas en las mías, y después, acercó el de su cuchillo a la frente y lo hundió varias veces, con fuerza, en la cruz de fuego que había dibujada sobre ella. La sangré brotó lenta y dolorosamente, negra, espesa, antigua, y cayó sobre el cuenco que sujetaba con la otra mano. Después, cuando la vieja cicatriz, su marca de esclavo, fue borrada por las nuevas heridas, se puso en pie y arrojó con rabia la sangre al fuego, del que brotó una llama purificadora. Yanga entonces volvió a mirarme con fijeza, y luego regresó tambaleándose, pero sin dejar que nadie le ayudara, a su choza.

---

40 En la hoguera del mundo / nos lavamos las manos con aceite / Después, para que se nos calienten / las acercamos al fuego. *(Ver nota final).*

Una vez que hubo desaparecido, en el palenque solo se escuchó el fuego crepitando y los pensamientos rompiéndose en llamaradas.

Me pregunté si las otras cicatrices que deformaban las mejillas de Yanga serían también cuchilladas y si estas habían borrado otras marcas. Las marcas de otro amo. Las marcas que yo había visto en Dolarenea. No podía saberlo, pero comprendí que aunque el pasado nunca dejaba de perseguirnos, podíamos enfrentarnos a él cuando nos asaltara, vencerlo, mostrarle que ya no éramos los mismos; que el destino no siempre estaba escrito a fuego en nuestros rostros, inmutable; que nosotros éramos, al menos, los únicos dueños de nuestras heridas.

Abandonamos el palenque a la mañana siguiente, después de permanecer en él dos semanas. Los mosquitos nos mordían en la cara mientras avanzábamos a través de la selva a ciegas, con los ojos vendados y las manos atadas. Los hombres que nos acompañaban hablaban en una lengua desconocida, reían inquietantemente despreocupados o de súbito se detenían y permanecían en silencio... Caminamos de ese modo durante horas, hasta que en lugar de mosquitos sentimos que nos golpeaban el rostro algunas gotas de agua fresca arrastradas por el viento y las voces de los cimarrones fueron ahogadas por lo que parecía el rumor de una cascada.

Nos obligaron entonces a sentarnos y desataron las ligaduras de nuestras muñecas.

—No os quitéis la venda de los ojos hasta dentro de una hora —ordenó uno de ellos—. Andando hacia el norte llegaréis a la costa en media jornada. ¡Buena suerte!

Poco a poco, el sonido de sus pisadas y el de los machetes quebrando las ramas fue haciéndose más leve y las voces y las risas fueron tragadas por la ciénaga. Cuando, por fin, nos quitamos la venda de los ojos, vimos que estábamos en el claro de un bosque y frente a nosotros se elevaba una nube de agua blanca. Nos acercamos. Tras algunos árboles brilló el reflejo plateado de un río. El agua corría con fuerza por su cauce. Algo más adelante, el terreno lo cortaba abruptamente una cascada, una cola de caballo de unos treinta pies de altura. Los últimos rayos de sol se enredaban entre sus crines de agua. Decidimos hacer noche en aquel lugar y a la mañana siguiente emprender la marcha hacia el mar, nuestra tierra firme.

—En la costa no tardaremos en llegar a algún puerto, asaltar un barco y regresar a Tortuga —vaticinó Lemmy.

Durante la noche me desperté en dos o tres ocasiones. Me pareció escuchar ramas que se partían y también imaginé ojos que brillaban acechantes entre la espesura. Pero volví a dormirme, agotado por la caminata, y cuando los españoles llegaron al amanecer no los oí. Cayeron sobre mí como animales de presa, mordiéndome el cuello con el filo de su cuchillo.

—¡Quieto o te corto el gaznate! —oí que me susurraba uno de ellos al oído.

Podía sentir su aliento en mi rostro, el olor a vino y muelas podridas, el olor de los sueños como pellejos, inflados por la miseria y las úlceras; el olor de la sangre y el rencor... Su respiración desesperada era la de un hombre descreído y violento, cuyas oraciones no habían sido atendidas en el cielo ni su jornal pagado en la tierra. Por un momento, estuve convencido de que iba a morir allí mismo, pero también olía la hierba y la tierra húmeda, llena de promesas, contra la que permanecía pegada mi cara.

—¡Coged a los que se escapan! —gritó otro de los hombres.

Vi unos pasos a mi derecha a Juanelo tumbado boca abajo, como yo, inmovilizado por dos soldados. Y algo más lejos, a Kuthun, que corría hacia el río. Uno de los españoles se abalanzó sobre él y rodaron por el suelo. Apenas fue un momento. Cuando el ovillo que formaron sus cuerpos se desenredó, Kuthun tenía entre sus manos una espada, que había arrebatado a su enemigo. Se volvió entonces, en pie de nuevo, hacia el resto de sus perseguidores y estos se detuvieron. Kuthun los miró desafiante e incluso retrocedió y los hizo retroceder unos pasos. Pensé que regresaría a por mí, como siempre había sucedido. Pero esta vez no fue así. Sus ojos azules centellearon durante un instante dentro de los míos, y después se volvió y continuó corriendo, mientras a su alrededor explotaban las balas de los mosquetones. Kuthun se arrojó de cabeza al agua, a solo unos pies de la cascada. Su cuerpo desapareció entre los remolinos de espuma, siguiendo la corriente del río en dirección al mar.

QUINTA PARTE: LA HABANA

25

Pensé muchas veces en aquella última mirada de Kuthun, durante los largos años que permanecí prisionero al otro lado de la bahía, en el castillo de El Morro de La Habana. Acabé comprendiendo que Kuthun no me había abandonado: había sido yo mismo quien se lo pidiera, quien le hiciera leer en mis ojos que ya estaba agotado de recorrer aquella senda de huida y de violencia interminables. Había llegado el momento en el que yo debía buscar mi propio camino y cuidar de mí mismo. Pensé también muchas veces, allí dentro, que quizás no deseara con tanta fuerza la libertad como Kuthun, o no tuviera el mismo valor para luchar por ella. Quizás todos acabamos construyendo y mereciendo las prisiones que habitamos.

En la mía, en la galería en que pasé los primeros años de reclusión, apenas entraba la luz. Era un túnel, que parecía descender hasta el mismo infierno, en el que el aire se volvía irrespirable, una bola de fuego que abrasaba los pulmones, hasta que durante las subidas de la marea, la galería se inundaba y el agua aplacaba el calor insoportable. A quienes estábamos prisioneros en ella nos llamaban los murciélagos, pues dormíamos en hamacas que colgaban de la pared o en huecos excavados en esta, y también porque cuando cada mañana nos sacaban con el resto de presos a acarrear piedras, el sol nos hería, nos hacía replegarnos sobre nosotros mismos y bracear intentando protegernos de él, hasta que nuestros ojos conseguían acostumbrarse a la luz.

Durante los primeros meses en El Morro, la vida fue para mí poco más que aquella sucesión de oscuridad y luz cegadora, de fuego y mareas que lo apagaban, de trabajos forzados y horas tumbado en un agujero, aletargado como un animal. Cuando me apresaron, uno de los soldados me arrebató entre carcajadas y burlas la *alboka*, la arrancó de mi cuello y fue como si me arrancara el corazón. Me volví loco. Una nube de sangre nubló mi cabeza y grité, me revolví, consiguiendo tan solo que cayera sobre mí una tormenta de golpes que, sin embargo, no me hicieron daño, al menos al principio. Ni siquiera me dolió entonces el hueco que quedó en el centro de mi pecho, el vacío que dejaba todo lo que aquel soldado me arrebató: mis recuerdos, la música, la posibilidad de sobreponerme con ella a todo. Me dolió, por encima de todo, ser tan vulnerable, comprobar que nuestras partes más sensibles, más íntimas, lo más valioso que conservábamos, estaba tan expuesto; que en cualquier momento pudiera arrancarte el corazón impunemente alguien que tenía el suyo podrido, muerto, y que, a pesar de ello, no lo hiciera para reemplazarlo, sino por el puro placer de sentir la sangre palpitante sobre la palma de sus manos.

La paliza, por lo demás, me hizo perder el conocimiento, que no recobré hasta que desperté en la prisión de El Morro. Tardé días en sanar de mis heridas y, en cuanto pude mantenerme en pie, me hicieron salir con los demás presos para trabajar en otras partes del castillo —todavía en construcción— levantando muros, cargando piedras... Apenas comíamos, aparte de algunos trozos de pan duro y negro, que racionábamos a lo largo de todo el día, y si había suerte algunos de los peces muertos o ratas ahogadas que arrastraba la marea. Me encontraba, además, solo. Ninguno de los Hermanos de la Costa había sido llevado a aquella galería y nadie cuidaba de mí, entre otras cosas porque apenas tenían fuerzas para hacerlo de sí mismos. Durante muchos días deseé morir y soy incapaz de comprender qué fue lo que me hizo conservar la vida. Quizás recordara, cada vez que desfallecía, que en aquella última mirada de Kuthun también pude ver brillar fugazmente la promesa, el convencimiento de que, tarde o temprano, en alguna de las revueltas del camino, volveríamos a encontrarnos, al menos, una vez más.

Reinaldo, uno de los presos, solía pasar horas acurrucado junto a un respiradero del muro, por el que se colaba un hilo de luz del exterior. Había construido con un palo y un trozo de alambre una pequeña caña, en cuyo anzuelo colocaba como cebo trocitos de pan que se quitaba de la boca durante las comidas, y con la que solía atrapar pequeños pájaros, a los que después rompía el cuello y asaba en una pequeña fogata, o vendía a otros presos o a los carceleros a cambio de los favores que permitían sobrevivir en un lugar como aquel: una hamaca, unos buches de vino, un pequeño cuchillo... Por el respiradero, junto al cual había colgado su hamaca, el mar escupía su espuma furioso, durante la marea alta, y esta en ocasiones arrastraba consigo algas, pequeños moluscos, trozos de madera... Reinaldo solía secar estos y se entretenía tallando con el cuchillo figuritas o pequeños utensilios, mientras pescaba pájaros. A veces transcurrían semanas enteras sin que ninguno de ellos mordiera el anzuelo... Un día, Reinaldo, que era un hombre silencioso y huidizo, al que jamás se veía sonreír, se acercó a mí. No era habitual que hablara con nadie, salvo para hacer sus cambalaches. Me pregunté qué podía esperar de alguien como yo, que lo había perdido todo.

—He oído que eres músico —dijo.

En la cárcel todo se sabía, no se sabía cómo. Las noticias corrían libres, por conductos secretos. Yo sabía, por ejemplo, que Reinaldo estaba allí acusado de sodomía, y cuáles eran los delitos de todos los demás hombres de la galería: robos, cuchilladas en riñas, mendicidad... Sin embargo, desconocía de qué se me acusaba a mí mismo.

—Sí, soy músico —asentí con desconfianza, dando un paso atrás.

Reinaldo exhalaba un hedor insoportable. Su hamaca, y la herida en la pared por la que respiraba y se ventilaba la galería, se encontraba junto a la letrina de la misma, y el olor de los excrementos y la orina habían acabado adhiriéndose a su piel y adueñándose de su aliento.

—Entonces quizás te guste esto que he hecho para ti.

Abrió sus manos y me mostró una pequeña flauta.

No supe qué decir.

—Yo no puedo darte nada por ella—murmuré.

—No quiero nada. Acéptala.

Colocó sobre la palma de mi mano el pequeño instrumento y volvió a acurrucarse junto al respiradero.

No me sentí con fuerzas para tocarla, ni pensaba que aquella flauta pudiera sustituir de ninguna manera a mi *alboka*. Pero, como me sucedía siempre con la música, esta no tardó en volver a mí, en convertirse en un pájaro que revoloteaba inquieto en mi interior, y se posaba en el hueco que había quedado en el centro de mi pecho. Y un día, casi sin darme cuenta, soplé la boquilla de aquella pequeña *txirula*. Cuando dejé de hacerlo, pude percibir el silencio y el detenimiento que se adueñaron de la galería. Noté todos los ojos fijos en mí y escuché el latido de todos los corazones, empujando los muros. Miré a Reinaldo. Continuaba acurrucado en su rincón, como días atrás, pero esta vez un rayo de sol se colaba a través del respiradero e iluminaba una sonrisa en su rostro.

Gracias a Reinaldo logré sobrevivir dentro de aquel gran ataúd de piedra. A veces, cuando alguna de mis melodías lo emocionaba hasta las lágrimas, solía regalarme uno de sus pájaros muertos, que yo engullía con voracidad. Podía sentir entonces cómo cada pequeño trozo que masticaba atravesaba después mi cuerpo, se recomponía y resucitaba dentro de él, volaba hasta mis músculos maltrechos y los alimentaba como a pequeños polluelos.

Algunos meses después trasladaron a la galería a Juanelo, el lengua, a quien había perdido de vista tras ser hecho prisionero en las ciénagas.

—¡Estás vivo, Joanes! —me abrazó.

Pude sentir su cuerpo tiritar y las lágrimas mojando mis hombros. Parecía asustado. Me contó que el resto de los filibusteros apresados (dos marineros y uno de los indios) habían sido colgados en la plaza de Armas de La Habana, acusados de piratería.

—Yo mismo los vi morir, desde mi celda, en el castillo de la Real Fuerza.

Juanelo creía que él se había salvado porque había alegado ser hecho prisionero a la fuerza por los Hermanos de la Costa y porque, debido a ello, su caso había sido asignado a un tribunal en España. Mientras hablaba, unos pequeños fogonazos iluminaron mi mente y me pareció recordar que en algún momento, durante mis primeros días en El Morro, alguien me preguntó mi nombre y mi procedencia. Supuse que yo podría encontrarme en una situación similar a la de Juanelo, pero no me alivió. Si era así, con toda seguridad me había convertido en un legajo amontonado junto a otros miles, al otro lado del océano, y podían pasar años, lustros, hasta que alguien los desempolvara. Me encontraba enterrado vivo en el limbo, condenado a perpetuidad, acarreando piedras eternamente como un Sísifo mortal. Y, a pesar de ello, aquello era lo mejor que me podía ocurrir, pues no esperaba otra sentencia para mí que no fuera la horca.

Así y todo, con Juanelo a mi lado y con mi pequeña *txirula*, mi situación mejoró. Juanelo me pidió que le enseñara a hablar mi lengua y pasé largas tardes enumerándole todas y cada una de las palabras que recordaba. Cada vez que pronunciaba una de ellas era como si abriera un agujero en la pared, por el que entrara el aire fresco de las montañas azules y la luz verde del cielo y por el que yo mismo podía escapar durante unas horas hasta esos paisajes de mi infancia.

—*Txoria* —decía yo.

—Pájaro —traducía él.

—*Elurra*.

—Nieve.

—*Ama*.

—Madre...

Juanelo aprendía rápido y en poco tiempo pudimos mantener largas conversaciones y usar nuestra lengua como único territorio libre dentro de la prisión, tal y como Axular me había dicho tiempo atrás. Los carceleros nos miraban con recelo, cuando hablábamos ante ellos. Yo veía cómo sus labios se apretaban, se convertían en puñales afilados, que a veces blandían para cortar nuestras conversaciones. Reconocía en sus rostros el terror y el odio a lo desconocido, y yo también sentía crecer dentro de mí el rencor, pero este se atemperaba cuando veía a mi lado a Juanelo, tragando con los ojos cerrados la sangre de la última palabra en sus labios acuchillados, asimilándola como si fuera suya. Juanelo, a pesar de ser un prisionero, era un hombre libre, mientras que los carceleros, que abandonaban cada noche o al amanecer la cárcel, nunca conseguían atravesar las rejas.

Hablábamos a menudo sobre ello, sobre la libertad, sobre qué haríamos cuando saliéramos de El Morro. Un preso que no piensa en la libertad nunca deja de ser un preso, un muerto en vida.

—¿Volverás a Tortuga? —me preguntaba Juanelo.

—No lo creo —le contestaba.

Pero no lo sabía. No sabía qué sería de mí. Me preguntaba si en realidad alguna vez había sido un hombre libre, si yo tenía derecho a ser un hombre libre. Mi madre había muerto en una prisión. Mi abuelo había muerto en una prisión. Yo estaba ahora en una prisión... ¿Existía acaso otro destino, otra justicia para los pobres? Recordaba a Kattalin y la maldición de su raza. Quizás también había una maldición para nosotros y nunca podríamos escapar de ella.

—*Labana*.

—Cuchillo.

—*Sua*.

—Fuego.

—*Odola*.

—Sangre...

O quizás sí, quizás no debía haberme rendido, cuando miré a Kuthun por última vez.

—¿Crees que los cimarrones nos entregaron? —preguntaba Juanelo, al recordar la emboscada.

Había pensado mucho en eso también. Quizás los cimarrones habían establecido algún tipo de acuerdo o tregua con los españoles, y nosotros solo nos habíamos convertido en una moneda de cambio. Recordaba años atrás la mirada altiva de Yanga en Dolarenea, clavada en mí y en mi padre, que no se diferenciaba en nada de las que dirigía a Oncededos. Para él nosotros solo éramos quienes dábamos cobijo una noche de tormenta a un traficante de hombres y nada podía redimirnos de ello, ni siquiera que lo liberáramos a la mañana siguiente.

—No lo sé, tal vez, sí, tal vez nos entregaron, o nos vendieron como esclavos. Tal vez un hombre es capaz de cualquier cosa por conservar su libertad —le contestaba.

Y Juanelo completaba mi frase, como si fuera capaz de leer mi pensamiento:

—Incluso de convertir a otro hombre en esclavo.

—¿Y tú, Juanelo, qué harás cuando salgas de aquí? —le preguntaba yo a continuación.

Él entonces se encogía de hombros, y balanceaba la cabeza, dando a entender que aquello no sucedería, no al menos pronto.

Pero los dos sabíamos que si se mostraba cauto era solo por no hacerme daño, y que no permanecería mucho tiempo a mi lado.

Vinieron a buscarlo una tarde. No era la primera ocasión en que eso sucedía. Algunas veces se lo llevaban durante unos días a los calabozos del castillo de la Real Fuerza, al otro lado de la bahía, para traducir los interrogatorios a algún cacique indio que los españoles habían capturado. Pero esta vez era el mismísimo gobernador quien lo reclamaba.

—Recoge tus cosas. El adelantado está preparando una expedición y necesita un lengua —le hizo saber uno de los soldados.

Juanelo se volvió hacia mí. El aire abrasador parecía una tela espesa, que impedía caminar, que arrebataba las respiraciones y detenía la vida. Juanelo atravesó el fuego y me abrazó. Pude sentir su cuerpo estremecerse y sus lágrimas mojando mis hombros.

—*Bidea* —dije.

—Camino —tradujo él.

—*Bihotza.*

—Corazón.

—*Laguna.*

—Amigo...

26

La partida de Juanelo me sumió en una tristeza que ni siquiera había sentido cuando murieron mis padres, tal vez porque entonces tuve que preocuparme de continuar huyendo y no perder la vida yo mismo. Pero ahora no había ningún lugar a donde escapar. En realidad, tal vez sufriera aquel dolor tan profundo porque mis padres volvían a morir de nuevo, con Juanelo lejos. Me había acostumbrado a hablar con él en mi lengua y esta me traía recuerdos de ellos y de Dolarenea. Fueron las propias rutinas de la prisión las que me ayudaron a sobrevivir: el esfuerzo físico, la recompensa del descanso, la lucha diaria por saciar el hambre y la sed... Pasaron varios años, que apenas recuerdo o prefiero olvidar, con sus días iguales, oscuros y pesados como las piedras que se amontonaban sobre mi cabeza, en la galería. Y como en ella, la única grieta por la que entraba luz o espuma de mar, el único respiradero, era mi música. Y mis fantasías. A menudo imaginaba que un día, por fin, Kuthun armaba la gran flota que conquistaba La Habana y abría las puertas de la prisión de El Morro, liberándonos. La idea se convirtió en una obsesión, que incluso me asaltaba en sueños. En ellos el mar se convertía en una enorme tarima de madera, formada por las crujías de cientos de galeones piratas, y el cielo en una vela blanca, abombada por el viento a favor, desde la que comenzaban a caer como diablos filibusteros, que a veces eran mis compañeros de la Hermandad de la Costa, y otras los cimarrones de las ciénagas, o los bucaneros de Tortuga y La Española... Algunas noches, incluso, veía a Jager, capitaneándolos; otras era Kattalin, quien se descolgaba de las jarcias, con un sable cortando el aire espeso de la bahía, y tras ella un ejército de agotes descalzos; o aparecían los muchachos y ganapanes de los puertos y astilleros de Lapurdi, los que dormían escondidos en las playas o en los bosques; o mis propios padres y todos los vecinos de Zugarramurdi que fueron apresados por los inquisidores y murieron en la cárcel de Logroño, o quemados en las hogueras; y al frente de ellos, de pie en el mascarón de proa de una de las naves, que se abría paso entre olas de fuego, mi abuelo, con la *alboka* que me regaló mi padre y él me enseñó a tocar, ofreciéndomela de nuevo; todos los desheredados junto a quienes había transcurrido mi vida. Todos estaban allí, clamando justicia.

Pasó el tiempo. Me convertí en un preso veterano. Dejé de ser un murciélago. Me trasladaron a una galería de la prisión en la que nos permitían pasar más horas en el patio o en los tejados. Desde estos, se veía la línea azul en la que el océano y el cielo se confundían y por la que al atardecer el sol, como una tea de fuego, se extinguía sumergido en el agua; a nuestras espaldas, quedaba La Habana, sus casas blancas, las cruces de sus iglesias y las torres apuntando a lo alto, cada vez más lejos de la tierra.

Una tarde, cuando el sol se ponía en el horizonte, la raya que unía el cielo y el mar se abrió como un abismo, y de él surgieron decenas de barcos.

—¡Piratas, piratas! —se oyeron los gritos de los vigías.

Al otro lado de la bahía comenzaron a repicar las campanas. La Habana se puso en guardia. En El Morro cundió el nerviosismo. Los soldados irrumpieron en nuestra galería y nos ordenaron salir al patio, entre empujones y golpes. Pasamos toda la noche colocando cañones y otras defensas sobre el muro que daba al océano, mientras sobre nuestras cabezas el cielo temblaba. De vez en cuando, un relámpago centelleaba en el horizonte e iluminaba la flota pirata, sus banderas rojas como la sangre ondeando al viento, las calaveras que parecían reír, las tripulaciones en vela sobre la cubierta, bebiendo ron y afilando los sables...

—Son corsarios holandeses —murmuraban los soldados.

Y decían también que habían perseguido y hostigado a la Flota de Indias, procedente de Veracruz, y la habían hecho naufragar frente a la costa de Matanzas, arrebatándoles toda la plata. Y que ahora, borrachos de avaricia, aguardaban el momento de conquistar La Habana, a pesar del temporal. Al mando de todos ellos se rumoreaba que estaba un tal Peit Hein, pero yo estaba convencido de que Kuthun y los Hermanos de la Costa capitaneaban aquella flota o al menos formaban parte de ella. Sentía una secreta satisfacción pensándolo, pero también me reconcomía la culpa, cuando transportaba en mis manos las balas de los cañones que los españoles dispararían contra ellos.

Poco antes del amanecer nos permitieron descansar unas horas en los calabozos. Estaba agotado, pero no pude dormir. Los truenos cada vez se escuchaban con más fuerza y el viento comenzó a soplar enfurecido. El cielo era el hocico de un animal herido. Las olas y la lluvia azotaban los muros del castillo. La tormenta bramaba. Los relámpagos restallaban como cañonazos...

—Tal vez lo sean —imaginé.

Y también que cuando escampara, La Habana aparecería vencida, sumida a la vez en una paz y una docilidad extrañas, y que las puertas del Morro estarían abiertas y yo las atravesaría sin que nadie me diera el alto...

Sin embargo, al mediodía, cuando dejó de llover y el viento se calmó, los carceleros volvieron a irrumpir en la galería, de nuevo entre empujones y golpes, y nos condujeron otra vez a la muralla, donde volvimos a acarrear los cañones y las balas que no había sido necesario disparar. Frente a nosotros, sobre el mar en calma, flotaban mástiles desarbolados, tablones, velas desgarradas, barriles de pólvora mojada... Y durante los días siguientes, en las playas próximas, vimos aparecer los cañones de los barcos enemigos, varados en la arena como animales muertos, y el océano escupió los cuerpos sin vida de los piratas, vencidos por la codicia y la tormenta.

El cuerpo de Reinaldo, por el contrario, se lo tragó el mar para siempre. Todos los días varios presos cruzábamos la bahía a bordo de una barcaza, para construir casas o levantar más defensas en La Habana. Antes de salir nos encadenaban a los pies una bola de hierro, para evitar que saltáramos al agua e intentáramos huir a nado. A pesar de ello, o precisamente porque su peso los arrastraba al fondo, de vez en cuando alguno de los prisioneros se arrojaba desesperado por la borda. Yo mismo sentía en ocasiones deseos de hacerlo. ¿Qué sentido tenía la vida cuando tus sueños se convertían en restos de un naufragio sobre la arena?

El trayecto hasta la otra orilla lo hacíamos en silencio, acurrucados en la barcaza, mirando fijamente el agua, escuchando aquel rumor de las olas batidas por los remos que parecía pronunciar nuestros nombres desde el fondo del abismo líquido. Nunca se sabía quién podía ser el siguiente en saltar. Y cuando alguno lo hacía, el resto no hacíamos nada por impedirlo. Al contrario, encontrábamos una satisfacción mórbida en el breve chapoteo de los cuerpos hundiéndose.

Nadie, no obstante, esperaba que Reinaldo se quitara la vida. Reinaldo, en realidad, no se arrojó al agua creyendo, como los demás, que aquella era la única manera de salir de El Morro, de escapar a aquel destino de la muerte en vida. Lo que él no podía soportar era precisamente abandonar cada día la prisión, volver a ella solo para dormir, romper la rutina a la que se había acostumbrado tras tantos años encerrado. Reinaldo era un murciélago. Su vida consistía en permanecer muerto a los ojos de los demás en la oscuridad de la galería y, por ello, cada mañana, cuando subíamos a la barca y el sol rozaba su piel esta se convertía en ceniza.

No lo juzgué, cuando murió, ni tampoco sentí pena por él. Tan solo miedo al pensar que con el tiempo pudiera sucederme algo parecido a mí. Y cierta culpabilidad por mi indiferencia, a pesar de que Reinaldo me hubiera salvado la vida, regalándome la pequeña flauta o algunos de los pajarillos que capturaba. Tampoco me indignaban ya, como en los primeros años de presidio, los abusos con los que los presos veteranos o, simplemente, los más desalmados, sometían a los débiles o a los recién llegados, ver cómo les arrebataban el pan o cómo en un rincón de la galería al que llamaban la feria, vendían y compraban los objetos robados o ganados con ardides y amenazas a los naipes. Del mismo modo que el hedor de las letrinas había acabado adhiriéndose a la piel de Reinaldo, mi corazón se iba convirtiendo en una más de las piedras del muro que nos aprisionaba.

Poco a poco, sin embargo, en el fondo de la bahía fue borrándose mi nombre. Me acostumbré a la cuerda de presos en la que cruzábamos arrastrando los pies La Habana. Ya no oía los insultos de los niños ni veía las miradas de compasión o de desprecio de sus padres. Llegué incluso a desear cada mañana el momento de comenzar a acarrear piedras. Imaginaba que cada una de ellas que colocaba era una víscera, que las casas eran seres vivos, enormes vientres que alojarían en ellos a personas, cuyas paredes serían testigos de sus conversaciones, sus abrazos, sus discusiones... Me satisfacía en especial cuando debíamos reconstruir alguna casa, derrumbar sus muros, ver cómo iban tomando forma las habitaciones, pensar en qué sucedería en ellas, quién haría el amor, quién nacería, quién moriría bajo sus techos... A veces, incluso, fantaseaba con la idea de que estaba construyendo mi propia casa, que yo alguna vez dormiría y me despertaría cada día en una de esas habitaciones.

Y así pasaban los días y los meses y los años.

Hasta que una mañana, cuando comenzamos a construir una

torre en el flanco noroeste del castillo de la Real Fuerza, vi por primera vez a aquella misteriosa mujer, asomada a la torre vigía; aquella mujer con la mirada perdida en la inmensidad del mar y con su melena roja, mecida por la brisa que llegaba desde el otro lado del océano, incendiando el cielo.

—¿Quién es? —pregunté un día a uno de los soldados, señalándola.

Él me miró extrañado, no supe si por la osadía de la pregunta o de haberme dirigido a él. Mi cuerpo se tensó, preparado para recibir el golpe. Me había estado fijando en él durante un rato y me había dado cuenta de que bostezaba una y otra vez. A veces los soldados hablaban con nosotros, para distraerse y matar las largas horas en las que nos custodiaban, pero otras, también por puro aburrimiento o malhumorados por el calor insoportable, nos obligaban a realizar trabajos absurdos o nos propinaban culatazos con sus arcabuces.

—¿De verdad no sabes quién es? —preguntó, entre risas.

—Lo juro —contesté.

Durante más de una semana había visto aparecer en lo alto de la torre a aquella misteriosa mujer, siempre a la misma hora, y mantenerse inmóvil, mirando al horizonte, durante un largo rato.

—Es doña Isabel de Eseverri, la gobernadora —dijo el soldado.

—¿Y él? —pregunté.

Señalé a un hombre que permanecía de pie y a la sombra, en una de las esquinas de la plaza de Armas, mirando a lo alto de la torre. Había observado también que solía aparecer a la misma hora que la mujer y la miraba extasiado, y que incluso en ocasiones escribía o dibujaba algunos trazos sobre un papel, o estiraba sus brazos y movía sus largos dedos, como si pudiera modelar en el aire la figura de la gobernadora o acariciar sus cabellos incandescentes.

—Es el maestro Jerónimo Martín Pinzón. Está trabajando en

una escultura dedicada a doña Inés de Bobadilla. Doña Isabel se ha prestado a ser su modelo.

—Disculpe mi ignorancia —insistí, cuando ya me hube cerciorado de que, por suerte, aquel soldado era de los que se distraían hablando—. Pero, ¿quién es doña Inés de Bobadilla?

Él me miró de nuevo entre intrigado y divertido, incapaz de comprender que yo solo era un prisionero, ajeno al mundo, apartado a la fuerza de él y de su ruido, de los chascarrillos y leyendas que corrían de boca en boca en la ciudad.

—Fue la primera gobernadora de la isla —comenzó a explicar—. Dicen que murió de amor. Su esposo, el adelantado Hernando de Soto, partió en una expedición a La Florida, en busca de Eldorado y la fuente de la eterna juventud. Ella se asomaba cada mañana a esa misma torre y pasaba horas y horas oteando el mar, esperando que aparecieran las naves del adelantado. Pero él nunca volvió, y ella fue consumiéndose por el dolor. El recuerdo de doña Inés permanece en La Habana como una imagen de la fidelidad, y dicen que eso es lo que quiere representar el maestro en su escultura —el soldado hizo entonces una pausa, como si dudara de lo que iba a decir, y añadió, con un retintín irónico—: Pero no sé si doña Isabel es la mejor modelo.

Después, considerando tal vez que había hablado más de la cuenta, o que yo le había obligado con mi curiosidad a ello, me ordenó con brusquedad volver al trabajo y se alejó.

No tardaría en volver a oír, en boca de otros soldados, murmuraciones parecidas. Contaban que doña Isabel de Eseverri se asomaba a la torre por lo mismo que su predecesora, esperando el regreso de su marido, pero por diferente motivo: para sacar de su cama a sus amantes antes de que el gobernador regresara a La Habana. Del mismo modo, por el tono de precaución y temor en que se envolvían aquellas malas lenguas, deduje que doña Isabel de Eseverri era una mujer a la que en ausencia de su marido, o incluso cuando él permanecía en La Habana, no le temblaba la mano para gobernar la ciudad.

A mí, en realidad, todo aquello me traía sin cuidado, eran solo distracciones de quienes vivían en libertad, sin otras prisiones que el tedio y la rutina, y a las que estos habían adormecido el alma y tornado ciegos los corazones, pues cuando yo miraba a la gobernadora, allí en lo alto de la torre, con la vista perdida en la inmensidad del mar, era capaz de darme cuenta de que sus ojos buscaban algo más que una vela emergiendo del agua, y de que su mirada atravesaba el océano y el tiempo, persiguiendo el rastro de una vieja herida que, no tardaría en saberlo, no me era ajena.

Cuando llegó la estación de lluvias, la gobernadora dejó de asomarse a la torre vigía. Pero yo no podía dejar de pensar en ella, ni borrar de mi cabeza su imagen, envuelta en una bruma espesa, que parecía venir de más atrás, desde mucho más lejos. Presentía que algo iba a suceder pronto.

Una mañana, uno de los capataces nos dijo que doña Isabel de Eseverri escogería entre los presos a algunos hombres para levantar un muro en una de las estancias interiores del castillo:

—No quiere que en su casa entre ninguna alimaña, así que os hará algunas preguntas. Responded todos con cortesía, y a los que elija comportaos como debéis. Si recibo alguna queja mandaré que os corten la cabeza, si antes no lo ha hecho ella misma.

Un escalofrío recorrió mi espalda. Al mediodía, cuando la gobernadora apareció, deseé que la bruma no se disipara nunca y me hiciera invisible a sus ojos. Y a la vez, no podía evitar mirarla de reojo, mientras hablaba con algunos presos. Se detenía un buen rato con cada uno de ellos, charlaba y en ocasiones reía en voz alta, y su risa convertía en corderos temblorosos a aquellos hombres como fieras. Yo intenté mantenerme alejado, pasar desapercibido, pero fue en vano, finalmente vi acercarse la sombra encaracolada de su cabellera, que prendió en llamas el aire. Cerré los ojos y el fuego se avivó también dentro de mi cabeza.

—Buenos días —me saludó.

Estuve a punto de desvanecerme.

«No la mires a los ojos, no la mires a los ojos», me repetía una voz, igualmente antigua y lejana.

Permanecí cabizbajo, en silencio.

—¡Contesta! —escuché azuzarme al capataz.

Alcé la vista y la clavé con dureza en él. Yo no era una alimaña, ni un cordero, ni tampoco un perro como él. La gobernadora interpuso su brazo entre nosotros dos.

—Déjenos solos —ordenó.

El capataz retrocedió, como si alguien tirara de una correa.

«No la mires a los ojos, no la mires a los ojos», repetía la voz.

Pero ya no pude resistirme más. Me arrojé a aquel abismo azul. Sentí sus pupilas como agujas clavándose en mi piel, buscando los lunares, las señales que me delataran. Recordé su cuerpo desnudo, blanco como la nieve. Su pubis en llamas. Y sus labios, pronunciando el que una vez fue mi nombre:

—Cornelius Beaumont. ¿Sigues haciéndote llamar así? —preguntó ahora.

—Ya no, pero al parecer no soy el único que ha cambiado de nombre —contesté.

Y justo antes de que yo pronunciara el suyo, ella posó su mano en mi boca, haciéndome callar, y todo mi cuerpo ardió, estremecido por la escarcha de su piel.

—Morguy, Morguy —repetía su nombre, como si fuera una oración, y al pronunciarlo todo el mundo cabía en el cielo de mi paladar, se reducía a su tamaño.

El mundo era un lugar demasiado pequeño para los proscritos, una ratonera sin escapatoria. No existía un Nuevo Mundo al que huir, en el que comenzar otra vida. Las nuevas vidas giraban en una rueda que me devolvía siempre al mismo punto, que acababan siempre cruzando sus trayectorias con las de aquellos otros que también trataban de desprenderse de sus viejos nombres.

Morguy. Su piel translucida, sus marañas de venas azules, sus nalgas trémulas, los huesos de su espalda, como una cordillera nevada... Pensaba en ella a todas horas: cuando se acercaba a supervisar las obras, o cuando nos retirábamos a dormir a uno de los calabozos del castillo de la Real Fuerza, a los que fuimos trasladados los presos elegidos para trabajar en la casa de los gobernadores. Me preguntaba incluso si todo no sería solo un sueño terrible, del que a pesar de todo no deseaba o no podía despertar.

Morguy. Doña Isabel de Eseverri. Habían pasado muchos años, desde que la vi por primera vez en aquella casa de Bayona, cuando acompañé a la vieja herbolaria y esta escupió sobre su cuerpo desnudo; o cuando apareció en el balcón, entre el señor de Urtubie y Lancre, el inquisidor, mientras abajo en la plaza el verdugo se abrazaba a los pies de un ahorcado para satisfacer su crueldad. Pero ella apenas había cambiado. Se le habían dibujado algunas arrugas en los bordes de los ojos, rastros de la marea del tiempo, que hacían aún más profunda y temible su mirada, azul como el océano. Y sus labios estaban cuarteados por diminutas cuchilladas. A pesar de ello, continuaba siendo una mujer turbadora y hermosa.

—¿Qué ha sido de tu *alboka*? —preguntó, señalando mi pecho, la siguiente vez que se dirigió a mí.

Mi aspecto, por el contrario, era por completo diferente al de Cornelius Beaumont. Cuando me hacía llamar así era solo un muchacho de diez o doce años. Ahora mi cuerpo se había transformado en el de un hombre maduro: los trabajos forzados en la prisión y los años en La Española y Tortuga habían endurecido mis músculos, y mis cabellos negros y mi barba se habían cubierto de canas. Sin embargo, Morguy era capaz de recordar cada mínimo detalle, como aquel de mi *alboka*, del mismo modo que en Lapurdi era capaz de encontrar pequeños lunares detrás de la oreja de los niños-brujos, o la marca del diablo, en forma de diminutos sapos, al fondo de sus pupilas.

—Me la arrebataron vuestros soldados, cuando me apresaron —dije.

—Kuthun iba entonces contigo, ¿no es así? Eres uno de sus hombres, ¿verdad? —replicó, de forma súbita, ella.

Se me heló la sangre.

—Sí, soy un hermano de la costa —contesté desafiante, en un arrebato de orgullo, sin ser consciente de que esa confesión podría costarme la vida.

Pero Morguy, doña Isabel de Eseverri, sonrió. Y su sonrisa permanecía intacta, continuaba siendo a la vez mi salvoconducto y la cadena que me mantenía atado a ella.

—¿Cómo te llamas, en realidad? —preguntó.

—Joanes de Sagarmin —contesté.

—Joanes de Sagarmin. Es un bonito nombre —dijo Morguy. Y volvió sobre sus pasos.

Mientras lo hacía, mientras la veía alejarse y su cabellera dibujaba en el aire un rastro de fuego y sangre, recordé también la primera vez que pronunció otro de mis nombres, en una de las playas de Lapurdi, y cómo al mismo tiempo escribió con un palo, como una sentencia de muerte, el de Kuthun sobre la arena.

Nunca más regresé a la prisión de El Morro. Cuando terminaron las obras en la casa de los gobernadores el resto de presos volvió a cruzar la bahía, pero yo permanecí encerrado en el calabozo del castillo de la Real Fuerza. Desde mi ventana veía la torre nueva, cuya construcción también había finalizado, y en lo alto de la misma una veleta de bronce, que representaba a doña Inés de Bobadilla y con la figura de Morguy, que había servido de modelo al paciente y meticuloso escultor, Jerónimo Martín Pinzón. Los huracanes la vapuleaban, pero la veleta se mantenía firme, se unía a ellos, a la dirección del viento, y se apropiaba de su fuerza.

También veía, desde mi celda, la plaza de Armas y recordaba las palabras de Juanelo contándome que, desde aquella misma ventana, había presenciado cómo eran colgados los otros filibusteros apresados junto a nosotros. Nuestros Hermanos de la Costa.

Me preguntaba si había llegado mi hora. El tintineo de las llaves y los chirridos de la puerta de la mazmorra, cada vez que se abría al final de un pasillo oscuro, detenían mi corazón. Los pasos del carcelero retumbando y acercándose podían ser los de la mismísima muerte. Pero en lugar de ella, una mañana al final de la estación de lluvias, apareció Morguy envuelta en un vestido blanco, impregnado de luz.

—Tengo algo para ti —dijo.

Sus manos se mantenían entrecruzadas en la espalda. Se balanceaba levemente, nerviosa y sonriente como una niña pequeña, y el objeto que me ocultaba rozaba con la tela de su falda, provocando un rumor semejante al de la brisa agitando las copas de una arboleda.

Cuando despegó las manos de su espalda mi corazón volvió a latir, como si nunca hubiera estado allí. Golpeándome el pecho. Llenando el hueco que había en el centro del mismo.

—Ten. Supongo que la habrás echado de menos —dijo.

No me lo podía creer. ¡Morguy había colocado ante mis ojos mi *alboka*, la *alboka* que me regaló mi padre y mi abuelo me enseñó a tañer y que me arrebataron los soldados en las ciénagas igual que si me arrebataran la vida!

—Pero... cómo... —balbuceé.

Mis ojos se cubrieron de lágrimas y la imagen de Morguy se descompuso, se tornó líquida e irreal; o quizás esa era la imagen verdadera de Morguy, de quien en realidad apenas sabía nada. Solo escuché su voz antes de difuminarse por completo y abandonar la celda:

—Te dejaré solo ahora. Volveré cuando te sientas con fuerzas para hacerla sonar —dijo, y a continuación añadió, misteriosa—: Tú mereces ser un hombre libre, Joanes de Sagarmin.

¿Qué había insinuado Morguy con esa frase? ¿Quién era realmente ella?... Pasé toda la noche en vela, corroído por las dudas. Cada vez que me asaltaban, acercaba mis labios a la boquilla de la *alboka* e intentaba disiparlas, pero a continuación se despertaban más e inquietantes preguntas. ¿Qué me ocultaba la gobernadora? ¿Qué esperaba de mí?...

Lo que estaba claro era que Morguy continuaba siendo una mujer poderosa y temible. Debía de haber sacudido toda la isla, como una alfombra sucia, para dar con mi *alboka*. La imaginé escrutando con sus ojos los de todos los soldados hasta distinguir en uno de ellos un temblor, la leve y delatora onda en el agua dejada por el salto de un sapo; hasta descubrir los restos de sangre en los dedos del hombre que me arrancó el corazón en las ciénagas. Y después, buscando también a alguien capaz de volver a ensamblar y afinar el instrumento. Porque aquella era mi *alboka*, sin duda: la acercaba a mis ojos y las figuras talladas en ella, el hombre cortando leña, la mujer amasando una torta de maíz, me hacían regresar a Zugarramurdi, y también a las playas de La Española, o a las tabernas de Tortuga; podía escuchar, al fondo del cuerno, la respiración cansada de vivir del abuelo, el día que se despidió de mí con un abrazo en el prado de Berroskoberro; las risas de lobos solitarios de los bucaneros; los gritos desesperados con los que los filibusteros desafiaban a la muerte, antes de los abordajes...; pero también era capaz de distinguir, en las juntas de la madera, en las fitas nuevas y el barniz reciente de la empuñadura, olores desconocidos, resinas de árboles extraños, cera de abejas que me clavaban sus aguijones, posos de una saliva extraña que me murmuraba frases inquietantes...

La incertidumbre me mantuvo excitado y despierto. Con cada una de aquellas preguntas que me atormentaban fui afinando la *alboka*, consiguiendo que vibrara cada vez con más fuerza, hasta volver a hacerla mía; hasta que poco antes de que amaneciera, el aire ululando y trepando a través del cuerno se desbordó, cobró vida, se convirtió en un animal herido, incapaz de soportar ya el dolor de todas aquellas dudas que se clavaban en mí como flechas. Brotó un tañido, un grito desesperado. El cielo tembló como si fuera una piel que todos los que estaban bajo él compartían. Las piedras se cubrieron de hormigas. A lo lejos se oyó ladrar a varios perros. Y más cerca, dentro de la propia prisión, espadas que se desenvainaban y desgarraban el silencio, fino como una sábana, de la noche.

Me apoyé contra la pared y esperé, dejando que los insectos que recorrían el muro se posaran en mi piel, entraran en mi boca, mordieran mis pulmones... La puerta, al final de la galería, no tardó en abrirse, con un chirrido que acuchillaba los oídos. Un resplandor naranja fue adueñándose poco a poco de la oscuridad. Vi acercarse a alguien con una antorcha, a la que las corrientes de aire del túnel rebañaban virutas de fuego, que acababan convertidas en gigantescas sombras contra las paredes. Reconocí a Morguy. El viento también agitaba su cabello rojo y su vestido blanco. Una sonrisa de nieve y fuego resplandecía en su cara. Supuse que ella también había permanecido despierta toda la noche, esperando mi llamada, segura de que tarde o temprano yo haría sonar la *alboka*.

Una pequeña arcada, al ver su gesto victorioso, sacudió mi estómago y me recorrió el pecho, hasta dejar el regusto amargo de la sangre en mi boca. Despreciaba a Morguy y me despreciaba a mí mismo. Morguy había perseguido y delatado a cientos de personas, allá en Lapurdi. Por su culpa muchas de ellas habían sido encarceladas o llevadas a la hoguera. Por culpa de otros como ella habían muerto mis propios padres y mi abuelo. Y, sin embargo... sin embargo, cada vez que la tenía ante mí, como ahora, el sabor de la sangre en la boca se tornaba dulce.

Por si eso fuera poco, ahora Morguy tenía entre sus manos la llave de mi celda.

—Quiero que trabajes para mí. En mi casa —dijo, apenas entró.

Me quedé de piedra. Sin habla. Sin comprender muy bien qué me estaba ofreciendo.

—Podrás entrar y salir del castillo, si lo deseas. Como un hombre libre...

La miré receloso. No podía ser todo tan fácil. Había pasado años encerrado y ahora, de repente, una orden suya era suficiente para devolverme la libertad. ¿Por qué? ¿Qué quería? ¿Qué aceptaba yo si accedía a ello? ¿En qué me convertía? Recordé a mi madre, que prefirió morir en la prisión antes que traicionar a su corazón, que declararse culpable de algo que no había hecho.

¿Traicionaba yo a mi madre si aceptaba lo que Morguy me proponía? Y, por otra parte, ¿podía permitirme rechazarlo? Quizás Morguy ordenara matarme, si la contrariaba, si era tan estúpido y tan orgulloso de renunciar a mi libertad...

La odiaba, odiaba a Morguy por tener ese poder, la facultad de disponer de mi vida, de arrebatármela, decidiera lo que decidiera.

—Sé qué estás pensando, y por qué me miras de ese modo —dijo ella—. Pero no soy tan distinta a ti como crees, Joanes. Yo también sé lo que es el desprecio y la injusticia. La miseria. Ser tratada como un animal. Yo fui como tú, antes de que me conocieras, en Lapurdi. Y lo fui después, no hace tanto tiempo, aquí en Cuba. Llegué a esta isla sin nada. Cuando Lancre se cansó de mí, allí en Bayona, me echó a patadas de su lecho. Me arrojó a las fauces de quienes me odiaban y deseaban mi muerte. Tuve que esconderme, huir, entregarme a «los espíritus», a los traficantes de hombres para escapar. ¡Yo llegué al Nuevo Mundo bajo un parasol blanco, Joanes! —repitió mi nombre, y al pronunciar esta frase me miró a los ojos, segura de que yo sabía a qué me refería, reconociendo al fondo de ellos la imagen grabada del galeón en que desembarqué en La Española y las mujeres que viajaban a bordo, aquellas mujeres que regresaban desde tierra al amanecer con los vestidos y las sonrisas sucias de fango.

»Y aquí comencé una nueva vida, otra vez —continuó Morguy—. Cambié mi nombre, borré mi pasado... Tuve suerte, y me convertí en quien ahora ves: doña Isabel de Eseverri. Soy la mujer del gobernador, sí. Pero sé que, en el fondo, sigo sin ser uno de ellos; que mi destino, como el tuyo, como el de todos los que nacimos sin fortuna y sin abolengo, es el desprecio, la miseria, la horca, la hoguera... Pero también sé que cuando el destino lo escriben los hombres, hay formas de cambiarlo. Yo aprendí que para escapar del fuego debía formar parte de él. No te estoy pidiendo que tú hagas lo mismo, Joanes. Quizás tú encuentres otras formas de escapar a ese destino. Solo quiero que sepas quién soy realmente, que haya cerca de mí al menos una persona que lo sepa. Eso es lo que te estoy pidiendo —dijo.

Sus ojos azules brillaron y se cubrió, avergonzada, la cara. No debía de estar acostumbrada a que la vieran flaquear, mostrarse vulnerable. Pero solo fue un momento. Después, Morguy alzó la cabeza y me mostró sin pudor sus lágrimas. Sí, odiaba a Morguy, la odiaba pero ahora deseaba abrazarla, secar esas lágrimas, calmar mi sed y mi incertidumbre con ellas. La odiaba con la misma intensidad que la amaba. Y creí comprender por qué me necesitaba a su lado: Morguy no podía borrar el reflejo de mi rostro observándola desnuda, cada vez que se miraba al espejo.

—Está bien —acepté.

Pero al mismo tiempo que lo hacía, y que por la ventana de la celda entraba el primer rayo de luz después de aquella noche interminable, mi frase se enredó, fue engullida por sus palabras, pronunciadas al mismo tiempo:

—Sé que Kuthun nunca te habló de esto —dijo Morguy—. De lo que sucedió entre él y yo, allí en San Juan de Luz.

28

—¡Cuidado! —me detuvo el grito de un mulero, al que siguió el estruendo de un carro que pasó rozándome el pecho y cortando mi respiración—. ¡Despierta, hombre! —se volvió para gritarme.

Pero yo ya no lo vi, cerré los ojos y solo escuché su voz malhumorada y aguardentosa y el traqueteo de los ejes y las ruedas alejándose, abriendo surco en el suelo enfangado. Un olor a bosta y lodazal me golpeó en la nariz. Sentí que me ahogaba. Al abrir de nuevo los ojos, apareció a mi alrededor un tumulto de gente que iba y venía. Un tonelero cruzó la plaza de San Francisco de Asís silbando, mientras hacía rodar un barril vacío. Cuatro criados cargaban en una silla de mano a un atildado caballero, vestido de lino y terciopelo de colores, que miraba el barro a sus pies con un gesto de repugnancia. Una cuerda de esclavos negros, desembarcados en el puerto, era obligada a avanzar entre insultos y latigazos... Todo se movía a mi alrededor, mientras yo permanecía detenido. Me faltaba el aire. El sol sobre mi cabeza me doblegaba la cerviz y cegaba mis ojos. Mis piernas flaquearon. Caí, por fin, de rodillas y tuve ganas de llorar, como un niño pequeño y perdido.

—¿Se encuentra bien? —no tardé en escuchar la voz de una

mujer, dirigiéndose a mí, mientras los brazos firmes de un muchacho que la acompañaba me ayudaban a ponerme en pie.

—Sí, sí, gracias, estoy bien, no ha sido nada, solo un mareo —respondí.

Azorado, eché a andar de nuevo, algo desorientado, como si acabara en efecto de despertar de un largo y mal sueño.

Era la primera vez que abandonaba el palacio de los gobernadores, desde que había empezado a servir en él, primero como mozo de cuadra, después en la casa. La propia Morguy solía insistirme para que me tomara alguna tarde de descanso y saliera de la fortaleza. Pero yo prefería quedarme en las cuadras, afinando mi *alboka* y mis dudas. Tenía miedo. Como Reinaldo, que se arrojó al mar, incapaz de soportar la luz del sol, después de décadas encerrado, viviendo a oscuras. Habían pasado muchos años desde que fui hecho prisionero. Me había acostumbrado al peso de los muros sobre mi cabeza, a las órdenes, y si esta vez había accedido a los deseos de Morguy había sido porque sus palabras habían sonado como tales. La había obedecido y ahora, en mitad de aquella plaza, no sabía a dónde dirigirme, era incapaz de tomar una decisión por mí mismo.

Me aparté hacia el convento de los frailes franciscanos, en un extremo de la plaza, y me recosté sobre uno de sus muros. Volví a tomar aire. Caminé después a la sombra de la piedra, pegado a ella, hasta que en un estrecho callejón, escondido tras una pila de pipas de agua, descubrí lo que parecía una pequeña taberna, por cuya puerta, como una boca en la pared, me dejé engullir, huyendo de la luz y el movimiento.

Al entrar, la oscuridad me cegó, pero escuché la voz de una mujer, canturreando, que se sobreponía sobre las risas y las conversaciones, como un pequeño hilo a través del cual caminé a tientas hasta una de las mesas, y me senté.

La sombra de un hombre se me acercó y me preguntó qué quería beber. Su voz, dulce y amable, parecía acompasarse con la de la mujer que cantaba. Mi vista poco a poco se fue acostumbrando a la oscuridad. Distinguí el rostro de un anciano, de cabellos blancos y ojos como telarañas. Por un momento, me recordó al de Jager. Era, sin embargo, más alto que el bucanero y de piel más oscura.

—Una jarra de vino —le pedí.

Lo vi alejarse pausadamente, como si su cuerpo flotara en el aire. Parecía un fantasma, pero los movimientos de su cuerpo transmitían tranquilidad. Miré a mi alrededor y vi en las otras mesas varios grupos de hombres que charlaban, intercambiaban bromas, jugaban a los naipes. Eran marineros, mozos, toneleros, carreteros... No vi a ningún soldado. Había también hombres que, como yo, bebían solos, pero a los que el vino no les sabía amargo, no les quemaba en el pecho. En los rostros de todos ellos se dibujaba un gesto apacible. Parecía como si aquel lugar fuera un pequeño y secreto refugio, que los mantenía a salvo de la luz hiriente del exterior. Yo mismo comencé a contagiarme de aquella calma, pero de repente el corazón me dio un vuelco. Me di cuenta de que no tenía ninguna moneda con la que pagar al tabernero. El terror y la culpa se apoderaron de mí. Como si hubiera cometido un crimen.

Vi regresar al anciano. Me pareció que la sonrisa que cruzaba su rostro se agrandaba cada vez más, conforme se acercaba, y que acabaría por tragarme.

—Lo siento, no tengo dinero —dije, cuando dejó la jarra sobre la mesa—. Soy un exconvicto.

—No se preocupe, amigo, los músicos son siempre bien recibidos aquí —señaló él mi *alboka*, ignorando mi última frase—. Vuelva siempre que quiera, toque algo y me daré por bien pagado.

El hombre se alejó otra vez, con sus livianos movimientos de bailarín, tragado por el humo del tabaco y de los fogones, al fondo de la taberna, desde donde llegaba la voz de la cocinera cantando.

Bebí la jarra de vino despacio, escuchándola. Mi cabeza se convirtió en un pájaro. El terror y la culpa se aplacaron. El miedo se deshizo como una nube en mi pecho. Después, cuando el vino se acabó me puse en pie. Las piernas flaquearon de nuevo, pero ahora parecía que tuvieran vida propia. Me despedí del tabernero con un leve cabeceo. Él sonrió y me devolvió el saludo, seguro de que regresaría para pagar mi deuda.

Al salir, el sol bajaba ya, se retiraba del cielo, rendido, agotado de blandir pendenciero su espada de luz. Eché a andar, sin rumbo. Apenas caminé unos pasos me pareció que todo lo que me acababa de ocurrir en aquella taberna había sido solo un sueño. Pero el pájaro continuaba dentro de mi cabeza, y el peso del vino desplegaba alas en mis piernas. Atravesé calles, casas construidas con tablas, con adobe, con guano... Llegué a campo abierto, en las afueras de la ciudad. El aire soplaba con suavidad y arrastraba consigo el olor a salitre del mar, lo espolvoreaba sobre los campos de azúcar y las palmeras. A lo lejos, en el horizonte nublado por la calima se distinguía la sombra brumosa de alguna montaña. Pensé que podía continuar caminando y caminando, hasta llegar al pie de ella. Nada me detenía. Yo era un músico, no un convicto. Un hombre libre. Comencé a llorar. Las lágrimas resbalaban por mis mejillas despacio y densas. Una por cada año que había permanecido encerrado. Después, cuando ya el sol se ponía, desde una torre de uno de los ingenios azucareros un hombre llamó a gritos a los esclavos, les ordenó que finalizaran su trabajo. Yo me giré y regresé en dirección a La Habana.

Kuthun era la cadena que me mantenía atado a Morguy. No, no había nada que me impidiera echar a andar tierra adentro, en dirección a la sierra y buscar el camino de regreso a Tortuga; o enrolarme en cualquiera de los barcos que partían en abril hacia

España, con la Flota de Indias. Las calles de La Habana se abarrotaban en aquella época de marineros que buscaban capitán, de soldados que renegaban del suyo y desertaban, de prostitutas y taberneros que aplacaban la ansiedad de quienes aguardaban la partida... En mitad de todo aquel tumulto, ni siquiera los ojos escrutadores de Morguy habrían sido capaces de encontrarme, si decidía huir. Pero sabía que no lo haría, que no la abandonaría. No al menos hasta que Morguy lo decidiera. Hasta que decidiera contarme aquel secreto entre ella y Kuthun que yo desconocía.

De hecho, entraba y salía del castillo de la Real Fuerza cada vez con más frecuencia y era Morguy quien me encomendaba tareas que lo propiciaran. Cargaba espuertas de pescado o de sal, en el puerto; recogía agua en el callejón del chorro, donde desembocaba la zanja real, el acueducto que abastecía La Habana; y con frecuencia acompañaba a la gobernadora, me convertía en su escudero cuando buscaba a los regatones, los vendedores ambulantes, y a los contrabandistas que ofrecían lo que algunos marineros conseguían descuidar del galeón de Manila, la flota que se unía en Cuba a la del Nuevo Mundo: seda y porcelana de China, algodón de la India, alcanfor de Borneo, piedras preciosas de Birmania y Ceilán...

Comencé también a frecuentar, en mis ratos de descanso, la pequeña taberna oculta en uno de los callejones que daban a la plaza San Francisco de Asís. El anciano que la regentaba, Santiago, siempre me recibía con los brazos abiertos, y en ella había a menudo alguien cantando, o tocando la guitarra. Una tarde, vi a la negra liberta Ma Teodora, sentada en una mesa, con un jarro de ron, que bebía a sorbos lentos mientras su cuerpo caudaloso se derramaba por la mesa, y desde su garganta goteaba una voz que quemaba, rota por un dolor viejo y profundo:

Yo era arena virgen
Hasta que llegaste

Algunas noches, si la música cesaba, el anciano recordaba viejas historias, sobre sí mismo, algunas de ellas increíbles. A lo largo de su vida Santiago había sido bufón, buhonero, cómico de la legua, bucanero, había cantado coplas de ciego, había viajado por los siete mares, había recuperado milagrosamente la vista... No importaba si sus historias eran ciertas o no, él las convertía en reales cada vez que las contaba.

Otras noches, yo mismo saldaba mi deuda con él, tocando la *alboka*, mientras a mi alrededor todos danzaban y entonaban gritos de júbilo, que se prolongaban hasta el amanecer; o me quedaba junto a Santiago cuando ya todos se habían marchado o dormían vencidos por el vino y el sueño... Le ayudaba a despertarlos y a sacarlos fuera, a recoger las mesas y limpiar la taberna...

Cada vez me costaba más regresar al castillo de la Real Fuerza, por la mañana, y una vez en él se me hacía más insoportable la espera.

Por fin, un atardecer Morguy me hizo llamar y subir con ella a la torre vigía, donde la había visto por primera vez, en La Habana. Cuando llegué, como entonces, ella mantenía sus ojos azules sumergidos en el océano. El sol caía sobre el mar como una bola de fuego y soplaba una leve brisa que mecía sus cabellos y hacía girar a sus espaldas la veleta de bronce con su figura. Era hermosa y sentí un escalofrío que me quemó por dentro. Me hubiera gustado acercarme a ella y aplacar aquel ardor besando su cuello blanco como la nieve. Clavar mis dientes y probar una gota de su sangre. Poder amarla sin sentirme culpable por ello... Morguy, azuzada por el mordisco de mis ojos en su nuca, se volvió hacia mí. Sonrió.

---

41 *Ver nota final.*

Siempre lo hacía, al verme. Me pregunté qué era lo que ella sentía por mí, por qué me había perdonado la vida siendo un niño, en aquella playa de Lapurdi, y también años después, cuando volvimos a encontrarnos en La Habana.

—Joanes de Sagarmin —pronunció mi nombre. Después volvió a clavar sus ojos en el horizonte incandescente del mar—. ¿Sabes en qué pienso cuando subo aquí y miro a lo lejos? —me preguntó.

Me encogí de hombros, desconcertado.

—En la catedral de Bayona, la playa de los Corsarios, el puente de Ziburu... Todos los lugares por los que andaba cuando era niña. Es como si pudiera atravesar el océano y verlos, regresar a ellos. Me pregunto muchas veces qué hubiera sido de mi vida si hubiera sido de verdad mía.

Sus palabras resonaron en mis oídos como un eco antiguo. A mi mente vino la imagen del cuchillo ensangrentado, con el que destazaba los jabalís, que dejé caer sobre la arena para abrazar a Kattalin, después de que me dijera una frase parecida, en Isla Vaca. Y la recordé también muriendo dulcemente en la iglesia parroquial de La Habana, a solo unos pasos de donde nos encontrábamos ahora, mientras Ma Teodora cantaba. Todo en mi cabeza se confundía: los rostros, los recuerdos, los lugares... Me asomé a la torre y miré yo también el horizonte. Tuve vértigo. Morguy continuaba hablando, y me pareció que era otro quien estaba junto a ella, que podía verme a mí mismo desde lejos escuchándola, o que ya antes había oído contar esa historia:

—Nunca conocí a mi padre —continuó Morguy—. Era alguno de esos corsarios que regresaban a tierra cada seis meses, para emborracharse y gastarse el botín. Mi madre enfermó y murió cuando yo era una niña. Comencé a frecuentar la catedral de Bayona, por donde pululaban otros huérfanos, y mendigos, tullidos, curanderas... Ellos se convirtieron en mi familia. A veces entraba a servir en alguna casa, pero nunca me quedaba mucho tiempo, solo lo hacía para marcar esas casas a los ladrones del patio de la catedral, o yo misma robaba alguna joya en ellas. Cuando tenía trece años uno de mis amos se enamoró de mí. Era otro corsario. Vivía solo. Su mujer, como mi madre, también había enfermado, y había abandonado la casa, se había ido a morir a los campamentos de leprosos y apestados del bosque. Tenían también un hijo, pero él corrió mejor suerte que yo: lo dejaron al cuidado de un párroco, para que le proporcionara estudios. Mi amo, a diferencia de mi padre, parecía un hombre bueno. Durante la primera primavera en lugar de embarcarse decidió quedarse a mi lado en San Juan de Luz, donde vivía. Durante unas semanas fui feliz a su lado, y comencé a pensar que quizás nunca volvería a dormir en la calle. Pero un día, el hijo de mi amo regresó a la casa. Era un muchacho de unos catorce años, alto, rubio... —Morguy, hizo una pausa, y respiró profundamente—: Era Kuthun —dijo.

Al hacerlo, expulsó todo el aire que había necesitado para poder pronunciar su nombre, y este golpeó mi boca, y unió su respiración con la mía, como si fuera un hierro candente que hurgaba en mi pecho.

—La primera vez que lo vi me impresionó, me pareció muy guapo, radiante, había algo en él, una luz que me atraía, era como un pequeño sol, pero pronto me di cuenta de que si lo miraba durante mucho rato mis ojos se quemaban. Quizás fuera el modo en que él me miraba. El fuego azul que despedían sus ojos. Desde el primer día Kuthun me mostró con claridad su rechazo, aunque tuviera que enfrentarse con su padre por ello. «¡Mi madre todavía está viva, muriendo como un animal abandonado en el bosque, y tú metes a esta fulana en casa!», le gritaba. Su padre amagaba entonces con golpearle, pero Kuthun le plantaba cara. «¡Venga, atrévete, ya no soy un niño, ya no puedes abusar de mí, ahora puedo defenderme!», le desafiaba, y mi amo retrocedía cabizbajo, dejando entre ellos una zona de sombra, un agujero negro que se abría entre ambos, y al que ninguno de los dos se atrevía a asomarse, por temor a ser tragado... Kuthun estuvo solo unos días en la casa, después volvió a la parroquia de Sara. Yo continué viviendo con su padre todo el invierno. Todavía era feliz a su lado, nunca dejé de serlo, pero no podía dejar de pensar en aquel agujero negro, desde el que oía elevarse un murmullo de gritos y golpes que llenaba mi cabeza de temores y me hacía preguntarme cuánto duraría aquella dicha. Al llegar la segunda primavera, mi marido —como tal lo tenía ya— tuvo que volver a embarcarse con los corsarios. No sentí pena ni miedo por quedarme sola, al contrario, fui si cabe más feliz, en una casa de la que por primera vez me sentía dueña y señora. Pero no me duró mucho aquella felicidad. Un día Kuthun volvió. Entró dando voces. «¡Tú no eres mi madre!», gritaba, «¡No vuelvas nunca por aquí! ¡Le diré a él que has muerto! ¡Si vuelves, yo mismo te mataré!»... Estaba hecho una furia. Me agarró del pelo, me golpeó y me echó a patadas a la calle. Como a un perro. Y como un perro estuve vagando, durante días, llorando desconsolada, durmiendo en las playas, y en los bosques, cerca del castillo del señor de Urtubie y de los campamentos de los moribundos, donde escuché a lo lejos también sus lloros, mientras enterraban a alguno de ellos, y yo me preguntaba si tal vez fuera la madre de Kuthun... Pero eso no me consoló, ni calmó el odio hacia él que fue creciendo en mi pecho, mordiendo mi corazón hasta convertirlo en un animal rabioso. Yo había muerto para él, sí, y sobre todo para su padre, que me había hecho feliz. Tal vez nunca más volviera a serlo, pero me juré que a la nueva Morguy que nacía ya nadie nunca más le haría daño. Que yo sería desde entonces parte del fuego, no quien escapaba de él. Y juré también que me vengaría de Kuthun, que lo perseguiría hasta el fin del mundo, si hacía falta...

Morguy suspiró con vehemencia. Un nuevo golpe de brisa agitó sus cabellos en llamas. Permaneció, después, un largo rato en silencio. Tuve la impresión de que su figura se desvanecía poco a poco, difuminada por los rayos de aquel sol que moría desangrado. En el aire flotaban sus palabras, que comenzaban a ejecutar la venganza prometida. Pensé que Morguy me había contado aquello de una forma premeditada, para embarrar la imagen que yo tenía de Kuthun; o que suponía que yo tenía de él: aquel sol que únicamente proyectaba luz, una luz deslumbrante que no permitía apreciar sus sombras. Comprendí que para ella yo solo era, siempre había sido, una de las armas con las que preparaba su venganza, el camino que podía conducirla hasta Kuthun.

«Ella nunca ha sentido nada por mí», me dije.

Pero después dudé, me pregunté si se trataba de una confesión íntima, de un secreto largamente callado, que Morguy nunca había revelado a nadie, y que había guardado dentro de sí, quemándole las entrañas, y que yo era la única persona en quien confiaba para contarlo.

En cualquier caso, el vínculo que nos unía se había quebrado.

—Adiós, Joanes de Sagarmin —la oí despedirse.

Permanecí en silencio, cabizbajo. Cuando, por fin, me giré Morguy ya no estaba allí. Solo quedaba, sobre mi cabeza, la veleta con su figura en bronce, balanceada por el viento.

—Adiós, Morguy —me despedí yo también.

Las palabras me atravesaron el pecho abrasándolo, como el sol que a lo lejos ahogaba su fuego en el mar y lo teñía de sangre. Después, al caer la noche, yo también bajé de la torre, aquella torre vigía en el fin del mundo, salí de la fortaleza y me dirigí a la taberna del viejo Santiago. Sabía ya entonces que a la mañana siguiente, al amanecer, no regresaría al castillo de la Real Fuerza.

29

Fue de ese modo como vine a parar a esta taberna, que ahora regento. La taberna de Santiago, de quien ya apenas recuerdo cuándo murió, cómo desapareció; el viejo Santiago, a quien tanto debo, pero que ya es solo una figura de humo desvanecida, un fantasma. Muchas veces me pregunto si todo cuanto he vivido o creo haber vivido no ha sido más que un sueño, pura niebla, y a veces incluso si no permanezco todavía envuelto en ella, si yo también no seré un fantasma.

Cuando abandoné el Castillo me refugié en este lugar. Santiago me acogió, me permitió dormir en la taberna, y yo a cambio le correspondía descargando por las mañanas pipas de vino en el puerto, sirviendo por las tardes mesas, tocando mi *alboka* por las noches...

—Ya no me queda mucho tiempo, Joanes —solía decirme, mientras se iba consumiendo, poco a poco, sin molestar a nadie, sin que nadie se diera cuenta—. Cuando yo me vaya quiero que te hagas cargo de la taberna. Sé que tú cuidarás de ella.

—Lo haré —le prometí.

Y así he intentado que sea. Santiago convirtió este lugar en un remanso de paz en mitad del torbellino que es La Habana, en un refugio para quienes se encuentran perdidos y desesperanzados en este Nuevo Mundo. La Alboka, como he llamado a mi taberna, la siguen frecuentando hoy vagabundos del mar, prostitutas, desertores, rufianes... Es la misma gente de la que me he rodeado siempre. La vida me llevó a lo largo de muchos años en su misma derrota, pero ahora solo llegan hasta mí como los restos de un naufragio.

—Yo ya no soy uno de ellos —me repito una y otra vez, y aunque sé que no es cierto, los observo ajeno –del mismo modo que se asiste a una obra de teatro– desde el otro lado de la barra, apostado bajo una tarja en la que está tallado en letras de madera: *Prohibido entrar armado*. En realidad, la mayoría de quienes entran aquí no saben leer. Sin embargo respetan, hasta cierto punto, mis normas. Sus temperamentos salvajes son fieles y sumisos a quien les sirve un trago. Y así, a pesar de que en La Alboka el ron corre como una torrentera y las peleas y las cuchilladas son de todos modos inevitables, la mayoría de las noches estallan carcajadas como truenos y se escuchan viejas canciones que hablan de amores perdidos y tesoros enterrados.

—¡Vamos, Joanes, toca algo! —me suele pedir entonces algún marinero.

Y a menudo les hago caso y salto al otro lado de la barra, casi siempre con una flauta y solo en algunas ocasiones especiales con la *alboka*. Depende de mi humor. La marea no siempre trae a la orilla cadáveres con los ojos abiertos o navíos desarbolados, a veces también resplandece una moneda de oro entre las algas putrefactas y los cofres cubiertos de herrumbre. A veces, entre la canalla también descubro la mirada inmaculada de una puta, o ahí fuera, en la plaza reconozco a un hombre libre, no importa que vaya amarrado a una cuerda de presos o que sea un esclavo al que han subido a una tarima para ser subastado como una bestia. Los reconozco en su gesto altivo y orgulloso, y eso sirve para llenarme el corazón de música.

Otras veces, veo a otros fantasmas, me parece reconocer, ocultos entre los grupos de marineros que recalan durante algunos días en el puerto, a Oncededos, a María de Ximildegi, a Juan de Manterola, a Axular, a Jager, a Juanelo, a Lemmy, al propio Kuthun («*Jo ezazu, musikaria!*», oigo su voz dirigiéndose a mí)... Sus rostros se despegan durante un momento del borrón que forman a la luz de los candiles los cuerpos agitados de quienes danzan y beben, me observan durante apenas un instante y vuelven a unirse a la informidad del grupo. Al principio, su presencia me inquietaba, pero he aprendido a convivir en paz con ellos. En alguna ocasión también me ha parecido reconocer a Morguy, sentada en una mesa, al fondo, oculta bajo un tul negro, inquieta, al acecho quizás ella también de sus propios fantasmas; esos fantasmas de los que, al contrario que yo, estoy seguro de que no pudo librarse, ni siquiera cuando Kuthun, el Rubio, fue hecho prisionero y ella, doña Isabel de Eseverri, la gobernadora de La Habana, ordenó ahorcarlo en la plaza de Armas para verlo morir con sus propios ojos.

—¡Han apresado a un pirata! ¡Han apresado a Kuthun, el Rubio!

La noticia cruzó La Habana de punta a punta en un suspiro, como si un perro ladrara en sus calles dormidas en mitad de la noche. No hubo rincón hasta el que no alcanzara su eco. Ni siquiera La Alboka, a pesar de que esta fuese otra pequeña ciudad dentro de ella a la que escapar, en la que permanecer ajeno a cuanto sucedía fuera. En realidad, comprendí desde el principio que el primer lugar en el que aquel perro se detuvo, la primera puerta en la que arañó con sus patas, fue la de la taberna.

—Dicen que lo han detenido a las afueras de la ciudad, cuando intentaba entrar en ella disfrazado de mendigo —me hizo saber un hombre, al que jamás había visto en La Alboka, pero cuya cara no me resultaba desconocida.

—¿Dónde está ahora? —le pregunté.

Vi que sus ojos despedían un pequeño destello, como el de un anzuelo alcanzado por un rayo de sol bajo el agua, aunque también pareció inquietarle la serenidad de mi voz y de mis gestos. Pero yo llevaba años esperando un momento como aquel. Sabía que algún día llegaría y que no podría eludirlo.

—Está preso en el castillo de la Real Fuerza. Seguro que no tardan en colgarlo —contestó.

También sabía qué debía hacer en ese momento. Ordené a uno de los hombres que servían las mesas que se hiciera cargo de la taberna y me dirigí a la puerta. Mientras lo hacía oí a mis espaldas murmurar a algunos marineros:

—¿Quién es ese Kuthun? —preguntó un grumete.

—Uno de los capitanes de los Hermanos de la Costa. Tú eres demasiado joven para conocerlo —le contestó un viejo piloto.

Salí a la calle. Al cerrar la puerta las voces, las risas, la música se ahogaron en una sordina inquietante, como si procedieran de otro mundo, como si llegaran de ultratumba. El silencio de las calles desiertas de La Habana, por el contrario, a aquellas horas de la madrugada, parecía un ser vivo, un animal, algo que se podía acariciar con las manos, cuya respiración soplaba en mi nuca. Noté el peso de decenas de ojos desvelados acechando tras las ventanas y a mis espaldas me pareció escuchar los pasos de alguien que me perseguía. Me giré un par de veces pero no vi a nadie, a pesar de que la noche era clara. Había luna llena y el cielo estaba despejado, solo tiznado por alguna pequeña nube azul. No tardé en llegar al castillo, pisoteando la luz nacarada que cubría el piso de la plaza de Armas.

—¿Quién vive? —me echó el alto uno de los soldados que hacían guardia en el puente levadizo de la entrada.

—Joanes de Sagarmin. La gobernadora me está esperando —le contesté, sin detenerme.

El soldado echó mano a la empuñadura de su espada, pero una voz terció a mis espaldas:

—Dejadle pasar.

Vi aparecer al hombre que se había dirigido a mí en la taberna y lo reconocí entonces: era uno de los carceleros que custodiaban años atrás las mazmorras de la fortaleza, en las que yo había permanecido preso. Entonces era solo un soldado, pero con el tiempo debía de haberse convertido en uno de los hombres de confianza de doña Isabel de Eseverri. Él mismo me condujo a su presencia.

—Sabía que vendrías. Y sabía que Kuthun acabaría viniendo a buscarte —dijo Morguy al verme.

Había envejecido. Algunas arrugas agrietaban su rostro y estaba más gorda. Pero sus ojos seguían siendo azules y turbadores.

—He venido a verle a él —dije con desprecio, evitando su mirada.

Morguy sonrió, pero no fue como las otras veces, cada vez que nuestros caminos volvían a encontrarse. En realidad, no era a mí a quien sonreía, ni era ella quien lo hacía, sino doña Isabel de Eseverri, la temida e implacable gobernadora de La Habana.

—Llevadlo a la celda del pirata —ordenó, y se hizo a un lado, franqueándome el paso.

Di un paso hacia donde se encontraba y sentí repugnancia al percibir su aliento, exhalado a través de aquella sonrisa como una herida, como una cicatriz cosida con el hilo corrompido de una vieja venganza, arrastrada de forma enfermiza durante toda su vida. Pero al pasar a su lado rocé su ropa, el camisón con el que me había recibido, y dejé al descubierto uno de sus hombros, blanco como la nieve. Un escalofrío me recorrió la espalda, y me pareció que a ella también la estremecía un pequeño temblor, pero no me detuve, pude seguir caminando, vencí el dolor al pisar las esquirlas del espejo roto; aquel espejo a través del cual Morguy y yo nos habíamos mirado a los ojos siempre, y que ahora se rompía en añicos definitivamente.

Seguí al soldado. Recorrí las lúgubres y húmedas galerías, en cuyas paredes las lenguas de fuego de las antorchas dibujaban monstruos, recuerdos dolorosos: hombres llorando, acurrucados en un rincón, temblando por la fiebre, la peste o el escorbuto, sacudidos por toses de perro, que les arrancaban a mordiscos los pulmones; hombres a los que la tristeza o la ansiedad enloquecía, que morían por ver entrar un rayo de luz, un soplo de brisa entre las rejas al amanecer...

—Aquí es —dijo el soldado, deteniéndose en una de las celdas.

Entré. Estaba oscuro. Oí cómo el carcelero echaba la llave, a mis espaldas. Sentí que me faltaba el aire. Era la misma celda que yo había ocupado, años atrás. Lo supe al ver la pequeña ventana que daba a la plaza de Armas.

—Joanes de Sagarmin —escuché, desde uno de los rincones.

Me acerqué. Parecía la voz de Kuthun: reconocí en ella la socarronería con la que se dirigía a mí cada vez que pronunciaba mi nombre, pero a la vez sonaba diferente, quebrada.

—¿Kuthun?

Me agaché junto a una figura acurrucada en un rincón, cubierta por un amasijo de ropa hecha jirones.

—Sí, soy yo, hermano —contestó él.

Mis ojos poco a poco fueron acostumbrándose a la penumbra. Un rayo de luna llena se colaba a través de la ventana. Seguí su filo azulado, hasta el rostro de Kuthun. No tenía buen aspecto. Distinguí varias heridas, en sus cejas, sus pómulos y sus ojos, los cuales ni siquiera se veían, ocultos bajo la carne apaleada. Pero además, en su cabeza tenía costras y pequeñas calvas, más antiguas, y los mechones de pelo que le quedaban eran ralos y oscuros. El sol de sus cabellos se había apagado. Nunca lo había visto de ese modo. Di un respingo, tratando de contener las lágrimas.

—No te preocupes por mí —dijo él—. Solo soy un viejo vagabundo, cansado de caminar —Kuthun sacudió sus ropas, y se elevó un tufo a sudor y orines—. No voy disfrazado, como dicen. Ya no soy un filibustero. Hace mucho que dejé de serlo. Ahora no soy más que un hombre que va a morir y que desea hacerlo.

Hablaba en vasco y me costaba entenderle. Hacía años que no escuchaba nuestra vieja lengua. Tal vez por ello, quise decirle algo, pero las palabras se rompieron en mi garganta, como un palo seco. Permanecimos los dos un largo rato en silencio. Miré hacia la ventana de la celda, aquel hueco por el que yo tantas veces había dejado volar mi imaginación, mis recuerdos, por el que había conseguido regresar a mi hogar, a Dolarenea, a mi infancia, a la época feliz de la sidra, en que Kuthun y yo nos conocimos, antes de que el odio y la sangre anegaran nuestras vidas. No podía dejar de pensar que esa ventana sería ahora el lugar desde el que Kuthun vería cómo ponían en pie su propio cadalso.

—No vas a morir. Yo te sacaré de aquí —conseguí decir, por fin—. Reuniré a unos cuantos hombres, valientes, libres, a unos cuantos hermanos y vendremos a por ti. No voy a permitir que te cuelguen.

Estaba seguro de que podía hacerlo, de que en La Alboka podría reclutar a un puñado de hombres dispuestos a jugarse la vida a cambio de nada, y a la vez a cambio de todo, a cambio de la libertad de otro hombre. La libertad de un hombre era para ellos su propia libertad, la libertad de todos los hombres. Por primera vez, en toda mi vida, creí comprender aquella palabra, que hasta entonces solo había sido agua que se escurría entre mis dedos. Libertad. Por primera vez pude retenerla y llevármela a la boca, sentir cómo atravesaba mi cuerpo, aplacar mi sed con ella... Pero fue solo un instante, hasta que Kuthun volvió a hablar:

—No, Joanes. No lo hagas. No merece la pena. No arriesgues tu vida. Tú debes salvarte. Tú eres puro, a ti nunca te ha guiado el rencor, ni la crueldad. Tú mereces ser libre. Sois los hombres buenos los que hacéis mejor este mundo.

—¡No, no! —le corté.

Sus palabras llenaban de confusión mi mente, no las comprendía, no podía ser él quien las pronunciara, Kuthun el Rubio, el capitán de los desheredados, la esperanza de los más pobres entre los pobres de la tierra y del mar, su cuchillo, su ira, su justicia...

—¿Y qué pasa con los Hermanos, con la ley de la costa? —dije.

—Nada, solo fue una fantasía, se desvaneció, ya no queda nada de eso. En Tortuga hay desde hace años gobernadores nombrados por las naciones, y rigen las viejas leyes de los hombres, su vieja justicia. Los filibusteros combaten bajo sus banderas... Todo se ha perdido, tal vez nunca existió. Aquel mundo nunca fue real, Joanes. Pero era mi mundo, y yo solo puedo vivir en él. Por eso quiero morir, y reunirme con Kattalin. Lo único que me faltaba antes de partir era despedirme de ti, hermano mío.

Kuthun se levantó de su rincón, a duras penas, se acercó a mí, me abrazó. Yo estaba paralizado. Las lágrimas corrían por mis mejillas, se introducían en mi boca, ahogaban mis palabras...

—No te preocupes por mí —repitió él.

Recosté mi cabeza sobre su pecho. Su corazón continuaba siendo un velero, abriéndose paso en el mar, rumbo a otras islas, lejanas y desconocidas.

Permanecimos así durante una o dos horas, en silencio, hasta que escuchamos el tintineo de las llaves del carcelero y el chirrido de la puerta de la mazmorra.

—Cuando salgas de aquí, haz sonar tu *alboka*, Joanes —fue lo último que le oí decir.

—Así lo haré. *Agur*, Kuthun —me despedí.

Vi cómo él volvía a acurrucarse en la oscuridad.

El carcelero me guio de nuevo a través de la galería.

—La gobernadora se ha retirado a dormir —me dijo.

Pero yo sabía que ella no dormía, que no podía dormir.

Seguí al soldado hasta la puerta de la fortaleza. La oí cerrarse tras de mí, como la losa de un sepulcro. Las calles de La Habana continuaban desiertas y silenciosas. Me alejé unos pasos, hasta colocarme bajo la ventana de la celda de Kuthun. Y soplé, con todas mis fuerzas, hasta que las rejas se rompieron en pedazos y la ventana quedó de nuevo despejada, como cuando yo estaba tras ella. Después, cuando la música cesó, escuché, como las otras

veces, la voz de Kuthun, sus versos encadenándose al tañido de
mi *alboka*:

Hegoak ebaki banizkio
Nerea izango zen
Ez zuen alde egingo
Bainan honela
ez zen gehiago
txoria izango
eta nik txoria nuen maite.[42]

Y supe que Morguy, en su habitación, habría escuchado también aquellos versos, y que al hacerlo ella también habría sentido la
presión de la soga anudada al cuello.

---

42 Si hubiera cortado sus alas / habría sido mío / no habría escapado / pero de
ese modo / no habría sido ya más un pájaro / y yo al que amaba era al pájaro.
(*Ver nota final*).

30

He pensado mucho, durante estos años, en las palabras de Kuthun, y todavía no sé si he llegado a aceptarlas, ni siquiera a comprenderlas. No sé si he sido un hombre bueno o solo un hombre que ha tenido miedo. Tampoco estoy seguro de que sean los hombres buenos los que hacen mejor este mundo. Si es así, no debe de haber, no ha debido de haber sobre la faz de la Tierra nunca los suficientes hombres buenos. Quizás sean los hombres malos y crueles, al menos los hombres malos y crueles como Kuthun, quienes tengan que intentar cambiar el mundo. No lo sé. Lo que sí sé es que Kuthun protegió y salvó mi vida varias veces, poniendo en riesgo la suya. Igual que hizo Kattalin, quien me rehuyó cuando creyó que podía contagiarme su ira, ensuciarme, destruir la belleza que conservaba en mi corazón. Igual que hizo la propia Morguy, quien tuvo ese corazón entre sus manos en dos ocasiones, pero me permitió continuar vivo, todavía no sé si para calmar su sed de venganza, o porque ella reconoció también en mí algo que proteger, una luz de la que ella carecía.

«Tú mereces ser un hombre libre, Joanes», me dijo en una ocasión.

Exactamente las mismas palabras que Kuthun, antes de morir.

Tal vez Morguy y Kuthun no fueran tan distintos. A veces, incluso imagino que los dos se sacrificaron por mí, que Kuthun vino a morir a La Habana para que yo pudiera vivir en paz conmigo mismo, con mis fantasmas, y que Morguy lo hizo ahorcar por eso mismo.

Me siento, en todo caso, un hombre afortunado. Y aunque noto sobre mí todo el peso de la responsabilidad, soy capaz de soportarla, porque sé que esa responsabilidad consiste únicamente en vivir, como he hecho hasta ahora, buscando la libertad, tratando de aprehenderla de nuevo, como un buche de agua entre mis manos. A menudo recuerdo también a mi abuelo, enseñándome a respirar de nuevo para aprender a tocar la *alboka*.

—No lo olvides nunca, Joanes. Que no se detenga la música, si lo hace, es que tú has dejado de respirar —me decía, mientras yo soplaba por una caña en un cuenco de agua, e intentaba al mismo tiempo aspirar a través de otra.

En ocasiones me digo por ello que yo, a mi manera, soy también dueño del viento, un capitán de mí mismo, como aquellos valientes y alegres corsarios vascos que vi desembarcar en el puerto de San Juan de Luz, siendo solo un muchacho. O como los Hermanos de la Costa, cuando aún navegaban bajo su propia bandera. Otras pienso que es mi música y no a mí aquello que los demás han intentado salvaguardar, que soy solo el instrumento que transmite a través del tiempo esa luz, esa belleza que nos hace humanos.

Estoy, sí, en paz conmigo mismo, y sé que en buena medida todo ello se lo debo a la manera en cómo despedí a mi amigo y hermano, Kuthun, y que me ha permitido mantener en mi recuerdo su mirada en la que resplandecía la ceniza azul del océano y el brillo del sol sobre su cabeza.

Antes, sin embargo, tuve que ver balanceándose colgado de una soga en la plaza de Armas de La Habana su cuerpo maltrecho, su rostro azulado e hinchado como una máscara que ocultaba el del auténtico Kuthun, mientras la multitud danzaba a su alrededor en un carnaval de la muerte y la única mujer que yo había amado sonreía satisfecha.

Lo ahorcaron solo unos días después de ser hecho prisionero. Levantaron el cadalso frente a su ventana antes de juzgarlo. El patíbulo vacío, en mitad de la plaza de Armas, hizo crecer la excitación de los vecinos de La Habana, como si fueran fieras hambrientas, azuzadas por el olor de la sangre fresca. Yo ya había sufrido antes el horror de la jauría humana, y decidí alejarme de ella, no ver sus colmillos afilados, despedazando el cadáver de Kuthun. Cuando llegó la mañana de la ejecución, me encerré en la taberna e intenté acallar los aullidos, afinando mi *alboka*. Pero fue imposible. Los gritos de la marabunta encaminándose en tropel a la plaza de Armas atravesaban la puerta, la golpeaban, amenazaban con tirarla abajo... Y reían, también reían, fuera de sí, como si en lugar de a ver ahorcar a un hombre se dirigieran a una fiesta.

Me resistía a creer que Kuthun fuera a morir. Tal vez no fuese él. O tal vez aquella alegría se debiera a que, una vez más, había conseguido burlar a la muerte, había huido en el último momento, había conseguido escapar y arrojarse al mar. Tenía que verlo con mis propios ojos.

Y mis ojos no me engañaron.

—¡Púdrete en el infierno, pirata! —gritaba la multitud, en la plaza de Armas.

Su aliento se elevaba al cielo como el vaho envenenado de una hidra con miles de cabezas, dejando en el aire el hedor de la sangre. Jaleaban al verdugo, insultaban al condenado... Y reían, reían fuera de sí, como hienas. Busqué un hueco entre los cuerpos apiñados, entre aquella masa informe de carne, venciendo el asco que me provocaba escuchar y sentir las palpitaciones del corazón negro y enfermo que compartían. Y entonces lo vi, apenas fue un momento, pero lo vi, el cuerpo inerte de Kuthun, bamboleándose como un guiñapo, su rostro hinchado, la mancha de orina en sus calzas raídas, las costras y los mechones de pelo en su cabeza, que el viento parecía que fuera a arrancar en cualquier momento... No pude soportarlo. Aparté la mirada. Y fue en ese momento cuando a lo lejos la vi también a ella, en lo alto de la torre vigía, bajo la veleta con su imagen, con su pelo rojo prendiendo fuego al cielo; cuando vi la sonrisa resplandeciente, como un cuchillo entre los dientes, de Morguy. Su venganza, por fin, se había cumplido. El hombre que le había arrebatado la felicidad y la vida siendo solo una niña, el hombre que la había convertido en una mujer despiadada había muerto. Me pregunté, sin embargo, cómo podía aliviarle aquello, si reconocía en aquel hombre a Kuthun.

—¡No! —ahogué un grito en mi garganta.

No, aquel no era Kuthun. No era el Kuthun que yo conocí, ni el que yo quería recordar. Me giré y, atravesando la muralla de carne, despegando de mi piel el aire denso, impregnado de sangre, regresé a La Alboka.

Esa misma tarde ya había reclutado en mi taberna a los hombres necesarios. Ninguno de ellos había conocido a Kuthun, pero a ninguno tuve que pedírselo más de una vez.

Salimos a media noche, cuando la ciudad secaba la sangre de sus colmillos a la luz de la luna. Las ruedas de la carreta, atravesando las calles, parecían pisar un lecho de huesos, pero nadie se asomó a las ventanas. Todos dormían la resaca de la muerte.

El cuerpo de Kuthun colgaba todavía de la horca. Soplaba el viento y el cadáver se mecía, oreando el hedor de las vísceras en descomposición y mezclándolo con el aliento de la marabunta, que aún permanecía en la plaza de Armas, así como sus gritos sordos, que golpeaban silenciosamente en las sienes.

—¡Bajadlo, rápido! —señalé.

Un mulato, un esclavo liberto que ahora se ganaba la vida como matarife, se encaramó a la horca y de un solo y certero golpe de machete cortó la soga. Sobre el patíbulo, antes de que el cuerpo cayera sobre él, dos hombres lo recogieron en brazos y lo colocaron en la carreta. Yo mismo cubrí su cabeza con una caperuza.

—¡Arre! —golpeó los cuartos traseros del macho el mulero.

La carreta recorrió varias calles, hasta llegar al puerto. Una luz centelleó en la oscuridad, sobre el agua negra. En una chalupa nos esperaba otro hombre. Cargamos el cadáver de Kuthun y remamos en dirección a un pequeño barco de pesca. Subimos a él el cuerpo y zarpamos.

El traqueteo de la carreta, tragado por las calles de La Habana, fue haciéndose más leve, hasta que solo se escuchó el viento golpeando la vela y la quilla cortando el agua.

Me tumbé sobre la cubierta. El olor de la madera mojada me hizo recordar mis tiempos de filibustero. Escuché a los pescadores hablar y reír. Eran viejos lobos de mar, antiguos marineros, que también se habían enrolado en alguna ocasión en barcos corsarios o tripulaciones piratas. Estuvimos navegando mar adentro durante varias horas, hasta que amaneció. El agua era mansa y azul. Los primeros rayos de sol dibujaban sobre ella chispas de luz, como monedas de oro. Los peces zigzagueaban en destellos plateados sobre el tesoro sumergido del fondo del océano.

—¡Aquí! —indiqué.

Echamos el ancla. El cuerpo de Kuthun permanecía tumbado a mi lado. Me giré sobre él y descubrí la caperuza, sosteniendo su cabeza en mis manos. La sangre se había tornado negra sobre su cara, al igual que la lengua, que asomaba como la cabeza de una pequeña serpiente a través de su boca, reducida a una raya entre la carne tumefacta. Acerqué mi rostro a su frente y la besé. La frialdad de su piel me quemó los labios. Después, lo agarré por las axilas, y lo arrastré hasta la borda.

Hice una señal a uno de los hombres que me acompañaban, un muchacho, un joven músico que solía frecuentar la taberna. Pegado a su cuerpo sostenía con una correa un atabal, que comenzó a tañer, lenta y rítmicamente, como el latido de un corazón.

—Tú eres, mar amada, nuestra ley, nuestra patria y nuestra religión —recité el viejo salmo de los Hermanos de la Costa.

Y después, empujé el cuerpo de Kuthun al agua. El mar se lo tragó en un chapoteo apenas imperceptible, como si estuviera esperándolo, como si formara parte de él. Mientras el cadáver se hundía en las profundidades, pude ver cómo el agua retiraba con sus dedos los párpados sobre los ojos de Kuthun, y cómo las cuencas blancas y vidriosas se tornaban azules, cómo relucían esos ojos, los ojos del Kuthun que yo había conocido, y estos me miraban ahora desde un lecho de cenizas al fondo del océano. Así es como me gusta recordarle. Con el sol, del mismo color que sus cabellos, resplandeciendo sobre la brecha de agua que se abrió en el mar para acogerlo.

—Es hora de volver a casa —dije después, cuando el son del atabal cesó.

Los pescadores levaron el ancla y el barco inició el camino de regreso a tierra. El viento, a nuestras espaldas, soplaba a favor.

NOTA

Doy las gracias a todos los poetas y músicos que me han cedido sus versos para dar voz a los protagonistas de este libro: Kirmen Uribe (página 22), David González (página 82), Vicente Muñoz (página 139), Kutxi Romero (página 142), Dani Sancet (página 202), Sor Kampana (página 287), Antonio Orihuela (página 305) y Eva Vaz (página 343).

Los versos de la página 262 son una recreación de un poema de Enrique Villarreal, el Drogas, y de una carta del pirata Samuel Bellamy.

Los versos de la página 110 corresponden a una canción popular vasca titulada *Izar ederra*. La canción incluida en la página 357 es el igualmente popular tema *Txoria txori* de Mikel Laboa, con letra de José Antonio Artze.

Los poemas de las páginas 165 y 231 son propios.

Agradezco igualmente a Josu Arteaga y Paddy Rekalde la ayuda en la traducción del castellano al euskera de varios de estos poemas (en concreto los de David González, Vicente Muñoz, Kutxi Romero, Sor Kampana y el de Antonio Orihuela, que ha sido ligeramente adaptado).

Asimismo agradezco a Leornardo Depestre, Mikel Zuza e Iñaki Mendizabal los libros prestados y las dudas atendidas.